Barbara Voors

KLARAS TAGEBUCH

Roman

Aus dem Schwedischen
von Gisela Kosubek

Gustav Kiepenheuer Verlag

Originaltitel:
Syster min, Gedins Förlag, Stockholm 1997

Die Übersetzung wurde gefördert von
Svenska Institutet, Stockholm

Erstes Buch

1

Nicht von mir wird diese Geschichte handeln, sondern von meiner Schwester. Was läßt sich darüber sagen, Schwester zu sein? Daß es verheerend ist? Zerstörend? Wundervoll? Die Beziehung zwischen Klara und mir ist eine von der bedrängenden Art, bei der man bis zum Überdruß liebt, es ist die Art Schwesternschaft, an der eine schließlich sterben muß. Ich weiß nicht, warum. Kann es daran liegen, daß wir uns immer gezwungen fühlten, in die Haut der anderen zu schlüpfen? So wie es auch bei engen Freundinnen ist, die keine Mauern zwischen sich zulassen? Die Grenze, wo deine Haut beginnt und meine endet, ist zwischen Schwestern einfach ausradiert. Ich weine, wenn du weinst, leide, wenn du leidest, blute, wenn du blutest.

Meine Zwillingsschwester gibt es nicht mehr. Ich rede so schön über dieses Schwestersein, und in Wirklichkeit ist meine andere Hälfte tot. Als große Schwester – nur ganze acht Minuten älter, doch, glaubt mir, sie waren entscheidend – bin ich immer die Stärkere gewesen. Mit der selbstverständlichen Autorität, die der Älteren zusteht, habe ich Befehle erteilt und die Führung übernommen. Immer habe ich einfach Anweisungen gegeben, ohne sie jemals zu bitten: »Sag mal, könntest du mir nicht helfen?« Habe immer gesagt: »Mach jetzt folgendes ...!« Ich bin die kompetente, unbeirrbare, erfolgreiche große Schwester, die stets zur Stelle war, um die Dinge zu übernehmen, wenn es nötig sein sollte. Es war nötig. Ich übernahm sie. Und Klara verschwand.

Zehn Jahre ist es jetzt her. Man gewöhnt sich nie daran. Trauer hat kein Ende. An manchen Tagen fällt das Aufwachen leichter, das ist alles. Stunden können vergehen, in denen man überhaupt nicht daran denkt. Trotzdem nimmt die Trauer kein Ende. Nur die Vormittage ohne nennenswerten Schmerz werden länger. Klara war eine Schwester, die es einem so leicht machte, sie zu lieben, daß es mir schon Sorgen bereitete. Sie war so voller Liebe, daß sie Menschen, die der Rettung bedurften, unwiderstehlich anzog. Ist man wie Klara, die dafür lebte, andere vor dem Zugrundegehen zu bewahren, dann wird es verhängnisvoll. Und es wurde verhängnisvoll. Ich glaube, niemand kann einen anderen Menschen vor dem Untergang retten. Hat man Glück, findet man jemanden, der das Beste aus einem herausholt, mehr ist nicht möglich. Will ein Mensch den Tod, können wir nichts tun, um ihn am Fallen zu hindern. Ich wünschte, ich hätte das Klara deutlich machen können. Doch zu jener Zeit lag ich gleichsam brach, erreichte nicht den Boden, den meine Schwester betreten hatte. Ich war jene Schwester, die der Dinge harrte, ich war Saskia, die ihre Zeit abwartete.

Klara stand Desirée fast ihr ganzes Leben lang nah, vom zehnten Lebensjahr an bis zu ihrem Tod im August 1984, als sie gerade dreißig war. Ich selbst hingegen habe Desirée nicht besonders gut gekannt, ich gehörte nicht zu denen, die sie in ihren Bann ziehen konnte. Ich habe nur gesehen, welche Auswirkungen ihr Tun hatte, ich war die Person, die hinterher Ordnung schaffen mußte. Desirée ist schuld, daß ich nur ein halber Mensch bin. Das kann ich ihr niemals verzeihen. Ich wünschte, ich müßte nicht in der Sache herumstochern, aber ich habe keine Wahl. Doch, natürlich habe ich die Wahl, genau das habe ich begriffen. Zehn Jahre sind vergangen, und ich bin alt genug, dürfte es sein, um kleinere Schläge im Leben zu verkraften. Zu meinem Erstaunen war das aber nicht der Fall. Ein harmloser Sturz, und meine Welt brach auseinander. Davon will ich jetzt erzählen.

Seit fast zehn Jahren bin ich verheiratet mit Magnus – wir sind ein modernes Paar, ich habe meinen Mädchennamen Van Ammer behalten, er heißt Ehrengren –, und zusammen haben wir dieses Erstaunliche geschaffen, das man ein Kind nennt, eine Tochter, jetzt fast neun Jahre alt, die Malin heißt. Wir wohnen in Amsterdam, der wirklich freiesten und schönsten aller Städte. Ein paarmal die Woche pendle ich zur Universität nach Groningen, wo ich schwedische Literatur lehre. Ich habe den Ruf, eine feministische Literaturwissenschaftlerin zu sein. Darauf bin ich stolz, weil es etwas ist, für das ich mich mein Leben lang engagiert habe. Ich bin der Ansicht, daß ein Mensch die Pflicht hat, einen Weg, der für ihn bestimmt ist, auch einzuschlagen. Schwäche und Faulheit ertrage ich nur schwer, ebenso bloßes Gerede, dem keine Taten folgen. Magnus sagt, meine Haltung den Menschen gegenüber sei zynisch. Ich antworte ihm, wenn es tatsächlich so ist, hat mich mein Leben dahin gebracht. Er schüttelt den Kopf über mich, was Psychotherapeuten bei ihrer Arbeit nicht dürfen. Doch bin ich nicht seine Patientin. Darauf weisen wir uns gegenseitig immer wieder deutlich hin.

Ich habe nur wenige Freunde, vielleicht sollte ich sagen, ich habe keine. Kann man Kollegen, mit denen man nach der Arbeit ein Bier trinken geht, Freunde nennen? Ich glaube nicht. Sie könnten es vielleicht werden, doch ich lasse es nicht zu. Immer sorge ich dafür, daß ein Zug auf mich wartet. Damals, vor langer Zeit, spielte ich stets mit offenen Karten und ließ die Menschen beunruhigend nahe an mich heran. Ich will nicht, daß es sich noch einmal wiederholt. Ich weiß, was sie einem antun können, weiß genau, was daran wunderbar und was entsetzlich ist. Ich tue es nicht noch einmal, tue es einfach nicht.

Mein Vater ist Holländer, meine Mutter Schwedin, ich selbst habe mich für die holländische Staatsbürgerschaft und Vaters Namen entschieden, Klara hat den schwedischen gewählt: Mårstedt. Es ist immer so gewesen: Ich war Papas Töchterchen und Klara das von Mama. Mit Malin sprechen wir schwedisch, ansonsten sind wir eine ganz und gar holländische Familie hier in unserem Haus, das man *twee onder één kap* nennt, zwei Familien unter einem Dach. Hier lebe ich, hier habe ich all die Jahre überlebt, und ich finde, ich habe wirklich das große Los gezogen, denn ich bin, was nicht gerade oft vorkommt, glücklich gewesen. Gemeinsam haben wir drei uns eine Freistatt geschaffen, und zusammen mit Magnus bin ich zu etwas geworden, was ich nie für möglich gehalten hätte: mein allerbestes Ich. Wir waren entkommen, die Welt hatte uns freigegeben. Bis vor wenigen Monaten.

Ein Radfahrer fuhr mich von hinten um, daran war nichts Besonderes. Amsterdam ist die Gelobte Stadt des Fahrrads, die Leute fahren, wie und wo immer sie wollen, die Gepäckträger überladen, keiner trägt einen Helm, die Räder klappern laut, und mir hat das immer enorm gefallen. Es war wirklich nichts Besonderes, ganz plötzlich lag ich da in der Prinsengracht, ein junger Mann auf meinen Beinen, und über uns rotierte sein Rad. Doch als ich den Kopf nach hinten bog, sah ich durch die gebrochenen Speichen, wie sich die Welt blitzschnell im Kreise drehte. Sie war nicht mehr dieselbe. Durch die Speichen sah ich, äußerst langsam – denkt man nicht, es müßte furchtbar schnell gehen –, wie all die Jahre zurückkehrten, die ich hinter mich gebracht hatte. Ich war ganz und gar nicht frei.

»Kommst du klar?« fragte der junge Mann recht unbeschwert, denn er wußte, was Leute, die ihren Stolz haben, auf so eine Frage antworten.

»Nein«, hörte ich mich sagen. »Nein, ich glaube nicht. Ich komme nicht klar.«

Verwirrt hörte der Mann auf, seine Kleider abzuklopfen, und rasch sammelte sich ein Trupp engagierter Amsterdamer Damen um uns, die mal dem Mann Anweisungen erteilten, mal meine Hand streichelten. Beharrlich wie ein Kind hörte ich mich selbst wiederholen: »Nein, ich komme nicht klar.«

Hatte ich Schmerzen? Tat mir was weh? Hatte ich mir ein Bein gebrochen? Nein. Sie riefen meinen Mann vom Handy des Radfahrers an – auch das erregte Aufsehen, gab es tatsächlich Leute, die so ein Ding bei sich trugen –, und Magnus kam. Als er mich ansah, fing ich zu meinem Erstaunen an zu weinen. Vielleicht, weil ich ahnte, was kommen würde.

»Saskia«, murmelte er. – »Magnus«, flüsterte ich. »Magnus, Lieber, erzähl von uns.«

Die Menschenansammlung verlief sich, der Mann, halbe Entschuldigungen murmelnd, verschwand, und zurück blieben nur Magnus und ich, ganz liebevoll gingen wir miteinander um, so wie wir es immer taten, so wie es eigentlich immer hätte sein sollen. Jetzt, wo Erschöpfung und ein schlechtes Gedächtnis unser Zusammenleben prägen, vermisse ich das so sehr.

»Erzähl von uns«, wiederholte ich, vielleicht, weil ich wußte, daß das hier der Anfang vom Ende der zehn Jahre Frieden war, weil ich wußte, daß wir überhaupt nicht entkommen waren, während ich zugleich verzweifelt versuchte, die Zeit des Glücks festzuhalten, die unwiderruflich vorbei war.

»Ich verspreche es«, sagte Magnus, als begriffe er nichts von dem, was kommen würde.

Man schrieb mich krank. Magnus hatte sich darum gekümmert. Er hat immer gewußt, wann es Zeit ist zu fliehen. Auch ich wußte, wo ich hinfahren, wo ich Ordnung schaffen mußte. Jetzt sind wir hier, in Mutters Haus in den Stockholmer Schären. Wir nennen den Ort »Die Insel«, denn das Haus liegt auf einer Insel, und als Kinder haben weder Klara noch ich begriffen, warum man Dingen einen Namen geben, sie voneinander unterscheiden mußte. Die Schären waren schließlich voller Inseln, und auf einer von ihnen wohnten wir. Außerdem wußten wir ja, wie die Anlegebrücke aussah, an der wir aussteigen mußten. Wir kannten unsere Insel, wir kannten unser Haus, das reichte. Doch jetzt ist die Insel bis zur Unkenntlichkeit verkommen. Nun ja, nicht die ganze Insel, aber das Haus meiner Familie, wo Klara und Saskia ein paar ihrer Kindheitssommer mit Papa Joop und Mama Elisabeth verbracht hatten. Das war lange vor der Scheidung gewesen, die die Familie buchstäblich in zwei Teile zerbrach. Die mich zerbrach.

»Saskia, das Haus verkommt jetzt schon lange genug«, hatte Magnus immer wieder gemahnt.

Und meine Tochter Malin hatte in diesem überraschenden und manchmal unerträglichen Ton hinzugefügt, den sie seit ein paar Monaten an sich hatte – ich weiß sehr wohl, wo er herkommt, sie hat ebensoviel Angst wie ich –: »Genau, Mama. Lange genug.«

Und jetzt sind wir also hier: im Frühsommer 1994.

Dieses Haus gehört Klara. Ich weiß es. Ich spüre es daran, daß meine Schritte langsamer werden vor dem steilen Hang, der zum Haus führt, das mein Vater zusammen mit Großvater auf dem Felsen gebaut hat. Es macht mir unglaubliche Mühe, den Hang gerade und unverkrampft hochzugehen. Die Arme werden nach unten gezogen, unsere Einkaufsbeutel sind bleischwer. Magnus wirft mir einen bekümmerten Blick zu. Ich mag diese Art nicht, wie er mich neuerdings oft ansieht. Meine Familie macht mich nervös. Es fällt mir schwer, sie zu lieben. Das einzige, was ich mir jetzt wünsche, ist, in Ruhe gelassen zu werden. Wenn ich nur wüßte, warum. Ich weiß genau, warum.

»Klara«, flüstere ich vor der Tür, deren Innenseite noch die Striche aufweist, die unsere Größe mit entsprechendem Alter markierten. Nun bin ich wirklich hier.

Der Nachbar ist auf seine Veranda getreten, um die Neuankömmlinge zu betrachten. Mir bricht der Schweiß aus, obwohl ich weiß, daß die meisten auf dieser Seite der Insel erst kürzlich zugezogen sind und nichts wissen dürften von den Dingen, die sich vor zehn Jahren ereignet haben. Die Tür klemmt, Magnus greift ein, und sie öffnet sich mit einem Knarren. Das macht mich noch nervöser. Ich sehe ihn nicht mehr an. Malin ist als erste im Haus. Ihre Augen glänzen vor Entzücken, sie bemerkt nicht den Staub von drei Jahren, nicht die Berge von Fliegen in den Ecken, die Waldmaus, die tot im Spülbecken liegt, die Möbel, die nach vierzig Jahren rissig und ausgeblichen sind. Sie sieht die Möglichkeiten, wie ich es früher getan hätte, vor dem Sturz und der großen Müdigkeit, der Apathie und dem schlechten Gedächtnis.

»Das ist super, Mama«, ruft sie und springt vor Freude umher.

Magnus läuft ihr nach, packt sie und läßt sie mit dem Kopf nach unten baumeln, bis ihr Gesicht vor Lachen und Erregung rot ist. Ich murmle: »Phantastisch.«

Wie soll ich diesen Sommer hinter mich bringen?

Wir machen den ganzen Tag Ordnung. Auf mein Geheiß. Ich installiere meinen Computer im Zimmer, wo ich zu arbeiten gedenke, und lege meine Forschungsergebnisse und die anderer in fein säuberlichen Stapeln auf den

Schreibtisch. Ich bin ein ziemlich kühler und systematischer Mensch – wenn auch jetzt krankgeschrieben –, es sind diese Eigenschaften, die mir Erfolg in der akademischen Welt beschert haben. Es gibt so viele vergessene Schriftstellerinnen. Ich habe es zu meinem Anliegen gemacht, der Öffentlichkeit zu zeigen, daß nicht nur Männer das Patent besaßen, die Welt zu beschreiben. Ich weiß, daß derjenige, der sie beschreibt, auch die Macht über sie hat. Mein Ziel war es, andere Erklärungsmuster zu liefern. Für mich sind Frauen, besonders die Autorinnen des 19. Jahrhunderts, die im Hintergrund gelebt haben, eine Goldgrube geworden, und sie haben mir Titel, Stipendien und Auszeichnungen gebracht. Titel gefallen mir. Mir sind im Leben so viele Menschen ohne jedes Etikett begegnet, ich kenne die Risiken und bin auf der Hut. Ein zynischer Mensch bin ich keineswegs, ich bin nur müde und mag keine bekümmerten Blicke. Ich liebe die Arbeit. Das einzige, was ich will, ist, mich um das Meinige zu kümmern und Ruhe zu finden. Deshalb bin ich hier, habe ich zu Magnus gesagt. Und natürlich auch, um mir dieses verkommene Haus, meine Familie, meine Geschichte, alles, was ich bin, vorzunehmen. Viel Staub ist wegzuwischen, ich tu es nicht gerade mit Freude. Um die Waldmaus muß Magnus sich kümmern. Ich habe genug vom Tod, doch scheint der Tod nicht genug von mir zu haben. Drei Jahre ist es jetzt her, daß Mutter gestorben ist, drei Jahre, in denen ich hätte herfahren und das Haus aufräumen sollen, das sie geliebt hat, das Haus, in das ich, seit Klara verschwunden ist, keinen Fuß gesetzt habe.

Meine Mutter war eine emanzipierte Frau. Sie starb auf einer Vorstandssitzung am Herzinfarkt, so wie es männliche Direktoren tun. Meine Mutter war erfolgreich, und sie starb einen für erfolgreiche Menschen normalen Tod. Ich hätte es lieber gesehen, wenn sie dem Tod ein Schnippchen geschlagen, ihren Posten als einzige Frau im Vorstand behalten und statt dessen hier in der Tür gestanden hätte, um mich zu empfangen. Daß sie die Sache mit Klara nicht mir allein überlassen hätte. Magnus sieht, was ich denke, an wen ich denke. Er weiß mehr von mir, als ein Mann über seine Frau wissen sollte. Er stört mich unendlich.

»Es ist nicht, wie du glaubst«, sage ich leichthin.

»Ich glaube nichts.«

»Aber du weißt eine Menge.«

»Ja.«

»Zum Beispiel?«

»Daß wir hier aufräumen müssen. Und daß wir hier den ganzen Sommer bleiben müssen, daß du Ruhe brauchst und wir nicht nach Amsterdam zurückkehren können, bevor es geschafft ist.«

»Ja.«

»Was ist?«

»Wie wäre es, wenn du in deinen Ecken aufräumst und ich in meinen?«

Ich räume die Liebe aus unserem Leben weg, und das erfordert nur wenige Worte, barbarisch wenige. Liebe erfordert Sanftmut und ein gutes Gedächtnis, damit man den Anlaß für seine Versprechen lebendig hält. In den letzten Monaten – oder ist es schon länger her – ist unser Liebesleben in Vergessenheit geraten. Unser Ehebett steht verstaubt, und ich bin schuld daran. Magnus wird es nicht so weitergehen lassen: Er hat ein scharfes Gedächtnis. Doch kennt auch er nicht die ganze Wahrheit. An Malin, die mich nicht mehr anfaßt, an ihrer Art, sich zu bewegen, merke ich, daß ich sarkastisch geworden bin, manchmal sogar gemein. Das ist nichts, worauf ich stolz bin, aber es hilft einem beim Überleben, besonders mit einer Geschichte, wie ich sie habe. Doch werde ich mich um Gottes willen vor Fahrrädern hüten, ich glaube nicht, daß ich noch einen Zusammenstoß verkrafte.

Beim Aufräumen gelange ich ins Schlafzimmer meiner Mutter. Dort steht ein einsames Bett. Ich sehe sie vor mir, allein draußen auf der Veranda, allein im Bett, und wie sie das Essen für nur eine Person zubereitet. »Warum sind erfolgreiche Frauen so einsam?« frage ich Magnus. »Das ist nicht so einfach zu sagen«, antwortet er. Natürlich ist nichts einfach. Doch was ich mich immer gefragt habe: Warum kommt es so häufig vor? Mutter. Ich hätte öfter hier sein sollen. Ich hätte hier sein sollen. Neben ihrem Bett steht der Nachttisch, den Vater und ich in einem Sommer gebaut haben. Er ist blau, mit Rosen bemalt, die Rosen sehen eher aus wie explodiertes Preiselbeerkraut. Auf dem Nachttisch steht ein Kinderbild von Klara und mir, in genau den gleichen Kleidern mit lila Rock und gepunktetem Mieder, vor unserem Zuhause in Arnhem, in Holland. Neben unserem Foto steht eins von Vater, und es geht mir durch den Kopf, wie wenig ich von meiner Mutter weiß. Dort liegt auch ein Brief. Er ist an mich adressiert. Ich starre ihn lange an, schüttle den Staub von der Tagesdecke und lege mich aufs Bett. Dann greife ich nach dem Brief. Er ist nicht beendet worden, fast nur ein Entwurf und nach dreijährigem Warten ein wenig vergilbt. Drei Jahre Warten auf mich. Dort steht:

Meine geliebte Tochter,
ich weiß, was Du nicht willst, und auch, was Du meinst, nicht zu können. Aber, glaub mir, ich kenne Dich durch und durch – ich, wenn überhaupt jemand, weiß, was Du tun mußt. Du hast schon verstanden. Ich will, daß Du auf den Boden hochsteigst. Dort wirst Du einen grünen Pappkarton finden, und Du wirst genau wissen, was da drin liegt. Er ist deutlich sichtbar hingestellt. Ich will, daß

Du das liest, was Du dort findest, und ich bitte Dich, die Konsequenzen zu ziehen. Du mußt die Wahl treffen, die von Dir gefordert wird, um Malins willen, um Magnus' und Deinetwillen. Denke daran, daß ich Dich immer liebe. Ich weiß nicht, ob Dir das genügend Kraft geben kann. Als Mutter wünscht man, daß die eigene Liebe die Kinder vor all den Dingen schützt, die weh tun. Aber so ist es nicht. Wir wissen es nur allzu gut. Ich schreibe das hier, weil ich weiß, daß nichts einfach sein wird, daß ich vielleicht ...

Es scheint, als hätte sie den Stift nur weggelegt, um ein wenig nachzudenken. Doch etwas mußte sie in die Stadt zurückgezogen haben, irgendeine Arbeit, die nicht warten konnte, und sie hatte sicher vorgehabt, hierher zurückzukehren und den Brief zu beenden, doch statt dessen brach sie tot zusammen. Ihre Art zu schreiben wirkt, als hätte sie geahnt, daß etwas geschehen würde. Als ob sie gewußt hätte, daß sie ein paar Dinge beenden müßte, das Haus aufräumen, einen Brief an mich schreiben, auf Sitzungen gehen. All das, außer sich Ruhe zu gönnen, Luft zu holen, sich um sich selbst zu kümmern in einem dieser eitlen, doch hilflosen Versuche, den Tod nicht an sich ranzulassen. Was für ein Recht habe ich, darüber zu urteilen, wie sie gelebt hat? Jedes Recht. Ich gebe mein Urteil ab, weil ich weiß, daß ich ohne sie keine Chance habe. So wenige sind es, die die Wahrheit kennen, und einer nach dem anderen sterben sie. Bald bin nur ich allein übrig. Nur ich. Mit einer Erinnerung so unglaublich leer.

Klara. Es gibt keinen Weg zurück, kaum einen vorwärts. Ich weiß alles von dir, ich weiß nichts von dir. Ich weiß, wie es war, wenn du geliebt hast, doch kann ich das Gefühl nicht mehr spüren. So lange bin ich eine Frau ohne Vergangenheit gewesen, daß ich vergessen habe, wieviel Wärme man empfindet, wenn man mit Erinnerungen lebt. Mein erwachsenes Leben habe ich der Forschung gewidmet, ich beschäftige mich mit Menschen, die vor hundert Jahren gestorben sind, ohne zu begreifen, daß darüber zehn Jahre meines Lebens vergangen sind. An mein eigenes Leben erinnere ich mich überhaupt sehr schlecht, während ich alles über ein paar jener Frauen weiß, die die Welt im 19. Jahrhundert geschildert haben. Wer bin ich geworden? Meine Mutter will, daß ich auf den Dachboden steige. Malin will, daß ich bei ihr bin. Magnus will eine Frau haben, die wieder lieben kann. Klara will, daß man sich an sie erinnert. Desirée will erneut gerettet und akzeptiert werden. Und ich? Ich will nach Amsterdam zurückkehren, wo ich mir ein Leben aufgebaut habe und mich niemand von früher her kennt. Ich will nach mir selbst suchen, indem ich das Leben anderer, doch nicht mein eigenes ergründe. Meine Mutter aber will, daß ich diesen Sommer auf den Dachboden steige. Sie will, sie verlangt, daß ich mich den Dingen dort oben stelle.

Den ganzen Tag verbringe ich damit, Mut zu fassen. Es gelingt mir nicht. Der Abend bricht an, dann die Nacht, und mit ihr kommt die Schlaflosigkeit. Ich weiß, daß ich keine Ruhe finden werde, bevor ich die Sache erledigt habe. Das Gehirn schläft nie. Mein Gehirn schweigt niemals. Ich wünschte so sehr, daß ich es abschalten könnte, auch wenn es nur für ein paar Nachtstunden wäre. Ich höre Magnus atmen und im Nebenzimmer Malin im Schlaf reden. Um Malins willen? Ich verlasse das Bett und schleiche in die Diele, wo sich die Luke zum Boden befindet. Vorsichtig ziehe ich die Treppe herunter, die erstaunlich leicht vor meine Füße klappt. Es riecht nach Öl. Ich habe keine Angst; ich habe so viel Angst, daß es mich schüttelt. Sich zwischen dem rechten und dem linken Fuß zu entscheiden, bereitet unüberwindliche Schwierigkeiten. Ich schließe die Augen und versuche es mit beiden Füßen. Es gelingt nicht. Bin jetzt allein, nur ich bin übrig, keine Bücher gibt es zum Schutz gegen die Erinnerung, keine Blicke, denen man ausweichen, keine Fragen, auf die man gereizt antworten kann. Ich könnte die Treppe geräuschlos wieder in Richtung Himmel schieben. Wäre es nicht am besten so? Wenn Geheimnisse begraben, verschwundene Menschen tot blieben, unsere Sünden vergeben sein könnten? Als ich auf dem Dachboden ankomme, stoße ich direkt neben der Luke auf den grünen Karton. Nein, Mutter, ich konnte ihn nicht verfehlen. Ich kauere mich hin und betrachte ihn. Es ist ein alter Karton mit Stahlkanten und einem Metallrähmchen auf der Vorderseite, in den ein Zettel mit Inhaltsangabe gehört. Diesem hier fehlt das Verzeichnis. Meine Finger heben den Deckel hoch, und zuoberst liegt ein leeres Blatt Papier. Ich nehme es weg, und ein weiteres folgt. Blatt für Blatt, alle leer, und Panik überfällt mich bei dem Gedanken, daß all das Papier im Karton wirklich leer sein könnte, obwohl es so natürlich am besten wäre. Doch nein, da erscheint schließlich ein vergilbter Zeitungsausschnitt auf einem Stapel von Schreibheften. Die Notiz ist kurz, der Ton sachlich, die Sprache nüchtern. Niemand hatte damals wohl geahnt, daß dieser Notiz aus der Mitte der achtziger Jahre ein Artikel nach dem anderen folgen würde, bis der Fluß der Nachrichten wegen fehlender Klärung versiegte. Der Ausschnitt trägt das Datum vom 23. August 1984. Dort steht:

In einem Haus, unweit von Stockholm, wurden gestern zwei Menschen tot aufgefunden. Die Frau, 33, war in den Kopf und der Mann in die Brust geschossen worden. Im Zusammenhang mit den Todesfällen wird vom Verschwinden einer dreißigjährigen Frau berichtet. In letzterem Fall hat die Polizei Anlaß, Selbstmord zu vermuten. Eine Leiche wurde jedoch noch nicht gefunden, und die Umstände der Sache sind äußerst unklar. Es ist ebenfalls unklar, ob und wie dieses Verschwinden mit den beiden Todesfällen in Verbindung zu bringen ist.

Die erschossene Frau hieß Desirée Cronenfelt. Sie war Klaras beste Freundin. Der Mann hieß Henrik von Rensen. Er war eins von Desirées Spielzeugen. Die verschwundene Frau war Klara Mårstedt. Ich bemerke, daß ich weine. Das einzige, was ich denken kann, ist seltsamerweise: Könnte sie doch wieder zu mir nach Hause finden. Tief in mir höre ich einen Schrei. Ich war es, die immer wieder geschrien hatte: »Mein Gott, gibt es nicht jemanden, der mir helfen kann.« Dieser jemand war Magnus.

Unter der Notiz liegen Klaras Tagebücher. Sie sind an mich adressiert, ich weiß es. Mutter hat einen Zettel darauf gelegt mit dem Datum der Hefte: Herbst 1980 bis Sommer 1984. Ich glaube, das hier wird ein langer Sommer. Ich weiß nicht, wer ich sein werde, wenn er vorüber ist. Das erschreckt mich. Mir bleibt noch jede Wahl, doch habe ich das Gefühl, als hätte ich keine mehr. Nur diese: Klara, geliebte Klara, meine Schwester.

2

Stockholm, Oktober 1980

Liebe Saskia,
es ist schwer zu sagen, wo ich anfangen soll. Es ist so lange her, daß ich gewußt habe, wie ich zu dir vorzudringen vermochte. Ich glaube, das hier könnte eine Möglich-

keit sein, das Schreiben, meine ich. Ich bin mir völlig im klaren, daß ich diese Zeilen nicht abschicken kann, aber vielleicht kann ich die Dinge gerade deshalb genau so aufschreiben, wie sie geschehen sind, ohne erst darüber nachdenken und all das weglassen zu müssen, was dich beunruhigen könnte. Wenn mich jemand fragen würde, worin der große Unterschied zwischen Klara und Saskia besteht, dann würde ich sagen, er hat mit Verantwortung zu tun. Du übernimmst Verantwortung, ich drücke mich am liebsten. Du stehst für deine Handlungen ein, du bist konsequent, du liebst in Maßen, du verärgerst niemanden, und du würdest es niemals zulassen, daß ein Mann – oder eine Frau – dich beherrschen. Ich würde sagen, du bist eine Frau, die alle anderen Frauen als ein Ideal betrachten könnten. Du würdest natürlich lachen, wenn du mich hörtest.

Und ich? Du kennst mich. Besser als jeder andere. Meine beste Eigenschaft ist vielleicht, daß ich so leidenschaftlich bin. Ich glaube wirklich, daß ich Menschen helfen kann, denen Veränderungen schwerfallen. Ich glaube an die heilende Kraft des Menschen, daran, daß ich meine Hand ausstrecken kann, um andere zu berühren und vor dem Untergang zu bewahren. Lach nicht, Saskia. Ich glaube daran. Im übrigen, denke ich, daß man mich für nicht wirklich seriös hält, für irgendwie sprunghaft, und das ist wohl genau der Punkt, wo meine mangelnde Reife und die fehlende Bereitschaft zur Verantwortung ins Spiel kommen. Ich flattere ein bißchen wie ein Blatt im Wind, lasse mich manchmal in jede Richtung lenken, vor allem von Menschen, in die ich vernarrt bin. Die Wahrheit ist, daß ich mich ziemlich schnell oder besser *sehr schnell* in jemanden vergucke. Ich denke: Ich habe sechsundzwanzig Jahre gelebt, und was habe ich mit meinem Leben angefangen? Habe geliebt und das Leben von Menschen retten wollen. Ich glaube, manchmal ist es mir tatsächlich gelungen.

Ich habe mich politisch ziemlich engagiert. Du würdest stolz auf mich sein, ich weiß, du würdest mich weiter anspornen. Was in Südafrika geschieht, hat mir und so vielen anderen die Augen geöffnet, ich gehe zu allen möglichen Demonstrationen und sammle Unterschriften für Boykotte. Ich arbeite auch für die Unterstützung der afrikanischen Befreiungsbewegungen. Das ist eine Sache, für die ich mich zuständig fühle.

Aber in meinem eigenen Leben sehe ich keine Richtung. Ich wünschte, ich müßte das hier nicht so formulieren, doch ich kann mich nicht davor drücken. Manchmal denke ich: Wenn es nur jemanden gäbe, der mein Leben lenken könnte. Das ist unverzeihlich, ich weiß. Wenn ich Menschen begegne, die wissen, was sie wollen, packt mich heftiger Neid. Woher nehmen sie die Gewißheit, daß sie für eine Sache bestimmt sind? Seit unsere Familie zerbrochen ist – Papa und du in Holland, Mama und ich hier in Schweden –, habe ich mit der *Richtung* in meinem Leben Probleme. Natürlich war es für Mutter schwer, die Untreue und all das drum herum, aber dennoch wünschte ich, daß diese Sache, die ich für einen furchtbaren Fehler halte, nie geschehen wäre. Wie sollen Mutter und Vater jemals wieder mit einem anderen zu diesem Familiengefühl finden, das bei uns ohne jede Anstrengung vorhanden war? Wie sollen sie, wie sollen wir neu anfangen können? Mitunter frage ich mich: Weshalb glauben die Menschen immer, daß es anderswo besser wird?

Ich weiß nur zu gut, wer an all dem schuld ist, auch daran. Wenn ich nur ein bißchen zu mir gefunden hätte – »Konzentrier dich auf das Wesentliche, Klara«, würdest du sagen –, dann hätten wir uns vielleicht nie zu trennen brauchen. Ihr fehlt mir so sehr, Saskia, vor allem du.

Trotzdem weiß ich, daß ich jetzt erwachsen bin, daß ich mir ein eigenes Leben aufbauen muß mit Mann und Kindern, Beruf und Karriere, mit Freundinnen, Hobbys, Schnittblumen auf dem Sofatisch und politischen Ansichten, die mit ideenreichen Partys in meinem Haus in Einklang zu bringen sind. Wie soll ich das alles hinkriegen? Ich denke oft, daß ich wie du werden möchte: eine unabhängige Frau mit klaren Lebenszielen. Aber wie geht das mit dem Bild der Kleinfamilie zusammen? Wie soll ich die Unabhängigkeit behalten mit einem Kind, das zuerst meinen Körper okkupiert, ihn bis zur Unkenntlichkeit anschwellen läßt und mir danach viele Jahre lang den größten Teil meines Engagements abverlangt? Und gleichzeitig erwartet man von mir, ich soll fit und an neuen Dingen interessiert auf meinem Job erscheinen und mich zu einem guten Lohn und möglichst einer Chefposition hocharbeiten, all das neben einem gut funktionierenden Familienleben mit jenem Mann, der mir im richtigen Alter über den Weg gelaufen ist. Erzähl mir, Saskia, wie das gehen soll? Nein, du brauchst es nicht zu tun, ich weiß es längst: Natürlich geht es, Klara, mein Gott, *reiß dich zusammen*. Ich will nicht negativ erscheinen, fürchte aber, ich bin viel zu verwirrt, um mein Leben so in den Griff zu bekommen, wie du es kannst. Zusammen mit dir und Mama und Papa war ich intakt, wußte instinktiv, daß ihr mich immer auffangt, wenn ich falle. Ihr hattet Worte für das Unbegreifliche da draußen, hattet Liebe als Kompensation für das, was ihr nicht erklären konntet. Ihr habt meinen Kopf in eure Hände genommen, wenn er vor Hitze zerspringen wollte, ihr habt Handtücher um meinen Körper gelegt, wenn ich blaugefroren war. Wo finde ich den Mann, der jetzt dasselbe für mich tut?

Meine Gedanken wirbeln wie immer in alle Richtungen, doch kehren sie langsam wieder zum Kern der Sache zurück: Was kann ich tun, um den Irrtum ungeschehen zu machen? Nichts. Es ist nun einmal, wie es ist, und vielleicht ist es ohnehin zu spät, doch irgendwie glaube ich, wenn ich andere vor dem Untergang bewahren kann, dann gibt es auch eine Möglichkeit der Rettung für uns. In dieser Gewißheit muß ich leben. Ich muß das akzeptieren und die Menschen lieben, sie stärker und intensiver lieben, als es andere vermögen. Das soll meine Richtung sein, mein Ziel, mein Versuch, Versöhnung zu erlangen.

Liebe ist ansonsten nicht das, woran man hier draußen an der Universität zuerst denkt. Wie Schafe werden wir von den Vorlesungssälen zur Bibliothek, in die Prüfungsräume und wieder zurück getrieben. Ein ewiger Kreislauf. Ich habe meine Benutzerkarte und meinen Studentenausweis erhalten, ich bin ein Teil des Systems, doch kann ich nicht gerade behaupten, daß ich begeistert bin. Das liegt ein bißchen an der Sprache. Unser Literaturprofessor spricht auf eine Weise, die für mich fast unverständlich ist. Ich schäme mich wirklich, das so ausdrücken zu müssen. Glaub mir, ich tu mein Bestes! In der ersten Vorlesung habe ich versucht, die sich ständig wiederholenden Begriffe im Wörterbuch nachzuschlagen, doch mußte ich es aufgeben. Ich dachte: Ist es das, wovon ich so besessen war, wonach ich mich gesehnt habe? Irgendwie scheint man hier die Absicht zu haben, unsere Begeisterung für den Gegenstand zu ersticken und durch einen Kode zu ersetzen. Und die Schönheit der Texte verschwindet und die Lust ebenso. Auch ich habe diesen Kode bereits erlernt – wie soll ich die Sache sonst durchstehen –, und manchmal schäme ich mich, wenn ich Abstraktionen herunterbete und der Professor zustimmend nickt. Ich denke: Jetzt bin ich schon genau so wie er. Auch ich habe mich verändert, um nach mehr zu klingen. Merkwürdigerweise sagen meine Studienkollegen, ich sei naiv, wenn ich das Thema anschneide.

»Willkommen in der Wirklichkeit«, sagen einige der älteren und lachen. »So muß es klingen, so redet man, wenn man etwas erreichen will.«

Und ich begreife, daß ich meine Ansichten verschweigen muß, um mich nicht unbeliebt zu machen. Vielleicht gewöhne ich mich ja auch daran. Manchmal fällt es mir einfach schwer, mich mit den Zeugnissen in der Hand nach dem Studium die Universität verlassen zu sehen. Bin ich dann noch derselbe Mensch?

Laß dir jetzt von dem Tollsten erzählen, was mir in diesem Herbst passiert ist. Ich bin total verhext und besessen, werde bewundert und vor allem *gebraucht*. Es ist schwer, diese Beziehung nur Freundschaft zu nennen, denn es ist viel mehr. Du weißt, wie es sein kann, wenn zwei Frauen – ich glaube, es müssen Frauen sein – sich so nahe kommen, daß sie nicht einmal mehr den Mund aufmachen können, ohne daß beide zu lachen oder zu weinen anfangen, dieselben Worte sagen oder auf dieselbe Idee kommen. Es ist, als hätten wir uns immer gekannt, was irgendwie ja tatsächlich der Fall ist. In dem Sommer, als ich zehn Jahre alt war, hatte Desirées Familie die riesige gelbe Villa auf der anderen Seite der Insel gemietet. Ich weiß noch, ich dachte schon damals, daß ich bisher nie jemanden wie sie getroffen hatte. Jemanden, der so sehr hier ist, so intensiv, dessen Blick dir sagt, daß er schon alles über dich weiß. Es ist fast so, als könnten wir beide nicht ohne den anderen sein. Das hört sich unbegreiflich an: Wir können nicht ohne den anderen sein. Nun kommt dieses »ohne den anderen« nicht sehr häufig vor, weil wir im gleichen Kurs sind. Aber dennoch, irgendwie hat das Ganze etwas Magisches. Ich sehe mich als jemanden, der beschenkt worden ist und obendrein unglaubliches Glück gehabt hat. Weißt du, Saskia, es ist, als hätte ich dich zurückbekommen, eine Zwillingsschwester. Einen Menschen, vor dem ich bald keine Geheimnisse mehr habe, und das ist wirklich eine Erleichterung. Ich finde, die Männer sollten uns darum beneiden, um diese Intimität, mit der Frauen sich einander nähern können. Wir brauchen keine Umwege zu machen über Tennisspielen und stundenlanges Sitzen in der Kneipe, um nach einer Unmenge von Bier vorsichtig ein paar vertrauliche Mitteilungen auszutauschen. Am selben Abend, als Desirée und ich uns wiederbegegnet sind, habe ich bei ihr übernachtet. Ich glaube, wir haben vierundzwanzig Stunden hintereinander geredet. Sie besitzt diese Fähigkeit. Ich war schweißnaß, als ich nach Hause kam, war heiser und fiebrig und mußte mich zwei Tage lang erholen. Jetzt teilen wir alles miteinander. Wir teilen unsere Zeit, unser Geld, Kleider, Schminke, Handtaschen, Freunde, Kaffeetassen, Zigaretten, Träume, Reisen und Scherze. Manchmal ist mir, als brauchte ich Luft, müsse selbst atmen, um zu wissen, wo ich anfange und sie endet. Doch wenn ich das auch nur andeute, sieht sie unglaublich enttäuscht aus und macht eine Szene, worauf ich die Idee sofort fallenlasse. Wenn sie deshalb traurig wird, ist es die Sache nicht wert. Zeit für mich selbst haben, wiegt unser Zusammensein nicht auf.

Neulich hat sie mich an etwas erinnert.

»Weißt du noch, Klara, was wir als Kinder immer gesagt haben, wenn wir uns im Sommer damals auf der Insel trennen mußten?«

»Nein.«

»Wir haben uns bei den Händen gefaßt, und ich habe dich gefragt, es war wie ein Ritual, von dem ich irgendwo gelesen hatte: Werden wir uns immer lieben?«

»Und was habe ich geantwortet?«

»Du hast gesagt: Immer. Genau das hast du gesagt.«

Ich fühle mich mehr zu ihr hingezogen als zu irgendeinem anderen Menschen. Es ist ihre Ausstrahlung, ihr Blick. Schwer zu erklären, mit Worten allein läßt sich das nicht recht beschreiben. Ich kann nur sagen, daß sie einzigartig, amüsant, großzügig und ungewöhnlich talentiert ist und daß wir einfach alles miteinander besprechen. Vor allem, wie wir zwei freie, unabhängige Frauen werden können. Sie ist Feministin. Sie betont es sehr oft, erinnert mich daran, daß sie in erster Linie genau das ist. Wir haben beschlossen, uns gegenseitig zu unterstützen. Weil wir uns in eine Gesellschaft begeben müssen, die in ihrer ganzen Geschichte durch Männer definiert und von ihnen gelenkt worden ist – und wo Frauen ja eigentlich erst im letzten Jahrhundert Zutritt erhalten haben –, müssen wir uns unserer Rolle bewußt und auf der Hut sein. Vor allem müssen wir Frauen zusammenhalten, betont sie. Du findest das vielleicht selbstverständlich, doch ich hatte das nicht so begriffen wie du. Auch Desirée nicht, und das hat mich vielleicht ein bißchen gewundert, bei der Selbstsicherheit, die sie ausstrahlt. Sie hält sich in einer Weise an mich, die mich ebenfalls verwundert. Es ist erstaunlich, daß sie bei all ihren großartigen Gedanken so winzig und verwirrt ist. Manchmal ist sie geradezu niemand mehr. Sie sagt, sie hätte noch nie jemanden so dicht an sich herangelassen wie mich. Das geht mir nahe. Wir haben uns ewige Treue gelobt: Was auch geschehen mag, wir werden einander nicht im Stich lassen.

Zu Männern verhält sie sich anders. Sie findet, man muß sie ausnutzen, *zum Objekt machen* (ja, so redet sie), genauso, wie man es immer mit uns gemacht hat; ich dagegen finde, wir sollten uns statt dessen als gleichberechtigt sehen, daß die freie Frau auch die Voraussetzung für den freien Mann ist. Das war mir immer selbstverständlich erschienen. Aber Desirée teilt meine Meinung nicht. Es beunruhigt mich ein wenig, wenn ich sehe, wie sie die Männer systematisch ausnutzt. Verstehst du, es gibt keine Möglichkeit, ihrer Schönheit zu entkommen.

In all den Nächten liegen wir auf ihrem Sofa und reden und reden, und am Ende ist mein Mund so trocken, daß wir noch eine Kanne Tee aufsetzen, nur um Luft holen zu können und um die Lippen ein bißchen anzufeuchten. Das ist wahnsinnig anstrengend, aber phantastisch. Sie sieht mich an, und ich weiß, in ihren Augen steht die Wahrheit über mich, und daß ich alles tun werde, worum sie mich bittet. Willst du, daß ich es dir erkläre? Ich glaube nicht, daß ich es kann. Nachts liegt ihr Kopf auf meinem Schoß, und derweil ich ihr Haar streichle, flüstere ich: »Beschreib dich selbst mit einem Satz.«

Sie antwortet, und das beunruhigt mich; denn weißt du, was sie antwortet: »Ich bin ein kleines Mädchen mit sehr großen Ansprüchen.«

Ich hätte so etwas wahrscheinlich nicht gesagt. Es ist auch nicht das, was du geantwortet hättest. Aber du verstehst nicht. Wenn ich nicht für sie da wäre, dann weiß ich nicht … Mir ist klar, wie verworren das alles klingen muß. Ich liebe sie so.

Deine Klara

3

Irgendwo in mir ist ein kleines Mädchen, das schreit. Ich bin nur groß geworden, um es zum Schweigen zu bringen. Ich bin klug und kompetent geworden, bin völlig intakt und besitze Integrität, genau wie Klara es vorausgesehen, wie Klara es sich gewünscht hat. Ich habe geglaubt, mich immer richtig entschieden zu haben: daß ich mir nur *ein* Kind angeschafft habe, um rückhaltlos auf den Beruf setzen zu können, daß ich mich damit unerbittlich gezwungen habe, jemand zu werden, genausogut wie jede andere, oder richtiger, besser als jede andere Frau und ganz entschieden besser als jeder Mann. Wie ich es jetzt sehe, gibt es gute Gründe dafür, warum ich zu dem geworden bin, was ich heute bin. Ich weiß noch, wie ich als Kind, ich war vielleicht acht Jahre alt, meiner Mutter eine Frage gestellt habe, von der sie sich nie wieder erholt hat. Ich selbst habe es auch nicht. Ich hatte lange Zeit nach weiblichen Vorbildern in Berufen gesucht: unter den Freunden meiner Eltern, in Geschichtsbüchern, in den Fernsehnachrichten, in den Lehrbüchern. Aber wohin ich mich auch wandte, hörte ich nur von Männern berichten, mein eigenes Geschlecht kam äußerst selten vor. Was ich also gefragt habe, war: »Wohin verschwinden all die Frauen?«

Wir haben es alle gesehen, man kann ihm nur schwer entgehen: dem Rückschlag der Emanzipation. Daß Frauen niedrigere Löhne erhalten, daß nur wenige Prozent der gesellschaftlichen Machtpositionen von Frauen besetzt sind, daß der Mann die Norm und die Frau die Ausnahme ist, daß nur wenige Männer mit ihren Kindern daheim bleiben, daß die Frau zum Objekt gemacht und Gewalt gegen Frauen ausgeübt wird. Und immer so weiter. Das ist es, worin ich meine Berufung sehe, ich kann nicht nur Tatsachen feststellen und mich dann nicht weiter um sie kümmern. Es ist meine Aufgabe, die Diskussion voranzutreiben, Fakten zu sammeln, ständig daran zu erinnern. Ich fordere das Äußerste von meinen Studenten, von meinen Mitmenschen und von mir selbst. Ich akzeptiere keine Entschuldigungen, kein Hohnlächeln, keine verharmlosenden Diskussionen, keine plumpen Scherze. Ich betrachte es als meine Pflicht, an Ungerechtigkeiten zu erinnern, aber ich will auch Möglichkeiten aufzeigen. Wie ich es sehe, gibt es keinen Weg daran vorbei. Es gibt Unmengen von Theorien, warum es so gekommen ist, jeder hat seine eigene. Es gibt unzählige Statistiken, Pläne und Bemühungen um eine Antwort, die alle zufriedenstellend erscheinen – und dennoch hat man das Gefühl, nur ins Leere zu greifen. Es ist aufreibend, etwas zu wissen, das ganz offenbar richtig ist, und dennoch auf so viel Widerstand zu stoßen.

Ihr braucht mir nicht zuzustimmen. Die Diskussion läuft schon seit Ewigkeiten. Magnus und ich haben nächtelang darüber geredet. Ich weiß auch, daß dieses Thema eine ganze Tischgesellschaft seufzen lassen kann und man nur hofft, daß der Nachtisch bald käme, glaubt mir, selbst ich habe die Sache manchmal satt. Aber versucht mir trotzdem zu antworten: Wohin verschwinden denn die Frauen? Nur das will ich wissen, trotz des Risikos, als Nervensäge zu gelten. Wo sind all die weiblichen Chefs, Professoren, Forscher, Preisträger, Dirigenten, Komponisten, Aufsichtsratsvorsitzenden, Abgeordneten und Präsidenten? Ich überlege, ich ahne es, doch obwohl ich versucht habe, so konsequent wie möglich zu leben, habe auch ich keine Antwort. Manchmal glaube ich, daß ich mein Leben der Suche nach einer Antwort gewidmet habe, die es nicht gibt, aber ich bleibe dabei, wenn aus keinem anderen Grunde, dann Klaras wegen, damit sie nicht vergebens gestorben ist.

Weshalb krame ich jetzt in diesen Papieren? Ich sitze auf dem Dachboden, und das sanfte Licht des schwedischen Sommermorgens dringt durch das kleine staubige Dachfenster. Es scheint, als wollte jeder Vogel, der dort draußen zwitschert, bloß das eine wissen: Was machst du hier, Saskia? Wenn dein Leben so vollkommen ist – trotz des momentanen Einbruchs – und dich deine Erinnerungen nur peinigen, weshalb wühlst du dann in diesen Papieren?

Vielleicht, um mich selbst wiederzufinden. Irgendwo in den Tagebüchern meiner Schwester befindet sich der Schlüssel zu derjenigen, die ich heute bin. Niemand sollte die Tagebücher seiner Jugend lesen müssen. Es reicht, die von Klara zu lesen, um zu begreifen, warum. Mein Vorsatz, nur zu leben und nicht rückwärts zu schauen, die Arbeit als großes Glück und als Erlösung anzusehen – all das fiel an dem Tag, als ich in der Prinsengracht unter ein Fahrrad geriet, gleichsam in sich zusammen. Ich war kein Ganzes mehr, und als Magnus sich über mich beugte, war es, als würde meine Stimme zehn Jahre jünger, verschwunden war die tüchtige Saskia, und zurückgeblieben war diese äußerst dünne Stimme, die ich nur zu gut kannte: »Erzähl von uns, Magnus!«

Es war, als fiele ich zurück in eine Zeit, als die Liebe mehr bedeutete als alles andere, wo ich mit Freuden jeden Doktorhut der Welt für einen Menschen hergegeben hätte, der mich umfaßt hielt und meine Hände dazu brachte, mit dem Zittern aufzuhören. Jahrelang habe ich geglaubt, unerhörtes Glück gehabt zu haben. Erst war da ein Mann, der mich unter der Voraussetzung aufrechthielt, daß ich dasselbe für ihn tat. Ein Mann, der mein Liebhaber und auch mein bester Freund wurde, ich brauchte niemanden sonst. Dann diese Arbeit hier, die mir eine Richtung, einen Wert, ein Gefühl gibt, daß die Dinge, die ich sage und tue, von Bedeutung sind. Und schließlich Malin. Sie hält mich beschäftigt, sie sieht mich genau an. Und ich kann nicht entkommen. Ich habe geglaubt, all das zu besitzen. Ich habe wie in einem Kokon aus Glück gelebt, und es fiel mir jedesmal schwer, das Lächeln zurückzuhalten, wenn ich durch Amsterdams schwimmenden Blumenmarkt ging, um Tulpen zu kaufen, mit denen ich meine Wohnung vollstellen wollte. Ich habe wirklich geglaubt, ich sei entkommen, hätte es geschafft, sei wahrhaftig zu Hause angelangt. Und jetzt das: »Erzähl von uns.«

Ich will wirklich, daß er erzählt, damit auch ich es tun muß. Daß wir gemeinsam die Fäden entwirren, um das Sonderbare ans Licht zu holen, das man Wahrheit nennt. Doch das Unglaubliche ist, daß vermutlich keiner von uns mit der Wahrheit leben kann, daß wir wohl nicht genug Kraft haben, um sie zu ertragen. Vielleicht liegt es einfach daran, daß wir so viele Jahre vor ihr geflohen sind, daß die Flucht das einzige ist, was wir wirklich beherrschen. Ich ahne, was ich zu tun versuche, indem ich Klaras Tagebücher bis zu jenem Ende verfolge, der mein Anfang wurde. Mutter hatte recht, es wird nicht einfach werden. Wir beide, Magnus und ich, haben die Lügen willig verdrängt, mit denen wir unser gemeinsames Leben begonnen haben, überzeugt wie wir waren, tatsächlich entkommen zu sein. Wir wurden übermütig wie alle Frischverliebten. Dennoch gibt es da viel, was nicht einmal Magnus weiß. Mir ist klar, daß er die Absicht hat, in diesem Sommer die Lücken zu füllen, daß er meint, zehn Jahre als Frist sind genug, selbst für jemanden wie mich. Doch meine Erinnerung ist mit den Jahren verblaßt, und allein in den letzten Monaten hat sich eine furchtbare Leere ausgebreitet. Ich habe genausoviel Angst wie Malin, ich weiß es. Ich habe mich angestrengt, mit dem Beschäftigtsein so beschäftigt zu sein, daß ich nicht gemerkt habe, wie sich das, was einmal eine faszinierende Liebe gewesen ist, in flüchtige Küßchen auf die Wange verwandelt hat und in Sätze wie:

»Liebling?«

»Hmm.«

»Gute Nacht.«

»Gute Nacht, Liebling.«

Die Brille auf den Nachttisch, ein Glas Wasser daneben, ein verstohlenes Streicheln über eine stachlige Wange und dann: der Schlaf. Ich wußte nicht, daß wir uns gegenseitig an die Liebe erinnern müssen, daran, daß wir Verbündete, die besten Freunde sind, daß man den anderen bitten muß zu erzählen, wie man sich kennengelernt hat, sich einen Grund geben muß, um sich jeden Tag zu küssen. Ich wußte nicht, daß die Liebe, daß das Leben ein gutes Gedächtnis *erfordert*.

»Gute Nacht, Liebling.«

»Gute Nacht.«

Deshalb krame ich in diesen Papieren: Ich bin nicht entkommen. Mutter wußte es, Klara ebenso, vielleicht auch Vater. Magnus und ich, wie konnten wir so naiv sein? Wir wollten glauben, daß es vorbei ist und wir nach Hause gefunden haben. Hinter uns ließen wir eine verschwundene Schwester, zwei ermordete Menschen und ein Wirrwarr aus Lügen und Ermittlungen zurück, und wir konnten einfach nicht mehr. Magnus fand mich in Amsterdam, und wir bauten uns nicht nur ein Nest, sondern eine Burg, wo ich im Turm saß und arbeitete, derweil Magnus die Zugbrücke bewachte, damit kein Unbefugter Zutritt bekam. War das falsch?

Jetzt bin ich hier. Ich steige die wacklige Bodentreppe hinunter, schiebe sie nach oben zurück und schließe dann die Luke. Damit war es vorbei. Ich wünschte, das wäre alles. Magnus kommt aus unserem Schlafzimmer, er hat auf mich gewartet. Er blickt nach oben zu der geschlossenen Bodenluke. In seinem Blick liegt Verzweiflung. Er sagt mit leiser Stimme, er weiß es bereits: »Niemand sollte alte Tagebücher lesen müssen. Das ist unmenschlich.«

»Aber notwendig.«

Er nickt und sieht bekümmert aus. Ich tu mein Bestes, um die Gereiztheit abzuschütteln, die er mir einflößt. Ich ahne, daß nicht er es ist, der sie verursacht.

»Saskia?«

»Ja.«

»Du verschwindest nicht?«

»Nein, Magnus, ich verschwinde nicht.«

Er legt seine Arme um mich, er bereitet mir ein Nest, in dem ich die Augen schließen und ein Weilchen aus der Welt verschwinden kann. Genausoviel Platz, wie die Liebe damals einnahm, scheint diese Müdigkeit jetzt auszufüllen. Ich wünschte so sehr, daß ich überzeugt wäre, die Wahrheit zu sprechen, und daß ich seine Berührung wirklich genießen könnte, daß es diese Rastlosigkeit nicht gäbe, die mich von hier forttreibt. Ich war es doch, die das hier verursacht hat! Das einzige, was Magnus tut, ist, mich zu erinnern. Weshalb dann diese Gereiztheit? Obwohl ich so gern lieben würde, ihn einfach wieder lieben würde, höre ich mich selbst sagen: »Wollen wir mit dem Aufräumen anfangen?«

Ein paar Tage später nehme ich das Schiff in die Stadt. Ich will meine schwedische Kollegin Andrea Sjögren treffen, um mit ihr über unser gemeinsames Buchprojekt zu sprechen. Wir wollen von Autorinnen erzählen, die zu ihrer Zeit berühmt waren, doch die später in der Literaturgeschichte – und damit für die Nachwelt – einfach vergessen oder vernachlässigt worden sind. Wir wollen zeigen, daß es solche Frauen wirklich gegeben hat und daß sie geschrieben haben. Man hat uns nur nicht darüber informiert, daß ihre Art, die Welt zu betrachten, von Bedeutung ist. Das Buch soll den Titel tragen »Im Schatten von«. Unsere Ambitionen sind gewaltig, wir haben einen großen Verlag hinter uns, und ich weiß, genau das ist es, wofür ich all die Jahre gekämpft habe: Jetzt werde auch ich in der Erinnerung der Nachwelt weiterleben als diejenige, die die schwarzen Löcher ausgefüllt hat. Auf dem Buchumschlag wird »Van Ammer/Sjögren« zu lesen sein, und ich selbst habe gefordert, daß mein Name an erster Stelle steht. Deshalb muß ich mich nicht schämen, warum auch? Ich kenne die Spielregeln, und wie ich aus meinen wenigen, aber intensiven Treffen mit Andrea weiß, kennt sie die auch. Im Laufe der Jahre haben wir uns gegenseitig mit Material, Kontakten und Briefen versehen. Einige Male war sie in Groningen und manchmal sogar bei mir in Amsterdam. Ihretwegen habe ich mehrere Züge nach Hause verpaßt. Ich weiß nicht, ob es daran liegt, daß wir uns ein bißchen ähneln, diese Integrität und eine Aura von »Bitte laß mich in Frieden, hier ist nichts zu holen«. Dennoch ist sie auf eine merkwürdige Art präsent: Betritt sie ein Zimmer, dann ist der Raum nicht mehr derselbe. Nicht weil sie Menschen manipuliert, sondern weil sie die Leute dazu bringt, sich zufriedener zu fühlen. Sie ist eine Frau, die nichts dem Zufall überläßt. Andrea ist eine resolute und nüchterne Frau, eine perfekte Partnerin bei einer solchen Arbeit.

Sie erwartet mich an der Anlegestelle des Schiffes mitten in der Stadt, und wieder berühren mich ihre Schönheit und ihre Lebendigkeit, diese alles umfassende Integrität. Sie streckt ihre Hand aus, und ich nehme sie, derweil sie lächelt, nach meiner Tasche greift und knapp feststellt, ohne eine Antwort zu erwarten: »Die Reise lief gut?«

Wenn sie etwas von meinem Kollaps weiß, kann sie es bestens verbergen. Sie ist niemand, der fragt, wohl eher eine aktive Zuhörerin. Hingegen gibt es nichts in ihrer Art, das zu Intimität auffordert, zu Selbstbespiegelung, dazu, daß man seine Hand auf die ihre legen und ausrufen will: »Erzähl mir alles!« Ich begreife, aufs neue verwundert, daß sie in vieler Hinsicht genauso ist wie ich. Kompetent, liebenswert, interessiert, aber im Grunde genommen einsam. Ich versuche, dem Unbehagen, das von dieser Erkenntnis ausgelöst wird, zu entkommen, wünsche plötzlich, zu ihr vorzudringen, und sage: »Erzähle, wie ist es dir ergangen?«

»Gut. Ich finde, die Gespräche, die ich mit dem Verlag hatte, waren konstruktiv, und außerdem habe ich eine ordentliche Grobplanung vorgenommen. Du mußt sehen, ob du sie akzeptierst.«

»Und sonst?«

»Was meinst du damit?«

»Dich selbst.«

Sie lacht, ein schönes Lachen voller Wärme.

»Ach, wie üblich. Nichts Aufregendes. Mein Kater und ich sind mit der Gesellschaft des anderen zufrieden, wenn auch alles ein bißchen eintönig ist. Er hat seine Reviere, und ich habe meine.«

Ich lächle sie an. Ich weiß nicht einmal, warum. Was ist es, das ich eigentlich wissen, hören und fühlen will? Wir werden zusammen arbeiten, wollen nicht enge Freundinnen werden. Übrigens will ich keine Freundin haben, ich verstehe nicht, wozu das gut sein sollte. Wenn mir nach Reden ist, habe ich, hatte ich ja Magnus.

»Reicht das?« fragt Andrea. »Oder willst du noch mehr wissen?«

»Den Rest können wir auf später verschieben«, sage ich, über mich selbst erstaunt.

Wir sind beim Verlag angelangt, wo wir einen Lektor treffen wollen, um über die finanziellen Punkte zu verhandeln.

»Ich glaube, du kannst mir das überlassen«, sage ich, als ein junger Mann, der ein gewinnendes Lächeln versucht, auf uns zukommt.

An der Art, wie er uns bittet, die Jacken abzulegen und es uns in den Ledersesseln bequem zu machen, spüre ich, daß er denkt, er hätte uns – so sein vermutlicher Sprachgebrauch – in der Tasche. Er erwartet Dankbarkeit, weil er unserem Projekt so viel Verständnis entgegenbringt. Er erwartet, Amateure vor sich zu haben, die glauben, Geld sei eine Form von Bonus, weil wir ja doch der Ansicht sind, daß die Sache unglaublich viel Spaß machen wird. Das ärgert mich maßlos. Ich sage gleich zu Anfang, daß die Voraussetzungen nicht zufriedenstellend sind und wir schon beschlossen haben, die Verhandlungen mit einem anderen Verlag weiterzuführen. Der Mann vergißt, den obligatorischen Kaffee einzugießen, und nach langem, kompliziertem Hin und Her weiß ich, daß ich den Sieg davongetragen habe. Der leicht mitgenommene Lektor schüttelt uns die Hand, murmelt etwas von der Wichtigkeit eines *offenen Dialogs.* Andrea lächelt, ich tu es nicht, und dann sind wir wieder draußen auf der Straße. Ehe er sich umdreht, sehe ich es. Eine Sekunde lang kann ich es in seinen Augen lesen – obwohl er versucht, großmütig zu sein, ich sehe, wie er mit sich kämpft –, doch habe ich es schon viele Male zuvor gesehen: *Hexe* steht in seinen Augen geschrieben, er kann es nicht verbergen. *Was für eine Hexe.*

»Du hattest recht«, sagt Andrea.

»Womit?«

»Daß ich es dir überlassen kann.«

Ich beiße mir auf die Lippe.

»Ich habe meine Gründe dafür, so dickfellig zu sein«, entgegne ich.

»Ich habe nichts gesagt.«

»Ich weiß. Ich wollte es trotzdem sagen.«

»Wir haben alle unsere Gründe«, erwidert sie nur.

Erneut streckt sie mir ihre Hand entgegen, jetzt zum

Abschied, weil sie auf dem Weg nach Hause ist und ich zurück zur Anlegestelle muß. Ich blicke auf die Hand, die ich in der meinen halte, wie um sie zu studieren, und ich weiß nicht, was mich dazu bringt, ob es die Einsamkeit ist, die wir beide kennen, oder die Einsicht, daß ich sonst den ganzen Sommer Magnus' mahnenden Blicken ausgesetzt bin, vielleicht auch die Angst vor dem verlassenen Haus und meiner verblassenden Erinnerung. Ich weiß es nicht, doch sage ich: »Hast du nicht Lust, im Sommer zu Magnus, Malin und mir rauszukommen? Hin und wieder vielleicht?«

Andrea sieht verwundert aus.

»Um schon jetzt an dem Buch zu arbeiten«, füge ich hinzu.

»Ich dachte, du wolltest dich erholen«, sagt sie vorsichtig.

Ich zucke irritiert mit den Schultern.

»Das kann warten. Ich meine, das tue ich ja doch. Diese Arbeit hier wird erholsam, bestimmt«, sage ich und begreife, mehr als alles andere will ich, daß sie im Sommer auf der Insel ist. Ich zwinge mich ihr fast auf.

»Sicher«, sagt sie nur. »Hin und wieder kann ich rauskommen. Das wäre schön.«

Wir stehen da wie zwei ratlose Schulmädchen, und ich bemerke, daß ich mit der Sandale an einem alten Eispapier auf dem Bürgersteig herumschabe, daß ich verwirrt und erschöpft bin von, ich weiß nicht was. Auch daß die Situation mich an etwas erinnert, bei dem ich dabeigewesen bin, daß ich, obwohl ich hier stehe, auch ein Leben ganz woanders lebe. Klaras Leben. Ich sage, um das Ganze abzuschließen und diesem peinlichen Schweigen zwischen uns ein Ende zu bereiten:

»Dann machen wir es so.«

Wir verabschieden uns; ich gehe durch die Stadt, in der

Klara und meine Mutter zu Hause waren, und ich beschließe, nichts zu fühlen, nichts zu denken, nur das zu planen, was ich besorgen will, im Kopf eine Liste aufzustellen und Punkt für Punkt darauf abzuhaken, bis ich an ihrem Ende angelangt bin und zur Insel zurückkehren kann.

Ich höre jemanden rufen. Es kann doch keiner rufen, über all die Jahre hinweg, nach all dem, was geschehen ist, wie kann jemand auf einer normalen Straße in einer Stadt, in der ich fremd bin, rufen.

»Klara?«

Ich drehe mich um, und dort steht ein Mann, den ich nicht kenne. Doch, ich erkenne ihn wieder, dunkel, ich muß ihn in einem weit zurückliegenden Leben getroffen haben. Er sagt: »Sind Sie nicht Klara Mårstedt?«

Ich kehre zurück in das Haus auf der Insel. Magnus hat das Abendessen bereits fertig, und Malin spielt mit jemandem draußen im Garten. Ich weiß, daß ich ganz bleich bin, ich sehe es an seinem Blick, und mir ist klar, daß er fragen wird, daß ich auch darauf antworten muß.

»Magnus, ich habe heute etwas Merkwürdiges erlebt.«

»Ja?«

»Jemand hat mich Klara genannt. Ein Mann.«

»Was hast du geantwortet?«

»Wie es ist. Daß sie tot ist.«

Er zuckt zusammen.

»Tot?«

»Magnus, was hätte ich sagen sollen? Es sind zehn Jahre vergangen.«

»Ja. Und was noch?«

»Ich habe gesagt, daß wir einander ähneln. Daß wir Zwillingsschwestern waren und uns immer zum Verwechseln ähnlich sahen.«

»Das hast du gesagt?«

»Ich habe es gesagt.«

Wir stehen ratlos da und starren uns an. Ich würde gern sagen, daß ich jetzt nach Hause fahren sollte, daß ich in Amsterdam mit den Dingen besser zurechtkäme, ich wolle nicht erinnert werden, es sei genug mit Mutters und Klaras Tod, ich sollte nicht länger in diesem Haus bleiben müssen, und daß ich lieber bösartig und leer wäre als ...

Er legt mir die Hand auf die Wange. Nur das. Sein Blick ist nicht einmal bekümmert. Die Hand liegt einfach dort. Das ist mehr, als ich aushalten kann. Und daß er flüstert, so wie er es immer getan hat, damit ich nicht zerbreche: »Liebste Saskia. Meine liebste Freundin. Meine Schwester.«

4

Stockholm, Januar 1981

Liebe Saskia,
ich schreibe ohne jedes System, ohne Forderung nach Konsequenz und Regelmäßigkeit. Ich schreibe, wenn ich nicht mehr weiß, wer ich bin, wenn ich vor einem Schaufenster stehenbleibe und dem Blick einer Fremden begegne und begreife, daß diese Verrückte dort ich bin. Ich habe diesen Herbst und Winter vielleicht intensiver gelebt als je zuvor. Habe wirklich gelebt. Das ist nicht nur einfach, ich habe Dinge über mich gelernt, auf die ich nicht stolz bin – mein mangelndes Gefühl für Moral und Verantwortung, meine *Mitschuld* –, und ich habe Sachen bei anderen entdeckt, die ich, wenn ich selbst hätte wählen können, lieber nicht gewußt hätte. Aber wählen konnte ich nicht. Ich gewöhne mich daran, so muß es

einfach sein, gewöhne mich an die Eigenarten im Leben von Erwachsenen.

Desirée ist es, die mein Leben lenkt und meine Zeit bestimmt. Vielleicht sollte ich sagen, sie *und* ich tun es, aber ich habe meist das Gefühl, als sei sie es allein. Die Sache ist schwer zu erklären, doch werde ich von ihr angezogen, oft gegen mein eigenes Bestes, ja selbst, wenn ich weiß, daß ich eigentlich gehen sollte, bleibe ich. Ob es ihre Stärke oder ihre Schwäche ist, die mich festhält, ist mir nicht klar. Ich habe nicht gewußt, daß ein Mensch, der eine solche Ausstrahlung, eine solche Anziehungskraft besitzt wie Desirée, gleichzeitig so schwach sein kann. Und mich obendrein so sehr brauchen würde. Ich will sie dir beschreiben: Ihr Haar ist kupferrot und ganz glatt, reicht bis kurz unters Kinn und liegt wie ein Helm um ihren Kopf. Manchmal versteckt sie ihr Gesicht hinter den Strähnen, manchmal schiebt sie das Haar hinter die Ohren, mit einer Geste, die andeutet, daß es rasch wieder zurückfallen wird, daß sie gezwungen ist, noch einmal von vorn zu beginnen, doch tue das nichts zur Sache, denn schließlich haben wir alle Zeit der Welt. Oder etwa nicht? Sie hat einen zierlichen, sehr schönen Körper, alles, was sie anzieht, steht ihr. Als ich ihr wiederbegegnet bin, kam mir als erstes der Gedanke, man müßte sie hochheben, nur um zu sehen, wie es ist, sie einfach wegzutragen. Ich glaube, sie würde überhaupt nichts wiegen, hätte irgendwie kein Gewicht. Sie hat grüne, enorm große Augen, mit denen sie die Menschen einfängt. Sie hat eine Art, dich anzusehen, daß man glaubt, ihr nicht entkommen zu können. Wie von unten herauf schaut sie einen an, zieht einen zu sich herunter, obwohl sie eigentlich nicht viel kleiner ist als andere. Und zwingt die Person, mit der sie redet, sich vorzubeugen, hin zu ihr, man kann einfach nicht anders. Man kann sich ihr nicht entziehen, ich kann es nicht. Führt sie mit jemandem ein Gespräch, ist sie mit jedem Thema vertraut. Mal ist sie die Dame von Welt, dann eine ausgesprochene Feministin, schließlich die Kneipengängerin, die Freundin, ein simpler Flirt, ein Mächen aus gutem Hause oder eine professionelle Begleiterin. Ich kenne alle ihre Rollen, ich weiß bloß nicht, wie sie es macht, warum sie es tut. Ich ahne es nur.

Aber dann diese Liebe und Freundschaft zu mir. Sie sagt, es sei das Größte, was ihr je begegnet ist, die Nähe zwischen uns, die Vertrautheit, das Wissen, daß die eine wirklich *alles* von der anderen weiß. Daß wir miteinander verkettet sind, bis daß der Tod uns scheidet. Sie lacht, als sie es sagt, ihr scheint der Satz zu gefallen: »Bis daß der Tod uns scheidet.« Ich? Ich komme nicht weg von ihr, will es auch nicht. Wenn ich mit ihr zusammen bin, will ich nirgendwo anders sein, ich langweile mich keine Sekunde. Wenn ich nicht bei ihr bin, frage ich mich, was sie eigentlich mit mir macht, wie sie mich dazu bringt, diese wirklich unangenehmen Dinge zu tolerieren, so daß es fast scheint, als würde ich sie dazu ermuntern. Oft denke ich: Wie kommt es, daß jemand, der mich so ausfüllt, ein solches Gefühl der Leere in mir zurückläßt? Du wärst nicht stolz auf mich, Saskia.

Wir machen Reisen, richtig teure. Sie bezahlt. Ich warte wie ein braver Hund an der Leine, derweil sie kauft und kauft, und am Ende bin ich es, die ihre Tüten durch die Stadt trägt, die sie diesmal mit mir besuchen mußte. Ich sage, einen solchen Lebensstil könne ich mir nicht leisten. Sie sagt, ohne mich sei ihr Leben sinnlos, also müsse ich mitkommen, und sei mir das nur möglich, wenn sie bezahle, was sei dann wohl wichtiger? Ich lasse sie bezahlen, ich fahre mit. Was kann es schon schaden? Ich frage mich nur, wo ihr ganzes Geld herkommt. Sie sagt, daß ihr Vater sie unterstütze, doch daß die Zahlungen nur vorübergehend erfolgten, bis sie auf eigenen Füßen stehe. Tatsächlich hat sie nie eigenes Geld verdient, sie sagt, sie wisse nicht, wie man es macht. Lach nicht, Saskia, denn sie ist nicht stolz darauf. Sie sagt auch, die Sache müsse sich ändern, daß sie zwar ihre Eltern liebe, doch ihnen auch übelnehme, daß man sie so verwöhnt hat. Aber diese Zeit sei bald vorbei. »Können wir es nicht genießen, solange wir es noch so haben, was macht das schon?« fragt sie.

Also reisen wir, kaufen ein, treffen Menschen, gehen nächtelang aus; Desirée findet ständig Leute, mit denen wir uns umgeben können, die bewundern, die verführt werden, die an ihr zerren, die von uns angezogen werden. Manchmal fühle ich mich wie eine Anstandsdame, weil dieses Leben ja eigentlich nicht zu mir paßt und ich meist nur dabei bin, um Desirée zu schützen. »Ohne dich bin ich verloren«, sagt sie. Ich lache sie aus, doch sie behauptet, es ernst zu meinen. Ich müsse dasein, damit ihr nichts Schlimmes passiere. Sie sagt auch, sie sei furchtbar naiv, deshalb gerate sie in all diese Intrigen mit Männern und Frauen, in diese Wortgefechte und Schlägereien, Abrechnungen und Tränen. Irgendwie gerate sie immer mittenrein, sei der Mittelpunkt des Ganzen, und erst sei es wundervoll, alle freuten sich, weil sie so lebendig sei, doch dann verschiebe sich alles, und jemand nehme etwas übel, ein anderer glaube, er werde verspottet, ein dritter sei verliebt, ein vierter fühle sich abgewimmelt, ein fünfter betrogen, ein sechster schlechtgemacht, und mitten in all dem stehe Desirée und werde ausgenutzt, mißverstanden, mit Füßen getreten. Sie sagt selbst, es müsse an ihrer Gutgläubigkeit und Liebe zu den Menschen liegen. Sie will nichts Schlechtes, Saskia, nur ist das *Ergebnis* dessen, was sie tut, immer genau das. Also bin ich für sie da, bei mir weint sie sich aus. Ohne mich, Saskia, ohne mich ...

Sie lebt auf eine leichtsinnige Weise, die mich verwundert, weil sie so schlecht zu ihrem sonstigen Engagement und auch zu ihrer Großzügigkeit paßt. Sie interessiert sich, genau wie ich, vor allem für das, was in Afrika geschieht, und hat gebeten, zu den Versammlungen mitkommen zu dürfen, bisher aber noch keine Zeit gehabt. Das Herumbummeln und die Verantwortungslosigkeit seien bald vorbei, sagt sie, erst aber müsse sie alles ordentlich auskosten, damit ihr danach nichts fehle. *Danach* – damit meint sie die Zeit, wenn wir engagierte Frauen und Vorbilder für andere geworden sind. Danach – das ist der Tag, an dem sie ihrem Vater sagt, daß er seine Unterhaltszahlung einstellen kann. »Hilf mir, mit mir selbst zurechtzukommen, Klara«, sagt sie immer. Danach ist, wenn wir Nützliches tun und die Welt verändern, ja, sie sogar retten; sie sagt, daß das möglich sein müsse, was hätte dieses Leben sonst für einen Sinn? Ich stimme ihr zu, erkläre, ich hätte darauf gewartet, mich endlich nützlich zu machen, und wolle dafür sorgen, daß andere nicht zugrunde gehen.

Manche Nächte reden wir ununterbrochen. Manchen Morgen treffen wir uns zum Frühstück, und dann komme ich erst Tage später wieder von ihr weg, obwohl wir Vorlesungen und alles andere versäumen. Ich weiß nicht, wohin die Zeit verschwindet. Sie fragt mich unbarmherzig immer und immer wieder, dort auf dem Sofa in ihrer Wohnung direkt unter den Sternen, sie blinken durch das Dachfenster zu uns herunter, wenn wir Seesternen gleich in ihrem Bett liegen.

»Erzähl mir alles.«

»Von Saskia?«

»Alles, habe ich gesagt, Klara.«

»Saskia ist das, was ich nicht bin. Sie ruht in sich, ist geduldig und zielbewußt. Sie hat ihr Leben im Griff, und sie liebt, ohne daß sie daran kaputtgeht.«

»Ein Vorbild für andere Frauen?«

»Ja. Eines Tages muß ich wie sie werden. Genau wie sie.«

»Und deine Familie, Klara, wie war das mit der?«

»Unsere Familie ist kaputtgegangen. Das war meine Schuld. Sie ist zerbrochen, und Mama und ich sind hierhergezogen.«

»Und Saskia?«

»Sie ist in Holland geblieben, bei Papa. Ich konnte nicht verzeihen. Wenn ich nur mit mir eins gewesen wäre.«

»Was verzeihen, Klara?«

»Wir haben in Arnhem gewohnt. Wir waren eine Familie, eine ganze Familie, und in ihr war man ein anderer Mensch als außerhalb. Bei uns gab es Platz für die Person, die ich sein wollte. Ich habe nur nicht begriffen, daß es ohne unsere Familie nicht mehr dasselbe sein würde.«

»Was verzeihen, Klara?«

»Ich konnte es nicht, sonst hätten wir noch heute zusammenleben können. Meine Mutter hatte mich um Rat gefragt, verstehst du, ich nehme an, sie war verzweifelt. Ich war erst dreizehn. Sie hat gesagt, ich kann entscheiden, was mit unserer Familie wird. Das ist doch nicht richtig, eine Dreizehnjährige zu bitten, sie soll einer erwachsenen Frau raten?«

»Nein, sie war verzweifelt.«

»Das war sie. Mama wußte, daß Papa eine andere kennengelernt hatte. Arnhem war keine kleine Stadt, aber klein genug, daß alle Bescheid wußten. Ich glaube nicht, daß die Affäre schon lange gelaufen war, vielleicht hatten sie sich nur ein paarmal getroffen, vielleicht hatte es nichts bedeutet. Vielleicht war er einfach deprimiert, und meine Mutter konnte ihn in dem Moment nicht ertragen, und statt dessen war dann für kurze Zeit diese andere Frau da, Susanne, und er wandte sich ihr zu. Ein schrecklicher Irrtum, was anderes war es nicht: ein Irrtum.«

»Und danach?«

»Meine Mutter war ganz kopflos. Durch mich ist die Sache nicht besser geworden. Fünfzehn Jahre Vertrauen zueinander, wie schnell kann das zerstört werden? War es vorbei? Wie fängt man sonst wieder von vorn an?«

»Wie haben sie von vorn angefangen?« fragt Desirée und zwirbelt mein Haar zwischen ihren schmalen Fingern.

»Sie haben es nicht. Meine Mutter hat mich gefragt, ich wünschte so sehr, daß sie es nicht getan hätte. Sie hat mich gefragt, ob ich glaube, daß sie, daß ich Vater verzeihen könne.«

»Was hast du geantwortet?«

»Ich habe nein gesagt. Ich habe gesagt, das ist nicht zu verzeihen. Ich erinnere mich noch sehr gut, ich stand vor dem Kofferraum unseres Autos, das vor einem Laden in Arnhem geparkt war, und sie gab mir die Obsttüten. Apfelsinen waren drin, die sind auf die Straße gekullert, als ich wütend wurde. Ich habe gesagt: Nein. Lügen kann man nicht verzeihen. Ich würde es nie erlauben, daß sie wieder mit ihm zusammenlebt, die ganze Stadt wisse es schließlich, ich würde mich furchtbar schämen. Ich habe gesagt, daß ich weg will, daß wir in Schweden neu anfangen können, weit weg von ihm. Daß ich ihn verabscheue und ihn nie wiedersehen will.«

»Und was habt ihr gemacht?«

»Wir haben sie verlassen. Die Familie ist kaputtgegangen, wir haben Saskia und Vater zurückgelassen, und seitdem ist nichts mehr, wie es gewesen ist. Ich nehme alle Schuld auf mich.«

»Sag so was nicht, Klara.«

»Ich hätte antworten sollen: Bitte, Mama, verurteile ihn nicht. Entscheide dich nicht gegen ihn, bleib hier, man kann nicht einfach weglaufen. Ihr habt doch uns, ihr könnt doch uns, euch nicht auseinanderbringen. Wenn man erst jemanden verloren hat, kann man nicht weiterleben, man kann niemals neu anfangen. Ich, wenn überhaupt jemand, hätte es wissen müssen.«

»Haben sie neu anfangen können?«

»Nein. Jedenfalls Mutter nicht. Es hat andere Männer gegeben, doch nein. Vater lebt jetzt mit dieser Susanne zusammen, ich sehe sie aber nie. Saskia trifft sie natürlich, sie ist vernünftig, sie kann so was. Ich nicht, ich will nicht.«

»Aber da muß doch noch was anderes gewesen sein, ein anderer Grund, warum es so geworden ist, wie es heute ist.«

Ich schüttele irritiert den Kopf. Weshalb gehe ich nicht weg? Warum setze ich mich diesen Fragen immer wieder aus, sie weiß bald alles über mich. Sie sieht mich an, ihr stehen Tränen in den Augen, sie streckt die Hand aus. Weiß sie, was sie mit mir macht?

»Klara?«

»Mutter hat gesagt, daß es für mich schlecht ist. Daß sie und ich uns ein neues Leben aufbauen können, in Schweden, wo niemand etwas weiß. Ihr liege am meisten daran, daß ich mich wieder wohl fühle.«

»Dann warst du das Wichtigste für sie.«

»Mag sein. Sagen wir mal, daß es so war.«

Wir gehen zusammen in die Küche. Sie gießt uns etwas zu trinken ein, und ich sitze, an den Spültisch gelehnt, und fühle mich wie neu, als sei alles vorbei, die Schuld gesühnt, der Irrtum aufgeklärt – wir alle können neu anfangen.

»Man verläßt niemanden, Desirée. Das tut man nicht. Hörst du?«

»Ich weiß«, sagt sie, wie um mich zu beruhigen. »Ich weiß, weshalb bin ich sonst wohl hier? Ich verlasse dich nicht. Wir haben es uns doch versprochen, oder? Uns nie zu trennen, was auch kommen mag.«

Ich nicke. Was auch kommen mag. Nicht noch einmal, Saskia. Nicht wieder. Wir essen und reden, der Morgen wird zum Tag, dann zum Abend, und ich merke an ihrer Art, auf die Uhr zu sehen, daß sie weg muß, bald wird das Telefon klingeln, und sie wird Tonfall und Stimme ändern, und ich werde zwar dasein, doch nur an der Peripherie, als jemand, bei dem man sich Trost holen kann, wenn das Spiel schlecht ausgeht.

»Erzähl du«, sage ich, wie um sie vom Telefon abzubringen, von den Einladungen, den Männern, die sie anrufen, den alten Freunden oder den momentanen. »Erzähl«, sage ich und weiß, daß ich alles noch einmal hören werde, aber das ist egal, wenn sie nur nicht geht. Nicht ausgeht.

»Meine Eltern«, beginnt sie träumerisch, »meine Kindheit. Du weißt, es war die beste, die du dir vorstellen kannst.«

Ich nicke.

»Die beste. Meine Mutter stammt aus einer der vornehmsten Familien Schwedens, und die Vorfahren meines Vaters waren mit dem Zar von Rußland befreundet. Mein Vater war Unternehmer. Meine Eltern haben mir alles gegeben, mir hat es an nichts gefehlt.«

»Ich weiß. Erzähl von Eleonora und Gustav, Desirée.«

»Mutter ist in verschiedenen Wohltätigkeitsorganisationen aktiv, hier in Schweden, aber auch international. Sie ist geschickt im *fund raising*, im Aufbringen von Geld, das für Bedürftige gebraucht wird. Vater ist jetzt pensioniert, aber er ist noch immer Aufsichtsratsvorsitzender bei einigen bedeutenden internationalen Firmen.«

Sie spricht mechanisch, fast manisch, als gebe sie etwas auswendig Gelerntes wieder, das rasch heruntergebetet werden muß, bevor sie es vergißt.

»Kaffee«, sagt sie, »mit Kaffee hat Vater uns ein Vermögen verdient, natürlich neben dem Geld, das wir geerbt hatten. Das war in Kenia, wohin mein Vater und meine Mutter Anfang der vierziger Jahre gingen. Sie waren richtige Pioniere, haben Afrika dem multinationalen Handel geöffnet.«

»Wie die Afrikaner selbst vielleicht?«

»Ja, die auch, die auch. Das ist klar. Wenn ich die Augen zumache, sehe ich unsere große Villa auf dem Hochplateau, ein Stück außerhalb von Nairobi, überall umgeben von Kaffeepflanzungen. Unsere Diener nannten Mama *bibi*, und Papa war *bwana* Cronenfelt. Er hat das sehr gemocht, er war bei den Leuten dort mächtig beliebt. Anscheinend habe ich die Sprache damals gekonnt, jetzt erinnere ich mich nicht mehr daran. Ich habe ja nicht immer dort gewohnt, während der Schulzeit war ich in Internaten in der Schweiz, in England und in Frankreich. Aber Kenia war mein Zuhause, dort bin ich 1951 geboren. Eine wirklich faszinierende Welt, die jetzt längst verschwunden ist. Jammerschade. Dann sind sie Anfang der Siebziger hergezogen und ich mit ihnen. Ich meine, hier war ich ja trotz allem zu Hause. Ich habe alles bekommen, was ich haben wollte. Ich sage es immer wieder. Meine Eltern haben mich ermuntert, mich unterstützt, haben gesagt, ich kann alles werden, was ich nur will, sie haben mich ermutigt, eine wirklich freie Frau zu werden, die selbst nachdenkt.«

»Und Liebe?«

»All das und noch ein bißchen mehr«, sagt sie und wendet den Blick zum Fenster.

Sie sieht mich nicht an beim Erzählen, steht da, als sei sie in ihrer eigenen Welt – die Küchenlampe ist wie ein Scheinwerfer auf ihren Scheitel gerichtet –, und rasselt das Ganze herunter. Derweil ich mich an den Abwasch mache, bleibt sie mit geschlossenen Augen stehen.

»Ich will dir erklären, was Stil ist«, sagt sie plötzlich und schaut mich an. »Der ist wichtig, auch wenn du es nicht glaubst, doch in meinen Kreisen ist er wichtig. Damit bin ich aufgewachsen. Stil ist nicht angeboren, der wird erlernt. Ein Gefühl dafür, was richtig ist, was sich gehört. Ein ungeheures soziales Selbstvertrauen, verstehst du? Wenn man weiß, daß man immer auf das vorbereitet ist, was kommen wird, kann man nie enttäuscht werden. Damit bin ich aufgewachsen, das haben sie uns in den Internaten überall in Europa beigebracht: wie man Menschen auseinanderhält. Das ist alles, was ich wissen muß, so daß ich Leute meiner Sorte wiedererkenne.

»Und ich? Was ist mit mir, Desirée?« flüstere ich.

Sie lacht und zieht meine Hand aus dem Wasser, dreht die Innenseite zu ihren Lippen und küßt sie.

»Du weißt doch, das alles ist längst überholt! Es ist lange her, daß wir so gewesen sind. Ich erzähle es nur, damit du verstehst, wo ich herkomme.«

Sie stellt ihr Glas ab und geht ins Schlafzimmer, um sich umzuziehen. Der Schaum des Spülwassers reicht mir bis zu den Ellenbogen, ich puste ihn weg, und ein paar Seifenblasen treiben ins Zimmer. Das Telefon klingelt. Ich höre, daß sie mit jemandem spricht, ich weiß, jetzt fängt es an, fängt es wieder an. Sie ist geschminkt, hat sich Lidstriche gezogen und ihren Körper in etwas Hauchdünnes und tief Ausgeschnittenes gehüllt, die Stiefel reichen ihr bis zu den Schenkeln. Das ist nicht mehr die Desirée, die ich kenne, nicht die Desirée, die ihre Eltern kennen, auch nicht die Desirée, die ihre stilvollen Freunde treffen. Sie sieht aus wie ein kleines Mädchen, das sich verirrt hat, sich aber weigert, das zuzugeben.

»Willst du mit?« fragt sie und zündet sich eine Zigarette an.

Ich schüttele den Kopf.

»Du mußt mit«, sagt sie.

Ich nicke.

Wir sind unterwegs. Es ist eine merkwürdige Welt, Menschen derselben Art finden sofort zueinander. Es ist, als würde jemand eine Glocke läuten, worauf alle mit denselben Bedürfnissen zur Wasserstelle eilen, wo sie den Meistbietenden Waren offerieren. Desirée ist teuer, das wissen alle, man konkurriert um sie. Wenn wir ausgehen, weiß ich nicht mehr, wer sie ist. Ich meine, ich sehe es zwar, doch wünschte ich, es nicht begreifen zu müssen. Sie bietet sich all denen feil, die ihren Weg kreuzen. Sie sagt, sie sei wie ein Mann, nehme sich, ohne die geringsten Bedenken, was sie gerade haben wolle, und gehe dann einfach weiter. Sie sagt, so möchte sie leben, das sei für eine Frau die ultimative Freiheit, ich solle dieses Leben ausprobieren, ohne jede Bindung, ohne Kindergebären, Treue und Versprechungen. Ich sage, daß ich es nicht kann. Das einzige, was ich tue, ist, ihr zuzuschauen. Es ist, als würde mir jemand eine Pistole an den Kopf halten, so daß ich völlig paralysiert bin. In diesen Nächten sind es immer Männer, die uns einladen, und sie sagt laut, dazu wären sie schließlich da. Ich drehe mich weg, wenn sie so redet, doch ich bleibe sitzen. Für sie krempele ich mich völlig um.

Es wird immer später. Ich weiß nicht, wen sie diesmal erwählt hat. Sie sucht sich selten junge Männer aus, die sie anhimmeln und gern mehr als eine Nacht von ihr hätten, Männer, die sie wirklich lieben könnten. Sie sind es nie. Es sind die älteren, meist schon vergebenen Männer, für die sie sich entscheidet, Männer, die sich Desirées Gewohnheiten leisten können und nicht nur Versprechungen zu bieten haben. Es ist vorgekommen, daß plötzlich deren Frauen neben ihr standen und ihr ins Gesicht schlugen, doch hinterher sagt sie, die seien selbst schuld, warum hätten sie sich auch so einen Mann genommen. Sie habe ihnen nur die Augen geöffnet. Mir gefällt das nicht. Aber ich sitze dort. Das macht mich vermutlich zur Mitschuldigen. Ich stehe auf, um nach Hause zu gehen, wie immer allein. Wenn ich nur wüßte, wie ich Desirée endgültig von hier wegholen könnte. Sie kommt hin zu mir, direkt hinter ihr steht der Mann, der den Abend bestritten hat. Ich mag seinen Blick nicht. Sie beugt sich vor und legt ihre Stirn an die meine. Kein Weg aus der Sache heraus. Die Lippen an meiner Wange. Was tut sie mit mir. Sie sieht, was ich denke.

»Verstehst du nicht?« flüstert sie. »Ich binde mich nicht. Ich warte auf dich. Eines Tages werden wir all das hinter uns lassen und irgendwo von großem Nutzen sein. Genau das steht uns bevor.«

Später in der Nacht, viel später, wenn sie an meiner Tür klingelt und ich ihr die Sachen ausziehe und ihr Haar entwirre, flüstert sie: »Kümmere dich um mich, Klara. Bitte, kümmere dich um mich. Ich weiß nicht immer, was ich tue.«

Ich sehe, was ich schon sah, als wir noch Kinder waren, was ich die ganze Zeit geahnt habe: Sie ist irgendwie verloren, sie hat keine Chance. Ich nehme ihren Kopf zwischen meine Hände. Was soll ich sonst tun.

»Komm rein zu mir«, sage ich. »Komm nach Hause.«

Versteh mich, Saskia. Verurteile mich nicht. Nicht, wie ich es getan habe. Versteh mich. Ich kann es nicht.

Klara

5

Es gibt keine Rettung, keinen Weg aus der Sache heraus. Ich weiß es jetzt. Auch Klara ahnte es schon bald, und dennoch entschloß sie sich weiterzumachen. Ist es das, was wir Liebe nennen? Weiterzumachen, obwohl der Weg blockiert ist, der Ausgang der Sache bereits feststeht? Ich will nicht, daß es so ist. Besser wäre gewesen, sie hätte nichts geahnt, wenn sie naiver gewesen wäre, wie ein Katzenjunges, das unter wilde Tiere geraten ist und sich nur angepaßt hat, um zu überleben. Doch sie wußte, was sie tat, sie wollte Leben retten, wollte weitere Irrtümer und Katastrophen vermeiden, statt dessen aber wurde sie zur Ursache derselben. Sie glaubte, wenn sie sich im Zentrum der Ereignisse befinde, könnte sie dazwischengehen, das Spiel rechtzeitig beenden. Sie glaubte, daß sie diese Fähigkeit hätte.

Ich sitze auf der Sommerinsel meiner Kindheit, in den Schären eines Landes, von dem ich nicht gerade viel weiß. Dieses Land ist ein Teil von mir, meine Mutter ist hier begraben, hier war es, wo meine Schwester verschwand. Ich wünschte, ich könnte mehr für dieses Land empfinden. Ich tue mich schwer mit den Menschen hier draußen, mit ihrer Art, verstohlen hinter der Gardine zu stehen, mit ihrem Gerede von Ausländern, die all die Häuser aufkaufen, vom Land, das nicht mehr wie früher ist, mit ihrer verständlichen Angst vor Veränderung, die wohl mit diesem phantastischen Wohlstand zusammenhängt. Ich habe das Gefühl, nicht hierherzupassen, als befände ich mich, was immer ich auch versuche, zu meiner Umgebung im Widerstreit. Wenn ich etwas sage, dann tue ich es zu laut oder auf die falsche Weise – sogar Malin spürt es, sie wird rot und macht Umwege, wenn ich mit ihr zusammen bin –, und lädt man mich irgendwo ein, so bitte ich in meiner

Verwirrung um einen Genever. Wenn ich in Schweden bin, weiß ich nicht mehr, wer ich bin. Es liegt natürlich nicht an Schweden, darüber bin ich mir im klaren, es liegt an meinem Unvermögen. Doch ist es nur zu schön, die Schuld woanders zu suchen. Seit ich hergekommen bin, weiß ich nicht mehr, wer ich bin.

Ich sitze auf einem Baumstumpf im Wald. Ich habe so getan, als sei ich wie die Schweden, und behauptet, ich möchte allein sein, möchte in Frieden gelassen werden – was in Holland, wo man hintereinander durch aufgeforstete Wälder läuft, geradezu unmöglich ist –, ich habe gesagt, ich will Beeren pflücken und im Wald spazierengehen, um zur Ruhe zu kommen. Und hier sitze ich nun auf meinem Baumstumpf. Um mich herum fliegen Vögel, deren Namen ich nicht kenne, hier wachsen Pflanzen, die zwar grün sind, doch näher definieren könnte ich sie nicht, über meinem Kopf sehe ich Bäume der verschiedensten Art, doch ich weiß nicht, wie sie heißen. Ich bin ein armer Mensch, die Natur ist nur etwas, dem ich einen Besuch abstatte. Ich beneide die Menschen hier draußen, weil sie sich in ihr *finden*. Ich bin umschlossen von stillem Grün, das mir nichts sagt, und ich weiß, daß es in meinem Inneren viel zu viele Stimmen gibt, als daß ich jemals wirklich Frieden haben könnte.

Um von den Stimmen wegzukommen, denke ich an Malin. Sie hat hier auf der Insel eine neue Freundin gefunden, was wohl der Traum aller Eltern ist. Sie nehmen sich gegenseitig völlig in Beschlag. Diese Freundin heißt Desirée.

»Ein seltener Name, stimmts, Mama?«

»Ja, wirklich.«

Sie lassen einander nicht in Frieden, geben einander keine Möglichkeit zum Nachdenken. An den Abenden, wenn die Freundin bei uns übernachtet, höre ich, wie sie sich jede Kleinigkeit erzählen, sie wissen alles voneinander, und bald werden sie sich tief in die Augen schauen und sagen: »Werden wir uns immer lieben?« Sie werden Erkennungszeichen tragen als Beweis für ihre Freundschaft, sie werden der ganzen Welt zeigen, daß sie auserwählt sind, und wenn ein anderes Mädchen ihren Weg kreuzt, werden sie so unbarmherzig sein, wie es ihre eben entdeckte Intimität erfordert. Sie werden der Neuen die Augen auskratzen, und diese wird weinend nach Hause laufen zu ihrer Mutter, die wieder eine von denen ist, die vergessen haben, wie bösartig wir kleinen Mädchen sein können, und sie wird ihre Tochter mit aufmunternden Worten zurückschicken, statt ihr beizubringen, Zorn und Mut zu zeigen. Wir vergessen. Aber ich vergesse nicht, ich erinnere mich an Klara. Ich sehe den Schmerz, noch bevor er da ist, ja vielleicht sogar dann, wenn es ihn nicht gibt. Sicher plädiere ich für Schwesterlichkeit, doch weiß ich auch einiges über ihre Kehrseiten. Ich weiß, daß ich gezwungen sein werde, Malin wiederaufzurichten, daß ich es schon früher getan habe. Heute wie damals werde ich sie ermuntern, sich auch mit Jungen abzugeben, werde ihr sagen, daß sie nicht weniger grausam sind, ihre Grobheit aber vielleicht offener zeigen, daß deren Regeln ihr durchs Leben helfen können. Denn eines Tages hat die Freundin eine andere Vertraute gefunden, und all die Geheimnisse Malins werden zum Gegenstand gründlichster Erörterung zwischen den neuen Busenfreundinnen. Halsketten werden zurückgefordert, ebenso wie Geschenke und Versprechen. Wir werden Zeugen eines Blutbades sein, und ich weiß nicht einmal, ob Magnus überhaupt bemerken wird, was geschieht.

Ich will nicht behaupten, daß Magnus nichts von Frauen versteht, denn so ist es nicht. Ich kenne nur wenige Männer, die so instinktiv fühlen, wie man eine Frau glücklich macht, wie man es fertigbringt, daß ein anderer Mensch sich entfaltet. Magnus hat meine unendlichen, oft sinnlosen Klagen stets angehört, hat mir dann zugelächelt, was ansteckend war, so daß auch ich zugeben mußte: »Ist doch wahnsinnig, nicht?«

»Ein bißchen.«

»Wahnsinnig.«

»Ja.«

Er verleugnet mich nicht, es gibt nichts Herablassendes in seinem Verhalten. Es ist nicht so, daß er über mich lacht. Er bringt mich vielmehr dazu, über mich selbst zu lachen. Je ernster eine Angelegenheit ist, desto mehr muß man lachen. Er sagt, das hätte er damals in Sambia gelernt. Er hat es geschafft, daß ich mich von außen sehen, mich zügeln kann, ehe es zu spät ist, und statt mich bedroht zu fühlen, fühle ich mich befreit. Wir haben das Entsetzen aus unserem Leben weggelacht. Genau das haben wir so viele Jahre lang getan. Jeder von uns hat den anderen zum besseren Menschen gemacht – auch das bin ich, ich habe ebensoviel teil daran –, selbst wenn es banal klingen mag. Mit ihm bin ich, war ich, das Beste, was ich überhaupt sein kann. Zehn Jahre lang bin ich glücklich gewesen, und jeden Morgen habe ich unser Zuhause in Amsterdam verlassen, bin zur Universität gegangen und habe studiert oder dann Vorlesungen in Groningen gehalten, und schließlich, nach vielen Jahren angestrengter Arbeit, habe ich meinen Doktor gemacht. Mit Magnus hatte ich eine Richtung, ein Ziel. Mein privates Leben hat mir so viel Ruhe gegeben, daß ich meine freie Zeit fast nie zu Spekulationen darüber nutzen mußte, ob er mich verlassen wird, ob wir uns genügend lieben. Ich habe es gewußt, er hat es gewußt. Das war das Beste, was ich besessen habe, mein größter Stolz. Wir haben etwas so Großartiges wie die Gewißheit besessen, daß *einer den anderen nie verraten wird.*

Und jetzt? Ich sitze im Wald und blicke zurück auf zehn Jahre, und ich weiß, daß diese Gewißheit nicht mehr genauso selbstverständlich ist. Mein Stolz ist angeknackst, er wird zerfressen von meiner Bosheit, meinen häßlichen Worten, meinem erbärmlich schlechten Gedächtnis. Innerhalb kurzer Zeit bin ich zu einer von diesen schrecklichen Personen geworden, über die wir früher gelacht haben: eine Märtyrerin, so eine, die Spitzen austeilt und Worte bis zur Unkenntlichkeit verdreht. Aber ich weiß, daß immer zwei dazu gehören, selbst wenn es bei mir die schlimmere Form angenommen hat. Ich weiß, wenn Magnus und ich stärker gewesen wären, hätten wir auch das durchschaut. Er hätte gesagt, meine Bosheiten interessierten ihn nicht, ich solle allein losfahren, bis ich mich wieder gefangen hätte, oder daß wir uns zusammensetzen könnten, bis wir wüßten, warum unsere Worte immer eine so unangenehme Wendung nähmen. Wie er es zuvor stets getan hatte. Und ich auch. Statt dessen schleicht er mit vielsagenden Blicken und unruhiger Miene um mich herum. Es gehören immer zwei dazu.

Ich ahne, wie das alles begonnen hat. Ich habe mich selbst getäuscht, das war vor dem Fahrradfahrer und meinem Sturz. In den vergangenen Jahren habe ich manchmal ein plötzliches Entsetzen in seinen Augen gesehen. Vielleicht ist Entsetzen ein zu starkes Wort, denn ich weiß, er liebt mich noch immer, er wird, ebenso wie ich, niemals entkommen. Ich glaube, es ist Angst. Es ist Angst, was ich zuweilen, irgendwie aus den Augenwinkeln, in seinem Gesicht sehe, wenn er mich betrachtet. Angst und Mißtrauen. Ich weiß nicht, ob er begreift, daß ich es bemerkt habe. Doch er muß es ahnen. Weshalb würde er sonst so herumschleichen? Ich wünschte nur, er könnte sagen, wovor er die größte Angst hat. Das würde mir helfen. Hat er mehr Angst vor mir oder vor dem, was mir geschehen könnte? Zwischen diesen beiden Dingen liegt der Wertmesser unserer Liebe. »Hast du Angst vor mir, Magnus?« möchte ich ihn abends fragen. Statt dessen sage ich, derweil ich mich über ihn strecke, um die Nachttischlampe auszuschalten: »Gute Nacht, Liebling.«

»Gute Nacht.«

Seine Lippen berühren die meinen. Sie schmecken nach nichts. Ich öffne mich nicht für ihn. Nachts flüstert er bisweilen, ich glaube, im Schlaf: »Klara?«

»Ich bin es, Saskia.«

»Saskia?«

»Ich bin hier.«

Es hinterläßt Spuren bei ihm, daß ich nachts auf dem Dachboden sitze und von Klara lese. Doch es gibt keinen Weg aus der Sache heraus. Nicht nachdem ich die Bodentreppe heruntergeklappt habe und zu den Erinnerungen an eine Vergangenheit hochgestiegen bin, von der ich nichts habe wissen wollen. Nicht seit dem Morgen, als ein Mann die überall geltende Grenze des Privatlebens überschritten hatte und plötzlich in unserem Wohnzimmer stand. Das war gestern. Indem er sich kurz vorstellte, nahm er den ganzen Raum ein und veränderte das Haus für immer: »Guten Tag, ich heiße John Adolfsson, ich bin Kriminalinspektor a.D. Den Sommer über wohne ich hier auf der Insel. Ich war jahrelang zuständig für die Ermittlungen bei dem Doppelmord und dem Verschwinden Ihrer Schwester Klara Mårstedt.«

»Wie bitte?«

Ich flüstere, ich bin allein zu Hause, ich habe keinen Schutz. Malin teilt gerade Geheimnisse mit, und Magnus mißtraut mir.

Ich sage es noch einmal: »Wie bitte?«

»Adolfsson. Wir haben vor vielen Jahren mal miteinander telefoniert. Ich hatte Sie nach Ihrer Schwester Klara gefragt, ob Sie von ihr gehört hätten, ob Sie wüßten, wozu sie imstande war.«

»Ich erinnere mich«, sage ich.

Ich will diesen Mann nicht in meinem Haus haben.

Er ist ein wenig untersetzt und hat graue Strähnen im Haar. Er spricht Schonisch auf eine Weise, die gemütlich klingen könnte. Es ist entsetzlich. Seine Augen sind ungewöhnlich neugierig und hellwach. Ich sehe, daß er kein Wort zufällig sagt, er weiß, was er tut, auch dann, wenn er sich unsicher gibt. Dieser Mann hat sich mindestens ebenso unter Kontrolle wie ich mich. Ich fühle mich bedroht. Er will etwas von mir, und ich werde kämpfen, um ihn aus meinem Leben herauszuhalten. Doch ich bin höflich, ich bin Schwedin und Holländerin in perfekter Kombination und frage folglich: »Kaffee?«

»Danke, gern.«

Er nimmt auf der Terrasse Platz, einer der Korbstühle knackt unter seinem Gewicht, und er seufzt, offenbar vor Wohlbehagen, ohne irgendwelche Sorgen im Leben. Ich weiß, daß er mich täuschen wird, ich muß aufpassen. Er ruft, indem er mit der Hand auf die Bucht weist: »Was für ein phantastisches Haus! Was für eine Aussicht!«

Ich antworte nicht. Ich stelle zwei Tassen auf ein Tablett, das Wasser kocht, in die Thermoskanne damit, Gebäck dazu. Er empfängt mich mit einem Lächeln. »Genau, wonach ich mich gesehnt habe, nach einem schönen Vormittagskaffee.«

Als ob das hier eine Gaststätte wäre, an der er zufällig vorbeigekommen ist und wo der Kaffee den Ruf hat, besonders gut zu sein, die Serviererinnen besonders charmant sein sollen und die Aussicht überwältigend ist. Ich klappere störend mit dem Geschirr.

»Ich habe Sie hier noch nie gesehen. Das Haus war jahrelang verschlossen.«

»Drei Jahre. Seit meine Mutter gestorben ist.«

»Tut mir leid.«

Ich möchte sagen: »Ach ja?« Ich gieße Kaffee ein und reiche ihm eine Tasse.

»Und davor?« fragt er, als wollte er das Gespräch ungezwungen fortführen.

Er täuscht mich nicht.

»Da war meine Mutter hier.«

Er lächelt: »Das ist mir klar. Ich meine Sie.«

»Ich hatte in den letzten Jahren überhaupt keine Zeit, um herzukommen.«

»Zeit?«

»Keine Lust.«

»Aha.«

»Ich hatte nie eine starke Bindung zu Schweden. Das war Klaras Sache.«

»Ich habe jahrelang in England gewohnt. Ich fühle mich hier manchmal auch fremd.«

Er tut vertraut, er tastet sich vor, er will erreichen, daß ich ihn mag. Ich gebe keine Antwort.

»Aber Ihre Schwester war oft hier?« fragt er.

»Ich nehme es an.«

»Sie war hier draußen, kurz bevor sie verschwunden ist, nicht wahr?«

»Bevor sie gestorben ist, meinen Sie.«

»Wir wissen nicht, ob sie tot ist.«

»Wir wissen, daß sie Selbstmord begangen hat.«

»Wir *nehmen an*, daß sie Selbstmord begangen hat. Alles deutet darauf hin, der Brief an Sie, das Auto neben dem Brückengeländer, die Tasche, der Paß. Doch da die Leiche nicht gefunden wurde, kann man schließlich nie sicher sein.«

Ich stehe auf und stelle mich ans Geländer der Terrasse, schaue aufs Meer hinunter, das gegen die Felsen schlägt.

»Herr Kriminalinspektor Adolfsson?«

»Sagen Sie John.«

»Herr Adolfsson. Ich weiß nicht, was Sie vorhaben, was Sie von mir wollen. Sie haben natürlich alles Recht der Welt, auf derselben Insel zu wohnen wie ich, auch wenn ich finde, daß es dazu nur eine minimale Chance oder Gefahr hätte geben dürfen. Für mich ist dieses Gespräch nichts Angenehmes. Für Sie ist es vielleicht eine interessante Angelegenheit, etwas, das einem Pensionär Stoff zum Grübeln bietet, wenn die Nachmittage lang werden. Egal, wie es auch ist, jedenfalls würde ich gern wissen, was Sie wirklich wollen.«

Er schaut mich an. Ich bemerke ein leichtes Lächeln in seinem eingefallenen Gesicht. Er hat meine Unsicherheit gespürt, meine Angst gerochen. Genau das war es, was er brauchte, um in diesem Sommer meinem Ferienhaus weitere informelle Besuche abzustatten.

»Ich will Sie natürlich nicht aufregen. Das war nicht meine Absicht. Ich bin eigentlich nur neugierig auf Sie. Ich habe so viele Jahre mit diesem Fall, dem Mord an Desirée Cronenfelt und Henrik von Rensen, verbracht, und die Sache hat ein so unrühmliches, nichtssagendes Ende gefunden, daß ich sie einfach nicht richtig loslassen konnte.«

»Und?«

»Sie erinnern mich an Klara.«

»Sie sind ihr doch nie begegnet.«

»Nein, das ist wahr. Aber sie hat mich beschäftigt, hat mich interessiert. In all ihrer Abwesenheit. Wenn ich sie finden würde, könnte ich erfahren, was wirklich geschehen ist.«

»Sie ist tot.«

»Natürlich«, sagt er und trinkt seinen Kaffee aus. »Das war es übrigens, weshalb ich gekommen bin.«

»Ach so?«

»Ich weiß nicht, ob Sie daran gedacht haben, daß es bald genau zehn Jahre her ist, seit sie verschwunden ist.«

»Ich weiß.«

»Daß Sie jetzt das Recht haben, oder besser gesagt Ihr Vater, einen Antrag zu stellen, um sie vom Amtsgericht für tot erklären zu lassen. Vielleicht wollen Sie auch eine Gedenkfeier abhalten?« fragt er und lächelt mitfühlend.

Ich zucke unwillkürlich zusammen.

»Für mich spielt das keine Rolle.«

»Daß sie endlich formell für tot erklärt wird?«

»Das hätte sie schon längst sein können.«

»Ja, wenn die Umstände ihres Verschwindens, ihres Selbstmordes, klar und einfach gewesen wären, dann sicher. Nun war es nicht so. Doch da sie nicht wieder aufgetaucht ist ...«

»Wieder aufgetaucht?«

»... und schon zehn Jahre vergangen sind, so dürfte alles klar sein.«

Ich sage nichts dazu. Es macht mich nervös, daß er sieht, wie getrübt mein Blick ist, und daß ich mir kein Blinzeln erlaube, daß ich mich zur Wehr setzen muß, um mein Gesicht nicht zu verlieren.

»Vielleicht sollte ich gehen«, sagt er und erhebt sich. »Vielen Dank für Kaffee und Gebäck.«

Er dreht sich zu mir um und ist nun wieder entgegenkommend.

»Wissen Sie, daß ich hier auf der Insel ein Haus gekauft habe, gleich nachdem wir uns gezwungen sahen, die Ermittlungen in dem Mordfall einzustellen?«

Er erwartet keine Antwort.

»Ich war zuvor einmal hergefahren, um zu sehen, ob ich nicht eine andere Erklärung für das Verschwinden Ihrer Schwester finden könnte, und habe mich einfach in dieses Eiland verliebt. Ich, ein Schone, hier mitten in den

Stockholmer Schären! Wissen Sie, zu Hause lacht man darüber.«

Ich kann ein Lächeln nicht unterdrücken. Er lacht lange.

»Ja, dann gehe ich wohl. Es tut mir leid, wenn ich Sie beunruhigt habe. Ich wollte nur, daß Sie Bescheid wissen.«

»Ich weiß Bescheid.«

»Aha, na dann also einen schönen Tag.«

»Ebenfalls, Herr Kriminalinspektor.«

Als er den Hang hinuntergeht, dreht er sich mit einer entwaffnenden Geste zu mir um und ruft etwas, es klingt wie: »Sagen Sie John.«

Ich weiß, er wird wiederkommen. Ich bleibe auf der Terrasse sitzen. Die Welt habe ich ausgeschlossen. Ich schlafe ein, wie ich es immer tue, wenn ich spüre, das Gehirn will etwas wiederkäuen, was unlösbar ist. Magnus weckt mich mit einem Kuß auf die Stirn. Er nickt.

»Ich weiß. Ich habe ihn unterwegs getroffen.«

»Du wußtest, wer er ist?«

»Ich habe doch mit ihm gesprochen, als er in Holland angerufen hat.«

Er zögert einen Augenblick.

»Er hat mich auch ein paarmal aufgesucht, als ich in Stockholm gewesen bin.«

»Das hast du nie erzählt.«

»Nein, ich hielt es nicht für nötig.«

»Nicht nötig?«

»Saskia, Liebe. Ich fand, du hattest genug durchgemacht.«

Ich halte den Mund fest geschlossen, bin es leid, giftig zu werden. Ich schaffe es nicht, seine Worte zu verdrehen, um eine Reaktion zu provozieren, ich hätte so gern ein Herz gehabt, das einfach offen ist, ihn zu lieben, wäre so gern bereit, mich von ihm erneut zum Lachen bringen zu lassen. Ich will, daß er wieder der Mann ist, der versprochen hat, mich nie zu verraten.

»Erzähl von uns«, flüstere ich deshalb.

Er legt seinen Mund an mein Ohr.

»Ich weiß nicht, ob ich es noch kann, Saskia. Erzähl du.«

»Ich weiß nur, daß es einmal einen Mann gab, der grenzenlos liebte. Dieser Mann warst du. Du hast nicht verurteilt, bist nicht herumgeschlichen, hast nicht verraten, nicht du hast sie gerettet, du hast sie gebeten, sich selbst zu retten.«

»Diese Frau warst du.«

»Sie liebte dich. Nur dich. Dir ist es zu danken, daß sie überlebt hat, nur dir.«

»Und jetzt?« flüstert er, und ich höre, wie gepreßt seine Stimme klingt, und es tut mir weh zu wissen, daß jemand, der so nahe ist, mir nicht wirklich nahe kommt.

Ich höre mich selbst sagen, und es ist das Ehrlichste, was ich seit langem geäußert habe: »Saskia weiß nicht mehr, wer sie ist.«

Er hält mich umfaßt, und ich glaube, daß wir irgendwo doch noch nach Hause finden können, glaube nicht, daß wir entkommen sind, es ist zu spät dafür, doch besitzen wir noch immer etwas von dem Vertrauen, das unsere Körper als Schutz umhüllte. Er hält mich umfaßt, er hält mich fern von der Welt, er umschließt mich. Und dennoch. Es reicht nicht aus.

Der Wald gibt keine Antwort, so wie ich keine Antwort darauf weiß, was sich in ihm befindet. Das einzige, was ich denken kann, als ich in dem unbeschreiblichen Grün dort auf dem Baumstumpf sitze, ist: Wenn ich nur fliehen könnte. Danach: Wenn doch Andrea hier wäre.

6

Mai 1981

Saskia,
ich besitze dieses Leben, doch weiß ich nicht, womit ich es ausgefüllt habe. Ich besitze diese Liebe, die ich nicht benennen kann. Auch dich habe ich, obwohl du sehr weit weg und manchmal nur noch wie eine ferne Erinnerung bist, und obwohl du für mich, beinahe, wieder tot bist. Das ist mehr, als ich ertragen kann. Ich glaube, das ist der Grund, warum Desirée und ich uns so nahestehen, es ist diese ewige Sehnsucht nach dir, die mit etwas anderem kompensiert werden muß. Ich bin nicht wie du: stark im Wissen, daß es genügt, man selbst zu sein. Doch bin ich wirklich überzeugt, daß Desirée und ich klarkommen werden. Wir werden zwei selbständige Menschen, die sich nicht in anderen zu spiegeln brauchen, damit sie erfahren, wer sie sind, wir werden in der Welt nicht nur unseren Weg finden, sondern sie zu einem besseren Ort machen.

Nach den Vorlesungen in der Universität haben wir es uns angewöhnt, eifrig darüber zu diskutieren, wie wir unsere zukünftige Welt ändern können. Wir nehmen uns sehr ernst, das wird von uns verlangt. Wir hocken in einem Café der Stadt, selbstsichere, kettenrauchende, schöne Frauen, die nichts kleinkriegen kann. Desirée sagt, wir müßten das System, *die patriarchalische Hierarchie*, von innen her aufbrechen. Solche Worte verwendet sie, blendet uns damit. Sie stellt alles so anschaulich und einfach dar: die Männer als Feinde und die Frauen als diejenigen, die ständig das Nachsehen haben. Ich wende ein, daß wir auch die Männer einbeziehen müßten, denn wenn eine Frau in ihrer Geschlechterrolle festsitze, tue es der Mann ebenso. Ich sage: »Dreht die Sache doch mal um. Es gibt Bereiche, die Frauen genauso streng bewachen wie Männer die ihren, Bereiche, die sie vielleicht gar nicht hergeben *wollen*. Kann es nicht sein, daß in diesem System beide Seiten *die Betrogenen* sind? Haben wir vielleicht auch schuld daran?«

Die anderen aus dem Kurs stimmen mir nicht zu, vor allem Desirée nicht. Sie protestieren heftig. Die Gespräche gehen hin und her, ganze Nachmittage und Abende lang, es ist verlockend und stimulierend. Aber trotzdem, Saskia, fühle ich mich manchmal wie eine Verräterin und denke: Warum reden wir so viel, können wir nicht etwas Radikales mit unserem Leben anfangen?

»Du nimmst die Männer in Schutz, Klara«, sagt Desirée in diesem unangenehmen Tonfall, den sie, wenn andere dabei sind, oft anschlägt, so als wolle sie unsere Verbundenheit tarnen.

»Ich meine einfach, wie sollen wir die Dinge allein wirklich *ändern* können?« frage ich müde.

»Wir müssen denselben Platz einnehmen wie die Männer, sie genauso raffiniert unterdrücken, wie sie es mit uns tun«, sagt eine Frau, die Carolina heißt, sie ist zierlich und blond, sitzt immer rechts von Desirée und beugt sich jetzt zu ihr hin, um ihre Zustimmung zu betonen.

Ich schüttele langsam den Kopf. Desirée wendet sich direkt an mich: »Klara, glaubst du wirklich, daß ein System, das von Männern aufgebaut ist, nimm nur mal die Universitätswelt, sich verändern und *freiwillig* auf Macht verzichten wird? Auf der untersten Ebene, ja, wo wir dazugehören und Geld bringen, aber weiter oben? Wo sind dann all die weiblichen Professoren?«

»Die werden wir.«

»Nie im Leben. Glaubst du das tatsächlich?«

»Ich *muß* es, egal wie es jetzt auch aussieht.«

»Das reicht nicht«, sagt Desirée kopfschüttelnd. »Mein Gott, es ist erst sechzig Jahre her, daß wir das Stimmrecht bekommen haben, außerdem zählten wir damals mehr oder weniger zum Besitz des Mannes.«

»Das ist noch heute so«, sagt Carolina, beißt sich aber sofort auf die Zunge, weil Desirée ihr nicht zustimmt.

»Es braucht aber doch nicht so zu werden, wie du es beschreibst. Es gibt andere Beispiele.«

Carolina und Desirée lächeln vielsagend.

»Welche?«

»Meine Mutter. Sie kommt aus eigener Kraft klar und hat Erfolg.«

»Weil sie geschieden ist, ja.«

»Sie war auch vorher schon stark, zusammen mit meinem Vater. Sie haben sich glücklich gemacht, haben sich vorwärts geholfen.«

Desirée schaut auf die Tischplatte, dann wandert ihr Blick in meine Richtung. In ihren Augen ist Kälte. Zweimal hast du mich jetzt verraten, sagen sie.

»Aber Klärchen, du und ich, wir wissen doch, daß dein Vater sie ständig betrogen hat.«

Sie ist es, die mich verrät. Alles, was ich ihr im Dunkeln anvertraue, kommt ans Licht. Bei Diskussionen ist sie erbarmungslos, sie muß immer gewinnen. Je mehr wir uns lieben, desto gemeiner muß sie sein. Sie muß sich Verbündete suchen als Schutz gegen diese Liebe, und sie erwartet, daß ich dasselbe tue. Doch ich weigere mich. Ich bin ein Mensch, der mehr liebt, als guttut, und ich halte mein Versprechen. Ich stehe auf, um zu gehen. Warum ist alles so ermüdend, obwohl ich mich hier doch sicher und verstanden fühle? Woher kommt das Gefühl, daß wir uns nicht vom Fleck bewegen, auch wenn wir uns noch so einig sind? Manchmal will ich einfach alles hinter mir lassen: die ewige Jagd nach Einmütigkeit, die schrillen Stimmen, wenn sich jemand verletzt fühlt, in einem Moment dazuzugehören und im nächsten plötzlich ausgestoßen zu sein, all die Intrigen. Manchmal möchte ich nur klar sagen dürfen, was ich meine, statt es mit sanfter Stimme diplomatisch zu kaschieren. Manchmal ist es, als hätte ich all das gründlich satt. Kannst du mich verstehen, Saskia?

»Ich geh nach Hause«, sage ich nur.

Ich ziehe mich an, gehe zur Tür und habe nicht den Wunsch umzukehren, ich begreife, ich könnte, wenn ich nur die Kraft dazu hätte, jetzt meine Koffer packen, meine Bücher nehmen und die Erinnerungen und dahin zurückkehren, woher ich gekommen bin. Zu dir, Saskia.

Sie läuft mir hinterher. Natürlich tut sie das. Sie faßt mich ums Kinn und zwingt mich, sie anzusehen. Sie fängt mich ein mit ihrem Lächeln, mit ihren Augen, ihrer Art, mich zu berühren.

»Du verläßt mich doch nicht?« fragt sie.

»Natürlich nicht.«

»Sehen wir uns heute abend?«

»Natürlich.«

»Du bist nicht traurig?«

»Nein.«

Langsam gehe ich zu meiner Wohnung, sie ist klein und scheint nach all dem muffig zu riechen. Hier gibt es keine offenen Flächen oder den Geruch der Wohlhabenheit, der Desirées gesamtes Dasein umgibt und auch Stunden meines eigenen Lebens geprägt hat, seit ich mich in ihre Welt habe einkaufen lassen. Mein Leben hat nie zuvor etwas Derartiges besessen, ich habe nur diese Hände und diesen Kopf, und meine Mutter hatte gesagt, ich solle sie gut gebrauchen. Sie hat mir Glück gewünscht und gesagt, ich müsse selbst kämpfen, und daß ich nur im äußersten Notfall auf sie zählen könne. Das hier ist kein Notfall, es ist das Leben, wie es ist. Vielleicht habe ich mir deshalb gestattet, mich von all dem berauschen zu lassen.

Vor meiner Haustür steht eine Frau, ihr Haar flattert

über den rotgeweinten Augen. Ich kenne sie von der Universität. Ich kenne sie von den endlosen Nächten in Desirées Gesellschaft. Ich kenne sie von den vielen Malen, als sie aus ein paar Meter Entfernung beobachtet hat, wie Desirée mit ihrem Freund anbändelte.

»Ich muß mit dir reden«, sagt die Frau, die Maria heißt.

»Ja, ich verstehe.«

Der Wind packt unsere Kleider, und sie sieht so einsam und zerzaust aus, daß ich die Hand ausstrecken und ihre Schulter berühren muß, als wollte ich nachsehen, ob sie noch immer dasteht.

»In diesem Jahr will es nicht warm werden«, sagt sie nur, als reiche das zur Erklärung, warum sie ihren zerweinten Körper vor meiner Tür postiert hat.

»Das wird schon«, sage ich und lasse es wie ein Versprechen klingen.

Sie sieht mich an, und in ihren Augen leuchtet ein Funke auf.

»Kannst du mit ihr sprechen?«

Ich weiß, worüber. Ich wünschte, ich wüßte es nicht.

»Was willst du, daß ich sage?«

»Sie soll meinen Freund in Ruhe lassen. Sag, daß er mich liebt, aber ihr nicht widerstehen kann. Ich weiß, das klingt feige, als hätte er kein Rückgrat, genausowenig wie ich.« Verwundert fügt sie hinzu: »Er hat Angst vor ihr und ich auch.«

Ich nicke. Ich wünschte, daß ich es fertigbringen könnte, ihr von unseren Nächten zu erzählen, davon, wie zärtlich Desirée sein kann, von ihrer Großzügigkeit, ihrem guten Willen, von ihrer durchscheinenden Haut und ihrem zierlichen Körper, der einfach davongetragen werden möchte, wenn nur einer die Kraft dazu aufbringen könnte. Dieser Jemand, der ich werden muß. Doch ich bin müde, Saskia, ich bin erschöpft, und mir fehlt deine Tatkraft.

»Ich werde mit ihr reden«, sage ich nur.

Sie nickt, sie ist beschämt, weil sie sich vor mir bloßgestellt, weil sie ganz offen ihre Schande eingestanden und gezeigt hat, daß sie diejenige ist, die liebt, diejenige, die um einen Mann kämpfen muß, der behauptet, sie ebenfalls zu lieben. Ich schaue zu Boden.

»Wie kannst du nur?« fragt sie.

»Was?«

»Wie kannst du mit ihr zusammen sein?«

»Wir sind Freundinnen«, antworte ich unbeholfen.

»Das habe ich begriffen. Ich frag mich nur ...«

Sie nickt, wie um zu zeigen, daß auch ich jetzt entlarvt und ein Teil der Schande bin, daß sie diese keineswegs nur allein trägt. Das war es, was ich die ganze Zeit gewußt habe: Daß ich mitschuldig bin.

Nachts ruft Desirée an. Wir können ausgewesen sein, ich bin nach Hause gegangen, sie ist mit einem Mann verschwunden, doch dann ruft sie irgendwo aus der Stadt an; im ersten Morgengrauen zerreißt ein Klingeln die Stille meiner Wohnung. So auch in dieser Nacht. Ich bitte sie, ein Taxi zu nehmen und herzukommen. Sie ist völlig hysterisch, sagt, sie begreife nicht, wo sie ist und bei wem, und wenn ich sie nicht bald holen käme, wisse sie nicht, was ... Ich bitte sie, auf die Straße zu gehen und dann so weit zu laufen, bis sie sehe, wo sie sei, weil ich sie sonst nicht finden könne. Sie sei wie gelähmt ohne mich, sagt sie, sei ratlos und ohne jedes Ziel. Ich bitte sie loszugehen. Sie bringt mich um meine Ruhe. Nachts wache ich am Telefon, sie raubt mir alle Kraft. Es ist unbegreiflich, daß sie an diesem Leben festhält, obwohl sie doch gesagt hat, sie will damit aufhören. Ich verstehe nicht, warum ich weiter warte. Trotzdem weiß ich es. Ein Versprechen ist ein Versprechen. Nicht noch jemand darf zugrunde gehen. Wenn ich sie rette, rette ich auch mich.

Ich weiß, Saskia, ich erinnere mich daran. Es ist nur so ermüdend.

Am Ende kommt sie dann. Ich bürste ihr das Haar, gebe ihr eine Tablette, wische ihr die Schminke ab, die sich schon aufgelöst hat und ihr müdes Gesicht mit einer aquarellfarbenen Schicht überzieht. Ich lege eine Matratze auf den Boden, lese ihr etwas vor, tue alles, was sie will. Doch will ich nicht, daß sie erzählt. Ich weiß, daß ich mitschuldig bin, aber ich will nicht wissen, woran. Sie hält meine Hand. Allein das, wie sie meine Hand hält. Niemand hat mich je so gebraucht. Sie flüstert: »Wir fahren zu meinen Eltern.«

»Sicher tun wir das.«

»Ich will, daß du sie triffst. Bald. Wir fahren zu ihrem Haus am Meer, es ist so schön, und sie sind wunderbar. Du mußt sie kennenlernen, erst dann wirst du verstehen, wer ich wirklich bin.«

»Ja, Desirée.«

»Ich will es. Ich glaube, du wirst sie sehr mögen. So wie ich es tue. Du wirst sie lieben, du mußt, Klara.«

»Ja. Schlaf jetzt.«

Sie schließt die Augen, preßt meine Hand, bis sie fast taub ist. Ich weiß, daß ich es ihr sagen muß.

»Maria war heute hier.«

»Wer?«

»Die Freundin von Anders.«

»Ach die.«

»Sie will, daß du ihn in Ruhe läßt.«

»Ich habe ihn nicht angerührt. Sie lügt.«

Ich schaue zur Decke hoch, das Licht der Nachttischlampe läßt unsere Profile das halbe Zimmer ausfüllen.

»Du glaubst ihr doch wohl nicht? Alle fallen über mich her. Keiner mag mich. Nur du.«

»Liebes. Nicht mit mir. Ich habe euch doch gesehen.«

Sie blickt mich bestürzt an. Dann fängt sie an zu weinen. Ich ertrage es nicht. Ihren Blick: »Auch du.«

»Desirée? Du brauchst mich nicht anzulügen. Ich laß dich nicht allein. Ich habe es versprochen.«

Sie hört nicht auf zu weinen, liegt zusammengerollt auf meiner Matratze, und wieder würde ich sie am liebsten nehmen und mit ihr diese seltsame Welt verlassen. Es ist, als hätte sie in der falschen Umgebung Wurzeln geschlagen. Wenn ich sie nur herausziehen und verpflanzen könnte, würde sie eine andere werden.

»Laß ihn in Ruhe. Mir zuliebe«, sage ich.

»Er interessiert mich nicht«, murmelt sie.

»Aber dann laß ihn doch.«

»Er entscheidet selbst, was er tun will. Er ist ein erwachsener Mann.«

»So einfach ist es nicht.«

»Aber du weißt doch, daß ich nicht interessiert bin, daß ich mit ihm nie länger zusammen sein möchte. Das muß doch selbst sie begreifen.«

»Laß es sein.«

»Willst du, daß auch *ich* mich verstelle? Ich soll ihn also freigeben, damit er zu dem verlassenen Aschenbrödel zurückkehren kann, das mit verheultem Blick am ehelichen Bett wartet? Du verstehst, wenn sie sich *wirklich* lieben würden, wenn sie sich wirklich ... Willst du das, Klara?«

»Ja.«

»Dann mache ich es. Dir zuliebe. So viel Romantik, wie du nur willst. Ich soll also verlassen werden und sie ihn zurückgewinnen?«

»Ja. Ich glaube, so muß es sein. Schlaf jetzt.«

Kurz bevor wir beide einschlafen, flüstere ich, obwohl ich eigentlich weiß, daß ich sie nicht vor Irrtümern schützen kann:

»Genießt du es, mit Männern zusammen zu sein?«

»Genießen?«

»Ja. Spürst du Wärme, Liebe.«

»Ich bin nicht so sicher, daß ich weiß, was das ist.«

Ich lerne sie besser kennen, als ich sollte. Trotzdem muß ich weiterfragen, nach Dingen, die ich am liebsten nicht wissen will.

»Schützt du dich?«

»Wovor, Klara?«

»Vor den Risiken.«

»Du verstehst wirklich nicht. Die sind es doch, auf die ich aus bin.«

»Ich begreife dich nicht«, sage ich und schließe die Augen.

»Brauchst du auch nicht. Liebe mich einfach.«

Wir halten uns bei den Händen. So endet es immer. Katastrophen – dann diese Nächte der Einsicht, der Nähe und der Versprechen.

»Das muß ein Ende haben, Desirée. Du weißt es.«

Sie flüstert, tief aus dem Schlaf heraus: »Ich ahne es. Dir zuliebe. Wir ziehen zu Saskia, nach Amsterdam, das machen wir. Wir werden wie sie, ja, Klara?«

Ich gebe keine Antwort. Was soll ich sagen? So viele Lügen.

»Sicher«, flüstere ich. »Sicher.«

Deine Schwester Klara

7

August 1981

Meine Saskia,
ich bin das reinste Nervenbündel. Es belastet mich, ich glaube, ich bewege mich heute anders als früher, und jedesmal, wenn ich jemanden rufen, ein Kind weinen, ein

Auto hupen höre, drehe ich mich um. Wir kommen nicht vom Fleck. Sie gibt Versprechen ab, ich halte ihre Hand: Sie bricht ihre Versprechen. Sie sagt, sie wird ganz neu anfangen, müsse aber erst die Sache mit ihrem Vater regeln, danach würde sie ihren Lebensstil völlig ändern.

Immer aber kommt etwas dazwischen, ein weiterer Mann, den sie treffen muß, noch eine Reise, die sie machen will. Ihre Art zu leben kostet eine Menge Geld. Ich bin stets mit von der Partie. Ich sitze an ihrer Seite, vielleicht sogar zu ihren Füßen, und sie sagt, dort müsse ich sein, und was kann ich anderes tun, als zu bleiben. Ich halte mein Versprechen, denn wenn man einen Menschen verloren hat ... Ich weiß, was du denkst, Saskia, daß es Wahnsinn ist. Doch wenn ich nicht bleibe, gehen wir beide zugrunde. Glaube mir, jedesmal wenn ich ihr ein Ultimatum gestellt habe, ist sie zusammengebrochen. Kann man einen blinden Menschen auf einem Felsvorsprung allein zurücklassen? Sie sagt: »Klara, ich habe eine Theorie, warum ich so geworden bin. Ich habe es begriffen.«

»Erzähle.«

»Ich glaube, ich bin als Kind zu sehr geliebt worden und kann deshalb heute niemanden mehr lieben.«

»Wie meinst du das?«

»Ja, ich denke, die uneingeschränkte Liebe meiner Eltern hat zur Folge gehabt, daß ich jede Liebe, die mir heute begegnet, zu sehr mit dem Kopf angehe, und deshalb bin ich blind für ihre Möglichkeiten.«

»Verstehe ich nicht.«

»Vielleicht problematisiere ich alles viel zu sehr. Vielleicht ist das mein Fehler, Klara.«

Seit ich sie kenne, hat sie davon gesprochen, zu einer Therapie zu gehen. Ich habe ihr Namen genannt, Telefonnummern gegeben, Termine ausgemacht. Wie leid ich es bin, das alles ständig abzusagen. Es ist, als trage Desirée ihre Probleme als eine Art Decke um die dünne Haut, als seien sie das einzige, was sie noch besitzt, um sich zu wärmen. Nehme ich sie ihr weg, ist von Desirée nichts mehr übrig. Manchmal ahne ich, daß ich ihr nur ein schlechtes Gewissen mache, daß es besser wäre, wenn ich den Mund hielte und sie akzeptierte, wie sie ist. Aber dann kommen diese Augenblicke, diese Nächte, in denen meine Hoffnung neu auflebt und Desirées auch. Am nächsten Tag folgen die Stunden der Ernüchterung, wo man in den Telefonzentralen Auskunft erhält und Probleme gelöst werden könnten – aber nichts geschieht.

Wir wollen Desirées Eltern besuchen. Das sei das wichtigste Puzzlestück, die Liebe zwischen ihnen, sagt sie. Ich muß mitfahren, ohne mich fällt es ihr derzeit schwer, irgend etwas zu tun. Sie kann nicht allein bleiben, dann bricht sie in Panik aus, bekommt Angst und all das, was sie aus Psychologiebüchern kennt, in denen sie täglich blättert, um die Dinge benennen zu können, die sie fühlt, fühlen wird oder die ihr eines Tages ganz sicher zustoßen. Also begleite ich sie. Wir fahren durch die Vororte von Stockholm, über Brücken und Inseln, hinaus in die Schären, die so betörend schön sind, daß wir ausnahmsweise einmal nicht reden. Das Auto fährt durch die sommerwarme Landschaft, und es hat kein Dach, teure Autos sind einfach so, und unsere Haare verflechten sich im Fahrtwind fast miteinander. Wir lächeln gegen den Wind an, sie streckt eine Hand ins Freie.

Das Haus liegt an einer Bucht, in einer Senke zwischen zwei flachen Felsen, und davor erstreckt sich ein hellgrüner Rasen bis zum Meer hinunter. Er sieht aus wie eine importierte, mit der Nagelschere geschnittene Miniatur-Golfbahn. Am Strand schiebt sich ein langer weißgestrichener Steg, fast ein Pier, zwischen dem Schilf ins Wasser. Das Gebäude ist in einem Stil erbaut, der den Eindruck eines kleineren griechischen Palastes erwecken soll. Wir biegen in eine kurze Allee ein, die von Statuen gesäumt ist. Ich wage Desirée nicht anzusehen; ich hatte nicht geglaubt, daß es solche Häuser in Schweden gibt. Irgendwie hat der Prunk des Hauses etwas Peinliches, als müßte man erröten, wenn man nur auf diesem Gelände ertappt würde. Das ist es vielleicht, was im Gedächtnis der Leute haftenbleibt als Sinnbild der achtziger Jahre: die totale Unfähigkeit, Proportionen zu begreifen. Ich frage mich nur, wie Desirées Leben in einem solchen Haus ausgesehen hat: wie sie Jungen eingeladen, Feste gefeiert und Essen gekocht haben kann. Ich begreife nicht, wie das möglich gewesen sein soll. Desirée lächelt.

»Dort stehen Mama und Papa.«

Sie sind vor dem Haus postiert, als wollten sie einen Festzug, eine Gruppe bedeutender Gäste oder einen Staatsbesuch empfangen. Desirées Mutter hält den rechten Arm zu einem merkwürdigen Winken hochgestreckt, die Handfläche zeigt nach innen, und die Finger sind zusammengepreßt. Wir steigen aus dem Auto. Desirées Vater ist sofort bei seiner Tochter und küßt sie auf die Wangen. Die Mutter tut es dann ebenfalls. Ich bemerke es gleich: Sie berühren sich nicht. Ich meine, sie fassen sich um die Schultern, doch nur mit den Fingerspitzen, und ihre Küsse bleiben in der Luft hängen. Dann strecken sie ihre Hände aus, um mich zu begrüßen. Der Griff der Mutter ist nicht zu spüren, der des Vaters läßt meine Hand taub werden.

»Willkommen, Klara. Wie groß du geworden bist. Sagt man nicht so? Wir haben in letzter Zeit so viel von dir gehört. Ich heiße Eleonora, aber das weißt du vielleicht noch, damals vom Sommer auf der Insel«, sagt Desirées Mutter mit tonloser Stimme, die das, was sie sagt, nicht widerspiegelt.

»Gustav«, stellt sich ihr Vater vor. »An mich erinnerst du dich gewiß. Angenehm, angenehm.«

Wir atmen alle vier gleichzeitig aus. Ich weiß nicht, wo ich meine Hände lassen soll.

»Einen Drink?« fragt Eleonora, und ich sehe, daß ihre Bewegungen äußerst langsam, beinahe vorsichtig sind, als hätte sie Angst, die Balance zu verlieren.

Wir setzen uns auf eine große Terrasse zum Wasser hin, und dort stehen bereits dicke Kristallgläser neben einem Eiskübel und ein paar Flaschen. Ich sehe gerade noch, wie eine alte Dame mit krummem Rücken im Haus verschwindet.

»Meine alte *Nanny*! O Liebste«, ruft Desirée und läuft ihr nach.

»Sie mögen sich so«, sagt Eleonora lächelnd, »immer schon haben sie sich so gemocht. Wir haben sie seit Kenia bei uns, erstklassige Ware. Wirklich. Verläßlich.«

Ich nicke. Eleonora gießt uns allen einen Drink ein. Gustav steckt seine Pfeife an. Ich denke, über irgend etwas müssen wir doch reden können, sie sind schließlich Desirées Eltern, es muß sich doch machen lassen, daß wir uns mögen. Sie unternehmen keine Anstalten, etwas zu sagen. Kein Wort fällt. Desirée kommt zurück: »Sie ist ein Schatz, die Ulla.«

»Ein Schatz. Erstklassig«, wiederholt Eleonora.

»Stehts gut, Papa?«

»Wie's zu sein hat, ja, wie's zu sein hat. Und bei dir, Desirée? Das Geld, reichts? Ihr sollt doch Spaß haben, Mädels, den hatte ich in eurem Alter auch. Viel Spaß. Ihr sollt euch kaufen, was ihr wollt, und alles machen, was ihr wollt. Ist doch so?«

»Ganz ausgezeichnet, Papa. Komme gut zurecht.«

»Und das Studium?«

»Alles bestens, Papa.«

»Es ist wichtig, daß ihr was habt, worin ihr euch fortbildet«, sagt er nickend. »Daß ihr nette Worte für die Dinge lernt.«

Ich lächle verwirrt und zustimmend.

»Damit ihr bei Dinners und Festen was vorzubringen habt, meine ich. Es ist wichtig, daß ihr euch gut bewegen, daß ihr Konversation machen könnt.«

Eleonora klingelt mit ihren Eisstückchen.

»Ja, damit ihr über Rembrandt und die anderen Figuren reden könnt. Um zu zeigen, daß ihr Stil habt, stimmt doch, Klara?«

»Über Rembrandt?« frage ich und begreife, daß es das erste ist, was ich gesagt habe.

»Ja, ihr studiert doch wohl Kunst, Gemälde?«

»Literatur, Papa.«

Eleonora lächelt steif.

»Ich habe es doch erzählt, Gustav, habe ich das nicht? Oder ist es eins von den Dingen, die ich vergessen habe, obwohl ich dachte, davon gesprochen zu haben?«

»Du hast es erzählt. Natürlich, ja. Ja, ja. Hauptsache, ihr habt eine Beschäftigung, einstweilen.«

Ich weiß, daß ich es nicht sollte, doch frage ich: »Einstweilen … Wie meinen Sie das?«

»Sag Gustav.«

»Was meinst du damit, Gustav?«

Jetzt greift Eleonora mit leiser Stimme ein: »Mein lieber Gustav zieht es vor, weder gesiezt noch geduzt zu werden.«

Desirée wendet sich ab. Ich räuspere mich.

»Was meinen Gustav damit?«

»Ja, später habt ihr wohl alle Hände voll zu tun mit der Familie, mit Repräsentation, Wohltätigkeitsbasaren und dergleichen. So wie du, Eleonora.«

»Ja, sicher. Natürlich hat Papa recht«, sagt Desirée

und schaut auf den See, der weißglänzend in der Sonne liegt.

»Immer Papas liebes Töchterchen«, nickt er.

»Immer«, sagt Eleonora, und ich nicke ebenfalls, ich weiß nicht warum, und wieder herrscht Schweigen.

Eleonora drückt auf eine Klingel, und alle drei erheben sich im selben Augenblick, um zum Speisesaal zu gehen. Ich folge ihnen. Ulla kommt mit dem Essen herein. Ihr Rücken ist über die Platten gebeugt, als könnte sie selbst dann nicht geradeaus blicken, wenn sie sich mit aller Kraft aufrichten würde. Über dem Ganzen liegt etwas Trauriges, was zugleich lächerlich wirkt, vor Nervosität versuche ich zu gähnen, um unbeschwert zu erscheinen. Ulla balanciert auf leicht zittrigen Beinen, und bei jeder Schüssel, die sie hereinbringt, ist ein Scheppern zu hören. Ich stehe auf und strecke die Hand aus, um ihr zu helfen. Eleonora schüttelt den Kopf und flüstert beinahe theatralisch: »Sie ist stolz, unsere Ulla. Will alles allein schaffen.«

Desirée und Gustav blicken starr vor sich hin, Gustav aus Mißbilligung, Desirée, ich weiß nicht warum, und ich will es auch gar nicht wissen. Es müßte doch ein Thema geben, über das man reden könnte, und ich begreife, daß ich es anschneiden muß. Ich räuspere mich und wende mich an Gustav.

»Sehnen sich Gustav manchmal nach Kenia zurück?«

»Ja, nach dem Kenia, wie es einmal *gewesen ist*, nicht nach dem, wie es heute ist. Totaler Verfall. Keine Straße, die mehr in Ordnung ist, und kein Mensch, der gewillt ist, für angemessenen Lohn zu arbeiten.«

»Wie war Gustavs Kenia?«

»Es war ... einzigartig. Ein Land voller Möglichkeiten. Das war vor der Unabhängigkeit. Ich war einer von denen, die das Land aufgebaut haben. Bevor wir gekommen sind, war da nichts. Kein Gesundheitswesen, keine

Straßen, keine Verwaltung – nichts. Wir Siedler waren es, und die Engländer, die etwas aus dem Land gemacht haben. Wir haben den Boden bestellt, haben investiert, haben Ordnung und Überfluß geschaffen. Es war ein phantastisches Leben.«

»Ich verstehe.«

»Dort habe ich mir, habe ich uns ein Vermögen erworben. Das hier«, sagt er und weist mit beiden Händen auf den Pier, auf Ulla, auf Eleonora und Desirée.

»Ich habe Kenia geliebt. Das habe ich wirklich. Aber dann dieser Verfall.«

Er schüttelt den Kopf und nimmt noch einen Happen vom Teller.

»Man konnte sich nur zurückziehen. Das Land wird nie wieder, was es einmal war. Am Tag der Unabhängigkeit hat Kenia alles verloren, alle ehrlich und hart arbeitenden Männer sind verschwunden, einer nach dem anderen. Mit uns ist jede Entwicklung und jeder Fortschritt verschwunden – einfach die Zivilisation. Heute ist nichts mehr übrig, Klara. Nur Elend und Slums, die ganz Nairobi überziehen, überall Armut und Politiker, die nichts für ihr Land, sondern nur etwas für ihre Verwandtschaft tun.«

»Und unter den Engländern?« sehe ich mich gezwungen zu fragen, da niemand etwas sagt.

»Da herrschte Ordnung. Gesetz und Ordnung, und die Leute haben sich wohl gefühlt, sie kannten ihren Platz. Sicher, es gab auch Aufruhr, der ein bißchen zu brutal niedergeschlagen wurde, und vielleicht gab es damals auch Ungerechtigkeit. Doch im Vergleich zu dem, was heute ist …«

Er seufzt und trinkt seinen Wein aus. Ich versuche meine Portion aufzuessen, gebe auf. Ich schaue zu Eleonora, die denselben glasigen Blick hat wie zuvor. Desirée steckt sich, nachdem sie uns alle fragend angesehen hat, eine Zigarette an.

»In dieser Familie hier gibt es eine heilige Kuh, verstehst du, Klara«, fährt Gustav belehrend fort. »Das ist der Kampf für Freiheit und gegen den Kommunismus. Dem habe ich mein Leben geweiht. Ich meine das in vollem Ernst, das kannst du mir glauben. Der Kommunismus hat meine Mutter umgebracht, als ich noch Kind war und wir nach dem Sturz des Zaren, nach der sogenannten Revolution, versucht haben, aus Rußland zu fliehen. Seitdem habe ich ihn verabscheut, all das, wofür er steht: Unterdrückung, Intoleranz und Diktatur. Ich habe meine Lebensaufgabe darin gesehen, ihn in Afrika zurückzudrängen, habe jedenfalls getan, was ich konnte. Sieh dir das heute nur an, Mosambik, Angola, Äthiopien, Tansania und jetzt Simbabwe. Ein Land nach dem anderen verfällt. Ich fürchte um Südafrika. Der ANC«, er schüttelt den Kopf, »von den Kommunisten unterstützt, wie alles dort unten. Wird das Land zusammenbrechen lassen wie schon die anderen. Blühende Länder einst, wo es jetzt nur noch Flüchtlinge und Ruinen gibt. Ich habe mein Leben dem Kampf dagegen gewidmet. Mit welchem Nutzen?«

Er schaut mich an, blickt auf das Meer hinaus und seufzt.

»Nun ja, alles ist nicht verloren, wir kämpfen weiter.«

»Wer ist wir?« wage ich zu fragen.

»Männer mit Verstand, Männer wie ich, die Afrika lieben und alles tun werden, was in unserer Macht steht, um zu verhindern, daß aus allen Ländern totalitäre Staaten werden. Wir haben da unsere Möglichkeiten. Man muß sie nur richtig nutzen. Südafrika«, sagt er wieder, »ich habe große Angst vor dem, was dort geschehen kann. Das ist ein Pulverfaß, begreift ihr. Ich hoffe wirklich, daß eure Generation sich nicht von diesen Bewegungen verführen läßt, die hier in Schweden Unterstützung suchen. Charmante Bettler«, schnaubt er verächtlich.

Ich weiß, daß es Dinge gibt, die ich sagen könnte. Ich denke an unsere Versammlungen, an Gewalt und Unterdrückung, gegen die wir protestieren, an mein eigenes Engagement und die Hoffnung auf Veränderung. Warum sage ich nie etwas, wenn es wirklich darauf ankommt? Es ist leicht, unter Gleichgesinnten, unter Fackeln, Ideen zu entwickeln, aber dann, wenn man allein ist? Sollte ich denn nur ein Mensch sein, der sich wie ein Chamäleon nach seiner Umgebung färbt? Ich denke an die Reisen mit Desirée, an das Geld, das wir verbraucht haben, wozu die gleiche Sorte Geld verwendet wird, wie es verdient worden ist. Mir ist, als hätte ich einen Kloß im Hals. Ich muß doch wenigstens behutsam protestieren können. Behutsam?

Das Essen wird abgeräumt, der Kaffee in der Veranda serviert. Desirée raucht eine Zigarette nach der anderen, sie sieht aus, als sei sie ganz woanders, als sei sie jemand anderes und das hier nur ein Gespräch, was auf einer Leinwand stattfindet und von ihr keine Einmischung verlangt; zumal sie den Film schon viel zu oft gesehen hat. Wir trinken Kaffee, ich tue, was mir gesagt wird. Immer ist es so. Gustav scheint angeregt, weil ihm endlich jemand zuhört. Er redet und redet. Doch mitten in seinen Tiraden über Idioten, Verschwörungen und irrsinnige Auslandskredite sagt er etwas, das vernünftig klingt, und ich ahne eine Trauer, die so groß ist, daß er sie hinter all diesem Haß und der Verachtung verbergen muß. Ein Gefühl des Verlustes, des Verlustes einer Welt, die ihm den Erfolg gebracht und sich dann an ihm vorbeientwickelt hat, so daß er jetzt gescheitert und allein zurückgeblieben ist, mit viel Geld, doch minimalem Einfluß, mit Familie, doch ohne Liebe. Ein Mann, der nicht gebraucht wird. Ich weiß, Saskia, ich sollte nicht so denken, doch er tut mir leid. Trotz aller Angst.

»Diese Neger ...«, sagt er und nimmt erneut Anlauf, während die Augustnacht hereinbricht.

»Papa«, fällt Desirée ihm ins Wort.

»Ja, mein Liebling?«

»Wir sind ein bißchen müde. Du weißt. Es war eine lange Fahrt.«

»Sicher, Liebes«, sagt er leicht entschuldigend.

»Ist das Gästezimmer gemacht, Mama? Mama?«

Eleonora zuckt zusammen und wendet ihren glasigen Blick in unsere Richtung.

»Natürlich. Ulla hat alles vorbereitet. Wie immer.«

»Wie immer«, bestätigt Gustav nickend. »Schön, dich hier zu haben, Klara. Wirklich schön.«

Ich versuche zu lächeln, das ist es, was von mir verlangt wird.

»Vielen Dank für das Essen«, sagt jemand, und ich höre, daß ich es bin.

Desirée legt mir die Hand auf den Rücken und führt mich eine geschwungene Eichentreppe hoch. Unter der Treppe befindet sich eine Tür zur Küche, wo sich Ulla über ein paar Töpfe beugt. Hinter ihr steht ein Mann mit Kochmütze und raucht. Er wirft mir einen seltsamen Blick zu. Wir erreichen einen langen Korridor mit mehreren Türen zu beiden Seiten. Desirée öffnet eine davon: »Hier wirst du schlafen. Und dort schlafe ich«, sagt sie und zeigt nach nebenan, »falls du etwas brauchen solltest.«

Ich weiß nicht, was ich sagen soll. Sie küßt mich auf die Wange, schaut mir in die Augen.

»Ich wußte doch, daß ihr miteinander zurechtkommt.«

Ich lächle schwach. Tränen laufen mir übers Gesicht.

Wie soll ich sie aus dieser Kälte weglieben können? Wir stehen schweigend da und sehen uns an.

»Sie sind alles, was ich habe«, sagt sie, als hätte sie plötzlich etwas begriffen. »Ich lebe von ihnen. Weine nicht, Klara. Ich tue es auch nicht.«

Dann schließt sie die Tür hinter sich. Ich gehe in mein Zimmer, lege mich, ohne mich auszuziehen, aufs Bett und denke, es ist das beste, mich nicht von der Stelle zu rühren, nicht zu denken, nicht zu reden. Daß es mehr ist, als ich begreifen kann.

Ich erwache von einem dumpfen Geräusch. Dann höre ich leises Murmeln. Noch ein Bums. Es klingt, als ziehe jemand etwas Schweres an meinem Zimmer vorbei durch den Korridor. Ich steige aus dem Bett, gehe zur Tür und öffne sie leise einen Spaltbreit. Ganz hinten sehe ich Gustav einen Menschen hinter sich herschleppen. Es ist Eleonora, der Kopf liegt ihr schwer auf der Brust. Es klingt, als murmle sie etwas. Gustav bleibt stehen und beugt sich über sie, während er ihren Nacken mit der Hand umschlossen hält. Er hebt die andere Hand und beginnt sie zu ohrfeigen. Ich höre sie vor sich hin brabbeln. Er schlägt sie immer weiter. Jemand steht hinter ihnen im Schatten, tritt nicht vor, sieht aber, was geschieht. Es ist Desirée. Reglos steht sie dort. Ich bemerke, daß ich den Atem anhalte, daß ich zu Boden sinke und die Hände um den Kopf presse. Die Tür schließt sich hinter mir. Ich lehne mich dagegen, ich weiß nicht, wie lange. Dann schleppe ich mich langsam zum Bett, lege mich auf den Bauch, die Hände im Schritt, die Augen weit offen. Ich denke immer wieder: Ich bin ein ängstlicher Mensch. Dann: Ich kann nichts tun. Schließlich: Wie soll ich sie von hier wegkriegen?

Saskia, ich weiß, du hättest anders reagiert. Du wärst hingegangen, hättest eingegriffen, hättest protestiert. Ich bin nicht so. Das einzige, was ich habe, ist diese Liebe zu Desirée. Nicht einmal die kann ich bewahren. Ich werde wieder scheitern: Du weißt es bereits.

Deine Schwester

8

Die Freundin meiner Schwester glaubte eine große Feministin zu sein. Sie lebte von dem Vermögen ihrer Eltern, konnte es sich leisten, eine Menge zu reden, konnte Theorien vorlegen, ohne eine einzige beweisen zu müssen. Sie konnte Männer ausnutzen, selbst ein Mann sein, wie sie es nannte, doch immer war jemand anderes der Leidtragende. Jeder Mann hat eine Frau. Klara wußte es, Desirée wußte es. Hinter jedem Drink, hinter jeder bezahlten Rechnung verbarg sich eine betrogene Frau oder Freundin. Ich weiß, daß Desirée nicht genug Herz hatte, um all das zu sehen – aber Klara? Klara wußte Bescheid, Klara wischte das Blut weg, trocknete die Tränen. Und sie nahm auch Geschenke an, ging mit auf Reisen, lebte bestens in Desirées Glanz, zuweilen auch in deren Schatten. Sie handelte vielleicht selbst nicht so, doch macht das die Sache sogar noch schlimmer. Ich wünschte, ich hätte es nicht erfahren müssen. Klara war niemals unschuldig. Vielleicht war sie nicht direkt schuldig, nur nicht imstande zu handeln. Auch das ist keine Entschuldigung. Sie war nicht wie ich, sie wollte einfach nicht begreifen, daß man selbst entscheidet, daß sie hätte gehen können. Aber vielleicht war sie fasziniert von dem, was man nur so wenige Male im Leben verspürt, dem Gefühl, *mittendrin* zu sein, ein Zustand, der für das Leben mit Desirée charakteristisch war. Fasziniert von dem koketten Luxus, den dieser Glauben, diese peinliche Lüge an sich hat:

Ohne mich kommt sie niemals klar. Der Retter in der Not bin ich. Sie hätte stärker sein müssen. Trotz allem, was sie gesagt hat, trotz ihrer Bitte um Gnade, verurteile ich sie.

Ich bin eine strenge Frau, ich erwarte Stärke von anderen genau wie von mir. Keine Ratlosigkeit, kein »Ach, das hab ich nicht gewußt«. Ich will nichts mit Leuten zu tun haben, die an den Nägeln kauen, derweil andere vor ihren Augen kaputtgehen. Ich halte nichts von Faulheit, Schwäche, Eitelkeit, Unwissenheit, vor allem nicht bei Frauen. Es ist so, als würden sie uns anderen alles verderben. Ich hätte Desirée maßlos verabscheut. Sie riß meine Schwester im Fallen mit, ohne eine Sekunde zu zögern. Desirée wollte niemals das Leben; hätte man ihr die Chance gegeben, hätte sie sich bei erstbester Gelegenheit dagegen entschieden. Sie erhielt die Chance.

Die Treppe, die vom Boden herunterführt, ist steil, und plötzlich packt mich die Lust zu fallen, einfach die ersten Stufen zu verfehlen und mich kurzerhand nach unten stürzen zu lassen, hinein in die Dunkelheit, die Bewußtlosigkeit. Dann würde ich zu mir kommen, und jemand, vielleicht Magnus, vielleicht auch der weißgekleidete korrekte Doktor, würde flüstern: »Jetzt ist es gut. Alles ist verziehen. Du brauchst dich nicht mehr zu entscheiden, auch keine Verantwortung für deine Handlungen zu übernehmen. Alles liegt in unseren Händen. Du bist krank. Wir nehmen uns der Sache an. Sprich jetzt nicht.« Ich würde in Mutters Zimmer liegen, und sie wäre lebendig, allmächtig und Mama. Sie käme mit Eierkuchentorte und würde neben meinem zerschlagenen Körper wachen, der in Mull eingewickelt daläge, nur die Nase würde herausgucken wie bei einem Aussätzigen. Ich selbst würde flüstern: »Ich habe es nicht geschafft, auch ich bin zugrunde gegangen. Weder Klara noch Saskia haben überlebt. Wir sind keine starken Frauen geworden, wir haben unser Bestes getan, so gut es ging, es tut mir so leid, Mama.« Aber Mutter würde antworten – sie würde es doch? –: »Saskia, Liebling, lieg still. Das macht nichts. *Ich liebe dich trotzdem.*«

Ich nehme Stufe um Stufe und bin sehr vorsichtig. Ich kann es mir nicht leisten, mich in Träumereien zu verlieren. Nicht jetzt, nicht zu einem Zeitpunkt, wo ich von so vielen Seiten Bedrohung verspüre. Magnus redet in der Küche, er lacht. Mit wem spricht er? Ich gehe zu ihm hinein, er signalisiert mit den Händen, daß ich näher kommen soll, daß es für mich ist. Ich schüttele den Kopf, begreife, daß meine Stimme versagt. Niemand darf mich sehen, niemand mich hören, wenn ich in dieser Stimmung bin. Man stellt sich nicht bloß. Ich finde, es ist der Vorteil des Privatlebens, daß es genau das ist: privat. Niemand aus meinem Leben in Amsterdam weiß etwas von Klara. Das ist am besten so. Wir reden nicht von ihr. Und bald ist sie richtig tot, auch auf dem Papier. Magnus beendet das Gespräch und tritt neben mich.

»Sie kommt«, sagt er. »Mit dem Schiff um drei.«

»Wer?« frage ich, plötzlich starr vor Schreck.

Wird Klara kommen oder ist es Mutter? Es kann doch nicht Desirée sein, ich …

»Andrea. Sie kommt jetzt, Liebling. Du wolltest es doch.«

Er legt die Arme um mich, er riecht nach Hefe, denn er hat einen Teig angesetzt, der in der Schüssel auf der Spüle hinter uns langsam aufgeht, es riecht nach Ruhe, nach Zuhause und nach Magnus. Er hält mich zusammen. Daß ich nicht eher begriffen habe, daß ich all das, was er für mich tut, nicht mehr gewürdigt habe. Daß er uns zusammenhält: Malin, sich und mich. Eine heilige Dreisamkeit.

»Wo ist Malin?«

»Sie ist mit ihrer neuen Freundin Desirée unterwegs. Sie scheinen in allem eins zu sein.«

Er verdreht die Augen. Ich flüstere: »Du kümmerst dich um mich?«

»Immer, Saskia. Wie du dich um mich.«

»Du liebst mich so sehr.«

»Ja.«

»Du bist mein bester Freund.«

»Ich weiß.«

»Verzeih mir, Magnus.«

»Auch das.«

Wir gehen gemeinsam zur Anlegestelle. Er hat mir seinen Arm um die Schultern gelegt, mir ist, als sei es das, was mich zusammenhält. Jemand in mir zischt: »Laß dich nicht gehen, Saskia! Du kannst es dir nicht leisten, hast keine Zeit, so empfindlich zu sein!« Von weit draußen nähert sich ein Boot. Es ist nicht das Fährschiff. Es ist Adolfsson. Er stellt sich auf und winkt, als seien wir alte Freunde, als käme er von den sieben Meeren zurück mit Schätzen und Geschichten. Magnus hebt die Hand zum Gruß. Ich balle die meine krampfhaft. Adolfsson steuert auf die Anlegestelle zu, bindet sein Boot fest und ruft: »Ich habe heute morgen jede Menge Fisch gefangen. Dachte, daß Sie vielleicht was wollen.«

Er wendet sich an mich. Ich bringe kein Wort heraus. Magnus antwortet: »Ich kaufe gern davon.«

Adolfsson reicht ihm ein paar Barsche, sie zucken noch ein bißchen. Er winkt ablehnend, als Magnus bezahlen will.

»Als Dankeschön für den Kaffee«, murmelt er.

Er kauft sich Vertrauen. Ich balle die Fäuste, ich will weg von hier. Adolfsson legt achteraus ab, das große Fährschiff kommt näher. Die Heckwellen lassen sein Boot beunruhigend schaukeln. Kipp doch um, denke ich, geh unter. Laß mich in Ruhe. Was hast du in meinem Leben herumzuwühlen. Er pariert die Wellen jedoch geschickt, obwohl er aus Schonen ist, fährt wieder in die Bucht hinaus und macht der Fähre Platz.

Ganz vorn an Deck steht Andrea und winkt. Sie hat sehr wenig Gepäck, eine praktische Frau. Ich spüre, daß meine Augen feucht werden. Sie steigt aus, lächelt Magnus zu, den sie ein paarmal in Amsterdam getroffen hat, und dreht sich zu mir um. Sie schaut mir direkt in die Augen. Es ist nicht so, als wollte sie etwas von mir, sie verlangt keine Vertraulichkeiten für ihr Freundlichsein. Sie sieht mich nur an mit vorsichtiger Zärtlichkeit.

»Saskia?«

»Ja.«

»Du siehst müde aus.«

»Ich bin müde«, höre ich mich antworten.

»Gut. Dann werden Magnus und ich uns um dich kümmern. Wie ich weiß, ist er ein guter Koch, und ich bin ein sehr diskreter und, so hoffe ich doch, hilfsbereiter Gast, der mit ein paar Büchern in einer Sofaecke bestens auskommt. Mach du, was du willst. Ich werde dich nicht stören.«

Ich drücke ihre Hand. Was ahnt sie eigentlich? Ich halte die Hand fest. Wir gehen den Hang hinauf, Magnus' Arm um meinen geschlungen, Andreas Hand in der meinen. Zum ersten Mal seit langem verspüre ich ein Gefühl von Glück. Das erinnert mich an Magnus' und meine gemeinsamen ersten Jahre, die Jahre, als wir entkommen waren. Andrea läßt mich zuerst los. Sie ist keine Person, die Intimität verschlingt. Sie würde niemals nach dem Warum fragen, auch wenn ich zusammenbräche, sie würde mich nie zum Erzählen zwingen.

Als wir beim Haus ankommen, steht Malin dort. Allein. Sie hat geweint, über ihre Wangen ziehen sich rote Streifen. Sie will getröstet werden, doch nicht vor Andrea. Sie nicken sich einen scheuen Gruß zu, worauf Andrea sagt: »Ich glaube, ich muß ein paar Sachen auspacken.«

Magnus zeigt ihr das Gästezimmer. Malin kommt zu mir. Wir berühren uns äußerst selten, ich ahne, daß es meine Schuld ist. Ich wollte, daß sie stark wird, habe sie zu Unabhängigkeit und Unbestechlichkeit ermuntert. Doch Stärke schließt Zärtlichkeit nicht aus, ich weiß es. Wegen meines Unvermögens ist es so gekommen, wie es jetzt ist. Ich streiche ihr vorsichtig übers Haar. Es ist unfaßbar weich. Ihre Augen sind wie meine, ihr Gesicht ist eine weiche, kindliche Kopie dessen, was ich vielleicht einmal gewesen bin. Ich liebe sie grenzenlos. Ich komme nicht davon.

»Was ist passiert, Malin?«

Sie zuckt die Schultern. Sie möchte sich an meine Brust lehnen, es ist so lange her.

»Sie ist es, stimmts? Desirée wieder. Es ist was passiert, ihr habt euch gestritten?« ist alles, was ich sage.

Sie nickt zögernd.

»War sie gemein zu dir?«

Sie zuckt mit den Schultern, starrt an die Wand. Sie würde niemals etwas verraten, sie haben es sich doch versprochen. Ich ziehe sie vorsichtig an mich. Wir stehen völlig reglos, ihre Arme legen sich langsam um meine Taille. Mein Kleid wird naß von ihren Tränen. Sie flüstert: »Ich hab doch nichts gemacht.«

»Das braucht man nicht, Malin. Vergiß sie einfach. Du mußt nicht zu ihr zurück.«

»Ich kann nicht!«

»Bleib einfach bei mir und Papa.«

Ich höre Verzweiflung in meiner Stimme. Sie läßt mich

los, wischt sich an meinem Kleid die Nase ab, blickt auf ihre Hände.

»Mama, sie ist meine Freundin, ich muß doch«, sagt sie, und ich höre, wie enttäuscht sie ist.

»Aber Malin …«

»Nein«, sagt sie und blickt hoch zu mir, ein wütendes Blitzen in den Augen. »Das mache ich nicht. Ich will nicht wie du werden, nicht genauso allein sein wie du.«

Sie dreht sich um, rennt den Hang hinunter, weg von mir, hin zu ihrer Freundin. Ich kann nichts aufhalten, sie nicht beschützen. Daß ich es nie lerne. Dreh dich um, denke ich. Sieh mich, vergiß nicht, daß ich dich niemals loslasse. Sie läuft immer weiter. Dreh dich nur einmal um. Ich höre Magnus und Andrea im Gästezimmer reden. Verrat mich nicht. Malin rennt. Genau an der Biegung des Weges wirft sie einen Blick über die Schulter, sieht mich stehen, an das Geländer gepreßt. Sie sagt nichts, winkt nicht, aber sie sieht mich. Sie hat mich gesehen.

Magnus hat sich nach dem Abendessen schlafen gelegt. Andrea und ich trinken Kognak auf der Terrasse. Ich spreche lauter, lache zum ersten Mal seit langem. Ich genieße es, daß sie hier ist. Andrea hat die Fähigkeit, andere auf das, was sie sind, stolz sein zu lassen. Ist sie bei mir, bin ich eine intelligente, ausgeglichene Frau, die weiß, was sie will und rasch zwischen den Gesprächsthemen zu wechseln vermag. Wir diskutieren unser zukünftiges Projekt, die dazu notwendige Forschung, wie wir es allen zeigen werden. Sie inspiriert mich, bringt meine Wangen vor Erregung zum Glühen, zusammen sind wir unwiderstehlich. Dann schweigen wir und sitzen atemlos in der Sommernacht. Die Sterne blinken schwach am hellen Sommerhimmel. Nur eine kleine Petroleumlampe brennt, und ein wenig Licht kommt von den Infrarotstrahlern hinter uns, die gegen die Nachtfeuchtigkeit schützen. Andrea zündet eins ihrer vielen Zigarillos an. Auch ich nehme eins. Mir dreht sich der Kopf.

»Du hast einen netten Mann«, sagt sie.

»Ich weiß«, erwidere ich, dümmlich lächelnd.

»Es ist ungewöhnlich.«

»Was meinst du?«

»Daß es bei verheirateten Paaren so ist wie bei euch. Keine Heuchelei. Kaum Spitzen. Zwei gute Freunde, die zufällig verheiratet sind. Und die sich immer noch zu lieben scheinen.«

»Vielleicht ist es ungewöhnlich.«

»Ich weiß, daß es so ist. Glaub mir, als geschiedene Frau nehme ich mir die Zeit, Paare zu studieren. Manchmal ist es, als sei ich der Blitzableiter für Beleidigungen, als würde durch mich die eheliche Krise noch rausgeschoben, als bekämen so die Freiheitsträume anderer Luft«, sagt sie und lacht leise. »Aber ihr scheint wirklich das Beste aus dem anderen herauszuholen.«

»O nicht immer.«

»Das wäre vielleicht auch unerträglich.«

»Ja. Ich glaube, ich habe Glück gehabt.«

Ich schließe die Augen, vom Kognak hat mein Kopf eine angenehme Schwere, ich bin verliebt in die Welt. Es ist, als wüßte ich nicht richtig, wo ich und wer ich bin. Ich fühle mich von Liebe und Freundschaft umschlossen, von Magnus und Andrea. Sie haben einen Kokon um meinen Körper gesponnen, und ich ruhe still in seiner Mitte. Sie sind hier, um mich zu schützen, so wie ich sie.

»Wo wohnt deine Familie?« frage ich plötzlich.

»Ich habe einen Vater, den ich nie gesehen habe, und eine Mutter, die vor vielen Jahren gestorben ist.«

»Ich erinnere mich, daß du keine Kinder hast, aber hast du Geschwister?«

»Leider auch nicht. Die fehlen mir, falls einem was fehlen kann, von dem man keine Ahnung hat.«

Ich schweige. Sie lacht.

»Ja, ich nehme an, daß ich ein einsamer Mensch bin. Aber glaub mir: ich mag mein Leben sehr, das meiste habe ich schließlich selbst so bestimmt. Ich leide nicht allzuoft unter der Einsamkeit. Habe einige wenige Freunde, denen ich genau das richtige Maß an Nähe gebe, so wie sie mir. Ich habe festgestellt, daß eine allzu nahe, beängstigend intime Freundschaft nicht halten kann. Was einem an absoluter Intimität und Vertraulichkeit verlorengeht, gewinnt man durch die Länge und Intensität der Freundschaft. Glaubst du nicht?«

»Ich habe es nie so formuliert.«

»Ein Mensch, der sich völlig bloßstellt, ist nicht mehr frei, über sein Leben zu bestimmen. Er hat das in die Hände anderer gelegt, seine Würde verloren. Die Angst hat ihn gepackt, und er bittet einen anderen Menschen, sein Leben zu retten.«

Sie schüttelt den Kopf.

»Für den armen Freund ist das die Hölle.«

Ich merke, daß meine Hand zittert und ich das Glas nicht absetzen kann, ohne es umzukippen. Andrea sieht es. Sie sagt nichts. Die Sterne blinken. Das Licht der Petroleumlampe flackert leicht, als ein Nachtfalter darin verbrennt. Ich hole Luft, öffne den Mund, und ich bin es – kann ich das wirklich sein –, die sagt: »Ich hatte eine Schwester. Eine Zwillingsschwester.«

Sollte sie etwas erwidern, würde ich hier aufhören, kein Wort mehr. Andrea schweigt.

»Meine Zwillingsschwester hieß Klara. Sie hatte genau so eine Freundin, Desirée. Die machte meiner Schwester das Leben zur Hölle. Klara ließ es geschehen. Das ist das Schlimmste. Ich weiß nicht, wie man eine Liebe bezeichnen soll, die so etwas zuläßt. Desirée hatte Klaras Leben zerstört, sie ist schuld daran, daß Klara verschwand.«

Andrea blickt vor sich hin. Ich weiß nicht, ob sie zuhört. Sie zündet sich ein neues Zigarillo an, will mir eins geben, ich schüttele den Kopf. Sie hört zu.

»Klara verschwand an einem frühen Sommermorgen vor zehn Jahren. Jetzt im August sind es genau zehn Jahre. Sie hatte hier im Haus fast zwei Tage auf Desirée gewartet, sie wartete wieder einmal darauf, daß die Freundin eins ihrer Versprechen einlösen sollte. Doch Desirée hielt nicht, was sie versprochen hatte. Aber Klara wartete. In der zweiten Nacht ertrug sie es nicht mehr, nahm unseren Außenborder zum Land rüber und fuhr dann mit dem Auto zu einem von Desirées festeren Liebhabern, einem verheirateten Mann mit einem Ferienhaus ein Stück außerhalb von Stockholm, einem Mann, der Henrik von Rensen hieß. Als sie im Morgengrauen dort ankam, fand sie Desirée, der Henrik in den Kopf geschossen hatte. Danach hatte er sich selbst umgebracht.«

»Ich erinnere mich«, sagt Andrea in der Dunkelheit. »Ich habe davon in der Zeitung gelesen. Ich erinnere mich an das Ganze.«

»Klara hat die beiden dort gefunden. Ich nehme an, daß sie in Panik geriet, einfach hysterisch wurde. Wie hätte man selbst reagiert? Sie verließ das Haus, nahm ihr Auto, fuhr zu einer hohen Brücke ein Stück von dort entfernt, parkte ihr Auto auf der Brücke, zog sich die Sachen aus, schrieb einen Brief an mich und sprang.«

Ich verstumme. Wir sitzen schweigend im Dunkeln. Andrea flüstert: »Klara ist dort gestorben.«

»Man hat sie nicht gefunden. Aber ja, Klara ist dort gestorben. Danach gab es keine Klara mehr. Nur mich. Nur Saskia.«

»Sie fehlt dir.«

»Einen Zwilling zu verlieren ist, als wüßte man nicht mehr, wer man ist. Ohne sie kann ich mich selbst nicht sehen. Mehr als alles andere wünschte ich, daß sie überlebt hätte. Sie konnte mit dem, was sie gesehen hat, nicht leben, mit der Leere, der Schuld. Ich wünschte nur, daß sie stärker gewesen wäre. Du verstehst, sie hat Desirée wirklich geliebt. Es ist unbegreiflich.«

»Was hast du gemacht?«

»Ich?«

Ich verstumme. Sie meint, wo ich gewesen bin. Der Kognak läßt mich nur langsam reagieren, die Gedanken verhaken sich ineinander.

»Ich habe damals in Holland gewohnt. Klara und ich haben uns nur selten gesehen. Unsere Familie war durch die Scheidung zerrissen, und es war nicht leicht, sich zu treffen. Aber es gab mich jedenfalls. Klara war diejenige, die wirklich gelebt hat, falls man das Leben nennen kann. Ich beobachtete das Ganze. Ich konnte nichts tun, um sie zu retten.«

»Nein, das kann man nicht.«

»Glaube ich jedenfalls.«

Wir schweigen. Ich stehe auf, plötzlich rastlos. Andrea erhebt sich ebenfalls. Sie streckt ihre Hand aus, die Handfläche zeigt nach oben, ihr Blick ist klar.

»Du brauchst keine Angst zu haben.«

»Ich habe noch nie mit jemandem darüber gesprochen, Magnus ausgenommen.«

»Ich weiß. Du bist wie ich. Und noch mal: Hab keine Angst. Ich verrate dich nicht.«

Andrea geht ins Haus zurück, ich höre sie die Toilettentür schließen, die Spülung wird betätigt, ich höre, daß sie sich die Zähne putzt. Sie kommt wieder auf die Terrasse, um gute Nacht zu wünschen. Sie sagt: »Danke für den Abend.«

Ich erröte, lächle ein wenig.

»Schlaf gut. Hab keine Angst«, bin ich jetzt an der Reihe zu sagen.

»Ich schlafe gut, die Vergangenheit schreckt mich nicht. Gute Nacht.«

Sie dreht sich um und geht ins Gästezimmer. Ich räume die Kognakgläser weg, leere den Aschenbecher über das Terrassengeländer ins Meer. Langsam folge ich ihr ins Haus. Ihre Zimmertür ist geschlossen. Ich vermute, daß sie ein Buch liest. Ich weiß, ich sollte es nicht, aber ich klopfe trotzdem.

»Ja?«

»Darf ich dich um etwas sehr Merkwürdiges bitten?«

»Nehm schon an.«

»Beschreib dich selbst mit einem Satz.«

Es bleibt lange still. Ich denke, daß ich zu weit gegangen bin, daß ich zuviel verlangt habe. Was mache ich eigentlich hier, mitten in der Nacht vor der verschlossenen Tür von jemand anderem? Doch Andrea antwortet. Sie sagt es, direkt durch die Tür, direkt durch die Zeit: »Ich bin ein großes Mädchen mit sehr bescheidenen Ansprüchen.«

9

November 1981

Meine geliebte Schwester!
Ich mache mir Sorgen um sie. Vielleicht sollte ich mir auch Sorgen um mich machen, wo doch mein Leben so eng mit ihrem verknüpft ist. Ich weiß, daß sie lügt, ich glaube, die meisten ihrer Lügen zu kennen. Dennoch liebe ich sie fast noch mehr als vorher. Verstehst du, Saskia, endlich habe ich eine Richtung in meinem Leben gefunden. Indem ich sie rette, rette ich auch mich, dich,

Mama und Papa. Nie wieder wird es solche Irrtümer geben. Ich bin die Person, die alles zusammenhält, bin nicht mehr die, welche die anderen trennt.

Desirées Problem ist, daß sie sich der Dinge nicht bewußt ist. So muß es sein, sonst würde sie ja wohl eine Veränderung wollen. Sie würde doch nicht so weiter leben, wenn sie nur begreifen könnte, wieviel Schaden ihre Experimente, die ihr die größtmögliche Freiheit bringen sollen, anderen zufügen. Manchmal denke ich, wenn sie sich wirklich von den Männern befreien wollte, was macht sie dann bei ihnen, anschmiegsam wie ein Schoßhund, wenn auch aus freien Stücken?

Ich glaube, es sind die Lügen, die Konsequenzen daraus, die mir am meisten zu schaffen machen. Nach dem Besuch bei ihren Eltern fragte ich sie, was in dieser Nacht passiert sei, was in ihrer Familie vor sich gehe. Sie sagte, sie verstehe die Frage nicht, wir hätten doch einen netten Abend verbracht, oder nicht? Sie hat mich mit solch unverstellter Verwunderung angeschaut, daß ich mich wirklich fragen mußte, ob ich falsch gesehen und gehört hatte. Sie besitzt die Fähigkeit, andere dazu zu bringen, alles, was ihnen zuvor richtig erschienen ist, in Frage zu stellen. Aber wenn ich von dir spreche, Saskia, von der Chance, wirklich *eine Persönlichkeit zu werden*, dann leuchten ihre Augen. Sie fängt an, Pläne zu schmieden, wie sie ein Mensch werden kann, den zu kennen man stolz ist, den andere wegen seiner Integrität und unerschütterlichen Moral beneiden. Dann werde ich mitgerissen und sehe all die Möglichkeiten, die in ihr stecken, daß sie in dieser Welt tatsächlich gebraucht wird. Wenn wir doch nur von hier wegkönnten.

Ich gehe durch die Stadt, und der einsetzende Winterwind dringt unbarmherzig bis auf die Haut. Ich habe die Arme um die Brust geschlungen und versuche die Wärme zu halten, doch fühle ich, wie sie mit jeder Intrige, die ich mit ansehe, weiter schwindet. Ich spüre, daß auch ich die Lust am Leben verliere, daß ich mich immer mehr abkapsle, und in mir ist es kalt und entsetzlich leer. Kleine Wolken stehen vor den Mündern der Leute. Wir weichen müde den Blicken der anderen aus. Auch deshalb wohnen wir ja in einer größeren Stadt: Hier brauchen wir uns nicht wirklich zu begegnen.

Mutter steht vor dem Restaurant im Stadtzentrum parat, das ich für uns ausgesucht habe. Sie sieht ungewöhnlich klein aus in ihrem neugekauften langen grünen, auf Taille genähten Mantel, beinahe als sei sie geschrumpft. Sie wuselt ein bißchen nervös herum, wie Schulmädchen es tun. Ich denke, auch sie ist einmal genau so wie ich gewesen, und das Merkwürdige ist, daß sie sich vermutlich noch immer so *fühlt*. Sie lächelt mir zu, als sie mich kommen sieht. Mama war die Frau, die mich nach Schweden gebracht und mich gebeten hatte, das hier als ein Zuhause anzusehen, denn ein anderes besäßen wir nicht. Die Vergangenheit war nichts anderes als ein Ort, an dem wir nicht willkommen waren. Ich hatte dafür gesorgt, daß es so geworden ist. Ich glaube, sie konnte sich besser eingewöhnen, fühlte sich von Natur aus hier rascher wohl als ich. Obwohl ich Mutters schwedischen Namen angenommen und meine Altersgenossen imitiert habe, so gut es ging, bis auch ich eines Tages das war, was sie gesund nennen, ist mir das Heimischwerden nie richtig gelungen. Glaub mir, Saskia, ich gebe mir wirklich Mühe.

»Mama.«

»Klara.«

Wir halten uns umarmt, ich bin so viel größer als sie. Wo wollen wir Menschen noch hin, wir werden immer größer, wo soll das enden? Wir setzen uns an einen Tisch, Mutter bestellt, sie hat immer gewußt, was ich wollen sollte. Sie ist eine typische Mutter. Sie sieht mich mit diesen aufmerksamen Augen an, die Mütter wohl stets dann bekommen, wenn sie sich um ihre Kinder Sorgen machen.

»Du siehst müde aus, Klara.«

»Nicht sonderlich.«

»Du siehst müde aus«, stellt sie fest.

»Ja.«

»Was ist so ermüdend?«

»Alles.«

»Ich weiß, ich kenne dieses *alles*. Kannst du etwas deutlicher werden?«

Ich verziehe das Gesicht. Sie läßt mich nicht entkommen. Ich blicke aus dem Fenster, und im Spiegelbild sehe ich eine erwachsene Frau, die ihr Leben in eine einzige vage Richtung treiben läßt: hin zu einem Felsvorsprung mit einem blinden Menschen.

»Es ist Desirée.«

»Ich weiß.«

»Sie lügt.«

»Das hat sie schon immer getan. Ich erinnere mich an damals, als ihr klein wart und zusammen auf der Insel gespielt habt. Sie hat sich alles Mögliche über ihre Eltern ausgedacht, hat erzählt, die beiden hätten in ganz Afrika Kinderheime gebaut. Ihre Mutter hätte den Leuten auf der Farm das Leben gerettet, und ihr Vater sei der größte Kaffeepflanzer in ganz Afrika. Weißt du das nicht mehr?«

Ich schüttele den Kopf, blicke in mein Glas.

»Das Absurde ist nur, daß Gustav und Eleonora Cronenfelt damals zu den unbeliebtesten Ausländern in ganz Kenia gehörten. Außerdem waren sie diejenigen, die den geringsten Erfolg hatten. Ich kenne ein paar Leute, die zur gleichen Zeit dort gewesen sind.«

»Er ist entsetzlich. Sie sieht das nicht.«

»Anscheinend ist sie die Schlimmere gewesen.«

Der Kellner kommt mit dem Essen, das Fenster, an dem ich sitze, beschlägt. Ich fahre mit dem Finger über die Scheibe, versuche rasch ein Herz zu malen, doch es mißlingt.

»Sie?« frage ich.

»Ja, sie hat die Leute traktiert und Theater gemacht. Den einen Tag neurotisch und hysterisch, am nächsten sanft und voller Mitleid. Die geborene Märtyrerin.«

»Desirée sagt, sie hätten ihr Geld mit Kaffee verdient. Vielleicht war es die harte Arbeit, die sie ausgelaugt hat.«

Mutter sagt nichts dazu. Ich merke, sie zögert, ob sie das Gespräch fortführen soll. Dann hat sie sich entschlossen, trinkt lieber einen Schluck und blickt zur Seite.

»Was denn, Mama? Was ist?«

»Ja, weißt du, ich frage mich nur, wie er mit Kaffee ein solches Vermögen zusammengebracht haben will. Das ist wenig wahrscheinlich. Schon möglich, daß es anfangs ganz gut lief, doch dann sind die Preise wohl nur noch gefallen. Er müßte ein genialer Geschäftsmann sein«, sagt sie und schüttelt den Kopf. »Nein, da muß es noch was andres gegeben haben.«

Ich tue uninteressiert und zucke mit den Schultern, doch fühle ich mich äußerst unwohl. Ich denke an das Haus am Meer, an die Reisen, an all die Verschwendung, von der auch ich gut gelebt habe.

»Ich dachte, es könnte dich vielleicht interessieren, bei deinem Engagement für Afrika und so, ich meine …«

»Es interessiert mich nicht«, unterbreche ich sie.

Ich hätte ebensogut sagen können: Es macht mir solche Angst, Mama. Wir schweigen. Sie dreht an ihrem Ohrring, sieht so gekränkt und einsam aus wie immer, wenn jemand sie kritisiert. Ich will ihr nicht weh tun und strecke meine Hand aus.

»Ich muß sie da rausholen. Gebe ihr Ratschläge. Sie stimmt mir ja zu, daß sie sich ändern muß.«

»Und dann?«

»Macht sie genau das Gegenteil. Ich weiß, Mama, aber du begreifst doch, daß sie ohne mich zugrunde geht«, sage ich feierlich.

Mutter lächelt leicht.

»So ist es.«

»Sicher, Liebling.«

»Vielleicht kann ich sie dazu bringen, mit jemandem zu reden?«

»Aber warum?«

»Ich will nicht noch eine Schwester verlieren.«

»Nichts war deine Schuld.«

»Alles war meine Schuld. Erst Saskia. Dann daß ich nicht ertragen konnte, was Papa gemacht hatte. Daß ich zu hart geurteilt habe. Und jetzt gibt es keinen Weg mehr zurück.«

»Nein, Klara, sag so was nicht!«

Mutter erträgt es nicht, mich in diesem Zustand zu sehen, sie hat es schon so viele Male erlebt.

»Es war wie eine Mode«, versucht sie, »alle wollten sich damals scheiden lassen. Ich habe es nur nachgemacht. Du weißt doch, ich hatte schon immer eine Schwäche für Mode«, sagt sie auflachend.

Ich verziehe keine Miene. Sie holt tief Luft.

»Natürlich, Klara. Heute hätte ich vielleicht nicht so gehandelt, wäre nicht so überstürzt geflohen. Ich hätte versucht, ein bißchen weiter zu blicken. *Jetzt* kann ich das natürlich sagen, damals habe ich es nicht so empfunden. Außerdem ging es ja auch um dich, wie du dich fühltest.«

»Und um Saskia.«

»Liebes. Wir reden nicht mehr von ihr. Nicht noch einmal.«

Der Kellner kommt zurück, räumt die Teller mit dem kaum angerührten Essen ab. Die Novembernacht draußen ist schwarz und undurchdringlich. Ich lege meine Hand an die Scheibe, sie wird kalt.

»Ich weiß nicht, was ich noch tun soll, damit du verstehst. Du denkst wohl nicht, ich hätte eine so wichtige Entscheidung nur getroffen, weil du es gesagt hast oder überhaupt wegen dir? Wenn ich wirklich geglaubt hätte, daß es für uns alle hätte weitergehen können, wäre ich doch geblieben. Wie soll ich's nur erklären? Es ist nicht deine Schuld, niemand hat Schuld. Sicher haben wir uns geliebt, dein Vater und ich, trotz allem, was geschehen ist, aber wer sagt denn, daß das gereicht hätte? Es war wirklich eine leidenschaftliche Liebe zwischen deinem Vater und mir, aber wir schafften es nicht, uns gegenseitig genug Freiheit zu lassen, um zwei eigenständige Leben zu führen. Wie so viele Frauen damals wollte ich eine perfekte klassische Ehe. Ich war bereit, mein Leben dafür zu opfern. Aber ich habe nicht begriffen, daß ich damit dieses und mich selbst verliere. Dein Vater hat da klarer gesehen, er verstand es, Zugeständnisse zu machen. Ich selbst stellte ein Ultimatum. Das darf man bei leidenschaftlichen Menschen niemals tun.«

Sie zuckt mit den Schultern.

»Es kam, wie's gekommen ist. Und ohne ihn habe ich mir tatsächlich ein eigenes Leben aufgebaut. Es ist merkwürdig, doch scheint mir, als hätten sich viele Frauen meiner Generation erst emanzipiert, als sie die Ehe hinter sich gelassen hatten; während dieser war das viel zu selten der Fall. Und dabei ist dein Vater ja ein wirklich toller Mensch, egal, was du auch denkst. Ich bin dankbar, daß ich nicht das durchmachen mußte, was so viele meiner Freundinnen erlebt haben. Sie sind von ihren Männern verlassen worden, oft wegen einer jüngeren Ausgabe ihrer selbst, und haben danach verblüfft festgestellt, daß ihnen nichts geblieben ist. Ich hatte das Glück, mir ein eigenes Leben aufbauen zu können, und bin keineswegs verbittert. Also, Klara, rede nicht mehr von Schuld und schrecklichen Irrtümern. Die gibt es nicht. Und wenn, dann sind es *meine*, weil es mir nie gelungen ist, dich mit deinem Vater auszusöhnen.«

»Ich habe euch auseinandergebracht. Und von Saskia weg«, beharre ich.

»Ich wünschte nur, ich könnte dir helfen«, ist alles, was sie sagt.

Ich will keine Absolution. Durch mich haben sich Menschen getrennt, sind untergegangen. Das ist es, womit ich gelebt habe und worauf Vater hingewiesen hatte. Ich will der Schuld nicht ausweichen, ich habe sie so viele Jahre an meinem Herzen genährt. Ich muß mein Verbrechen sühnen, mein Vater hatte recht. Deshalb ist mir Desirée begegnet, damit ich endlich Versöhnung erlange. Ich will nicht, daß Mutter noch mehr sagt. Es gibt nur eins zu tun. Das, wozu ich mich entschlossen habe. Nur einen Ausweg.

»Mama, ich werde Desirée vor dem Untergang bewahren. Das ist alles, was ich weiß.«

»Dann tue es«, sagt sie resigniert, »glaube einfach, daß du alle Irrtümer ungeschehen machen kannst und daß alle noch einmal anfangen können, so als wäre nichts passiert.«

»Sprich nicht so, Mama.«

»Rette sie einfach, wenn du glaubst, daß du dann Frieden findest. Die Fähigkeit dazu hast du. Ich wünschte nur, ich könnte dich vor der Enttäuschung bewahren.«

»Ich bin ihre einzige Freundin.«

»Ich weiß. Ich wünschte nur, es wäre nicht so, denn ich glaube nicht, daß sie einer solchen Liebe gerecht wird. Ja,

Klara, ich will nicht sagen, was falsch oder richtig ist. Doch finde ich, man soll sich vor Menschen in acht nehmen, die nicht fähig sind zu lieben.«

»Glaubst du nicht, daß sie mich lieben kann?« flüstere ich.

»Nach dem, was du erzählt hast: Nein.«

»Sie sagt es doch aber.«

»Sie braucht Bestätigung. Das ist nicht dasselbe.«

Wir bezahlen und gehen zur Garderobe. Wir ziehen die Mäntel an und binden uns den Schal genau auf die gleiche Weise um den Hals. Sie greift nach meiner Hand, hält sie fest, ihre Augen sind feucht und voller Unruhe: »Ich verliere dich doch nicht wieder?«

Ich finde Desirée im Erdgeschoß eines Nachtklubs, in dem sie, wie ich weiß, häufig verkehrt. Dort läuft ein halbprivates Fest, wo irgendein Star, der zufällig in der Stadt ist, gefeiert wird, oder irgendwer hat zuviel Geld, und es juckt ihm in den Fingern, es auszugeben. Dort versammelt sich immer dieselbe Sorte Leute, und Desirée ist ihr Mittelpunkt. Sie ist angetrunken, der Alkohol läßt sie ein bißchen bösartig aussehen, als sei sie darauf aus, irgendeinen zu vernichten. Im Vorbeigehen flüstert sie mir, umgeben von Rauch, Parfüm und all der Aufmerksamkeit, ins Ohr: »Du weißt, daß ich nur dich liebe.«

Die Frauen im Lokal sind alle schön, Desirée aber ist am meisten herausgeputzt. Diesmal liegt ihr fordernder Blick auf einem Mann, von dem ich weiß, daß er mit einer ihrer Freundinnen verheiratet ist. Alle anderen wissen es auch. Wir verfolgen die Sache, lecken uns die Lippen, lassen es geschehen. Mitten in dieser menschlichen Schlangengrube steht ein Mann in Frauenkleidern. Seine Extravaganz übertrifft noch die von Desirée. Eine Unzahl weiblicher Attribute schmückt ihn: das Haar, frischfrisiert, die Schminke, dick aufgetragen, funkelnde Ohrringe, die Brust, nach oben gepreßt, reflektierende Strümpfe und hochhackige Schuhe. Das muß ihn Stunden gekostet haben. Doch mittendrin die allzu starken Backenknochen und ein Hauch von Bartwuchs. Ich sehe Frauen erstarren, wenn sie ihn entdecken, und fühle, wie ich selbst erröte. Es ist, als würde er das Frausein lächerlich machen, so als halte er uns einen Zerrspiegel vor. Ich schüttle mich unangenehm berührt. Desirée aber lacht nur, ich fühle sie an mir vorbeirauschen, als sie wieder einmal ihren Willen durchsetzt. Schönheit und Jugend haben ihr das Privileg erteilt. Jedesmal finde ich es aufs neue banal.

»Desirée«, flüstere ich.

Ich fasse sie am Arm und führe sie durch einen Flur, der vom Notausgangsschild grünlich erleuchtet wird.

»Klara?«

»Bitte, Desirée, es reicht jetzt. Die Sache muß ein Ende haben. Wenn du willst, helfe ich dir. Wir müssen weg von hier.«

Sie sieht erstaunt aus, als hätte ich einen Witz erzählt, dessen Pointe sie nicht begriffen hat. Ich fühle meine Hände zittern, es überläuft mich kalt beim Gedanken an all das, was wir jetzt zusammen durchstehen müssen. Begreift sie denn nicht, wie ungewohnt es für mich ist, daß es auch mir nicht leichtfällt, die Sache in die Hand zu nehmen, kann sie mir nicht entgegenkommen? Sie muß doch wissen, warum wir hier stehen, daß Worte endlich in die Tat umgesetzt werden müssen.

»Mich von hier wegbringen?«

»Von diesem Leben, deinen Eltern und diesen Leuten«, sage ich mechanisch, und mir scheint, daß meine Stimme irritierend zaghaft klingt. »Dich unabhängig machen, wie du gesagt hast. Das wolltest du doch? Neu anfangen, in Amsterdam. Was du willst, Desirée.«

Sie schüttelt den Kopf, sieht perplex aus, wie eine Frau, die plötzlich begreift, daß ein anderer die Hauptrolle übernommen hat und sie nichts tun kann, um diese zurückzubekommen.

»Wovon redest du?«

»Hör auf. Nicht mit mir.«

Sie zupft an ihrem Kleid herum, dann pult sie etwas Farbe von der Wand.

»Du verstehst nicht. Ich habe Angst«, sagt sie, wie um das Thema zu wechseln.

»Wovor? Vor Gustav?« versuche ich verzweifelt.

»Du meinst, ob er mich als Kind geschlagen hat, ob er inzestuöse Neigungen hatte?«

Schockiert sehe ich sie an.

»Das war Spaß, Klara. Mein Gott.«

Sie läßt das Haar über ihr Gesicht fallen, ihre Augen dahinter sind wie glitzernde Reflexe.

»Aber vielleicht wäre es besser gewesen, rein hypothetisch, meine ich natürlich. Vielleicht hätte ich dann *wirklich* Anlaß gehabt zu gehen, wenn's da so was gegeben hätte«, murmelt sie und lacht leise.

»Ich begreife dich nicht.«

»Aber ich kann mit ihnen nicht brechen, mit diesem Leben, das dir so mißfällt«, sagt sie und macht eine ausladende Bewegung zum Gastraum hin. »Das verlangst du doch von mir, oder? Aber wer wäre ich denn dann, sag mir das. Ich hab doch vor mir Angst und nicht vor den anderen. Dieses Leben und meine Eltern sind meine Sicherheit.«

»Aber ihre Kälte, Desirée?«

»Mit der kann ich umgehen, mit der Liebe habe ich keine Erfahrung.«

»Und doch sagst du, daß du mich liebst.«

»Ja, das sage ich.«

»Und warum?«

»Weil du als einzige gesagt hast, daß du an mich glaubst. Weil ich in deinen Augen eine andere bin. Was weiß ich. Vielleicht, weil ich in dir jemanden sehe, der genauso zerrissen ist wie ich, genauso gespalten. Nur weiß ich nicht, warum.«

Ich zittere. Das Licht färbt die eine Seite ihres Haares grün, und im Hintergrund höre ich das Schreien und Lachen der Leute. Ich weiß nur, daß ich hier raus muß, mit ihr oder ohne sie.

»Klara, ich kann mit dir nicht irgendwohin gehen und neu anfangen. Was wir beide zusammen gehabt haben, waren nur Worte, wir haben sie gedreht und gewendet und uns an ihrem Klang begeistert. Es hat uns Spaß gemacht, Pläne zu schmieden. Mehr war es nicht.«

Sie sieht meinen verständnislosen Blick, bemerkt, wie ich krampfhaft meine Hände knete.

»Du bist an ein einfaches Leben gewöhnt. Ohne den Unterhalt von meinem Vater würde ich nicht lange klarkommen. Ich habe nie für mich selber sorgen müssen, bin nie ohne Geld gewesen, ich weiß nicht, wie solche Leute leben. Ich bin jemand, der seine Bedürfnisse immer sofort befriedigen will. Und das konnte ich mir auch leisten. Sag mir, Klara: Wie geht so was vorbei?«

»Ich kann für uns sorgen«, murmele ich.

»Ach, sei nicht so naiv.«

Sie muß doch sehen, daß ich sie verurteile, daß ich drauf und dran bin, sie zu verlassen, trotz unserer Schwüre. Daß die phantastische Freundschaft, *bis daß der Tod uns scheidet*, vorbei ist. Ein wenig spöttisch fügt sie hinzu: »Außerdem: Was soll eine Frau wie ich tun, wenn sie nicht länger gefallen darf?«

»Jemand werden.«

»Und wenn sie nicht weiß, wer sie ist?«

»Dann es rausfinden.«

»Du verlangst nicht wenig.«

Sie beißt sich auf die Lippe. Ich fordere Dinge von ihr, übertünche nichts.

»Du bittest mich zu leben. Auf *deine* Weise.«

Ich drehe mich um und gehe auf den Notausgang zu, der undeutlich am Ende des Flurs zu sehen ist.

»Hör doch«, ruft sie, »da ist so vieles, was du nicht begreifst. Ich kann jetzt nicht einfach gehen. Gib mir wenigstens Zeit, mich an den Gedanken zu gewöhnen, Zeit, um Geld zu beschaffen, um eine andere zu werden, eine bessere, so, wie du mich haben willst. Klara?«

Ich lasse sie stehen, und zum allerersten Mal empfinde ich nichts anderes für sie als Kälte. Ich weiß nicht, ob diese Kälte von ihr kommt oder von mir. Ob wir, die eine wie die andere, nicht faßbare und verantwortungslose Menschen sind, eigentlich beide unfähig zu lieben. Daß wir trotz allem beide gespalten sind, und keine von uns die Kraft hat, etwas aus ihrem Leben zu machen.

Saskia, du würdest mich so, wie ich jetzt bin, nicht mögen. Würdest mich ebensowenig verstehen wie Mama, nicht begreifen, wie ich es zulassen konnte, daß mir Zeit und Kraft durch die Finger glitten. Ich weiß nur, daß diese Liebe – meine Versöhnungsgabe – nichts anderes gewesen ist als ein unabänderliches Gefühl der Schwäche und Verachtung. Daß Desirée nicht zu mehr imstande war und ich ebensowenig.

Deine Schwester Klara.

10

Desirée war eine Frau, die Probleme haben wollte, nicht deren Lösung. Zeigte ihr jemand einen möglichen Weg – wie Klara es versuchte –, sträubte sie sich dagegen. Sie wollte nie ein anderes Leben haben als das, was sie führte. Es schmeichelte ihr, daß Klara glaubte, sie sei zu anderem fähig, mehr war es nicht. Sie wollte nicht wirklich eine Persönlichkeit werden, ihr genügte es, so auszusehen, als sei sie jemand. Ihre Augen bettelten um Hilfe und Vergebung, doch wenn sich dann Gelegenheit bot, das Versprochene in die Tat umzusetzen, war sie zu Tode erschrocken. Wurde *sie* einmal wirklich gebraucht, was sehr selten vorkam, weil sie dafür sorgte, daß sich andere *ihrer* annahmen, war sie nicht zur Stelle. Es gibt unzählige Menschen wie sie. Ich wünschte nur, Klara hätte sich von ihr fernhalten können. Warum es nicht gelang, weiß ich nicht. Menschen, die ihren eigenen Untergang suchen, will ich nicht mehr verstehen. Denn wenn man das tut, wird man mitgezogen. Ich habe beschlossen zu leben, ich habe Menschen, um die ich mich kümmern muß, für die ich Verantwortung trage. Ich kann es mir nicht leisten, mich wie Klara blenden zu lassen.

Nachts träume ich. Ich träume, ich trage auf jedem Arm ein neugeborenes Kind. Ich habe dafür zu sorgen, daß sie überleben. Ich bin gezwungen, sie durch eine Furt zu bringen, den seichtesten Weg über einen sonst überall tiefen Fluß. Weiter unten am Flußlauf wartet ein Fährmann. Er kann uns übersetzen, doch ich weiß, wir sind verloren, wenn ich zu ihm gehe: Er wird seinen Lohn fordern. Die Steine, auf die ich trete, sind glitschig vom Wasser, das sie jahrtausendelang überspült hat. Ich rutsche fast aus, meine Füße sind nackt, ich fühle, daß ich mich schneide, und das Wasser färbt sich rot. Erst öffnet ein Kind die Augen, dann das andere. Sie haben genau die gleichen Gesichtszüge, die gleichen Lippen und Haare – es sind Zwillingsmädchen. Jemand hat mir erklärt, daß beide Kinder diese Sache überleben müssen – oder keine von uns. Der Fährmann gibt das Signal zur Abfahrt. Langsam kämpfe ich mich durch den Fluß, meine Arme zittern vom Gewicht und der Anspannung. Den Mädchen ist warm, das eine bewegt sich unruhig, will sich aus meinem Griff winden, um meine Brust zu erreichen. Ich schwitze, meine Füße schmerzen. Irgendwo ist eine Schleuse geöffnet worden, und das Wasser beginnt plötzlich zu steigen, es reicht mir jetzt bis zur Taille, dann bis zur Brust, und ich fühle, wie die Füße sich allmählich vom Grund lösen. Ich weiß, daß ich nicht gleichzeitig schwimmen und die Kinder tragen kann. Eins muß ich loslassen, doch halte ich beide krampfhaft fest. Das Boot des Fährmanns ist zu weit entfernt, als daß er mir helfen könnte. Eins der Kinder gleitet mir langsam aus dem Arm, ich weine. Das andere hält mich mit seinem Blick fest – es bittet ums Überleben. Ich versuche zu erklären, daß der Preis zu hoch ist, was hier gilt, ist alle oder keiner. Dann ist das Boot da, das eine Mädchen wird hochgezogen, ich werde hochgezogen. Ich sehe, wie das andere Kind in der Strömung verschwindet. Der Fährmann ist alt, er schaut mich an und sagt: »Du kannst sie nicht beide retten. Eins wollte ich haben.«

Das kleine Mädchen, das zurückgeblieben ist, liegt auf den Planken des Bootes, es atmet in kurzen, leichten Zügen, dann öffnet es den Mund und schreit, es hat überlebt, es erinnert sich nicht an die Schwester. Es ist vorbei, der Tod hat das Seine bekommen, das Leben auch, es gibt kein Zurück. In dieser Gewißheit habe ich gelebt.

Ich wache auf, von kaltem Schweiß überströmt. Ich taste nach Magnus' Hand, die schwer an meiner Seite liegt, und drücke sie gegen meine Brust, damit sie das wie rasend schlagende Herz beruhigt. Ich bin es, die überleben muß, nur ich bin jetzt noch übrig. Ich presse seine Hand so krampfhaft, daß er aufwacht. Wie immer legt er sich dicht neben mich, murmelt etwas, an das ich mich später nie genau erinnere, aber stets handelt es davon, daß wir entkommen sind, daß wir uns doch beide haben. Dann wird er noch etwas wacher, macht die Nachttischlampe an und holt mir ein Glas Wasser aus der Küche, und obwohl er es mit fast geschlossenen Augen tut, vom Schlaf wie betäubt, ist er doch hier bei mir. Er trägt meine unausgesprochenen Worte im Herzen. Ich verstehe nicht, wie ich meinem Gedächtnis erlauben konnte, mich so im Stich zu lassen.

»Nie weggehen, Magnus, nie weggehen.«

Er schüttelt den Kopf.

»Nur wir sind noch übrig.«

Er öffnet ein Fenster, der Schweiß trocknet, ich atme ruhig, beginne zu frieren, er deckt mich mit der kühlen Decke zu, kriecht selbst darunter, legt seinen Körper an den meinen, und alles ist wieder still. Magnus flüstert an meiner Brust, wie all die anderen Nächte, so auch diese: »Erzähl von uns, Saskia. Wie wir es immer taten.«

Und ich flüstere zurück: »Ich bin diesem Mann begegnet, der andere dazu bringen konnte, ihr eigenes Leben zu retten. Das war seine Fähigkeit. Daß er einfach den Weg wies.«

»Er hat es bei dir getan?«

»Du hast es bei mir getan. Du hast mir gezeigt, daß ich die Dinge aus eigener Kraft ändern kann. Daran erinnerst du mich immer wieder.«

Er schiebt sich näher an mich.

»Du hast mir die besten Jahre meines Lebens gegeben, hast mir Malin gegeben, zusammen haben wir uns ein Leben aufgebaut, das mir die Tränen in die Augen schießen ließ, wenn ich vor unserer Tür stand. Es war geradezu lächerlich: Ich habe nicht geglaubt, daß so das Glück sein kann.«

»Aber etwas ist passiert?«

»Ich bin nicht entkommen, Magnus. So einfach ist es. Wir sind nie entkommen.«

»Klara?«

»Ja.«

Wir schweigen. Vor dem Fenster singen die Vögel ihren Morgengesang, in selbstverständlicher Gewißheit, daß ein neuer Tag anbricht, daß nichts geschehen ist, was uns nicht weiterleben läßt.

»Das bedrückt dich?«

Ich nicke.

»Müssen wir etwas dagegen tun?«

»Ich befürchte es«, flüstere ich.

»Es hätte mir klar sein müssen. Ich hätte viel mehr tun sollen. Aber ich glaube, ich war auch von unserem Glück benommen, und es schien ja so, als hätten wir vergessen können, ohne allzu große Anstrengung.«

»Ich weiß. Es ist nicht deine Schuld. Jetzt geht es nur nicht mehr.«

Daß ich nun so verletzlich bin, fordert viel von mir, erstickt mich fast, aber es hat mir Teile meines Gedächtnisses zurückgegeben, hat mich wieder lebendiger gemacht. Das muß ich jetzt bezahlen.

»Saskia?«

Er zögert, da ist etwas, was er seit langem fragen wollte, all diese Jahre, seit es damals geschehen ist, seit fast zehn Jahren hat es ihn belastet. Er hat Angst vor der Antwort, fürchtet, daß sie ihn einsam zurückläßt.

»Wenn Desirée dort nicht gestorben wäre, wenn sie überlebt und sich tatsächlich für die Flucht entschieden hätte, wie sie versprochen hatte …«

»Ja?«

Er zögert noch einmal, entschließt sich dann.

»Hätte Klara in diesem Fall alles verlassen, *alle* und wäre mit ihr geflohen? Hätte sie sich so entschieden?«

Ich weiß nicht, was ich antworten soll, nicht, wie ich darauf antworten könnte.

»Ich meine, trotz allem, was sie gewußt hat«, beharrt Magnus. »Trotz ...«

»Ich höre dich, Magnus.«

Wir verstummen. Ein Vogel setzt sich aufs Fensterblech. In dem sanften Morgenlicht des Sommers meine ich, ihm direkt in die Augen blicken zu können. Es ist, als sei sie zurückgekehrt und böte an, geopfert zu werden, lüge du nur, genau das will er jetzt hören, ich komme schon klar, antworte also. Ich hebe seinen Kopf von meiner Brust, und wegen dieser Nächte sage ich: »Nein, Magnus, Klara wäre nicht mit ihr geflohen. Sie hätte sich am Ende für ein anderes Leben entschieden.«

Er küßt mir die Lippen, den Hals, gleitet in mich, als gäbe es keinen Widerstand mehr, und ich denke, meine Hände um seinen Kopf, daß es das wert ist. Trotz aller Lügen und der ständigen Wiederholungen, trotz der Tagebücher, trotz der damaligen Zeit und der heutigen, die sich beide aufdrängen, trotz der zehn Jahre, die Vergeltung verlangen, wenn sich danach zeigen sollte, daß alles, was mir bleibt, die Liebe ist – dann war es das wert.

»Also, Herr Ehrengren«, sagt Andrea beim Frühstück. Sie versucht im alten Toaster meiner Mutter Brot zu rösten, doch der scheint eher dazu geeignet, daß man sich die Finger verbrennt.

»Versuch mal, mir eine Antwort auf folgende Frage zu geben.«

Magnus nickt mit einem vorsichtigen Blick auf den Toaster, so als zögere er, seinem Instinkt zu folgen und sich der Sache anzunehmen. Sein Gefühl für Gastfreundschaft und Höflichkeit hält ihn zurück.

»Sicher, Andrea«, sagt er und sieht, daß die ersten beiden Scheiben schon verbrannt sind.

»Ja«, fährt sie fort und kredenzt uns fröhlich den kohlschwarzen Toast, den wir unter dem Tischtuch abkratzen, »neulich, nach einem Essen und zwei Flaschen Rotwein, sagte ein Mann zu mir: Wozu braucht eine moderne Frau wie du uns Männer eigentlich?«

»Ach ja?« erwidert Magnus und schabt diskret weiter an seinem Brot.

»Warte, das war noch nicht alles. Ja, er war frustriert, vielleicht war es auch nicht gerade einer der brillantesten Männer, die ich kennengelernt habe. Jedenfalls hat er auf einer Antwort beharrt. Was wollt ihr mit uns, sagte er, wenn ihr alles selber könnt, und alles habt? Ihr könnt euch allein versorgen, ihr habt oft mehr Freunde als wir, ihr kommt mit all dem praktischen Kram zurecht. Sogar Kinder könnt ihr euch bei Samenbanken im Ausland beschaffen, und wenn eure Eizellen beschädigt sind, könnt ihr euch fremde einpflanzen lassen. Wo ist da noch Platz für uns? fragte er verzweifelt.«

»Beim Sex, natürlich«, antwortet Magnus und versorgt den Toaster konzentriert mit neuen Scheiben.

»Da ist was dran«, sage ich, »an dieser Angst.«

»Dann hat er noch gesagt: Wie kommt es, daß ihr Frauen selbständig sein wollt und zugleich möchtet, daß man sich eurer annimmt?«

»Mein Gott«, seufze ich.

»Worin besteht der Gegensatz?« fragt Magnus verwundert.

Andrea und ich lachen.

»Wo triffst du solche Männer?« sagt Magnus, während er frischen Kaffee aus der Küche holen geht.

Es ist zehn Uhr morgens und bereits heiß. Die Leute sagen, daß es vermutlich der wärmste Sommer seit Menschengedenken wird, der Juni ist geradezu weggeschmolzen, und der Juli sieht aus, als bringe er die gleiche Hitze.

»Wo finden diese Männer nur Frauen, die bereit sind, sie zu heiraten?« ruft Andrea ihm nach. »Das ist es, was ich wissen will.«

Magnus taucht wieder auf. Er blickt zum Himmel, auf dem nur ärgerlich kleine Wolken zu sehen sind, aufs Geratewohl über all das strahlende Blau verstreut.

»Also wozu *brauchen* sie sich?« beharrt Andrea.

»Sie können ja versuchen, einfach Menschen zu sein. Zwei selbständige Menschen, nicht unabhängig, denn das sollte niemand sein. Menschen in einer Beziehung sollten einer dem anderen Befreiung bringen«, sagt Magnus und lacht dann.

»So spricht natürlich der Therapeut.«

Ich weiß, was er noch hätte antworten können. Er hätte sagen können: Sie sollen einander zu menschlichen Taten anspornen und einer des anderen bester Freund werden. Morgens sollen sie einander zum Leben erwecken, und wenn sie Angst haben und vor unüberwindlichen Hindernissen stehen, werden sie sich einen Stein in die Hand geben, den sie insgeheim umklammern können. Sie werden sich am Abend zur Ruhe betten und sich gegenseitig versichern, daß nichts mehr zu tun sei, schlaf du, ich wache.

Andrea dreht noch eine verbrannte Brotscheibe im Toaster um. Sie sieht nachdenklich aus und sagt: »Du hattest wohl nie vor, dir einen Harem zuzulegen?«

Magnus lächelt.

»Ich kann mit Worten und Theorien umgehen. Das ist mein Beruf. Ihnen gerecht zu werden, ist eine ganz andere Sache.«

Ich begreife zu meiner Verwunderung, daß er genau das tut. Ich blicke Andrea an. Sie weiß es auch. Noch eins: Sie wird uns schützen, nicht auseinanderbringen.

Am selben Nachmittag sitze ich mit baumelnden Beinen auf dem Steg, mein Kopf schmerzt nach unserer Arbeit an dem Buch. Andrea ist auf einem ihrer ewigen Spaziergänge, Magnus bäckt, und Malin spielt irgendwo mit Desirée. Ich will nicht wissen, wo, nicht wie. Sie erzählt mir nichts, ich vermute, der erste Machtkampf ist zu Ende. Die neue Freundin ist aus dem Weg geräumt und eine stärkere heilige Zweisamkeit begründet. Neben mir habe ich ein Häufchen Steine aufgeschichtet und werfe einen nach dem anderen ins Wasser. Das Geräusch ist irgendwie beruhigend. Ich denke: Es muß sich nicht wiederholen. Dann beim nächsten Stein: Alles kehrt zurück. Aber es braucht sich nicht zu wiederholen. Ich kann nicht entkommen.

Frauenschritte in meine Richtung sind auf dem Steg zu hören. Mit einiger Anstrengung hockt sie sich neben mich, sie ist nicht für das Inselleben angezogen, ist gekleidet für ein Leben auf einer Luxusjacht. Ihr Hemd ist mit goldenen Ankern übersät, und die Shorts sind lang und weit. Sie streckt die Hand mit den zartrosa lackierten Nägeln aus, eine Farbe aus einem Sortiment, das »Sommer« heißen könnte.

»Desirées Mutter«, sagt sie lediglich, um sich vorzustellen.

»Saskia«, antworte ich.

»Ich weiß«, erwidert sie nervös und versucht, sich etwas bequemer hinzusetzen. »Wir wohnen dort drüben in der Bucht.« Sie zeigt mit dem Zeigefinger nach oben.

Ich nicke.

»Ist was passiert? Mit den Mädels, meine ich?«

»O nein. Die haben so viel Spaß. Du weißt ja, wie Mädchen in dem Alter sind.«

»Das ist es ja gerade«, antworte ich.

»Ja, da ist eine Sache, die ich erzählen wollte«, fährt sie zögernd fort und läßt ihre Stimme ein wenig mädchenhaft klingen, so wie es manche Frauen tun, um der Kritik die Spitze zu nehmen oder den Ernst dessen abzuschwächen, was sie sagen wollen. »Du hast dich vielleicht gefragt, warum meine Tochter ausgerechnet Desirée heißt.«

»Nicht sonderlich«, lüge ich.

»Das ist ein bißchen unangenehm«, sagt sie, »denn ich weiß ja, daß deine Schwester in diese Geschichte verwickelt war. Klara Mårstedt. Sie war doch wohl deine Schwester, obwohl ihr verschiedene Namen habt?«

»Ja, sie hat den Namen meiner Mutter angenommen, als sie nach Schweden zogen. Ich wohne in Holland und habe den Namen meines Vaters behalten«, sage ich mit einem unwohlen Gefühl.

»Diese Sache hat mich mächtig bewegt, besonders diese Frau und deine Schwester, ihre phantastische Freundschaft. Ich weiß nicht, warum, aber ich habe damals alles darüber gelesen, all die Theorien. Kurz darauf wurde ich dann schwanger, und ich ...«

»Du hast deine Tochter Desirée getauft.«

»Ja, ich dachte, es könnte vielleicht merkwürdig erscheinen, wenn ich nichts sage und es dann doch rauskommt.«

»Wie immer das auch passieren sollte.«

»Ja, genau, aber ich ... ja.«

»Nun weiß ich es«, sage ich und stehe auf. »Und jetzt sind Malin und Desirée Freundinnen.«

»Das Leben ist merkwürdig«, sagt sie erleichtert.

»Ich muß jetzt ins Haus«, sage ich.

Aber sie ist immer noch nicht ganz zu Ende, sie hält meine ausgestreckte Hand fest.

»Was glaubst du, wer sie ermordet hat? Henrik und Desirée, meine ich.«

»Ich verstehe nicht.«

»Es hat sich doch später herausgestellt, daß unmöglich er es gewesen sein konnte, der erst sie und dann sich selbst erschossen hat. Das haben doch die technischen Beweise gezeigt. Es muß jemand anders gewesen sein.«

Die Möwen fliegen über unsere Köpfe, es ist, als würden sie Kreise über uns ziehen, immer wieder und wieder, alles fängt von vorn an, nichts hat ein Ende.

»Ich meine, wenn überhaupt jemand es weiß, dann solltest doch du wissen, wie es gewesen ist. Du als Klaras Schwester und so.«

Ich entziehe mich ihren Sommernägeln. Ich weiß, daß ich etwas sagen sollte, daß eine Antwort verlangt wird, wenn ich nur meine Stimme gebrauchen könnte. Der Himmel wölbt sich über meinen Augen, eine Sturmmöwe lacht mich aus.

»Ich wünschte«, sage ich, »was ich wünsche, ist, daß sie in Frieden ruhen könnten.«

Ich drehe mich um, gehe über den Steg, dann den Hang hoch, denselben Weg, den ich gekommen bin. Ich lasse diese Frau hinter mir zurück und wünschte, daß es ebenso einfach wäre, dasselbe mit meiner Vergangenheit zu tun.

11

Juli 1982

Saskia,
ich habe von vorn angefangen. Du glaubst mir nicht? Ich *habe* es getan. Vielleicht nicht völlig, ich meine, ich selbst bin keine andere geworden, doch habe ich mich für ein anderes Leben entschieden. Dieses Frühjahr scheint mir

endlich so viel Ruhe gebracht zu haben, daß ich wenigstens versuchen konnte, wieder eine Richtung zu finden. Ich weiß, wie sehr du es immer verabscheut hast, daß ich so unfähig war, notwendige Beschlüsse zu fassen, einen Kurs einzuschlagen. Diese Unfähigkeit zu einer Vision, wie du es ausgedrückt hättest. Du würdest sagen, es ist die Pflicht eines jeden Menschen – weil er das Vorrecht genießt, geboren zu sein –, einen Plan für sein Leben aufzustellen und sich für diesen verantwortlich zu fühlen.

Jedenfalls wärst du jetzt stolz auf mich, stolzer als bisher. Laß mich erzählen. Revolutionen haben nicht stattgefunden, auch keine Wunder, nichts dergleichen, doch ich bin weitergekommen. Wie macht man das? Ich habe Desirée an dem grünen Notausgang verlassen und seitdem nicht wiedergesehen. Irgend etwas ist kaputtgegangen, ich vermute, es war das Vertrauen, ebensosehr das zu ihr wie das zu mir. Es schien kein anderer Weg offenzustehen als der, den ich eingeschlagen habe: der Weg weg von ihr. Du mußt nicht glauben, daß ich sie vergessen habe, oder – ich weiß, daß du das nicht verstehen willst – daß ich sie nicht mehr liebe. Denn all das ist genauso wie immer. Doch habe ich begriffen, daß ich sie niemals retten kann, daß durch mich nur alles schlimmer wird, ich war wie das personifizierte schlechte Gewissen, das ihr jeden Tag vor Augen stand. Ich glaube, ich habe zuviel verlangt. Irgendwo hoffe ich, daß sie allein zu den notwendigen Veränderungen findet. Vielleicht können wir dann wieder zusammenkommen. Nie zuvor ist mir jemand begegnet, der anscheinend so lebensbejahend und zugleich so voller Todesverachtung ist. Ich wußte nicht, daß es solche Menschen gibt. Am Ende war es, als würde ein Teil von mir zugrunde gehen, als würde ich die Lebenslust allmählich verlieren, wenn ich bei ihr bliebe. Also dachte ich, wenn ich mir ein eigenes Leben aufbaue, kann ich vielleicht als gutes Beispiel für sie dienen, statt jemand zu sein, der sie die ganze Zeit in die richtige Richtung drängen will. Vielleicht sieht sie allein klarer. Ohne Klara. Ich will nicht behaupten, daß es nicht weh tut. Wie du weißt, ist mir nie jemand begegnet, der wie sie ist, mit diesem Gefühl für Dramatik und dieser ungewöhnlichen Fähigkeit zu absoluter Intimität. Ich begreife, daß ich mit ihr *mitten im Leben* stand. Aber dann: diese Stärke gepaart mit unerklärlicher Schwäche. Sie war voller Einsicht, doch zugleich unfähig, etwas gegen die eigenen Lügen zu tun. Es wird schwer werden, ja unmöglich, einen solchen Menschen wiederzufinden.

Ich höre von ihr erzählen. Ich sage, daß ich nichts wissen will, doch die Leute reden immer weiter. Sie sagen, sie lebt genauso intensiv wie vorher, geht immerfort aus. Jetzt weiß ich auch, daß andere Frauen sie hassen. Sie verurteilen sie, weil sie die Männer so offensichtlich ausnutzt und weil es manchmal einer ist, den sie selbst lieben, weil Desirée das, was sie besessen haben, zerstört hat. Ich höre auch, daß sie hin und wieder bei einem verheirateten Mann lebt, einem Henrik von Rensen, der *zweifelhafte Geschäfte* macht. Ich weiß nicht, was das bedeutet, bin auch nicht sicher, daß ich es wissen will. Desirée ist dabei, sich zugrunde zu richten. So sagen die Leute. Ich empfinde Schuld, doch noch stärker ist das Gefühl, daß ich überleben muß, daß ich lange genug versucht habe, andere zu retten. Es ist nicht leicht, das so hinzuschreiben. Ich weiß auch, du erwartest, daß ich dir das Geschehene erkläre, analysiere, aber ich habe gelernt, daß es nur selten möglich ist. Saskia, lächle nicht so höhnisch, glaub mir, man kann das Handeln von Menschen fast nie erklären. Wir reagieren nicht so logisch, wie du es gern hättest. Die meisten von uns strampeln sich mit nutzlosen Versuchen ab, das Leben in Ordnung zu bringen, von dem sie nicht mal überzeugt sind, daß sie es sich so ausgesucht haben. Doch eins weiß ich sicher. Es war die faszinierendste Vertrautheit, die ich je erlebt habe, seit du und ich getrennt worden sind. Mir wird nie wieder jemand wie Desirée begegnen. Entweder sie oder etwas völlig anderes. Deshalb habe ich mich für das ganz andere entschieden.

Der Mann heißt Klas. Ich glaube, du würdest ihn mögen, Mama mag ihn auch, es ist unmöglich, es nicht zu tun. Vielleicht stört es mich ein bißchen, daß man mit ihm nicht aneinandergerät. Ich kann einen ganzen Abend mit ihm verbringen und erinnere mich hinterher an kein einziges Wort. Ich meine, er bringt mich zwar zum Lachen, ich fühle mich in seiner Gesellschaft ruhig und wohl, doch kann ich es hinterher nicht *spüren*. Manchmal erwische ich mich dabei, daß ich ihn schüttle, um herauszufinden, wie er konstruiert ist, wie die Teile zusammenpassen, ob etwas trotzdem falsch ist. Mama hat gesagt, er gelte als schöner Mann, und da dachte ich: Ja sicher, genau das ist er. Ich hatte vorher noch nie ein Verhältnis mit einem schönen Mann, doch jetzt weiß ich, was das heißt. Jeden Morgen werde ich mit ihm wach: diesem schönen Mann. Glaub nicht, daß ich es ironisch meine, die Tatsache verblüfft mich nur so sehr. Ich weiß schließlich, ich habe mich für Klas entschieden, um auf der anderen Seite zu leben, der anderen Seite des Unbegreiflichen, das ich hinter mir gelassen habe. Ich liege jetzt nachts auf der Seite, Klas' Arm still um meine Brust, und ich schlafe tiefer als seit vielen Jahren, fast als wäre ich betäubt. Das Telefon klingelt nicht mehr, und ich brauche mich nicht zu fragen, wo sie ist. Irgendwo in meinem Inneren weiß ich, daß ich sie im Stich gelassen habe. Kein angenehmes Gefühl.

Klas hatte mich zu Beginn des Winters angerufen. Er

hat gesagt, er hätte mich irgendwo unterwegs gesehen, in Desirées Schlepptau, doch nicht gewagt, sich mir zu nähern, weil er nicht wußte, wie er mit diesen Menschen *von Welt*, wie er sie nannte, konkurrieren sollte. Dieses Leben mit goldenen Kreditkarten, die in der Bar gezückt werden, mit winzigen Kleidchen zum Preis von großen Wagen, mit Champagner in Eiskübeln, aus denen das Wasser langsam auf den Tisch überläuft – er war nicht daran gewöhnt. War ich es denn? Dieser Kreis von reichen Männern und bereitwilligen Frauen, die wie Geishas parat standen. Als er davon sprach, war mir nicht wohl zumute, weil ich begriff, daß wir genauso gewirkt haben mußten, obwohl wir uns für redegewandte Frauen hielten, die sich nahmen, was sie wollten, die Männer ausnutzten und einfach ihren Spaß hatten. Ich wußte, mir macht es kein Vergnügen, ich schämte mich sogar – diese peinliche Extravaganz –, doch hatte ich mir nie vorgestellt, wie wir nach außen wirkten. Trotz aller Worte, Diskussionen, Pläne, die Dinge zu ändern. Aber Worte sind Schall und Rauch, wirklich von Bedeutung ist vermutlich unser Verhalten. Irgendwie hatte ich auch geahnt, daß wir genauso waren, wie wir zu sein schienen.

Das alles hat Klas erzählt, vielleicht nicht direkt, aber was er gesagt hat, ließ in mir den Entschluß reifen, mich völlig aus der Sache zurückzuziehen – mich zu *konzentrieren*, wie du es nennen würdest – und aus meinem Leben wirklich etwas zu machen. Ich sagte ihm, wenn er wollte, könnten wir uns sehen, und daß ich dieses Leben hinter mir gelassen habe. Daß Desirée und ich uns nicht länger treffen, und wenn er wollte, so fände er mich hier. Er wollte. Es ging erstaunlich leicht. Es war, als begegne man einem Mann ohne jeden Widerstand. Wenn ich mich ihm näherte, kam er mir entgegen, brauchte ich Zeit für mich selbst, zog er sich zurück. Er ist erstaunlich geschmeidig. Ich vermute, daß er ein netter Mann ist, und mir ist klar, daß ich dafür wirklich dankbar sein kann. Außerdem ist es wahnsinnig leicht, ihn zu mögen, und ich glaube nicht, daß er imstande ist, jemandem lästig zu fallen.

Also leben wir zusammen. Die Wohnung, in der Desirée verloren, ihre Hand in der meinen, auf der Matratze am Boden schlief, ist jetzt vermietet, und ich glaube, ich will meinen Fuß nie mehr dorthin setzen. Klas ist Werbefachmann und besitzt ein großes Apartment, in dem er mir einen Platz neben sich bietet, und darüber bin ich sehr glücklich. Er gibt mir die Ruhe, ein eigenes Leben zu führen. Abends sehen wir fern, wir machen Essen, mit dem wir uns gegenseitig füttern, wie Vögel es tun, wir lieben uns, und sein Körper bewegt sich geschmeidig unter meinem, beinahe ständig sagen wir »Liebling« zueinander – wie eine Beschwörung –, und ich glaube immer mehr, daß es wahr ist: daß wir wirklich Liebende sind. Vielleicht hatte ich geglaubt, man würde die Liebe etwas mehr »spüren«, vielleicht aber ist es nur so, daß ich mich in acht nehme, um nicht den gleichen Fehler zu machen wie Mama und Papa mit ihrer ungezügelten Leidenschaft. Ich bin nicht leidenschaftlich in Klas verliebt, ich habe ein sanftes, zärtliches Gefühl für ihn. Reicht das aus? Ich will es so, Saskia. Glaub mir, nach diesen Jahren mit Desirée will ich es genau so.

Ich habe auch gelernt, mich zu konzentrieren. Mein Studium läuft gut. Jetzt studiere ich Schwedisch, und belege mehr Kurse im Semester, als man braucht. Es ist, als wäre da ein Sog in meinem Gehirn, ein Unterdruck, und alles, was ich in mich aufnehme, spucke ich völlig richtig wieder aus. Die Universitätssprache stört mich nicht mehr, es ist, als sei sie ein Teil von mir geworden. Ich absorbiere die Worte, und wird nach ihnen gefragt, nehmen sie ganz von selbst den richtigen Platz ein. Man sagt, ich sei begabt, ich höre an ihren Stimmen, daß man mich darum beneiden kann. Deshalb lerne ich immer noch mehr, und nichts davon fällt mir schwer. Desirée scheint mit ihrem Studium aufgehört zu haben, ich habe sie nie mehr dort gesehen. Nicht daß sie damals klargekommen wäre, als wir noch zusammen waren, aber jetzt scheint es völlig aus zu sein. Doch Frauen wie sie verstehen es, eine Niederlage wie diese zu überleben. Ich will nicht daran denken, will nicht wissen, wer sie heute ist.

Klas ist hier, wenn auch ein bißchen reizlos und manchmal vielleicht nichtssagend – verzeih mir –, so ist er jedenfalls hier. Ich kann nicht direkt behaupten, daß er es ist, der mich inspiriert hat, doch stört er mich auch nicht. Er bittet mich nicht, mit ihm unterzugehen, er bettelt nicht mit unglaublichen Augen, ihm einen Rat zu geben, den er dann nicht befolgt. Nichts dergleichen. Er bietet mir einen Platz in seinem Leben, und wenn wir uns lieben, ist er ruhig und vorsichtig, fast als hätte er studiert, was man tun muß, damit es am besten gelingt, und er schafft es, daß ich am Morgen ausgeruht aufwache. Ich habe dieselbe Wirkung auf ihn. Das freut mich.

Jetzt ist hier Sommer; mit etwas Anstrengung habe ich all das abgeschlossen, was ich mir für dieses Frühjahr vorgenommen hatte, und noch etwas mehr. Einen großen Teil meiner Freizeit habe ich der politischen Arbeit gewidmet. Ich war auf Demonstrationen, habe Plakate geklebt, bin zu Treffen gegangen, habe Empörung gezeigt, an Fackelzügen teilgenommen, Schulen informiert, Geld in geheimen Kuverts verschickt, habe Tränen vergossen und mit Sammelbüchsen gerasselt. Sollte mich später einer fragen, was ich in diesen Jahren gemacht habe, dann kann ich sagen: Ich habe getan, was ich konnte. Es ist, als hätte ich meinen Platz gefunden, und damit habe ich eine

Freistatt gewonnen neben diesem ständigen Grübeln, wer Klara eigentlich ist. Glaube nicht, daß mein Engagement nur Flucht ist, die Wirklichkeit, auf die ich bei meiner Arbeit treffe, ist dafür viel zu grausam. Du mußt auch nicht denken, daß ich mich deshalb für einen besseren Menschen halte. Ganz und gar nicht. Es ist nur so, daß der Kampf mir eine wirkliche Richtung in dem Leben weist, das ich bisher so schlecht im Griff hatte. Mich gibt es nicht nur, damit ich mich selbst zufriedenstelle – in der Erkenntnis liegt etwas Heilsames.

Auch einen Sommerjob habe ich gefunden, in einem Verlag hier in der Stadt. Der Verlag ist groß, und die meisten, die dort arbeiten, sind Frauen. Auf die Frage, warum mein Gehaltszettel eine so geringe Summe aufweist, erklärt man mir, so sehe es aus in Berufen, in die viele Frauen drängen. Es ist komisch, doch begreife ich allmählich. Dennoch, Saskia, ich habe mir diese Arbeit *beschafft*, ich komme allein klar. Mein Leben hat einen Zusammenhang, ich bin intakt, endlich scheine ich der Mensch zu werden, den ich so lange nur in dir gefunden hatte.

Trotzdem überfällt mich zuweilen eine schleichende Unlust. Manchmal abends, wenn Klas wieder einmal gesagt hat, er müsse Nachrichten sehen, und ich wieder einmal am Fenster stehe und nach draußen starre, frage ich mich, ob es das ist, was man Leben nennt: essen, schlafen, arbeiten, Nachrichten sehen, einkaufen, wieder essen und schlafen. Klas versteht mich nicht. Ich verlange es auch nicht. Ich verstehe mich ja nicht einmal selbst, diesen Zynismus, und mich packt Wut, weil ich solche Forderungen stelle, weil ich nicht reifer bin, nicht klarer sehe. Was verlange ich eigentlich vom Leben, von ihm, von mir? Die Richtung, der Kurs sind doch eingestellt, worüber klage ich bloß?

Wenn es diese Unlust nicht gegeben hätte, wäre ich wahrscheinlich stärker gewesen. Eines Abends, ein leichter Sommerregen fällt, und ich komme, mit der Zunge Tropfen fangend und die Haare wie nasse Regenwürmer ums Gesicht, die Straße entlang, da wartet eine Person auf mich in der Haustür. Sie tritt aus dem Dunkel ins diffuse Licht des Sommerabends und sieht mein Erstaunen, meine zögernde, aber dennoch eindeutige Freude. Sie streckt ihre Hände nicht aus, tut nicht, was sie immer getan hat, berührt mich nicht. Steht nur hilflos da, die Handflächen an die Schenkel gepreßt, wie um sich zu beherrschen.

Ich sehe, daß sie geweint hat, daß Winter und Frühjahr voller Verleumdungen gewesen sind, die ihr gegolten haben. Doch zum ersten Mal sehe ich auch Erschöpfung, eine unverfälschte Erschöpfung.

Sie hält mir nur einen fast auseinanderfallenden Zeitungsausschnitt hin, sie muß ihn lange in der Tasche getragen haben. Sie nickt. Ich nehme das Papier und lese. »Psychotherapie« steht in der ersten Zeile. Dann: »Angebot von Therapeutem in Weiterbildung. Unter qualifizierter Anleitung. Reduzierter Preis.« Danach eine Telefonnummer. Sie sagt mit leiser Stimme: »Klara, ich bin jetzt völlig fertig. Ich glaube, ich muß endlich etwas dagegen tun.«

Vielleicht wärst du stärker gewesen, Saskia – falsch: Ich bin überzeugt davon. Ich aber, ich sehe ihren Willen und Mut, ich will das Beste im Menschen sehen. Verwirrt und entsetzt begreife ich auch, daß ich ohne sie eigentlich nicht hätte leben können, daß das Leben genauso sinnlos geworden war wie damals, als wir uns getrennt hatten, und daß jetzt wieder alles im Lot ist. Ich stecke den Zettel in die Tasche, hake sie unter und führe sie hoch zu Klas' und meinem Zuhause.

Desirée flüstert: »Vergiß nicht, ich habe dich entscheiden lassen. Vergiß es nicht.«

Saskia, ich weiche nicht von der gefundenen Richtung ab – ich variiere sie nur ein bißchen.

12

November 1982

Schwester mein,
laß mich erzählen. Den Sommer und Herbst über lebte ich wie in einem Glücksrausch, so wird mir die Zeit immer in Erinnerung bleiben. Vermutlich wirst du mich banal finden, aber egal. Es ist, als hätten die Waagschalen des Lebens endlich beschlossen, im Gleichgewicht zu bleiben. Und ich hatte das Glück dabeizusein, als sie sich einstellten, diese wenigen seeligen Augenblicke im Leben. Desirée, Klas und ich sind unzertrennlich. Ich weiß, du würdest sagen, das ist ein Klischee, daß jeder Mensch für sich stehen muß. Dennoch ist es so. Wenn ich mit Desirée allein bin, wird es auf die Dauer unerträglich, weil ich versuche Ratschläge zu erteilen und sie diesen genau entgegen handelt. Wenn Klas und ich allein sind, ist es angenehm, doch manchmal denke ich, wenn das hier alles ist, kann man es ebensogut auch lassen. Was geschehen würde, wenn Klas und Desirée allein wären, weiß ich nicht, denn im Moment sind wir drei ständig zusammen. Es ist erstaunlich, daß die Sache so gut funktioniert. Wir sind mit Klas' Auto in Urlaub gefahren. Das ist so ein großer Amerikaner mit breitem Vordersitz, auf dem wir alle drei Platz finden. Ich sitze immer in der Mitte, Klas' Arm um eine Schulter und Desirées um die andere. Ich bin nie glücklicher gewesen, habe mich nie umsorgter gefühlt als jetzt. Es ist, als hätte es Mamas und Papas Irr-

tümer nie gegeben, als wären wir nie getrennt worden, als wäre ich wieder genau dort angelangt, wo wir begonnen haben.

Auch Desirée scheint glücklich zu sein, ist unbeschwerter, als ich sie je gesehen habe. Ihr Gesicht war diesen Sommer ganz unverstellt, völlig gelöst. Ohne Schminke sieht sie jünger aus, und sie strahlt uns an, wenn sie kommt, küßt uns beide. In ihrer Gegenwart sehe ich auch Klas anders. Es ist, als hätte die Liebe, die von Anfang an hätte selbstverständlich sein müssen, erst jetzt ihre volle Intensität erreicht. Nach einem Tag, an dem wir drei geredet, gegessen, gelacht, uns gegenseitig die Haare gekämmt und den Rücken massiert haben – nach einem solchen Tag kann es vorkommen, daß Klas und ich uns dann zu Hause wie im Rausch küssen. Ich fühle jetzt eine Sehnsucht nach ihm – ich glaube, man nennt es *Hunger* –, wie ich sie noch nie zuvor nach jemandem empfunden habe. Ihm muß es genauso ergehen. Vorbei ist unser ein bißchen vorsichtiges Leben, das immer so gewesen ist, als müßten wir erst in Illustrierten und Zeitungsbeilagen nachlesen, wie wir uns zu lieben hätten, ehe wir es nach allen denkbaren wissenschaftlichen und unwissenschaftlichen Theorien in die Tat umsetzen konnten. Genauso wie wir uns erst in Gratisblättern informieren, was man sich anhören, wo man essen gehen und was man anziehen sollte, um wirklich jemand zu sein. Jetzt ist es, als ob wir einander tatsächlich haben mußten. Es kann uns im Bus überfallen oder beim Einkaufen, und wir müssen nach Hause eilen oder sonst irgendwohin, wo es einen abgetrennten Raum gibt, und dort lieben wir uns schließlich, falls es das ist, was wir tun. Es erschreckt mich; ich würde es nicht missen wollen. Es ist, als brächte Desirées bloße Gegenwart uns dazu, den anderen zu sehen: die Möglichkeiten. Sie bringt Unvorhersehbares, vielleicht könnte man sagen,

Gefahr, in unser Verhältnis, was vorher dort nicht existiert hat.

Desirée und ich können ruhiger miteinander reden als früher. Sie sagt, sie habe die Lügen über ihre Familie und Kindheit durchschaut und sei jetzt reif genug, um sich mit der Sache auseinanderzusetzen, könnte sogar mit ihren Eltern brechen, wenn es nötig sein sollte. Merkwürdigerweise mag sie ihre Mutter am wenigsten, nicht den Vater, den ich instinktiv verabscheue, diesen Mann, der mich erschreckt und Eleonora ebenso, wie ich glaube. Ginge es nur um ihre Mutter, könnte sie noch heute mit ihr brechen, erklärt sie. Aber ohne den Vater könne sie nicht leben, sie seien sich viel zu ähnlich, was ich nicht verstehen kann. Doch will sie weiterkommen, es ist ihr ernst damit. Sie sagt, sie hätte auch verstanden, daß nicht sie die Männer ausgenutzt habe, wie sie geglaubt hatte, sondern daß sie selbst zum Opfer geworden sei. Vor allem habe sie ihre Mitschwestern bei diesem Spiel verraten, doch die Zwischenfälle im Frühling – so nennt sie die Verleumdungen gegen sich – hätten ihr klargemacht, daß sie mehr Leute verletzt habe, als sie geahnt hatte. Wenn sie erzählt, ist sie voller Reue, sagt, ich hätte protestieren müssen, begreift, daß ich es versucht habe, und weint dann. Das fällt ihr so leicht, sie wendet mir den Blick zu, und schon sind die Tränen da, als wären sie bestellt. Sie streckt ihre Hände aus, und ich nehme sie, ihr Kopf liegt an meiner Brust, während ihre Tränen auf mein Kleid tropfen. Ihr Leben in meinen Händen. Saskia, wohin soll ich mit dieser Liebe? Ich muß dasein, nehme ich an, jetzt und für immer. Ich wünschte nur, ich müßte in meinem Kopf nicht immer hören, was du sagst und wie du lachst, müßte nicht wissen, daß du dich auf dem Absatz umdrehen und gehen würdest. Ich aber gehe nicht.

Immer wieder frage ich sie, ob sie den Psychotherapeuten angerufen habe. Sie antwortet, im Sommer sei das schwierig gewesen und jetzt im Herbst auch, niemand hätte sich gemeldet, man konnte nur zu bestimmten Zeiten anrufen oder es war besetzt, dann hätte sie sich nicht richtig getraut – könnte ich nicht vielleicht? Wider besseres Wissen rufe ich an. Es klingt, als sei der Therapeut nur wenige Jahre älter als ich, was mich verwundert. Ich verspreche Desirée auch zu sagen, daß wir am Anfang beide kommen wollen, daß ich alles über sie weiß, und es am besten wäre, wenn ich dabeisein und das Gesagte ergänzen könnte. Widerstrebend akzeptiert er, sagt, wir würden die Sache klären, wenn wir vorbeikämen.

Eines Morgens ist es soweit. Früh um acht an einem Dienstag haben wir einen Termin, und Desirée sieht ganz verstört aus, als wir uns vor seiner Praxis treffen.

»Ich erinnere mich nicht, wann ich das letzte Mal zu einer solchen Tageszeit aufstehen mußte«, murmelt sie.

»Willkommen im neuen Leben«, ich versuche es mit schlecht getarnter Munterkeit.

Sie knurrt und streicht sich mit der Rückseite der Hand über die Augen. Sie sieht aus wie ein schmollendes Kind, das beschlossen hat, das Essen zu verweigern, nicht weil wirklich etwas passiert ist, sondern nur um zu sehen, wie es wirkt. Wir stehen vor dem Zimmer des Therapeuten. Auf einem Schild rechts von der Tür steht auf schwarzem Untergrund in sauberen weißen Druckbuchstaben: Magnus Ehrengren.

»Soll das hier wirklich was sein?« flüstert Desirée. »Ich meine, es sieht so steril aus.«

Ich klopfe an, und nach einem Hm, das hinter der Tür zu hören ist, treten wir ein. Am Schreibtisch sitzt ein Mann um die Fünfunddreißig. Er steht auf, und ich sehe, daß er größer ist, als ich zuerst geglaubt habe, wo er noch hinter Stapeln von Büchern und Papieren versteckt saß. Sein halblanges Haar hat er hinter die Ohren geschoben, wodurch sich seine Augen deutlicher abzeichnen. Sie sind leuchtend blau, umgeben von langen Wimpern, ungewöhnlich lang für einen Mann. Er schaut uns freundlich, ja wohlwollend an. Etwas in seinem Blick läßt mich ruhig werden. Mir ist, als wäre es ein Fehler, ihn nur dieses eine Mal zu treffen und dann nie wieder. Desirée scheint ihn kaum anzusehen, was untypisch für sie ist. Wenn sie einem Mann begegnet, kommt es nur selten vor, daß sie ihm nicht auf irgendeine Weise Intimitäten in Aussicht stellt – auch wenn sie das Versprechen nicht immer erfüllt. Ohne ihm die Hand hinzustrecken, die Arme über der Brust gekreuzt und den Blick aus dem Fenster gerichtet, sagt sie: »Desirée Cronenfelt. Ich bin es, die für das hier bezahlt.«

Ich lache ein bißchen, nichts läuft, wie ich es mir vorgestellt habe. Er nimmt meine ausgestreckte Hand, und ich sage: »Klara Mårstedt, ich bin Desirées Freundin.«

»Wenn's gerade paßt«, meint Desirée mit leiser Stimme und zündet sich, ohne um Erlaubnis zu fragen, eine Zigarette an.

Der Therapeut bittet sie, diese wieder auszumachen. Sie drückt sie in seiner geleerten Kaffeetasse aus. Ich begreife erst jetzt, daß sie starr vor Schreck ist, daß das hier eine Situation ist, mit der sie nicht zurechtkommt. Dieser Mann wird irgendwelche Dinge von ihr verlangen, er wird sagen, daß er nichts für sie tun kann, wenn sie nicht selbst etwas tut. Er wird ihr den Weg weisen, doch wird er keine Tränen trocknen, ihre Augen interessieren ihn nicht. Das ist es, was sie erstarren läßt.

Sie stellt sich ans Fenster, wendet uns den Rücken zu; er sieht mich an, und es ist, als verstehe er Fetzen, Bruchstücke von dem, was ich denke. Als könnte er lesen, was mir durch den Kopf geht: Urteilen Sie nicht zu hart über Desirée, sie glaubt, sie ist verloren.

»Nun, Herr Doktor Ehrengren. Wollen Sie etwas über meinen sündhaften Lebenswandel hören?«

»Sagen Sie Magnus, das reicht.«

»Magnus, wollen Sie Details erfahren, oder soll ich mein Leben nur in groben Zügen schildern?«

»Das liegt bei Ihnen«, erwidert er ruhig.

Ich rutsche hin und her, die ganze Situation ist mir unangenehm. Sie dreht sich zu uns um – ihre Augen blitzen auf die gleiche Weise wie nachts, wenn sie um drei einen Mann umgarnt hat – und sagt: »Denn hier werden einem ja wohl die Sünden vergeben? Dafür bezahle ich ja wohl. Um zu beichten.«

Ich erzähle Klas nichts von unseren Besuchen beim Therapeuten. Ich finde, das hat nichts mit ihm zu tun. Ich will, daß unsere Dreisamkeit auf etwas Lustvollem aufbaut, und um die Sache im Gleichgewicht zu halten, muß ich dafür bezahlen, indem ich Desirée zu dem Mann mit dem durchdringenden Blick begleite. Muß Desirées schlechte Seiten ertragen; auch das ist etwas, wofür ich mich schäme. Ich meine, ich bin sie ja gewöhnt. Und Klas? – er hingegen kann die guten Seiten genießen und den Genuß dann an mich weitergeben. Diese Aufteilung haben wir vorgenommen, und sie funktioniert überall, außer beim Therapeuten. Er darf Desirées gute Seiten nicht gerade genießen. Sie erzählt uns beiden – ohne mich weigert sie sich hinzugehen –, daß sie in diesem Frühjahr einen Mann namens Henrik von Rensen kennengelernt habe, was ich auch schon gehört hatte, und daß er ihr bei einer Veränderung helfen werde. Sie berichtet, gereizt, es störe sie ganz und gar nicht, daß er verheiratet sei, weil Henriks Frau in einem anderen Land lebe und dem Arrangement zugestimmt habe. Desirée sagt, sie sei ohnehin nicht an einer Ehe interessiert, aber daß dieser Mann ihr Sicherheit und Liebe gebe, daß er ihr irgendwie ebenbürtig sei. Andere Männer wären da nicht, ich brauchte mich nicht zu sorgen, sagt sie und wirft mir einen schrägen Blick zu. Auch Kinder kämen nicht in Frage, er schütze sich sorgfältig. Sie klingt wütend, als sie diese Dinge erzählt, als sage sie das alles nur, weil man es von ihr verlangt. Doch sie findet dieses *Verhör*, wie sie es nennt, einfach unwürdig. Obwohl der Therapeut und auch ich sie darauf hinweisen, daß sie selbst es so gewollt hat. Daß wir ihr die Verantwortung aufbürden, scheint sie nur noch mehr zu frustrieren, und sie läßt nicht nur schwache Seiten erkennen, sondern auch eine unglaubliche Unreife, die selbst mich verwundert.

Eines Tages ist all das zu Ende. An einem Dienstagmorgen stehe ich allein vor Magnus Ehrengrens Zimmer, und ich darf sein Telefon benutzen, um bei ihr anzurufen und sie zu wecken. Niemand nimmt ab. Als ich sie später frage, sagt sie, sie hätte verschlafen, das sei alles. Am nächsten Dienstag bin ich erneut allein dort. Dann kommt sie einmal, das nächste Mal jedoch wieder nicht. Er fragt, ob ich meine, daß wir das Ganze abbrechen sollten, ich bin verzweifelt und fange zu meinem Entsetzen an zu weinen. Er sagt, ich könne bleiben, könne mit der Sache weitermachen, wenn ich wolle, ihm mache es nichts aus, im Gegenteil. Er sieht verwirrt aus. Ich stimme dankbar zu. Ich weiß nicht, warum.

Am selben Abend komme ich von meinem Nebenjob im Verlag nach Hause und finde Desirée und Klas in der Küche, beide heftig betrunken. Sie versuchen Essen zu machen. Auf dem Tisch stehen vier geöffnete Weinflaschen, und ein sauberes leeres Glas ist für mich hingestellt.

»Wo bist du gewesen, Klara? Wir haben so gewartet!« ruft Desirée viel zu laut.

»Manch einer muß arbeiten«, antworte ich und höre, wie kühl meine Stimme klingt.

»Stimmt ja«, sagt sie und schlägt sich mit der Hand auf den Mund. »Hab's vergessen.«

Klas kommt zu mir und küßt mich. Ich mag seinen Geruch nicht. Er versucht, mir gerade in die Augen zu sehen, und sagt: »Desirée hat eben erzählt, daß du zur Therapie gehst. Ja wirklich, wirklich großartig, Liebling! Du hättest es doch sagen können, aber ... Ich verspreche, dir dabei zu helfen, immer dazusein, dich zu ermuntern, oder wie das alles heißt, was man als Freund tun soll.«

Er kichert leicht hysterisch und rührt in einem Topf, der auf einer kalten Herdplatte steht.

»Ich?«

»Ich habe Klas erzählt, wie es ist, daß du hingegangen bist, um mit der Scheidung deiner Eltern zurechtzukommen. Und mit dieser *Fixierung* auf Saskia. Es ist doch so, Klara?«

Sie spricht ungewöhnlich konzentriert, wenn man bedenkt, wie betrunken sie sein muß. Klas faselt am Herd: »Hab ja schon gesagt, wie *ich's* finde. Großartig.«

Er geht ins Wohnzimmer, um ein paar Drinks zu machen, stolpert jedoch übers Sofa und scheint sofort einzuschlafen, noch in der Luft. Vielleicht ist er auch ohnmächtig geworden. Es kümmert mich nicht, was mit ihm ist.

»Was heißt das, Desirée?«

»Klara, du mußt es einfach begreifen. Ich ertrage diesen Therapeuten nicht. Wenn ich einen Mann zum Reden brauche, kann ich mir den einfacher beschaffen.«

»Ich verstehe«, murmle ich und gehe ins Schlafzimmer. Sie kommt hinterher.

»Klara? Ich finde, es ist besser, wenn du allein zu ihm gehst. Ich glaube tatsächlich, daß du es mehr brauchst, als du denkst. Du scheinst ja auch zu verstehen, was er will. Ich nicht. Dann kann ich dich doch auch bitten, ihn zu fragen, wenn ich etwas wissen muß, und er kann mir durch dich helfen. Wäre es nicht am besten so? Schließlich mußt du ja auch nicht gegen alles prostestieren, was er sagt.«

»So viel Angst hast du, Desirée?«

»Du siehst doch, wohin es mich bringt«, sagt sie unbeholfen. »Ich habe nicht deine Stabilität.«

Ich schüttle den Kopf.

»Tu es mir zuliebe, Klara. Ich bezahle für alles. Ist das so falsch? Du bekommst die Hilfe, die du brauchst, und gleichzeitig kannst du für mich sprechen. Ich versichere dir, alles zu tun, worum ihr beide mich bittet, aber ich ertrage den Mann nicht. Seine Art, mich anzusehen, als lasse es ihn völlig kalt, wer ich bin.«

»Das tut es auch.«

»Da siehst du. Es stört mich. Ich bin noch nie so behandelt worden. Als sei ich niemand.«

Sie verstummt. Unsere Blicke begegnen sich. Ich möchte sagen: Es ist vielleicht das beste, sich daran zu gewöhnen. Doch ich kann ihr nicht weh tun, bin zu jeder Lüge bereit, um sie nicht wieder zu verlieren. Alles werde ich tun, nur nicht zu der Tristesse und Einsamkeit zurückkehren, die in meinem Leben herrschten, bevor ich sie getroffen habe, zu diesen Monaten, die mir so fruchtbar erschienen und die im Grunde so sinnlos waren. Bitte mich nicht, noch mehr zu erklären.

Ich nicke. Sie lächelt, kommt zu mir, hebt meinen gesenkten Kopf mit den Fingerspitzen. Ich will nicht, kann nicht, darf nicht entkommen.

»Es ist, wie ich es schon immer gesagt habe. Im Grunde

gibt es nur dich und mich. Keine von uns beiden verläßt die andere.«

Ich weiß, so muß sich eine Fliege fühlen, die sich im Netz der Spinne verfängt. Dennoch will ich es nicht anders. Sie streicht mir das Haar aus dem Gesicht, wir legen uns beide ins Bett und halten uns bei den Händen, verschränken die Finger ineinander und reden, während die Dunkelheit sich um unsere Körper legt. Wir reden das Entsetzen aus unserem Leben, einigen uns, sind gerührt, berührt und lachen – ich will nirgendwo anders sein. Kein Klas, kein Henrik, keine Väter, keine Männer, die uns mit ihrer Liebe in die richtige Bahn lenken, uns verleugnen, uns raten, lieben und vernichten wollen. Das ist es, was wir wieder und wieder sagen, woran wir glauben wollen. Nur wir sind da und unsere Überheblichkeit, diese Nacht und die Vertrautheit zwischen zwei Frauen. Und das einzige, was uns treffen könnte, ist die Einsicht, wie unvollkommen wir sind, wie gespalten.

Klara

13

Vor meinem Schlafzimmerfenster singt ein Vogel. Wenn ich nur wüßte, wie er heißt. Ich bin ein Mensch, der viel zu wenig weiß. Ein paar Theorien über die Gleichberechtigung und darüber, warum es nie so zu werden scheint, wie wir es erhofft haben, das ist alles, worüber ich verfüge. Aber wirkliches Wissen, etwas richtig Handfestes, zum Beispiel, wie ich auch nur vierundzwanzig Stunden in dieser weiträumigen Natur überleben könnte, das fehlt mir. Darüber empfinde ich unerwartete Trauer. Ich liege vollständig angezogen auf dem Bett. Die Luke zum Boden ist geschlossen, der Karton mit Klaras Tagebüchern sorgfältig unter einer Kommode dort oben versteckt. Ich begreife, daß ich von Klara nur in kleinen Dosen lesen kann, ganz langsam, als ließe eine allzu große Portion ihrer Worte mich zerspringen. Meine Finger tasten über mein Gesicht, als ich wieder hinuntersteige. Wer ist diese Frau? scheinen sie zu fragen. Ich weiß keine Antwort darauf. Doch, eine: Ich bin die Frau, die Magnus und Malin liebt und für die beiden lebt. Ich kämpfe für eine Vision, ich plage mich mit einer Arbeit, die ich sehr mag. Das ist alles. Mancher würde sagen, das sei nicht eben wenig. Ich würde ihm beipflichten. Weshalb dann diese Leere, diese Zwiespältigkeit?

Der Sommer hat mir drei schöne Dinge gebracht: eine wertvolle Erkenntnis über die eigene Verletzlichkeit, die erneute Liebe zu Magnus und die Freundschaft mit Andrea. Ich ahne, daß all das zusammenhängt. Andrea hat mir den Glauben an Freundschaft zurückgegeben. Sie verschlingt mich nicht, sie bereichert mich. Sie erfüllt mich, sie zehrt mich nicht aus. Ohne etwas in meinem Leben umzustülpen, ohne einen anderen wegzuschieben, hat sie sich ihren eigenen Platz in mir geschaffen. Ich möchte das nicht mehr missen.

Ich vernehme fremde Stimmen in unserem Haus. Zunächst höre ich schwaches Gemurmel vor der Tür und eine Frau, die laut lacht, dann einen Mann, der in das Lachen einstimmt, und mitten in all dem höre ich Magnus sagen, das sei ja eine Überraschung. Bald wird er nach mir rufen. Ich muß nur meine Gesichtszüge in Ordnung bringen, die Kleider glattstreichen, klar und deutlich reden und antworten. Eine Sekunde lang erblicke ich mein Spiegelbild in der Fensterscheibe. Ich sehe zu Tode erschrocken aus. Ich drehe den Kopf weg und schaue dann noch einmal. Einem Menschen, der einen solchen Blick hat, kann man doch wohl nicht begegnen? Ich glaube nicht, daß man das Gastfreundschaft nennen kann. Bei dem Versuch, tief durchzuatmen, schließe ich die Augen und lege mir die Hände auf den Bauch, lasse die Gedanken wandern. Noch etwas ist in diesem Sommer geschehen. Es betrifft Malin. Sie wird immer selbständiger und kommt meist nur zum Essen nach Hause und um die Kleider zu wechseln. Manchmal übernachtet Desirée bei uns – ich mag sie nicht, ich habe ihr keine Chance gegeben –, oder Malin spielt für sich allein. Nur sehr selten sind wir etwas länger zusammen und reden, wie wir es immer getan haben. Es ist, als hätte Malin beschlossen, sich in der Welt allein zurechtzufinden. Aber das Merkwürdige ist, wenn sie mich ansieht oder anlächelt, spüre ich, daß sie mich liebt. Vielleicht sollte das selbstverständlich sein. Doch habe ich versucht, es nicht als gegeben hinzunehmen. Ich habe mich bemüht, sie selbständig werden zu lassen und ihr all die Liebe zu geben, die sie braucht, um sich selbst schützen zu können. Irgendwo habe ich instinktiv gedacht, ich sei es ihr schuldig, nicht ausschließlich für sie zu leben, sie nicht nur an mich zu binden. Ich muß sie überzeugen, daß die Welt sie auffangen wird, wenn sie fällt. Indirekt sage ich zu Malin, daß ich sie da, wo sie es will, unterstützen werde, doch sonst werde ich mich nicht einmischen, es sei denn, sie laufe in ihr Verderben. Ich habe nicht erwartet, daß ihr das etwas bedeuten könnte. Vielmehr habe ich oft gedacht, daß sie so eine Mutter vermißt, wie sie Desirée vermutlich hat. Manch einer findet wohl, daß Malin zuviel Freiheit und Verantwortung gelassen wird. Ich weiß es. Das schmerzt mich, denn die Kritik enthält ein Fünkchen Wahrheit. Und doch, so viele Male habe ich mich gefragt: Wie erzieht man einen Menschen zur Selbständigkeit, ohne daß sich dieser auf dem Weg dahin im Stich gelassen fühlt?

»Saskia?«

Magnus ruft nach mir. Vor ein paar Minuten standen sie – wer eigentlich – auf der Terrasse und bewunderten die Aussicht, jetzt sind sie in der Küche, Magnus kocht Kaffee und erzählt etwas Lustiges, und ich höre an der Lautstärke, daß sie sich offenbar gut unterhalten. Ich denke, sie könnten sich doch miteinander begnügen. Andrea ist nach ihrer Schwimmtour ins Haus zurückgekehrt, und ich höre, wie sie die Gäste begrüßt, sie hat eine Stimme, sie weiß, wie man es macht.

»Wo bist du, Saskia? Wir haben Besuch«, ruft Magnus.

»Überraschenden«, höre ich die Fremde in der Küche sagen, und Andrea lacht, ein kurzes, fast unhörbares Lachen, das mich mit unerwarteter Zärtlichkeit erfüllt.

Magnus öffnet die Schlafzimmertür. Als er mich ansieht, werde ich, wie jetzt immer, zuerst glücklich, dann aber bin ich dem Weinen nahe. Er kniet sich vors Bett, und ich sehe graue Strähnen in seinem Haar, das er meist hinter die Ohren schiebt oder, heute seltener, zu einem kurzen Pferdeschwanz zusammenbindet. Er beugt seinen Kopf, hebt mein Kleid hoch und bläst mir auf den Bauch, so daß ein Vakuum entsteht.

»Hallo«, sage ich.

»Hallo, Saskia. Wir haben *wirklich* Gäste.«

»Habe ich begriffen und liege hier.«

»Ich kann sagen, du ruhst dich aus.«

»Das tue ich.«

»Ich weiß. Du ruhst dich aus. Wenn ich mich hier neben dich lege, tue ich es auch. Wir überlassen sie einem besseren Schicksal.«

»Andrea?«

»Das ist ein besseres Schicksal.«

»Aber vielleicht nicht für Andrea. Wer sind sie?«

»Mit dem Mann, er heißt Fredrik, habe ich hier in Stockholm studiert. Lisa ist seine Frau, sie ist ein bißchen laut. Nicht dumm, nur neugierig auf eine manchmal störende Weise. Aber es ist lange her, ich erinnere mich nicht so genau. Sie ist mir als eine sehr *interessierte* Person in Erinnerung. Vor allem aber redet sie selbst.«

Ich lache.

»Das war gemein gesagt«, fährt er fort.

»Offenbar bleibt ihr selbst diese Einsicht erspart, und ich komme schon damit klar. Was macht sie?«

»Ich glaube, sie ist mit den drei Kindern zu Hause geblieben.«

»Also nichts.«

Magnus gibt keine Antwort. Er blickt auf seine Hände hinunter, die er krampfhaft aneinanderpreßt.

»Weißt du, Saskia. Ich kenne niemanden, der so verdammt überzeugt von sich selbst sein kann wie du. So selbstgefällig in seinem statistischen Wissen darüber, was als das Beste zu gelten hat.«

»Magnus!«

»Du hast eine zweite Chance bekommen, Saskia. Vergiß das nie.«

Ich vergrabe den Kopf im Kissen, ich glühe bis an die Haarwurzeln.

»Sind wir dann soweit?« fragt er.

»Ruhen wir uns nicht aus?« flüstere ich aus dem Kissen.

»Nicht mehr. Ich bin völlig ausgeruht. Und du auch.«

Als ich mich aufsetze, weiche ich seinem Blick aus. Er streckt mir die Hand hin, und ich ergreife sie dankbar. Wir gehen auf die Terrasse, die zum Meer weist, wo Andrea schon für alle Kaffee eingegossen hat. Ich sehe sie an, sie nickt, und ich nicke zurück. Ich weiß nicht, warum. Wir begrüßen einander und nehmen Platz.

»Wir waren mit dem Segelboot hier in den Schären«, sagt Fredrik, »und da fiel mir ein, daß Magnus in einem

Brief mal erwähnt hatte, daß ihr hier ein Ferienhaus besitzt. Aber oft seid ihr nicht hier gewesen, oder?«

»Nein«, sage ich und begreife, daß wohl mancher eine längere Antwort erwartet hätte.

»Ihr hattet anderes zu tun? Konntet es euch nicht leisten, das Haus zu sanieren? Seid auf Reisen gewesen?« ergänzt Lisa bereitwillig.

»Genau«, sage ich.

»Saskias Mutter war gestorben, und wir haben uns gescheut, hier draußen aufzuräumen. Erinnerungen«, sagt Magnus, und alle nicken verständnisvoll.

»Ist klar«, sagt Lisa und wirft mir einen teilnahmsvollen Blick zu.

Ich sehe, daß sie es tatsächlich ehrlich meint, und sage mir, daß ich aufhören muß, so abweisend zu sein.

»Als Kind war ich viel hier«, sage ich deshalb. »Es ist ein schöner Ort. Jetzt bedaure ich, daß wir nicht früher hergefahren sind. Unsere Tochter Malin ist hellbegeistert.«

»Kann auch nicht anders sein«, bemerkt Fredrik nikkend, und Andrea lächelt hinter ihrer Tasse.

Weit draußen auf dem Meer entdecke ich Adolfssons Boot. Er ist ein Mann ohne eigenes Leben. Ich weiß, daß er die Inselleute befragt, ob sie die Schwester gesehen haben, ob jemand möglicherweise vom Meer zurückgekehrt ist. Ich weiß, daß er mit seinem Boot manchmal still dort draußen liegt und uns mit seinem Fernglas beobachtet. Das weiß ich, weil ich einmal selbst Papas alten grünen Feldstecher nahm und ihn auf sein Boot richtete. Als er es bemerkte, ließ er verblüfft sein eigenes Glas sinken und warf den Motor an. Jetzt wissen wir also übereinander Bescheid, dachte ich damals. Herr Adolfsson, Sie glauben zu wissen, wer ich bin, und ich weiß, wer Sie sind. Wir sind Feinde, die eine Beute umkreisen, und keiner wird nachgeben, jeder will der Sieger sein. Doch ich habe mir hier oben ein Fort errichtet, und um mich sind Menschen, die mich lieben. Das ist mehr, als man über einen einsamen, pensionierten Inspektor aus Schonen sagen kann. Ich bin voller Bosheit. Das genieße ich. Er wird mir keine Ruhe lassen.

»… deine Schwester Klara?« höre ich Lisa fragen.

»Wie bitte?«

»Ja, Saskia, ich wollte nur wissen, ob ihr jemals etwas von deiner Schwester gehört habt. Ich habe damals gelesen, was passiert ist, und Magnus und wir haben uns ja all die Jahre geschrieben und so, ich frag mich nur …«

»Das kann ich verstehen«, sage ich und begreife, daß Magnus recht hatte, sie ist *wirklich* interessiert. »Aber Klara ist verschwunden.«

»Ja, ich weiß. Ich dachte nur, es passieren so merkwürdige Sachen im Leben, Menschen kommen zurück, und dann erzählen sie die erstaunlichsten Dinge.«

»Klara hat Selbstmord begangen, ist von einer Brücke gesprungen. Man hat sie nie gefunden. Für mich ist sie tot. Eines Tages wird sie vielleicht an die Oberfläche getragen. Aber ich kann mir nicht vorstellen, daß noch viel von ihr übrig ist.«

»Ich verstehe«, sagt Fredrik leise und sieht seine Frau an.

»Fehlt sie dir?« fragt Lisa.

»Ja. Das tut sie. Bald ist es zehn Jahre her. Zehn Jahre ohne eine Schwester ist mehr, als man einem Menschen zumuten sollte. Außerdem war sie meine Zwillingsschwester. Ich weiß nicht, ob sich so was erklären läßt.«

»Also deshalb seid ihr euch so unglaublich ähnlich?«

»Wir sind uns ähnlich. Aber nur dem Aussehen nach. Mein Leben ist ganz anders verlaufen als das ihre. Anders, als ihres hätte werden können, meine ich.«

»Magnus, du hast Klara doch auch gekannt, stimmts?«

Magnus zuckt zusammen, er hat Adolfssons kreisendes Boot beobachtet und gleichzeitig versucht, Lisa von ihren tastenden Fragen abzulenken, indem er mit Fredrik über die Arbeit gesprochen hat.

»Ob ich Klara gekannt habe?«

Andrea klappert mit ihrer Kaffeetasse und schaut auf das Meer hinaus, zugleich anwesend und weit weg.

»Ja, sie ist fast zwei Jahre lang zur Therapie bei mir gewesen. Bis es passiert ist. Eigentlich sollte ihre Freundin Desirée kommen, doch statt dessen ist Klara dabei geblieben.«

Jetzt herrscht Schweigen.

»Es war eine merkwürdige Zeit«, sagt er, so als denke er laut.

»Aber dann hast du Klaras Schwester Saskia kennengelernt. Hat Klara euch bekannt gemacht?« fragt Lisa.

Ich begreife, daß sie wahrhaftig neugierig ist, ohne daß sie sich bewußt wäre, wie das auf ihre Umgebung wirkt. Aber ich mag sie, weil sie es wagt, nach Dingen zu fragen, die bei Magnus' schwedischen Freunden eine Menge Gerede ausgelöst haben mußten. Wie er einfach alles hatte verlassen können, um mit dieser neuen Frau, die keiner von ihnen kannte, in Amsterdam von vorn zu beginnen, und warum er dann nur noch selten in Schweden aufgetaucht ist. Deshalb schätze ich sie: Sie sagt das, was alle anderen sagen wollen. Sie hat sich nicht so wahnsinnig in der Hand wie wir, ist auch nicht so kühl. Wie ich geworden bin.

»Magnus hat mich in Amsterdam aufgesucht, um mir, nach Klaras Verschwinden, davon zu erzählen«, höre ich mich sagen. Meine Stimme klingt erstaunlich fest. »Er hat mir über die schlimmste Trauer hinweggeholfen, oder vielleicht sagen wir besser, die erste Trauer. Wir wurden

Freunde und liebten uns dann. Magnus hat sich entschlossen zu bleiben. Ohne ihn wüßte ich nicht, wer ich heute wäre«, sage ich und denke, daß ich damit unglaublich untertrieben habe.

Die Möwen umkreisen das Haus, die Wellen überspülen die glatten Felsen, während wir atmen.

»Ich finde, das ist die schönste Liebesbegegnung, von der ich je gehört habe«, sagt wie von weit her Andrea, nach langer Pause plötzlich an dem Gespräch interessiert. »Die Leute treffen sich sonst auf so banale Weise. Mein erster Mann ging in die Parallelklasse, und ich glaube, wir haben uns aus lauter Faulheit ineinander verliebt. Ein Verhältnis nach dem Gesetz des geringsten Widerstands. Wir schafften es einfach nicht, über die Schulmauern hinauszukommen.«

Wir lachen. Lisa schaut Fredrik an und strahlt. Ich höre nie auf, mich zu wundern, daß die erste Liebesbegegnung für die Menschen solche Magie behält.

»Wir haben uns wohl auch auf banale Weise kennengelernt. Ich bin mit Fredriks Freund gegangen, damit er mich bemerken sollte.«

»Hat er es?« fragt Andrea.

»Ich habe dafür gesorgt.«

Fredrik lacht laut, nimmt die Hand seiner Frau und küßt sie. Ich sehe Magnus an, ich kann fast hören, was er zu mir sagt. Ruhig, Saskia, ganz ruhig. Es besteht keine Gefahr. Nur noch wir zwei wissen ... Wir kommen davon.

Draußen auf dem Wasser ist Adolfssons Boot verschwunden. Ich weiß, daß er zurückkommt.

14

Februar 1983

Saskia,
der Herbst ist langsam vergangen und zugleich viel zu schnell. Es hat geregnet, die Blätter sind gefallen, und dann begann ein Winter, der mich und alle anderen überrascht hat; es ist, als würden wir von Jahr zu Jahr vergessen, daß es ihn gibt. Die Mütze tief über die Ohren gezogen, bin ich zum Verlag gegangen und zur Universität. Ich bin beinahe genauso konzentriert und gesammelt wie zuvor, aber wirklich nur beinahe. Wir drei sind noch immer unzertrennlich, wir sehen uns wie früher. Ich würde sagen, daß wir glücklich sind, die beiden anderen sind es ganz gewiß, aber ich kann das Gefühl nicht loswerden, daß einer geopfert werden mußte, und das war ich. Ich mußte unsere gemeinsame Schuld auf mich nehmen und sie zu Magnus tragen, wo wir versuchen, die Fäden zu entwirren. All das mit dem Ziel, in Desirées und mein Leben Ordnung zu bringen, so daß wir alle endlich frei sein können. Natürlich funktioniert es überhaupt nicht. Nicht einmal ich habe wohl daran geglaubt. Doch mag ich auf meine Dienstagvormittage bei Magnus Ehrengren nicht mehr verzichten. Mir ist, als sei er der einzige Mensch, Mutter vielleicht ausgenommen, zu dem ich volles Vertrauen haben kann. Er verlangt nichts von mir, außer, daß ich die Kraft zu eigenem Glück finden soll. Noch nie habe ich einen Mann, einen Menschen wie ihn getroffen. Ich bin genauso fasziniert wie damals, als ich Desirée begegnete. Mit dem großen Unterschied, daß ich mit Desirée niemals zur Ruhe gekommen bin. Bei Magnus aber geht es um nichts anderes als Aussöhnung. Das ist verwirrend, Saskia.

Was Klas betrifft, weiß ich nicht recht. Ich könnte immer noch sagen, er hilft mir, indem er mich nicht stört. Er winkt mir hinterher, wenn ich zu meinen Versammlungen und Demonstrationen gehe, und manchmal sagt er »Viel Glück«, und daß er vielleicht mitkommen sollte. Er tut es nie. Auch Desirée nicht. Sie erklärt zwar, daß sie es will, doch bisher hat sie es nicht ein einziges Mal geschafft. Sie sagt, sie unterstütze uns ja im Geiste, und das sei es schließlich, was zähle. Ich wünschte, es wäre so. Ja, Saskia, ich weiß, was du sagen würdest.

Auf die Arbeit im Verlag bin ich stolz, offenbar werde ich es weit bringen, so muß man das Schulterklopfen wohl deuten. Bald habe ich auch mein Examen hinter mir und damit die Bestätigung in der Tasche, daß ich diese Wissenschaftssprache wirklich gelernt habe. Glaub mir, das genieße ich. Neulich fand ich einen Aufsatz, den ich erst vor einem Jahr geschrieben hatte. Zu meinem Erstaunen war ich selbst ein bißchen verwundert, wie alles formuliert war, die Termini waren in meinem Kopf verblaßt und sagten mir nicht mehr so viel wie damals. Doch meistens verspüre ich einen wollüstigen Schauder, wenn ich sehe, was mir gelungen ist. Es ist, als wäre mehr aus mir geworden, als ich zu träumen gewagt hatte. Dieser Mensch, der sich so kompetent, analytisch und wohlformuliert zu äußern vermag, bin tatsächlich ich.

Klas und ich teilen nachts das Bett, und noch immer verstärkt Desirées Anwesenheit unsere Gier. Ein Arrangement, das vielleicht etwas ungewöhnlich, aber nicht verwerflich ist. Klas ist einfach da. Er macht Essen, und ich kaufe ein, wir arbeiten und wir schlafen, und er versteht mich nicht, wenn ich über diesen ewigen Kreislauf grüble, wenn ich mich frage, ob es genau so sein muß. Er sagt, wir hätten ein gutes Leben, oder nicht? Ich nicke und sage, *das* sei es nicht, und wenn er fragt, was es dann sei, weiß ich keine Antwort.

Eines Abends sagt er etwas, wodurch das unsichere

Gleichgewicht von Liebe und Vertrauen, das zwischen Desirée, ihm und mir trotz allem besteht, ins Wanken gerät. Wir haben uns ausgezogen, ich mache die Lampe aus, und wie jetzt ständig geht mir durch den Kopf: Nun liege ich also wieder hier, wo ist nur der Tag geblieben? Klas sucht unter der Decke nach meiner Hand, ich gebe sie ihm, und er flüstert befangen: »Klara?«

»Ja, Klas.«

»Die Art, wie wir uns kennengelernt haben ... Ich dachte, daß du es vielleicht wissen willst.«

»Wissen was?«

»Wie wir uns kennengelernt haben.«

»Ich weiß doch, wie es war. Du hast mich gesehen und mich dann angerufen. Worauf willst du hinaus?«

»So einfach war es nicht.«

Es bleibt lange Zeit still. Draußen hat es angefangen zu schneien, und die Schneeflocken gleiten über die Scheibe und bilden kleine Polster auf dem Fensterrahmen.

»Klas?« sage ich und spüre Kälte in meiner Stimme, so als wäre ich schon zum Rückzug bereit, als hätte ich immer einen gepackten Koffer stehen gehabt, um Klas eilig verlassen zu können.

»Ich habe Desirée gekannt, ehe wir uns getroffen haben. Du und ich, meine ich. Sie hat gesagt, ich soll dich anrufen, sie finde, ich wäre genau so ein Mann, wie du ihn brauchen könntest. Es war, nachdem ihr sozusagen miteinander gebrochen hattet. Sie hat gesagt, du würdest jemanden brauchen, kämst nicht damit klar, allein zu sein.«

»Und sie hat gemeint, du solltest dieser Jemand sein?«

Er schweigt. Sein Atem geht schwer und gehetzt.

»Ja. Ich meine. Ich weiß nicht. Es ist nicht, wie du glaubst.«

»Was glaube ich?«

»Daß ich keinen eigenen Willen hatte. So war es nicht.

Sie hat mir nur die Augen für dich geöffnet. Nur das. Und ich hätte mir auch nicht vorgestellt, daß ich dich, ja, so sehr lieben würde. Daß wir uns beide lieben würden.«

»Nein«, sage ich und begreife, daß ich nicht weiß, wie dieses Nein gemeint ist.

»Ich dachte, es ist das beste, wenn du es von mir erfährst. Ich hätte es von Anfang an sagen sollen, aber das hätte so idiotisch geklungen.«

»Ja.«

»Kannst du mich verstehen, Klara?«

»Sicher.«

»Es *scheint* aber nicht so«, sagt er mit einer Stimme, die verwirrt, beinahe verzweifelt klingt. »Ich habe es doch nicht böse gemeint. Klara, zeig mir, daß du mir verzeihst.«

Ich drehe ihm den Rücken zu.

»Du mußt dich mit dem begnügen, was ich sage, Klas. Genau wie ich es muß.«

Mit dem Gefühl, verraten worden zu sein, gehe ich am nächsten Morgen zu meinem Gespräch mit Magnus. Ich denke nicht länger daran, daß Magnus mein Therapeut ist und ich eine Art Patientin. Ich denke an ihn als an einen Zufluchtsort, einen Ruhepunkt, das Auge des Orkans. Er nimmt mir nichts, er gibt mir Kraft, mir selbst das zu geben, was ich brauche. Inzwischen bezahle ich übrigens auch. Ich habe ihn gebeten, Desirée ihr Geld zurückzugeben. Sie schickt ihm immer weiter welches, und er schickt es wieder zurück. Ich versichere ihr, daß wir trotzdem über sie sprechen, daß nicht alle gekauft werden müssen, doch das verwirrt sie nur und macht sie wütend.

Magnus öffnet die Tür, und wie immer setze ich mich auf sein Sofa, während er hinter dem Schreibtisch sitzen bleibt. Manchmal legt er die Beine auf den Tisch, und nur dann denke ich daran, daß er seine Ausbildung gewissermaßen noch nicht abgeschlossen hat, sondern ebenfalls betreut wird. Oder ist das vielleicht seine Art, um die eigentlich unbegreifliche Situation wirksam zu relativieren: Ein Fremder bezahlt einen anderen, damit dieser ihm sein Leben zu meistern hilft. Wie immer sehen wir uns nur schweigend an. Vielleicht fünf Minuten lang sagen wir kein Wort, und manchmal ist es unerträglich, meist aber beruhigend. Es ist, als brauchten wir beide diese Zeit, um zu begreifen, daß wir jetzt wirklich hier sitzen, die Zeit ist kostbar, wie können wir sie am besten nutzen?

Ich sage: »Wir kommen nicht vom Fleck, oder?«

»Wie meinst du das?«

»Mit Desirée. Ich meine, ich habe genau erzählt, was für Probleme sie hat: ihre Unfähigkeit, so zu leben, wie sie immer erklärt, ihre ständigen Lügen, die Beziehung zu ihren Eltern, die sie einerseits vergöttert, andrerseits will sie von ihnen weg, ihr Wunsch nach Intrigen und all dem, während sie sich für Solidarität unter Frauen heiß redet. Dann noch die Beziehung zwischen ihr und mir. Ich habe doch wohl alles erzählt?«

»Das hast du.«

»Ich meine, wir kommen nicht vom Fleck, oder?«

»Findest du, wir tun es?«

»Nein.«

Er blickt aus dem Fenster und dann wieder zu mir.

»Dann sitzen wir nicht deshalb hier. Aber wenn du willst, kannst du mir die Frage beantworten, warum du bei ihr bleibst. Warum du ihr erlaubst, so dicht bei dir zu leben.«

Mir ist unwohl, es kribbelt unter der Haut, und ich merke, daß ich die Augenbrauen zusammenziehe, als sei ich kurz davor zu weinen. Ich flüstere: »Ich habe eine Zwillingsschwester. Sie heißt Saskia. Man hat uns getrennt. Aber Schwestern sollte man nicht trennen, oder?

Es war meine Schuld. Auch meine Eltern haben sich getrennt. Ich hätte es verhindern können. Das habe ich nicht getan. Auch das war meine Schuld.«

»Du weißt es, oder du glaubst es?«

»Ist das nicht dasselbe?«

»Und jetzt?«

»Verstehst du, ich habe geglaubt, in Desirée die Schwester gefunden zu haben, die ich verloren hatte. Wenn es mir gelingt, Desirée zu retten, werde ich vielleicht frei sein von dieser Schuld.«

»Glaubst du das?«

Ich knete meine Hände immer wieder und wieder.

»Ich weiß es nicht mehr. Meine Mutter hat mir Vergebung angeboten. Sie sagt, ich brauche diese Schuld nicht zu tragen, es sei jetzt genug. Aber sie weiß nicht, was ich weiß. Was mein Vater weiß.«

Er schweigt. Es ist, als warteten wir beide auf die Fortsetzung. Irgendwo ahne ich, daß ich es ihm erzählen werde, nur ihm, von dir, Saskia, was an dem Tag passiert ist, als wir getrennt wurden. Doch erst muß ich noch eine Frage stellen.

»Glaubst du, daß ich mich selbst retten kann?«

»Ich bin davon überzeugt.«

»Und Desirée?«

Er zögert, entschließt sich dann aber zu antworten: »Nein. Du kannst ihr nicht helfen.«

»Sie nicht retten?«

»Nein.«

»Aber dann ist sie verloren.«

»Wenn sie es so will, dann ist es so.«

»Du glaubst, daß sie es *will*?«

»Ich könnte mir vorstellen, daß sie nicht stark genug ist, das Gegenteil zu wollen. Nach allem, was du erzählt hast«, fügt er vorsichtig hinzu.

»Du meinst, ich soll der Sache ihren Lauf lassen? Daß die Zeit, die ich hier verbringe, daß meine ganze Liebe nichts nützen?«

»Was glaubst du selbst, Klara. Was würdest du ...«

Ich werde unglaublich wütend.

»Hör auf, so zu reden, Magnus! Nicht mit mir. Antworte mir einfach!«

Er sieht betroffen aus dort hinter seinem Schreibtisch, er schiebt die Haare hinter die Ohren, ist nicht mehr so sicher wie zuvor, nackt, ohne seine professionelle Distanz. Er weiß, daß er mir keine Antwort geben dürfte, daß ich selbst zur Einsicht finden müßte und daß er, wenn er mir antwortet, es als Freund tut und vielleicht als noch etwas anderes. Er steht auf, kommt ein paar Schritte auf mich zu, ist viel zu nahe, er weiß, daß er das nicht darf, ich weiß es auch. Er sagt: »Verlaß sie, Klara. Mein Gott, siehst du denn nicht?«

Tränen laufen mir übers Gesicht. Ich weiß nicht, wie, nicht, ob ich sie stoppen kann. Ich sage mit leiser Stimme: »Laß mich dir von Saskia und Klara erzählen. Laß mich von ihnen erzählen.«

Ich verrate dich nicht, Saskia. Ich tue es nicht. Ich versuche nur, nicht kaputtzugehen.

15

Andrea und ich sind unterwegs von der Stadt zur Insel. Es ist später Nachmittag, und Regenwolken hängen schwer über der Fähre, die sich durch die Wellen kämpft. Wir sitzen auf dem Oberdeck unterm Dach, und jedesmal, wenn das Schiff sich zur Seite neigt, kommen unsere

Plastikstühle leicht ins Rutschen. Beide haben wir den Blick unbewußt zum Horizont gerichtet, um die Übelkeit im Zaum zu halten und dem Gefühl zu entgehen, daß die Erde sich auftut. Mir schießt durch den Kopf, daß all diese halbleeren Schären und Felseninseln für einen Holländer, der an Schlangen zum Strand und zum Park gewöhnt ist, der manchmal sogar im Wald fast in Reih und Glied gehen muß, das Paradies sein müssen. Die Schären gewähren etwas Seltenes: selbstgewählte Einsamkeit. Sogar ein Tag wie dieser würde einen Holländer euphorisch werden lassen. Er befände sich im Wald, oder er befände sich auf dem Meer und würde gebannt auf die unendlichen Weiten blicken, die ihm offenstünden, wo er die Möglichkeit hätte, überall an Land zu gehen. Andrea neben mir sagt nichts. Sie hält ein Buch auf dem Schoß, es ist aufgeschlagen, doch sie liest nicht. Ich kenne nur wenige Menschen, die so schweigen können wie sie. Die auf eine Weise schweigen, die den anderen teilhaben läßt, ihn einschließt. Ich begreife, daß sie mir mit jedem Tag wichtiger wird. Sie hat mir gezeigt, daß Freundschaft ein Ort ist, an dem man sich entspannen kann. Etwas, das selbstverständlich sein müßte. Woher kommt mein Mißtrauen? Ich weiß genau woher.

»Wie fandest du das Seminar?« fragt sie.

Wir haben ein paar Tage auf einem Seminar über Frauenfragen verbracht, haben Vorträge gehört und selbst gesprochen. Wir haben Kanapees gegessen, perlende Drinks getrunken, um die Wette gelacht und uns in bestem Einvernehmen zueinander gebeugt. Über das meiste waren wir uns geradezu lächerlich einig – weshalb erlangen so wenige Frauen Einfluß, Preise, Berufungen –, ohne daß ich das Gefühl hatte, hier eine wirkliche Kraft vorzufinden, einen *Kampf*, von dem es sich zu reden lohnt. Mir geht durch den Kopf, daß es manchmal ist, als seien wir nur füreinander da, und daß Menschen außerhalb unseres Kreises uns vielleicht nicht verstehen, ja uns wegen der Sprache und unseres Auftretens sogar verachten könnten.

»Heute saß eine junge Frau in der ersten Reihe«, höre ich mich selbst antworten, »die heftete, noch ehe ich zu reden begann, ihren Blick auf mich, und sie war wohl ungefähr genauso alt oder jung wie ich zu der Zeit, als ich mit dem Studium anfing. Sie saß da mit ihren Mitschriften von der Universität, und als ich sah, wie zerfleddert die waren, ahnte ich, daß der Inhalt sie konfus gemacht hatte, daß das Wissen ihr nicht das gab, was sie sich erhofft hatte. Ich glaube, sie war enttäuscht und war zu uns gekommen, um jenes Gefühl von Zugehörigkeit zu finden, das sie vermißt hatte, und auch um sich Argumente zu verschaffen.«

Andrea nickt.

»Sie war voller Erwartung, hielt Notizblock und Stift auf dem Schoß bereit, und ich sah, daß sie unser Klavierkonzert in der Pause etwas wichtigtuerisch fand, doch nachsichtig darüber hinwegsah.«

»Ich glaube, ich verstehe. Und dann?«

»Dann fing ich mit meinem Vortrag an. Das war's einfach. Ich machte den Mund auf und redete, und obwohl alles, was ich gesagt habe, richtig und wichtig ist, hatte ich das Gefühl, sie zu verraten.«

»Zu verraten?«

»Auch ich benutzte eine solche Sprache, die sie nicht begeistern, nicht berühren konnte. Erst machte sie sich eifrig Notizen auf ihrem Block, doch nach einer Weile legte sie den Stift weg und dann auch den Block. Aber noch immer sah sie mich an, und ich meinte, ihre Augen würden mir sagen: Auch du, auch hier bei euch.«

Andrea schweigt.

»Ich weiß, was du denkst«, sage ich.

Sie lächelt flüchtig.

»Ich weiß, du und all die anderen, ihr würdet sagen, wenn wir ernst genommen werden wollen, dann muß alles, was wir sagen und tun, streng wissenschaftlich untermauert sein. Wir müssen an die Sache strategisch und scharfsichtig herangehen und wie die Männer sein – nein, vielleicht besser als die Männer, so sagen wir ja wohl – und auf diese Weise Macht erlangen, um die Gesellschaft langsam zu unser aller Bestem zu verändern.«

Andrea sagt noch immer nichts.

»Ich weiß das alles, und ich kann auch keinen anderen Weg aufzeigen. Nur eins frage ich mich.«

»Ja?«

»Was geschieht mit uns auf dem Weg dahin? Und für wen reden wir? Dringen wir über den Kreis der Menschen hinaus, die glauben, Bescheid zu wissen und sich auszukennen, die einen kleinen Klub gebildet haben – bei dem Andersdenkende vielleicht ausgestoßen werden – und die nur einen einzigen Weg sehen? Ich behaupte, für alle Menschen zu sprechen, unabhängig von Hautfarbe, Geschlecht oder Klasse. Tue ich das wirklich?«

»Natürlich nicht.«

»Wissen das alle?«

»Keine Ahnung! Aber ich weiß es. Trotz aller Professionalität bist du manchmal erstaunlich naiv.«

Sie nimmt meine Hand.

»Das macht nichts, betrachte es als einen Pluspunkt. Doch all diese Schwierigkeiten können nichts daran ändern, daß unsere Arbeit wichtig ist. Meiner Meinung nach ist es eine Herausforderung für uns, so zu reden, daß die akademische Welt uns respektiert und die Leserschaft uns begreift. Glaub mir, Saskia, du versuchst das Richtige.«

»Das reicht nicht.«

»Wem würde es das schon?«

Ich schüttle den Kopf. Sie lacht leise.

»Ich habe keine Antwort«, sagt sie. Das hier ist unsere Welt. Wir leben in ihr, wir leben von ihr. Innerhalb dieses Rahmens müssen wir unser Bestes tun. Ich glaube, daß wir auch Menschen wie dieses Mädchen heute beeinflussen können. Wenn nicht anders, dann dazu, wütend zu werden und einen eigenen Weg zu suchen.«

»Ich weiß nicht«, sage ich, »es beunruhigt mich.«

Das Schiff läßt mitten im Wellental ein Knacken hören. Andrea legt mir ihre Hand auf die Schulter.

»Laß es das ruhig.«

Magnus wartet nicht auf dem Landesteg. Es gießt in Strömen, wir eilen vom Schiff, und sofort kleben uns die dünnen Kleider am Körper. Eine kleine Gestalt in rotem Regenzeug kommt uns den Hang herunter entgegengerannt. Malin, denke ich, und der Regen läuft mir übers Gesicht. Als sie uns erreicht hat, klappt sie zwei Regenschirme auf und gibt jeder von uns einen. Sie lächelt Andrea schüchtern an und sagt zu meiner Verwunderung, derweil sie sich in meine nassen Arme schmiegt: »Muttilein.«

Ich ziehe sie dicht an mich, küsse ihr die Stirn unter der Kapuze, und ich weiß nicht, was man mit der Liebe tun soll, die man zu einem Kind verspürt, mit dieser Unruhe, daß es in dieselben Fallen tappen könnte wie man selbst, und dann die Einsicht, daß es doch geschehen wird, und daß das einzige, was man nicht tun darf, eben ist, es ihm zu verbieten. Genau zu wissen, was kommen wird, und doch nichts tun zu können.

»Hast du viel Spaß gehabt?« flüstere ich.

»Nein.«

»Desirée?«

»Sie ist für eine Weile in der Stadt. Ich hab mich mit Papa gelangweilt. Dafür ist er eigentlich ziemlich lustig.«

Andrea ist schon den Hang hochgegangen.

»Bei uns im Wohnzimmer sitzt ein Mann«, sagt Malin. »Er heißt John und spricht einen Dialekt, den ich noch nie gehört habe.«

»Schonisch«, sage ich und begreife, daß ihr das kaum etwas sagt.

»Er ist komisch, aber nett. Hat Fisch gebracht.«

Ich nicke. Meine Poren werden zu winzigen harten Knoten. Mir ist so unheimlich kalt.

Im Haus ist das Kaminfeuer angezündet. Frischgebakkenes und Tee stehen auf dem Tisch. Magnus ist ein einziges verwirrtes Lächeln; aus Versehen küßt er Andrea, was ihn geniert, doch ihr scheint es nichts auszumachen. Dann küßt er auch mich und hält mich etwas zu lange fest, streicht mir über den Rücken, wie um sicherzugehen, daß ich nicht auseinanderbreche. Malin ist in ihrem Zimmer verschwunden, ich wünschte so sehr, daß ich es ebenfalls könnte. Andrea reicht Adolfsson die Hand und stellt sich vor, ich selbst begnüge mich mit einem kühlen »Wie geht's?«, ohne eine Antwort zu erwarten. Magnus stellt weitere Tassen auf den Tisch. Mein einzig klarer Gedanke: Warum ist er eingeladen? Ich kann Magnus nicht in die Augen sehen. Ich nehme mir ein paar trockene Sachen und gehe ins Schlafzimmer, um mich umzuziehen. Gerade als ich fertig bin, geht die Tür auf, ich zucke zusammen und begegne Adolfssons Blick im Schrankspiegel.

»Sie haben mich erschreckt, Herr Inspektor.«

»Das war meine Absicht«, sagt er lächelnd.

»Sie müssen falsch gegangen sein.«

»Vielleicht«, sagt er und schließt langsam die Tür.

Ich bleibe vor dem Spiegel stehen, höre, wie er nebenan auf der Toilette spült und dann im Wohnzimmer mit Magnus und Andrea plaudert. Ich gehe raus und setze mich neben Magnus.

»Ihnen würde es in Holland gefallen«, sage ich.

»Ach ja?« Adolfsson lächelt mir ermutigend zu.

»Dort kommt man auch oft uneingeladen. Aber man ist an sich willkommen.«

Es wird still.

»Wir beide, Sie, Saskia, und ich, haben ein Gesprächsthema gemeinsam«, sagt er, und seiner Stimme fehlt jede frühere Vertraulichkeit, als hätte er sich bisher nur vorgetastet, wüßte jetzt aber Bescheid über sein Ziel. »Ihre Schwester Klara. Ich habe ein paar Fragen, die ich Ihnen stellen möchte.«

Er schaut durch mich hindurch. Ich weiß, daß ihn meine Frostigkeit nicht beeindruckt, daß er sich seiner Sache nur noch sicherer wird.

»Ich habe geglaubt, es sei vorbei. Wir haben doch davon gesprochen, daß sie für tot erklärt werden soll und ...«

»Nichts ist vorbei. Solange ein Mörder frei herumläuft oder gar mehrere, ist nichts vorbei. Was hat Klara in der Nacht eigentlich gemacht?«

»Das wissen Sie doch schon«, sage ich ungeduldig. »Sie hat hier im Haus gewartet, und nach fast zwei Tagen ist sie am frühen Morgen zu Henrik von Rensens Sommergrundstück gefahren. Dort hat sie die beiden erschossen aufgefunden, von ihm erschossen. Sie muß in Panik geraten sein, vielleicht hat sie geglaubt, die Schuld für das Geschehene liege bei ihr, vielleicht hat sie irgendwas gesehen, was weiß ich. Jedenfalls hat sie ihr Auto genommen und ist auf die hohe Brücke dicht bei Henriks Haus gefahren, hat ihre Kleider ausgezogen und ... Warum fragen Sie nach Sachen, die Sie schon wissen?«

»Ich will es von Ihnen hören.«

»Sie hat ihre Kleider ausgezogen, hat ihren Schmuck draufgelegt ...«

»Den Schmuck? Woher wissen Sie das? Davon haben wir nichts gesagt, darüber hat keiner geschrieben.«

»Ich kenne sie. Ich weiß genau, was sie tun würde.«

»Und danach?«

»Sie hat einen Brief an mich geschrieben, hat ihn zusammen mit ihrer Tasche, dem Paß und dem Geld ins Auto gelegt, ist aufs Geländer gestiegen und gesprungen.«

Andrea zerkrümelt eine Zimtschnecke und steht dann auf, doch als sie meinem Blick begegnet, setzt sie sich wieder.

»Nein«, sagt er nur.

»Nein?« fragt Magnus mit einer Stimme, die unglaublich dünn klingt.

»Nein, verstehen Sie, das hat sie nicht getan. Sie ist niemals gesprungen.«

»Was hat sie dann gemacht?« frage ich.

»Ich denke, sie wollte, daß wir das glauben. Ich meine nämlich, nachdem sie all das, was Sie beschrieben haben, getan hat, ist sie aus dem Land geflohen und also in diesem Moment noch höchst lebendig.«

Er legt eine prächtige Kunstpause ein. Es ist lange her, daß er Publikum gehabt hat, und er tut, was er kann, um den Moment auszukosten. Er ist ein Mann, der weiß, was er macht, und solche Vorstellungen hat er schon früher gegeben. Ich habe nicht vor, ihm zu applaudieren. Wie nebenbei fügt er hinzu: »Vielleicht ist ihr außerdem bekannt, wer die beiden ermordet hat. Oder, wer weiß, vielleicht hat sie es ja selber getan. Und ich glaube, Saskia, du bist es, die mich zu ihr führen kann.«

Nur wenige Male im Leben habe ich wirklichen Schrekken verspürt. Er beginnt als Hitze im Magen und steigt dann nach oben, bis in den Kopf, so daß die Haare sich sträuben. Es wird einem heiß und gleichzeitig sonderbar kalt. Doch das Merkwürdigste von allem ist die Unfähigkeit, sich zu rühren, es scheint, als sei der Körper mitten in der Bewegung erstarrt. Man versucht sich selbst zu überzeugen, daß nichts Schlimmes passieren kann, wenn man nur ganz reglos sitzen bleibt. Andrea ist es jetzt, die spricht, ihre Stimme ist weich und melodisch, und es klingt, als rede sie über ein x-beliebiges Thema: Pferderennen, die letzte Wahl, das Unwetter hier draußen.

»Ich verstehe nicht ganz, was Sie meinen, Herr Adolfsson. Ich habe geglaubt, es ist erwiesen, daß Henrik von Rensen die Frau und dann sich selbst erschossen hat«, sagt sie.

»Ja, zunächst hat es so ausgesehen. Jemand wollte, daß wir genau das glauben. Von Rensen hielt eine Waffe vom selben Typ in der Hand wie die, welche die beiden getötet hatte. Jemand hatte damit auch erst kurz vorher geschossen. Und es war seine eigene Waffe.«

»Aber?«

»Die Frage ist nur, wie er zuerst die Frau erschießen konnte und dann aus mindestens anderthalb Metern sich selbst.«

»Ich verstehe.«

»Desirée war aus bedeutend geringerer Entfernung erschossen worden, es war mehr wie eine Hinrichtung. Sie sind beide mit derselben Waffe getötet worden, und die war also vom gleichen Typ wie jene, die Henrik in der Hand hielt und die seine Fingerabdrücke aufwies. Aber die Kugeln in ihren Körpern stammten nicht aus dieser Waffe. Wer hat sie also ermordet? Dieselbe Person, die Henrik die Pistole in die Hand gelegt hat, in der Hoffnung, ihm die Schuld zuschieben zu können.«

Magnus rutscht auf dem Sofa hin und her.

»Bitte, Herr Inspektor«, sagt er.

»Entschuldigung, ich bin es gewöhnt, so zu reden. Jedenfalls, über manches davon wurde berichtet, über anderes nicht. Und es war ziemlich schnell klar: Es konnte keine Rede davon sein, daß Henrik sie und dann sich selbst erschossen hat. Aber das müssen Sie doch auch gewußt haben, Saskia. Man hatte Ihnen doch wohl Zeitungen nach Amsterdam geschickt, Sie hatten sich doch wohl erkundigt? Außerdem haben meine Kollegen und ich ein paarmal bei Ihnen angerufen.«

»Es hat mir keinen Spaß gemacht, in der Sache herumzustochern«, sage ich und sehe Magnus an, der in eine andere Richtung blickt. »Aber was hatte Klara damit zu tun?«

»Sie war die einzige, von der wir mit Sicherheit wissen, daß sie am Tatort gewesen ist. Sie verabscheute Henrik von Rensen ganz offenbar und liebte diese Desirée, die sie immer wieder im Stich gelassen hatte. Ich glaube, sie war eine gekränkte Frau.«

»Sie scheinen sie gut zu kennen. Doch warum sollte sie sich zehn Jahre lang versteckt halten, nur weil sie sich damals gekränkt fühlte und am Tatort gewesen ist?«

»Wie ich gesagt habe, weil sie wirklich an etwas Furchtbarem schuld ist.«

»Aber wohin sollte sie fliehen?«

»Das weiß ich nicht. Doch ich vermute, daß Sie es wissen«, sagt er und legt noch eine Kunstpause ein. »Wohlgemerkt, das hier sind nur Theorien.«

»In dem Fall frage ich mich, was Sie hier eigentlich machen? Sie sind ein alter Mann. Irgend etwas sagt mir, daß Sie außerdem einsam sind und es genießen, in der Sache herumzustochern, im Leben anderer herumzutrampeln, daß Sie sich in der Rolle wohl fühlen. Mit welchem Recht?«

Er beugt sich zu mir und sagt langsam, und ich begreife erst jetzt, daß er mir wirklich droht: »Ich bin zwar in Ihren Augen ein alter Mann. Doch es gibt andere, jüngere Polizisten, die die Sache übernommen haben, und die wissen, was Sie und ich wissen, daß die Ermittlungen bei Mord erst nach fünfundzwanzig Jahren eingestellt werden, bisher aber sind erst zehn vergangen. Auch daß wir nie aufgeben werden. Außerdem tue ich nichts Ungesetzliches. Ich unterhalte mich nur, ich rede mit Leuten, die auf derselben Insel wohnen wie ich, und ich höre zu, denke und trinke Tee. Natürlich könnte ich meine früheren Kollegen anrufen und sie bitten herzukommen, um etwas formellere Fragen zu stellen.«

»Dann machen Sie es. Ich habe schon früher mit ihnen gesprochen, ich kann es noch einmal tun. Und ich sage dasselbe wie damals: Für mich ist Klara tot. Ich habe sie nicht gesehen, seit die Sache passiert ist. Doch etwas sagt mir, daß Sie eigentlich nichts wissen, daß überhaupt keine Beweise existieren, weder dafür, daß Klara lebt, noch dafür, daß sie das damals getan hat.«

»Sie haben einen scharfen Verstand«, sagt er nur, was mich erstaunt.

»Ich muß ihn haben«, antworte ich ruhig.

»Ich auch.«

Er erhebt sich, und Magnus hält ihm den Regenmantel hin, und durch die Art, wie sie sich ansehen, begreife ich, daß Magnus das alles schon gewußt hat, daß Adolfsson ihn unter Druck gesetzt und er versucht hatte, mich zu schützen. Die Frage ist nur, wie lange schon. Ich weiß nicht, ob ich es als Entmündigung oder als Zeichen seiner Liebe betrachten soll. Andrea sieht mich über den Kuchenteller hinweg an. Ihr Gesicht ist neutral, ich frage mich, wo sie gelernt hat, sich neuen Situationen so schnell anzupassen. Es ist, als hätte sie nie etwas anderes getan, als über Pistolenkugeln und über verschwundene etwaige Mörder zu reden. Adolfsson steht an der Tür, bereit, in den Regen hinauszugehen. Er wendet sich mir zu und sagt, anscheinend ohne Grund: »Sie haben recht. Ich bin ein einsamer Mensch.«

Er will persönlich wirken, wie ein Freund, dem man vertrauen kann, wie jemand, dem man gern helfen möchte. Mich täuscht er nicht. Vorsichtig schließt er die Tür hinter sich.

Im Laufe des Abends versuche ich Magnus' Blick einzufangen – er weicht mir aus. Beim Essen hält Andrea das Gespräch mit merkwürdiger Leichtigkeit in Gang. Hinterher spielt sie mit Malin Karten. Magnus zieht sich zurück. Ein schwacher Geruch von Feigheit und Angst bleibt zurück. Ich tadele ihn nicht. Ich wünschte nur, es täte nicht so weh. Malin schläft. Andrea und ich sind noch auf, jede mit einem Buch vor der Nase. Keine von uns blättert eine Seite um.

»Saskia, da ist etwas, das ich dir sagen möchte. Jetzt gleich, damit es hinterher nicht mißverstanden wird.«

»Ja?«

»Ich habe Desirée gekannt. Nicht wirklich gekannt, nur flüchtig. Mein Freund war so einer, mit dem sie sich abgab. Es war kein Verlust, als es vorbei war, weder für sie noch für mich. Nur damit du Bescheid weißt.«

Ich weiß nicht, was ich sagen soll. Andrea steht auf und räumt den Tisch ab. Dann kommt sie zu mir.

»Gute Nacht«, sagt sie und berührt mein Haar.

»Gute Nacht. Ich hoffe, du schläfst gut«, ist alles, was ich sagen kann.

»Ja, das kann interessant werden, bei der Schwester einer Mörderin zu übernachten«, erwidert sie.

Ich zucke zusammen.

»Das war ein Scherz, Saskia«, sagt sie, »ein bißchen

mehr Humor könnte dir nicht schaden. Wie sollen wir sonst mit dieser ernsten Sache klarkommen?«

»Ich weiß nicht«, flüstere ich.

Merkwürdigerweise umarmt sie mich und flüstert mir ins Ohr: »Ich vertraue dir. Sei unbesorgt.«

16

Juli 1983

Schwesterchen,
Desirées Mutter Eleonora ist tot. Man sagt, sie ist an schwachen Nerven in Verbindung mit einer weit fortgeschrittenen Erkrankung gestorben, von der ich nichts verstehe. Das macht mir Sorgen. Desirée will, daß ich zur Beerdigung komme, ich würde schließlich zur Familie gehören, wie sie es ausdrückte. Henrik von Rensen habe ich bisher nicht kennengelernt; sie ist immer draußen in seinem Ferienhaus, zusammen mit seinen Freunden, oder sie trifft mich und Klas allein in der Stadt. Sie wirkt nicht gerade ruhiger, aber auch nicht mehr so gehetzt wie sonst. Man spürt jetzt eine leichte Resignation an ihr, so als sei ihr die Puste ausgegangen und sie müßte wirklich darum kämpfen, nach außen hin normal zu erscheinen. Von Henrik spricht sie äußerst selten, sie sagt nur, daß er sie glücklich mache, daß sie sich schon eine Ewigkeit kennen und er bald seine Frau verlassen wird. Das freut mich.

Mit dem Studium hat sie ganz aufgehört, sie sagt, sie könne die Einstellung an der Universität nicht ertragen. Einfach auszusteigen sei ihr Protest gegen dieses System, von dem sie kein Teil sein möchte. Ich gebe ihr in gewisser Weise recht und schäme mich gleichzeitig, weil ich es selbst einmal so empfand, mich dann aber irgendwie den Forderungen meiner Umgebung angepaßt habe. Weil die

Frau, die damals mit dem Studium begann, nicht mehr identisch ist mit der Frau, die ich heute bin. Saskia, ich weiß, was du sagen würdest, nämlich daß es leicht ist, zu verurteilen, abseits zu stehen und sich für besser zu halten, doch im Grunde nichts zu verändern. »Was tut Desirée denn jetzt an weltverbessernden Dingen?« würdest du fragen. »Was gäbe es denn, in das sie sich kopfüber stürzen würde?« Sicher, Saskia, nicht alle haben deine Fähigkeit, genau zu wissen, was in der Welt richtig oder falsch ist. Die meisten von uns schwanken unschlüssig hin und her, oft aus Angst vor dem Scheitern. Ich weiß, du bist der Meinung, man kann nicht scheitern, nur besser oder schlechter kämpfen, und daß der Kampf die Voraussetzung für wirkliches Leben ist. Doch sind wir nicht alle wie du – wage ich zu sagen, Gott sei Dank? –, nicht alle wissen, wofür es sich zu sterben lohnt.

Indem ich versuche, wie du zu werden, hat mein Leben eine Richtung bekommen. Ich arbeite jetzt ganztags im Verlag, besitze einen Studienabschluß und erstklassige Zeugnisse. Ich gehöre zu etwas, und mir wird ganz warm ums Herz, wenn ich daran denke, daß du stolz auf mich wärst. Endlich. Ich weiß auch, daß ich Klas eine Menge zu verdanken habe. Doch wünschte ich nur – und darauf bin ich nicht gerade stolz –, daß die Liebe zu ihm mich mehr *berühren* würde, auf dieselbe Weise, wie es mir mit Desirée vom ersten Tag an erging. Daß er jemand wäre, an den ich mich halten könnte. Doch bin ich wie du geworden, Saskia: Ich vertraue niemandem mehr richtig, das ist der Preis, den ich für meine momentane Sinnes- und Arbeitsruhe bezahlen muß.

Desirée holt mich von unserer Wohnung ab, in einem Auto, das Henrik gehört. Als ich einsteige, riecht es nach frisch behandeltem Leder, und sie hält mir ihre kühle Wange hin, damit ich sie küsse. Sie trägt ein langes schwarzes Kleid und darauf eine kurze Perlenkette. Wir sehen uns an.

»Ich bin es, Klara«, sagt sie und läßt ihren Pagenschnitt ins Gesicht fallen, »erinnerst du dich?«

Ich lache auf. »Ich weiß, ich weiß.«

Wir fahren zum Haus ihrer Eltern, und ich erinnere mich, wie erwartungsvoll ich damals war, als ich sie treffen sollte. Diese Menschen, deren Tochter für mich wie eine Schwester geworden war. Diese Eltern, für die sie nur des Lobes voll war. Ich denke, wie so viele Male zuvor: Wie hätte sie sonst damit leben sollen?

Als wir dort ankommen, ist die engste Familie versammelt, es scheinen viele zu sein. Alle sind perfekt und diskret gekleidet; da ist kein Härchen auf ihren Kleidern, im Gegensatz zu meinen. Ich reibe vorsichtig einen Fleck von meinem Rock, zupfe mißmutig an ihm herum. Desirée nimmt ein paar Küßchen und teilnehmendes Händedrücken entgegen. Ein Weilchen später sollen wir alle in den Autos Platz nehmen, um Eleonoras Sarg als Ehrengeleit zur nahen Kirche zu folgen. Alles wirkt altertümlich wie in einem Schwarzweißfilm. Desirée, Gustav und Henrik sitzen in der vordersten Limousine. Ich selbst befinde mich im fünften Wagen des Gefolges, und neben mir sitzt eine Großcousine, die sich über die Wichtigkeit von Etikette und Stil verbreitet. »Daß man zur richtigen Gelegenheit immer das Richtige tut, natürlich mit ein wenig Phantasie, das wird von meinem Stand sehr geschätzt«, erklärt sie vielsagend und lächelt mir zu. Ich registriere, daß sie ausdrücklich *mein Stand* sagt. Ich soll sofort begreifen, wer ich bin, wohin ich gehöre. Ich weiß es nur zu gut.

Nach dem Begräbnis gibt es im Haus Kaffee und Sherry für Freunde und Verwandte. Ich suche nach Henrik und Desirée, doch sind sie in der Menge verschwunden. Die Stimmung ist ungezwungen, ich bemerke, daß sich alle zügeln müssen, um die Gespräche trotzdem leise und anteilnehmend klingen zu lassen. Doch dann wird es plötzlich still, und ich blicke zu der breiten Treppe, die ins Obergeschoß führt. Dort, ein wenig erhöht, steht Desirée mit ihrem Vater, und er räuspert sich und sagt ein paar Worte, ich glaube, er würde sie wohlgewählt nennen, er spricht vom sozialen Engagement seiner Frau und ihren Tugenden als Gattin und dankt allen, die gekommen sind, für ihre Freundlichkeit. Jemand vergießt ein paar Tränen, dann prosten sich alle mit ernster Miene zu, worauf Desirée sich ihrem Vater zuwendet und ihn auf die Wange küßt. Dann sagt sie laut und deutlich: »Jetzt gibt es nur noch dich und mich, Papa.«

Mich schaudert. Die Frau neben mir flüstert ihrem Mann zu: »Was für eine wunderbare Tochter er hat. Mit den richtigen Maßstäben, er kann immer auf sie zählen.«

Ich stelle das Glas ab, greife nach der nächsten Türklinke und drücke sie nach unten. Ich begreife, daß ich in eine Waffensammlung geraten bin, und das Alter der Waffen und allerlei Plaketten sagen mir, daß ich mich hier zwischen den Relikten aus der russischen Glanzzeit der Familie befinde. Sie müssen aus den Jahren stammen, als Gustavs Mutter noch lebte und die Familie in Sankt Petersburg ein großes Haus führte. Dieses Zimmer mußte eine ständige Erinnerung darstellen, eine solide Grundlage des Hasses. Ich setze mich und stütze den Kopf in die Hände, ich weiß nicht, wie lange, bis ich jemanden kommen höre. Es ist Gustav.

»Du bewunderst also meine Kleinodien, Klara.«

»So kann man es ausdrücken.«

»Das hier ist mein Hintergrund, meine Geschichte, verstehst du? Ohne sie ist man ein Nichts. Hin und wieder komme ich hierher und denke an meine Mutter, an ihre Familie, und dann gehe ich gestärkt wieder nach draußen.«

»Gestärkt?«

»Ja, in meinem Kampf.«

»Ich verstehe.«

»Sie sind dabei, die Welt zu übernehmen, und wir alle lassen es geschehen. Indem wir schweigen, lassen wir es geschehen. In Afrika ist das jetzt viele Jahre so gegangen, überall haben sie sich breitgemacht, in Südostasien und Lateinamerika. Wie viele sollen unter diesem wahnsinnigen System denn noch leiden müssen?« fragt er sich selbst.

»Ich weiß nicht«, murmle ich.

»Nein«, sagt er, wie um sich einen Stoß zu geben. »Es ist gut, daß es Männer wie Henrik und mich gibt.«

»Henrik von Rensen und Gustav?«

»Ja, wir sind doch alte Geschäftsfreunde. Aus Kenia. Wir haben viele Geschäfte gemeinsam gemacht, Projekte angekurbelt, um den Kommunisten Einhalt zu gebieten. Leider ist es uns nicht immer gelungen. Schau dir doch an, wie es jetzt im Süden Afrikas aussieht. Eigentlich ist nur ein starkes Bollwerk geblieben. Aber noch ist die Sache natürlich nicht vorbei.«

»Nein«, sage ich.

Mir wird kalt, und ich spüre, daß ich nicht noch mehr hören sollte, merke, daß die Waffensammlung und der Sherry mir die Luft nehmen, daß ich unter wirkliche Menschen muß, denen ich in die Augen zu sehen wage, wenn ich nur wüßte, wo ich solche Menschen finden könnte.

Aber dann sage ich, es ist eine Eingebung, vielleicht eine vage Form des Protestes: »Warum lassen Gustav Desirée nicht gehen? Warum geben Gustav sie nicht frei?«

»Was meinst du damit?«

»Indem sie …« – ich merke, daß ich zögere, mich schäme, ein solches Wort auf eine moderne Frau in den Achtzigern zu verwenden – »… ausgehalten und dadurch an ein Leben gewöhnt wird, das sie sich selbst nie leisten könnte. Warum geben Gustav ihr nicht einfach einen einmaligen Betrag und bitten sie, ihr eigenes Leben zu leben, statt sie so fest an sich zu binden?«

Er schaut mich lange an.

»Ich verstehe nicht, was dich unsere Familienangelegenheiten angehen«, sagt er nur.

Ich schlage die Augen nieder. Wir schweigen. Er rückt eine alte Pistole zurecht, die schief an der Wand hängt.

»Desirée hat schon immer eine merkwürdige Fähigkeit besessen, Menschen eng an sich zu binden. Diese Fähigkeit hatte ihre Mutter auch, aber bei ihr, ja, bei ihr ist sie verlorengegangen. Es hat etwas mit dem Blick meiner Tochter zu tun, mit ihrer ganzen Ausstrahlung, all das scheint die Leute unwiderstehlich anzuziehen. Eines aber scheinen alle, die in Desirées Nähe kommen, nur schwer zu begreifen. Wenn ihr sie erst so sehr liebt, wie sie es gewollt hat, weiß sie nicht, was sie mit euch anfangen soll.«

»Ich verstehe nicht.«

»Genau wie damals, als sie klein war. Sie hatte sich ein paar Welpen gewünscht, und es machte ihr Spaß, daß sie absolutes Zutrauen zu ihr hatten. Sie war völlig gefangengenommen, vielleicht ein halbes Jahr lang. Aber dann? All diese Liebe, all diese Bedürfnisse, diese *Forderungen*. Die machten ihr angst. Wir mußten sie allesamt einschläfern.«

Er zuckt die Schultern.

»Ich verstehe nicht, worauf Gustav hinauswill«, flüstere ich und schäme mich wegen meiner leisen Stimme.

»Ich kenne sie besser als du. Sie liebt das Spielen, sie meint nichts Böses damit, sie denkt ja, daß alle es verstehen«, sagt er und schaut mich beinahe mitleidig an. »Aber sie weiß nicht, was sie mit denen machen soll, die es zu ernst nehmen. Die nicht begreifen, daß sie, wenn etwas zur Gewohnheit wird, eine neue Variable einführen muß.«

Ich denke an Amsterdam, unsere Pläne, Klas, Magnus und jetzt Henrik. Ich weiß nicht, was ich antworten soll. Hier stehe ich vor einem Mann, von dem ich Schläge und Drohungen erwartet habe, und finde statt dessen einen Menschen, der wenigstens Einsicht, wenn auch auf eine zynische Art, zu besitzen scheint. Aber ebenso begreife ich, daß er Desirée für sich haben, sie vor dem Untergang bewahren will, daß – wenn es stimmt, was er sagt – auch er sie auf die gleiche ohnmächtige Weise liebt wie wir anderen. Ich nicke ihm zum Abschied zu.

»Mein Beileid, Gustav.«

»Sie fehlt mir«, sagt er, und das rührt mich.

Gegen meinen Willen habe ich wieder Mitleid mit ihm, ein einsamer Mann in einem großen Haus, der eine Tochter hat, mit der er nicht fertig wird. Nicht mal eine Frau ist mehr da, bei der er den Herrn spielen könnte. Als ich an der Tür stehe, sagt er nach einigem Zögern: »Sie ist frei.«

»Was meinen Gustav?«

»Sie besitzt, und zwar schon immer, ein ansehnliches Erbe, von Eleonoras Eltern. Geld, über das nur sie verfügt.«

»Gustav lügt.«

Er lächelt.

»Ich habe dir doch gesagt: Ich kenne sie besser als du.«

»Das bezweifle ich.«

»In deinem Alter habe ich das auch gesagt.«

Ich gehe durch die Tür zum Wohnzimmer, schiebe mich durch die Menschenmenge und sehe die Frau, die mich zur Kirche gefahren hat, aber sie weicht mir aus, und ich verstehe, daß man in dieser Welt seinen Blick über die Köpfe gewisser Leute hinweggleiten läßt, um jeden Kontakt zu vermeiden, oder noch schlimmer: das Gefühl der Unterlegenheit. In diesem Raum ist ein vornehmer Name wichtiger als Besitztum, obwohl die Kombination von beidem natürlich vorzuziehen ist. Ich begreife, daß es ein unlösliches Dilemma sein muß, den richtigen Namen zu besitzen, aber mittellos zu sein, dennoch überall eingeladen zu werden und vergebens zu versuchen, die Einladung mit ähnlichem Aufwand zu erwidern. Ich spüre eine Hand auf meiner Schulter. Es ist Desirée.

»Du siehst aus, als wär dir ein Gespenst begegnet.«

»Ich bin im Waffenzimmer gewesen«, ist das einzige, was ich sagen kann.

»Oh, das ist dasselbe«, erwidert sie, nimmt meine Hand und drückt sie an sich, und wie immer hat sie die Fähigkeit, einen fühlen zu lassen, daß man *auserwählt* ist. »Ich bin so froh, daß du mitgekommen bist. Ich fühle mich so einsam, du weißt ja, daß ich hier eigentlich nicht hingehöre. Daß wir von hier *verschwinden* sollten«, sagt sie und blickt zu mir auf.

»Ja«, antworte ich müde.

»Wenn ich nur ...«, fährt sie fort und zögert, »wenn ich nur die Kraft hätte, um ...«

Ein Mann kommt heran und legt seinen Arm um ihre Schultern.

»Henrik von Rensen«, sagt sie leise. »Das hier ist Klara Mårstedt.«

Er streckt mir die Hand hin.

»Angenehm«, sagt er.

Ich nicke. Desirée entzieht sich seiner Umarmung und geht weg, um ein paar Leute zu verabschieden, die nach ihrer Aufmerksamkeit verlangen. Henrik ist ein Mann über die Fünfzig. Sein Haaransatz ist schon leicht ergraut, gleicht einem Stoff, der an den Nähten zu reißen droht. Er sieht aus wie ein Mann, der immer eine Art Uniform tragen müßte und besser zu Pferde säße, statt zu Fuß zu gehen. Seine glänzenden Augen sind ausdruckslos. Ich nehme an, daß er einmal sehr attraktiv gewesen ist und daß man ihn noch immer dafür hält. Seine Arme hängen reglos zu beiden Seiten des Körpers, sie bleiben dort, wo er sie hinplaziert hat. Er ist ein Mann, der niemals an etwas herumfingern würde. Er hat sich selbst total unter Kontrolle und auch die Situation, in der er sich befindet. Ich verabscheue ihn maßlos; es überrascht mich wirklich, daß man jemanden nach einem einzigen Wort so widerlich finden kann. Das Gefühl übermannt mich, und ich bin gezwungen, blinzelnd wegzusehen, um es zu verbergen. Er hat es bereits bemerkt.

»Ich habe viel von Ihnen gehört, Klara.«

»Und ich von Ihnen.«

»Ich weiß, daß ihr euch nahesteht, die besten Freundinnen seid und über alles redet.«

»Ja, wenigstens haben wir das getan.«

»Ihr habt?«

»Ja, man wird ja älter.«

»Vielleicht stimmt das. Ich persönlich habe dieses Bedürfnis nie verstanden, warum man jemandem absolut nahe sein, ja sich geradezu in ihm spiegeln will. Ich finde, das nimmt einem irgendwie die Luft.«

»Aber es gibt einem auch das Gefühl, nicht allein zu sein.«

»Das würde ich mir eher verbitten.«

»Ich verstehe«, sage ich und will das Thema wechseln. »Aus dem, was Desirée gesagt hat, entnehme ich, daß Sie Ihre Frau verlassen wollen.«

»Sagt sie das?«

Er lacht ein wenig.

»Ja, so kann man es auch nennen. Es ist wohl eher so, daß sie mich nicht mehr sehen will.«

»Haben Sie Kinder?«

»Ja. Aber ich treffe sie nur selten. Sie wohnen bei ihrer Mutter im Ausland. Sie hat das alleinige Sorgerecht für sie, ich war gebeten worden, mich rauszuhalten. Also habe ich das Interesse an ihnen verloren. Wir haben ein Übereinkommen: Sie bekommt Geld, die Kinder und hat die Freiheit, zu tun, was sie will, unter der Bedingung, daß ich nicht auftauche. Aber warum sollte es Desirée kümmern, ob ich geschieden bin oder nicht?«

»Vielleicht will sie zur Ruhe kommen«, sage ich versuchsweise und höre selbst, wie merkwürdig das klingt.

Er schaut mich lange an.

»Ich habe gedacht, Sie kennen sie genausogut wie ich. Sie ist nicht mit mir zusammen, um Glück oder Ruhe zu finden. Keiner von uns wünscht sich große Nähe, deshalb halten wir es miteinander aus.«

Er lächelt und streckt mir erneut seine Hand hin: »Jetzt wissen wir beide, wo der andere steht.«

Als das Begräbnisdinner zu Ende ist, nach dem Kaffee und weiteren Reden über die Vortrefflichkeit der Gattin, sitze ich schließlich allein in einer Ecke des Wohnzimmers. Desirée kommt auf mich zu, sie rennt fast, Henrik dicht hinter ihr. Vor unterdrücktem Zorn glitzern ihre Augen wie Sternchen.

»Keine Minute länger. Ich will hier raus.«

Sie stellt sich hinter ein hohes Bücherregal, zieht den Reißverschluß ihres langen eleganten Kleides auf und steigt aus der Hülle. Unter dem Kleid trägt sie einen roten Overall, der gerade bis unter die Pobacken reicht. Sie nimmt die Perlen ab und legt statt dessen einen Diamantenschmuck um, der einem Hundehalsband gleicht. Henrik lacht, als er die Tür zur Terrasse öffnet. Desirée dreht sich zu mir: »Mein Gott, Klara, mußt du immer so ernst aussehen? Komm jetzt mit.«

17

Wenn du nur wüßtest, Klara, wie verletzbar ich geworden bin. Ich habe mich all die Jahre bemüht, hart und kalt zu sein, um dich unbeschädigt tief in mir zu behalten. Aber ich komme nicht damit klar. Verzeih mir. Ich komme nicht einmal mit mir selbst klar. Magnus weiß es. Er wacht über mich hier auf der Insel, deckt mich sorgsam zu und hält meine Hand in einer dieser vielen Nächte, in denen ich nicht schlafen kann. Die Stunden zwischen zwei und vier sind die schlimmsten. Die Gedanken drehen sich im Kreis, und wenn ich dann am Morgen versuche, mich zu erinnern, sind sie völlig ohne Sinn; doch nachts reißen sie mich in Stücke. Ich denke immerzu: Wenn ich das hier nicht löse, wenn ich nicht erklären kann, wie es zusammenhängt, gehe ich kaputt. Der Rest aber ist ein einziges Durcheinander: Ist Mama wirklich begraben worden? Wer kümmert sich darum, daß Malin sich abends die Zähne putzt? Wenn ich an Magnus' Stelle wäre, was würde ich dann denken? Und: Wenn ich nur Ruhe und Erlösung finden könnte. Aber Adolfsson hat recht: Nichts ist vorbei. Tote gehen durch mein Schlafzimmer, und wenigstens einer von ihnen ist nicht bereit, sich begraben zu lassen.

In den Nächten redet Magnus flüsternd auf mich ein. Er bemüht sich, mich zum Sprechen zu bringen, dann, wenn ich mehr als verletzbar, wenn ich ohne jede schützende Haut bin.

»Hast du mir alles erzählt, was passiert ist, Saskia? Wirklich alles?«

»Ja, Magnus. Es war genau so, wie ich es erzählt habe. Das ist alles, was ich weiß«, sage ich kaum hörbar.

Nicht nur er verrät mich, inzwischen tue ich es auch selbst. Aber wie kann ich jetzt umkehren? Er versucht es auf andere Weise, stellt nur fest: »Du hast nicht alles erzählt, Saskia.«

Und wenn er mich festhält, mich aufrechthält, kann ich nicht anders, als ihm zu antworten, obwohl ich weiß, daß es sehr widerspruchsvoll klingen muß: »Nein.«

Er seufzt und geht, nackt wie er ist, ans Fenster. Es ist jetzt wärmer als je zuvor, selbst nachts schwitzen wir. Ich bin gezwungen, Malin immer wieder zu erzählen, daß die Sommer in Schweden normalerweise nicht so sind, weil sie glaubt, im Paradies gelandet zu sein. Im Paradies mit Desirée. Ich stehe vom Bett auf und schlinge die Arme um Magnus. Meine Brüste drücken gegen seinen langen sommersprossigen Rücken.

»Ich kann dir nicht helfen, wenn du so bist«, sagt er, ohne mich zu berühren.

»Ich tue mein Bestes«, flüstere ich.

Er schüttelt den Kopf. Er hat recht. Warum habe ich keine Worte? Zwing mich nicht, ist alles, was ich denken kann, erst muß ich einen Ausweg finden, für uns alle.

Vormittags arbeiten wir – Andrea und ich – an unserem Buch. Es ist befreiend, klar zu durchschauen, und ich bin erleichtert, diese Arbeit zu haben; daß es etwas gibt, auf das ich wenigstens teilweise eine Antwort weiß. Ich bin nicht imstande, unsere Sprache und Wortwahl in Frage zu stellen. Nicht in diesem Moment, ich bin zu müde und finde Sicherheit im Abstrakten. Die Wirklichkeit ist konkret genug. Manche Wochen ist Andrea in der Stadt, doch freitags kommt sie beinahe immer zurück auf die Insel. Mitunter betrachtet sie mich auf eine Weise, die ich nicht verstehe, aber sehe ich sie dann an, wendet sie den Blick taktvoll ab. Wenn sie bei uns ist, liegen wir nachmittags auf dem Steg und planen die Arbeit für den nächsten Tag. Manchmal baden Desirée und Malin zusammen mit uns, doch meistens sind wir allein. Die Begegnungen mit Desirée hinterlassen bei mir den Eindruck, daß sie voller Neugier und Sensationslust ist. Manchmal fragt sie mich nach meiner Schwester Klara, und ich habe das Gefühl, daß die Fragen von ihrer Mutter stammen. Vielleicht auch von jemand anderem. Es beunruhigt mich, daß sie irgend etwas zu Malin sagen könnte. Ich darf sie nicht allzu brüsk behandeln, aber wenn Malin nicht dabei ist, schlage ich einen etwas schärferen Ton an und bitte sie, die neugierigen Fragen zu unterlassen. Wenn ich das sage, lächelt sie selbstgefällig, so als gäbe ich mir auch damit eine Blöße. Eines Tages, als Malin und Desirée mit uns Kaffee trinken, erkläre ich Desirée auf vielleicht nicht sehr geschickte Weise, daß wir ein Sprichwort in Holland hätten, das besagt, der Kuchen soll den Mund stopfen – was überhaupt nicht der Wahrheit entspricht. Als die Mädchen gegangen sind, bittet mich Andrea: »Erzähl mal, wie ihr, Klara und du, damals getrennt worden seid.«

Sie hat mir noch nie eine so direkte Frage gestellt. Ich räuspere mich, zerkrümele ein Stückchen von meinem Kuchen.

»Das ist sehr früh passiert, früher, als ich vielleicht zugeben wollte, zugeben konnte.«

Sie hört mir zu. Ich reiße mich zusammen.

»Aber eigentlich kam es erst dazu, als ich dreizehn war. Mein Vater hatte eine Affäre mit einer Frau, die Susanne hieß und zu den höheren Chefs in der Arnhemer Stadtverwaltung gehörte, unter anderem war sie für das Einwohnermeldeamt zuständig. Sie sind heute verheiratet«, füge ich hinzu und presse die Lippen zusammen.

»Was ist passiert?«

»Die Affäre war ein paar Monate lang das Gesprächsthema Nr. 1 in der Stadt. Klara fiel es sehr schwer, damit umzugehen. Wenn man sie in der Schule fragte, fing sie an zu lügen, leugnete einfach alles. Sie zog sich immer mehr in sich zurück, fing an zu schwänzen, drückte sich vor jeder Verantwortung und erfand alle möglichen Phantasiewelten. Aber das Schlimmste von allem war, daß sie Papa nicht verzeihen konnte, sie wollte nichts mehr mit ihm zu tun haben.«

»Das ist vielleicht nicht verwunderlich. In diesem Alter ist man wohl nicht in der Lage, zu seinen Eltern großmütig zu sein.«

»Vielleicht nicht«, erwidere ich. »Jedenfalls hat sie Mama gezwungen, Papa zu verlassen und mit ihr nach Schweden zu gehen. Sie war unerbittlich, sie hat ihren Willen durchgesetzt. Sie wollte nicht auf Mama hören, auch nicht auf Papa oder mich. Ich glaube, Klara konnte sich das nie verzeihen, als sie später begriff, daß sie unsere Familie auseinandergebracht hatte. Daß sie so hart urteilen konnte. Ausgerechnet sie. Ich weiß, daß es so ist.«

»Aber mein Gott, sie war doch noch ein Kind! Deine Eltern hatten ja wohl ihren eigenen Willen.«

»Vielleicht«, antworte ich und verstecke mich hinter meiner Sonnenbrille.

»Was ist aus deinem Vater geworden?«

»Er ist in Holland geblieben. Sie haben sich nur sehr selten gesehen. Klara und er hatten viel zu große Schuldgefühle. Ich glaube, Mama ist am besten damit fertig geworden, ihr brachte es die Freiheit, nachdem sie von Papa weggegangen war, weg von dem Mann, für den sie vermutlich eine viel zu große Leidenschaft empfunden hatte. Als sie allein war, gewann sie ihre Tatkraft zurück, und sie verhalf Klara wieder zu einem normalen Leben. Aber ich glaube, daß meine Eltern nie aufgehört haben, sich zu lieben. Trotz Susanne.«

Ich atme aus, lege mich aufs Handtuch und streiche mir über den Bauch, bis mein Atem ruhiger geht. Ich tue so, als würde ich eindösen. Da fragt Andrea klar und deutlich: »Und du, Saskia? Was hast du gemacht?«

Ich schlage die Augen auf und kann nicht antworten, es ist wie in den Nächten: Ich laufe im Kreis zwischen Zahnbürsten und Toten, stecke in einem endlosen Grübeln, aus dem ich keinen Ausweg finde.

»Du hast doch verziehen, Saskia, war es nicht so? Du hast niemanden verurteilt, bist dageblieben, hast dich um die gekümmert, die tief getroffen waren.«

Ich versuche zu nicken, aber ich weiß nicht, ob sich mein Kopf bewegt. Sie fährt mit fast zärtlicher Stimme fort: »Man könnte sagen, daß ihr zwei, Klara und du, unglaublich verschieden wart.«

Ich liege völlig reglos da.

»Aber daß ihr – laß es uns symbolisch ausdrücken – eigentlich ein und dieselbe Person gewesen seid. Wie zwei Seiten derselben Münze. Daß ihr untrennbar wart und es auch jetzt immer noch seid.«

Endlich kann ich mich überwinden, etwas zu sagen, ich setze mich auf, nehme die Sonnenbrille ab und flüstere: »Ja.«

Sie nickt und schaut taktvoll weg, während ich mein Gesicht mit einem Zipfel ihres Handtuchs abtrockne. Eine Seeschwalbe taucht nach Fischen. Ein Motorboot durchschneidet den Horizont. Wellen schlagen glucksend gegen den Steg, und Sonnenreflexe blenden mich.

»Ich habe eine Freundin, die ich sehr mag«, sagt Andrea. »Aber sie hat ein Problem. Sie verstrickt sich in Lügen, weil sie glaubt, damit diejenigen zu schützen, die sie liebt. Das Traurige ist, daß sie trotzdem nicht davonkommt. Wenn sie hier wäre, würde ich ihr raten, mit dem Lügen aufzuhören, denn wenn sie es weiter tut, wird es für sie und ihre Nächsten schlecht ausgehen. Und das wäre sehr traurig. Obendrein auch unnötig.«

Ich öffne den Mund, schließe ihn jedoch wieder. Ich will ihre Hand nehmen, aber meine eigene bleibt in der Luft hängen, es ist genauso wie bei Magnus, wenn er mitten in der Bewegung erstarrt, weil er nicht weiß, was er noch tun soll. Die Sonne verschwindet hinter einer Wolke. Ich blicke auf. Doch statt eine Wolke zu sehen, schaue ich direkt in die eisblauen Augen von Adolfsson. Er ist jetzt sehr braungebrannt, und seine Haare stehen vom Wind und Seewasser nach allen Seiten. Ich taste nach meiner Sonnenbrille.

»Guten Tag, Herr Kriminalinspektor«, sagt Andrea.

»Nennen Sie mich nicht so«, sagt er, »ich bin doch jetzt pensioniert.«

»Ach ja, man vergißt es so leicht«, erwidert Andrea.

Sie hört nicht auf, mich in Erstaunen zu setzen.

»Es ist schön in der Sonne, oder? Wie unten in Europa. Nicht wahr, Saskia?«

Ich gebe keine Antwort.

»Was für ein Sommer, und diese Julihitze! Sonne und nochmals Sonne. Es wird einem fast zuviel, obwohl man Schwede ist. Man *sehnt* sich geradezu nach Veränderung, nach einem Unwetter. Um all den Staub wegzuspülen, damit man wieder klar sieht. Nicht wahr, Saskia?«

»Ja, Herr Adolfsson.«

»Ich habe übrigens eine Frage an Sie, John, wo Sie nun einmal hier sind«, sagt Andrea. »Ich erinnere mich, gelesen zu haben, daß Henrik von Rensen Waffenhändler war, eine Art Mittelsmann und Agent zwischen gesetzlichen Käufern und Verkäufern – falls man sie überhaupt so nennen kann –, aber daß er auch Waffen in kriegführende Länder vermittelte. Einerseits hat er in den Siebzigern anscheinend Waffen nach Beirut geschmuggelt und glänzende Geschäfte damit gemacht, andrerseits hat er dafür gesorgt, daß Waffen in die kriegführenden Länder im Süden Afrikas gelangten. Stimmt das?«

»Ja, so ungefähr.«

»Dann ist meine nächste Frage: Ist es nicht ziemlich wahrscheinlich, daß einer von seinen Kunden oder ein anderer Mittelsmann, irgendein Waffenbruder, mit einer Lieferung nicht zufrieden gewesen ist und beschlossen hat, in Herrn von Rensens Ferienparadies vorbeizuschauen? Oder dieser Rensen hat davon gewußt, daß ein anderer durch Bestechung eine Waffenbestellung erhalten hatte, was die Regierung des entsprechenden Landes natürlich geheimhalten wollte, und Desirée ist, wie man zu sagen pflegt, vielleicht einfach im falschen Moment am falschen Ort gewesen?«

»Das ist möglich. Aber die Morde waren viel zu dilettantisch ausgeführt. Und wer hat dann Henrik von Rensen die Pistole in die Hand gedrückt? Diese Leute wissen genau, wir wären niemals auf eine so plumpe Täuschung reingefallen.

»Falls man sie nicht in die Irre führen wollte und alles dilettantisch aussehen *sollte*. Vielleicht um in diesen Kreisen nicht zu viel Turbulenz zu erzeugen.«

»Das ist möglich«, sagt Adolfsson zögernd. »Aber wir haben uns seine Kontakte angesehen.«

»Und?«

»Solche Burschen hinterlassen ja nicht gerade Karteien voller Telefonnummern, auch keine Notizbücher mit detaillierten Angaben oder Ordner mit Rechnungen.«

Andrea lächelt.

»Aber immerhin konnten wir auf anderem Weg ermitteln, daß er ein sehr, ja, beliebter Waffenhändler gewesen ist, der als geschickt und diplomatisch galt. Seine Dienste wurden oft von amerikanischen und britischen Waffenfabrikanten in Anspruch genommen, um ausländische Regierungen zu veranlassen, gerade diese Waffen oder Flugzeuge zu kaufen. Das ist eine Welt voller Bestechungen, voller Drohungen und persönlicher Kontakte zu hochgestellten Persönlichkeiten. Dank seines Titels, seines Aussehens und seiner lockeren Art war von Rensen für diese Welt prädestiniert. Er wurde auch gedungen, damit Waffenfabrikanten das Verbot umgehen konnten, ihre Waren in kriegführende Länder zu exportieren. Trotz des äußeren Drucks sind viele Regierungen bereit, den Waffenverkauf um jeden Preis weiterzuführen, um, wie sie es nennen, die eigene Wirtschaft und damit die Verteidigung des Landes zu sichern. Irgendwie gelang es von Rensen immer zu helfen. Er zeigte seinen Partnern zum Beispiel, wie man die verschiedenen UN-Embargos gegen Südafrika umgehen konnte – da gibt es natürlich eine Reihe Möglichkeiten. Wir glauben auch, daß er in den sechziger und siebziger Jahren dafür gesorgt hat, daß Portugal während der Kolonialkriege im Süden Afrikas an Waffen kam. Meistens war seine Tätigkeit völlig legitim, wie es beinahe jeder Waffenhandel ist, ganz im Gegensatz zu dem, was ich zunächst geglaubt habe. Es gibt nur sehr wenige Regierungen, die es wagen oder die es sich leisten können, der Rüstungsindustrie im eigenen Land die Stirn zu bieten und Exporte zu verweigern. Im Gegenteil, oft bilden Regierungen Organe, die den Waffenexport *unterstützen* sollen, manchmal als Teil ihrer Entwicklungshilfe für die dritte Welt. Aber was von Rensen angeht, glauben wir – auch hier gibts keine Beweise –, daß er beispielsweise mit Beirut völlig ungesetzliche Geschäfte gemacht hat. Wir vermuten, daß unter anderem er die Hand dabei im Spiel gehabt hat, als schwedische Waffen an einen anderen Bestimmungsort geliefert wurden als jenen, der zunächst vorgesehen und genehmigt war. Aber auch, was diese Geschäfte anbelangt, besaß von Rensen einen guten Ruf, er hatte jedenfalls, soviel wir wissen, keine Feinde.«

Adolfssons Blick geht auf das Meer hinaus, dann wieder zurück zu uns, und er zuckt leicht zusammen.

»Ach du meine Güte, da steh ich hier und halte erwachsenen Frauen Vorträge!«

»Ein Hobby aus alten Tagen?«

Zu meinem Erstaunen lacht er ausgiebig.

»Aber meine Theorie könnte im Prinzip richtig sein«, fährt Andrea fort.

»Ja, allerdings haben wir am Tatort keine anderen Spuren als die von Klara gefunden.«

»Die Leute wären ja auch Profis gewesen.«

»Das kann ich nicht abstreiten.«

Sie schweigen. Ich zerkrümele noch ein Kuchenstück, mein Appetit ist nicht so, wie er sein sollte. Eine Möwe stürzt sich herunter und schnappt sich einen Brocken.

»Aber ich glaube eigentlich immer noch, daß es Klara gewesen ist«, sagt er langsam. »Daß sie die beiden ermordet hat, doch sollte es so aussehen, als hätte er es getan, und deshalb hat sie Henrik seine eigene Waffe in die Hand gelegt.«

»Eine Waffe des gleichen Typs wie die, welche die beiden getötet hat«, sagt Andrea.

»Ja. Anscheinend besaßen Henrik und Desirée zwei identische Pistolen. Das ist eine Sache, die Klara auch gewußt haben muß. Denn die tödlichen Kugeln stammen, wie gesagt, nicht aus Henriks Waffe, sondern, so denken wir, aus der, die Desirée gehört hat. Und diese Waffe ist verschwunden.«

Endlich habe ich wieder eine Stimme. Ich stehe auf und räume meine Sachen zusammen.

»Dann suchen sie doch nach Klara und der verschwundenen Waffe, Herr Adolfsson.«

Er macht eine seiner prächtigen Kunstpausen, schaut ein Weilchen zum Himmel hoch wie ein Kapitän, der Ausschau nach einem Unwetter hält.

»Liebe Saskia, ich glaube sie schon gefunden zu haben. Ich habe sie gefunden.«

Gott, verzeih mir, aber ich kann ihn nicht ansehen, nicht jetzt, nicht hier. Vergib mir, Klara.

18

Januar 1984

Saskia,
nichts hat sich verändert. Desirée geht nun wie vorher Abend für Abend aus, verhält sich genauso wie vor unserer Trennung oder sogar noch schlimmer, weil sie ja jetzt Henrik hat, der anscheinend rückhaltlos bezahlen und außerdem Menschen manipulieren kann, wohin er sie haben will. Mir wird übel, wenn ich sehe, wie die Leute betrogen werden. Aber vielleicht sind ja alle mit von der Partie. Selbst ich. Manchmal gehen Klas und ich mit den beiden aus. Als Entschuldigung sage ich mir, daß ich Desirée ja irgendwie im Auge behalten muß. Stimmt es überhaupt? Ich weiß es nicht mehr. Je feiger ich werde, desto mutiger muß sie sein. Je mehr ich mich zurückhalte, desto hemmungsloser wird sie.

»Klara«, sagt sie, »trotz deiner guten Absicht treibst du mich nur an.«

»Entschuldige.«

»Da siehst du! Jetzt machst du es wieder.«

Es ist, als wären Klas und ich die Clowns, die naiven, entzückenden Dummchen, als ob das der Grund wäre, weshalb wir hier sind. Das ärgert mich, doch Klas scheint gut damit zurechtzukommen. Scheint es ebenso schnell gelernt zu haben wie ich damals. Er will mitmachen und die anderen noch übertreffen bei ihrem Spiel, wer das meiste Geld rauswerfen kann, obwohl er wissen müßte, daß er keine Chance hat gegen dieses Grüppchen von Leuten, die sich selbst alles in Hülle und Fülle gestatten, doch anderen Grenzen setzen. Manchmal schäme ich mich für ihn, was dazu führt, daß ich mich noch mehr vor mir selbst schäme und ihn lieben muß – zumindest körperlich –, wenn wir wieder nach Hause gekommen sind. Wir sind wie zwei Schaumgummipuppen, die nebeneinanderher leben: Wir können uns keine blauen Flecken zufügen, und wir prallen stets voneinander ab, wenn wir uns zu nahe kommen.

An einem dieser Abende, Nächte, Morgen finde ich mich auf einem weiteren Fest neben Desirée in einer riesigen Wohnung sitzend, die, ich weiß nicht wo, in der Stadt liegt. Sie starrt vor sich hin und lächelt dann, tut dasselbe noch einmal, als sei das ein bestimmter Gesichtsausdruck, den sie einstudiert hat und den sie zuweilen üben muß, um ihn nicht zu vergessen. Ich berühre vorsichtig ihre Schulter.

»Desirée. Da ist eine Sache, die ich dich fragen wollte.«

Sie zuckt zusammen, reibt sich die Augen.

»Warum hast du mir nie erzählt, daß du Klas und mich zusammengebracht hast?«

»Was?«

»Ja, daß du ihm zugeredet hast, mit mir Kontakt aufzunehmen, daß du ihn von früher her kanntest?«

Es wird still. Sie dreht sich mit vorwurfsvollem Blick zu mir um. Es überrascht mich immer wieder, wie sehr sie sich in eine Rolle hineinversetzen kann.

»Glaubst du ihm?« fragt sie nur.

»Ja, warum sollte er ...«

Sie wendet sich von mir ab. Ich drehe sie zurück.

»Es macht nichts, Desirée. Ich weiß, was du tust und warum. Du hast es getan, damit ich nicht wirklich aus deinem Umfeld verschwinde, oder? Du wolltest jemanden finden, der mit dir eigentlich nicht konkurrieren konnte. Es macht nichts. Aber ist es nicht so?«

Sie nickt, und wir sitzen wieder still nebeneinander. Doch dann sagt sie, ohne eine Spur von Einfühlungsvermögen oder ihrer üblichen Vertrautheit: »Wer bist du denn gewesen, ehe ich dich kennengelernt habe, Klara? Ich meine, wer bist du *eigentlich* gewesen?«

»Wer ich gewesen bin? Was meinst du damit?«

»Was ich sagen will, ist, daß du vielleicht überhaupt niemand gewesen bist, ehe du mich kennengelernt hast, daß du nichts Eigenes besessen hast. Daß ich dich aufgelesen habe, und nicht du mich.«

Ich bin unfähig, ihr zu antworten.

»Klärchen, manchmal frage ich mich, was bei dir nicht stimmt. Ich habe mit deiner Mutter gesprochen, diese Unruhe in ihrer Stimme, du hättest sie hören sollen. Da gibt es was, wo du nicht ganz die Wahrheit sagst. Ist es Saskia? Denk mal ein bißchen zurück. Es macht nichts, wie du immer sagst. Aber ist es nicht so?«

Sie sieht mein Erschrecken, nimmt meinen Kopf in ihre Hände und zieht ihn an ihre Schulter, flüstert, wir haben einander doch versprochen, daß wir uns nie trennen, daß wir immer wie Schwestern sein wollen, es ist doch so, stimmts? Sie braucht mich nicht zu erinnern, wir stecken beide in dem Käfig, den wir für uns errichtet haben; solange wir am Leben sind, können wir unser Versprechen nicht brechen. Dennoch kann ich nicht anders, als an jene Keile zu denken, die man braucht, um Statuen, ihre Form, aus dem Stein zu hauen. Wie man mit deren Hilfe Splitter für Splitter herausschlägt, und gerade dadurch, daß etwas geopfert wird, schließlich Neues schafft. Glaub mir, Saskia, ich weiß nicht genau, was ich tue, vielleicht geht es mir nicht so gut. Wenn ich nur so werden könnte wie du.

Aber etwas hat sich doch verändert. Ich habe schließlich Magnus, zu dem ich gehen kann, bei ihm bin ich eine andere. Der Dienstag ist unser Tag, da spüre ich, daß ich noch eine Zeitlang intakt und wirklich bin, auch wenn ich an den übrigen Tagen der Woche alles zu tun scheine, um das Gegenteil zu beweisen. Ich weiß nicht, was ich mit diesen Lügen anfangen soll. Es ist, als wüßte ich nicht, wo meine anfangen und die der anderen enden, was ich mit wem klären soll. Es ist, als würde ich einfach allen Dingen ihren Lauf lassen, als würde ich mein eigenes Schicksal nur desinteressiert betrachten, ein Schicksal, das anfängt, alles andere als beneidenswert zu werden. Was mich zusammenhält, ist meine Arbeit, aber vor der Freizeit graust mir. Ich versuche so viele Überstunden zu machen, wie ich nur kann; Desirées Tag beginnt erst in der Nacht: Ich kann nicht entkommen.

Morgens betrachte ich mich selbst im Spiegel, und ich muß mich daran erinnern, daß ich Klara bin, ein kleines Weilchen noch. An dem Tag, an dem ich es nicht mehr weiß, werde ich direkt durch den Spiegel gehen und auf der anderen Seite heraussteigen können, und dann gibt es mich nicht mehr. Wenn ich daran denke, packt mich zuerst Angst, danach bin ich erleichtert. Dann wird es endgültig vorbei sein. Manchmal kommt es vor, daß ich mich selbst in einem Bus wiederfinde, der im Kreis durch die

Stadt gefahren ist, ich habe vergessen auszusteigen, und nur ein Gedanke bringt mich dazu, es noch zu tun: Es ist bald vorbei. Magnus ist ein Zufluchtsort. Klas ist ein Clown, genau wie ich. Magnus ist der Ort, an dem ich nicht kaputtgehe. Er wacht über mich: Er ist der einzige, der Bescheid weiß. Er soll dafür sorgen, daß eine allzu verletzliche und leicht zu manipulierende Klara sich verwandelt in eine unantastbare Frau – die auch ein wenig böse ist, denn das bist du –, eine Frau wie Saskia. Er wird mich richtig führen. Ich sehe keinen anderen Ausweg.

Magnus macht sich Sorgen um mich. Ich bemerke es daran, daß er mir, wenn ich komme, am liebsten die Hand auf die Schulter legen möchte, sie statt dessen aber ein wenig verloren in der Luft hängen läßt. Er weiß, daß sein Verhalten zu mir nicht so ist, wie es sein sollte.

»Ich bin so müde«, sage ich zu ihm, es ist das erste, was ich sage, nachdem wir eine kleine Ewigkeit geschwiegen haben.

»So unendlich müde«, wiederhole ich nickend, und es ist beruhigend, es einfach nur gesagt zu haben.

»Dann schlaf doch, Klara.«

»Und wache zu etwas Neuem auf?«

»Ja.«

»Ich weiß nicht, wie man es macht. Nicht, solange ich bin, wie ich bin. Ich werde hin und her geschleudert, von dem, was andere wollen, und wenn ich versuche, das zu durchbrechen und herauszufinden, was ich selbst will, entdecke ich nur, daß die Person, die Klara ist, verschwindet. Allein bin ich überhaupt niemand mehr.«

»Zusammen werden wir es schaffen«, sagt Magnus, und es klingt eher, als wollte er sich selbst beruhigen und nicht mich.

Er läßt mich reden. Es ist mir egal, daß ich nicht mehr zusammenhängend spreche. Mal rede ich von dir, Saskia, mal von Desirées Zwiespältigkeit, dann von Papa, der verfemt worden ist, von Mama und ihrer Einsamkeit, von Gustavs Haß und Henriks Kälte, von Klas' Winzigkeit. Alles dreht sich immer schneller, und es ist fast angenehm, daß die Worte sich überschneiden, daß auf Momente der Klarheit völlig Unsinniges folgt. Ich glaube, Magnus' Mentor hätte es nicht zugelassen, daß sich die Sache so entwickelt. Magnus weiß das, ich habe auch ihn ratlos gemacht. Ihn besonders.

»Klara, ich ... bitte«, unterbricht er mich, als die Zeit schon längst abgelaufen ist.

Ich schrecke auf, sehe mich im Zimmer um, denke, bald werde ich zur Arbeit fahren, wo ich gebraucht werde, wo es Akten gibt, in denen geschrieben steht, was ich tun soll. Denke – noch bin ich intakt –, daß du, Saskia, und Magnus, daß ihr mir helft. Ich stehe auf und gehe in die falsche Richtung, weg von der Tür, und lande statt dessen direkt vor Magnus, der an seinem Schreibtisch steht. Wir sehen uns lange an. Nur das. Niemand hat mich jemals so angesehen. Ich weiß nicht, ob schon einmal jemand es so gut mit mir gemeint hat. Schließlich räuspert er sich.

»Ich weiß, daß ich es nicht tun sollte, daß ich vermutlich noch mehr Fehler als diesen einen gemacht habe und daß ich dich woandershin schicken sollte, aber ich kann nicht ... Jedenfalls«, fährt er fort, »will ich dir meine Privatadresse geben. Nur sicherheitshalber.«

Ich nicke.

»Damit du weißt, wenn bei dir was verkehrt läuft, dann kannst du irgendwohin. Wenn du nicht klarkommst. Irgendwie.«

»Es ist wohl bald vorbei, Magnus. Auf die eine oder andere Weise. Es muß aufhören.«

Ich drehe mich um, aber er hält mich an der Schulter fest.

»Da ist noch was«, sagt er leise.

Er wühlt in seiner Schreibtischschublade, zwischen Stößen von Papier, alten abgekauten Bleistiften und neuen Blöcken, und zieht dann die nächste Schublade auf.

»Hier«, sagt er, wobei er eine kleine Schachtel herausnimmt und sie aufmacht.

Drinnen liegen kleine eiförmige Steine in verschiedenen Farben, sortiert nach Gesteinsarten.

»Die habe ich vor vielen Jahren in Sambia gekauft. Ich weiß noch, ich habe gedacht, daß ich manchmal einen Stein nehmen, ihn in die Tasche stecken und dann in der Hand halten könnte, wenn ich vor einer schwierigen Aufgabe stünde. Eine Sache, an der man sich festhalten könnte. Ein paar sind schon verschwunden, wie du siehst«, sagt er und wird überraschend rot.

Ich nicke.

»Ich möchte dir einen geben.«

Ich nehme einen grünen Stein aus der Mitte der Schachtel. Er ist klein und ganz kühl auf meiner Handfläche. Ich umschließe ihn mit der Hand.

»Du vergißt es nicht? Wenn es schwierig werden sollte, hast du ihn dann bei dir?«

»Nein, Magnus, ich vergesse es nicht.«

Ich gehe aus dem Haus, die Kälte schlägt mir entgegen, es riecht wie immer nach Straße, Abgasen und gefrorenem Hundeurin. Ich gehe straßauf und straßab, und die ganze Zeit umschließt meine Hand den Stein.

Es kann nicht mehr lange dauern.

Deine Schwester.

19

Juli 1984

Saskia,
es heißt, daß Desirée eine neue Freundin hat. Das bekommt mir gar nicht: Es tut mir weh. Ein neuer Keil, eine neue Situation, eine neue Herausforderung. Dennoch begreife ich irgendwie: wenn sie ihr Versprechen bricht, kann ich es eines Tages vielleicht auch tun. Ich würde all das hier hinter mir lassen können. Ohne Zwillingsseele, ohne diesen hartnäckigen Willen, andere vor dem Untergang zu retten, ohne Schwester sein zu müssen: frei.

Ich arbeite jetzt viel, jage meinen eigenen Schatten. Ich schwelge zu später Nacht in grandiosen Plänen und Konzepten, und niemand kann mich stoppen. Vielleicht Magnus, zu ihm gehe ich stets, egal ob ich geschlafen habe oder nicht, egal ob wir über etwas Wichtiges sprechen oder nicht. Manchmal sehen wir uns nur an, so als könnten wir nicht genug davon bekommen. Ihn verwirrt es, mich aber läßt es ruhig werden. Dort ist der einzige Ort, an dem ich ganz ich selbst sein kann. Die heilige Dreisamkeit läuft auf äußerster Sparflamme, und ich bin froh darüber. Klas lebt, wir überleben und wohnen merkwürdigerweise in derselben Wohnung, Desirée ist nur noch sehr selten dort. Manchmal begegnen Klas und ich uns morgens im Badezimmer, wir sehen uns beinahe nur dann, und er sagt, daß wir uns *aussprechen* müßten, ich antworte, daß dazu später Zeit sei. Später? Ich habe keine Zukunft, nur eine äußerst in die Länge gezogene Gegenwart, in der ich versuche, Boden unter die Füße zu bekommen, bis das hier vorbei ist. Klas sagt, wir müßten über Desirée reden. Ich weiche ihm aus oder sage, wie es ist: daß ich es so unendlich satt habe, über sie zu diskutieren. Er sagt, daß er mich nie belogen habe. Warum ist er dann morgens im Bad so schuldbewußt? Er sagt zu mir: »Liebste Klara, ich bin mehr als die Person, die du siehst. Ich bin viel mehr als das.«

»Ich verstehe, Klas.«

»Aber?«

»Warum sehe ich es dann nicht?«

Ich glaube nicht, daß ich *an dieser Beziehung arbeite*, und ich *investiere* auch keine *effiziente Zeit*, wie es in den Artikeln zur Paarbeziehung heißt. Der Sprachgebrauch ähnelt sehr demjenigen, den ich von meiner Arbeit kenne: Kontakte, Zeitpläne, Projekte, Zielstellungen. Ich nehme an, dahinter steckt eine Absicht, wir sollen uns vielleicht nicht allzu verwirrt fühlen, wenn wir zwischen Arbeit und Freizeit hin und her geschleudert werden.

Und ich arbeite. Noch einen Abend bis weit nach Mitternacht, und der Pförtner an der Rezeption ist ersetzt durch Schlüssel und Alarmkodes. Meine Chefin bittet mich, die Sache ruhiger anzugehen, das sei es nicht, was sie mit *Entwicklung* gemeint habe, und sie erhöht mein Gehalt, doch darum geht es nicht. Ich will nur kein Privatleben haben. Ich habe das Haus abgeschlossen und laufe durch die schläfrige Stadt, hier und da leuchtet eine Lampe, und ich sehe an den Silhouetten hinter den Fenstern, daß es, genau wie ich, verlorene, schlaflose Menschen sind, die, weil ihnen die Ruhe fehlt, dort stehen. Manchmal habe ich große Lust, ihnen zuzuwinken, so als wollte ich sagen: »Ich weiß, wie es dir geht. Ich kenne deine Schritte und habe deine Atemzüge gehört. Ich weiß alles über dein Grübeln, dein stetiges Wenn und Falls.« Deshalb laufe ich auch zu dieser späten Stunde hier herum, deshalb jage ich meinen eigenen Schatten.

Doch ich gehe weiter zum Zentrum der Stadt, und meine Füße bewegen sich von selbst, und ich weiß genau, nach wem ich mich sehne, es ist nicht Klas. Ich gehe gegen meinen Willen, trotz meines Willens, denn in der

Liebe – wenn sie wie die unsere ist – bleibt jede Vernunft unerheblich im Vergleich zu dem, was die wenigen Stunden an Nähe geben können. Daran ist nichts Lebensbejahendes, Saskia. Wir wissen es beide: daß es Todesverachtung ist, in die ich hineingezogen werde, daß eine von uns, Klara, Desirée oder Saskia, schließlich gezwungen ist zu sterben. Daß es so kommen muß. Ich weiß es bereits.

Ich finde das Auto der beiden vor einem diskreten, privaten Nachtklub. Der Wagen ist nachlässig geparkt, und ich weiß, sie werden einen leicht zu beeindruckenden, angetrunkenen Menschen überreden, sie nach Hause zu fahren, so daß, falls etwas passiert, oder vielleicht richtiger, *wenn* etwas passiert, die Schuld nicht in erster Linie bei ihnen liegt. Ein anderer ist für die Folgen verantwortlich, während Desirée das bekommt, was sie schon die ganze Zeit erhofft: das ersehnte Ende. Ich weiß es, denn ich bin dabeigewesen. Ich habe Desirées Hand gehalten, und ihr Gesicht hat geglüht vor Faszination, wenn das Auto eine Geschwindigkeit erreichte, wo es nicht länger nur um unser Leben ging, sondern auch um das anderer. Ich habe geglaubt, die Ereignisse aufhalten zu können, sie durch meine Anwesenheit abzuschwächen, der Bremsklotz zu sein. Wenn es doch nur so wäre. Saskia, wie üblich fällt es mir schwer, den Mund aufzumachen. Wegen unseres Versprechens bin ich schwach und machtlos und lasse alles geschehen.

Ich gehe in den Klub und sehe Henrik mit ein paar älteren Herren reden. Desirée tanzt mit einem vor Verliebtheit ganz verwirrten Mann, hin und wieder macht sie eine Pause und geht zu ihrer neuen Freundin, um mit ihr zu reden. Es ist Carolina, ich kenne sie von unseren ewigen Gesprächen im Café. Sie schaut weg, als ich hereinkomme, flüstert Desirée etwas ins Ohr, und ich weiß, daß auch sie Desirée raten wird, wie sie ihre Probleme lösen soll. Daß sie glaubt, sie allein kann diese Verwandlung bewirken. Zwei Freundinnen, die sich *alles* gestanden haben. Merkwürdigerweise kann ich darüber lächeln. Ich weiß, wie Desirée das jetzt genießt, und ich weiß, daß sie es noch mehr genießen wird, genau das Gegenteil von dem zu tun, was Carolina ihr rät. Hinterher erwartet sie Treue und Vergebung der Sünden, damit sie frisch und rein von neuem beginnen kann. Saskia, ich kenne diese Schwester in- und auswendig. So wie ich dich kenne.

Das begreife ich jetzt. Im Gegensatz zu mir kennt Desirée nicht diese ewige Sehnsucht, ihren Zwilling wiederzufinden, erneut jemanden lieben zu können wie eine Schwester. Sie wollte nie einen, der ihr das Leben rettet, während sie es für den anderen tut. So wie wir es uns versprochen hatten. Desirée will nur jemanden, der ihr hilft zugrunde zu gehen. Sie braucht einen Verräter: Sie braucht mich. Ich kenne den Preis für den Verrat genau. Glaub mir, Saskia, es wird nicht noch einmal geschehen.

Ich setze mich neben Henrik. Er wirft den Männern einen Blick zu, und sie stehen auf und gehen. Henrik küßt mich flüchtig auf die Wange, winkt für jeden einen Drink heran und öffnet dann seinen Aktenkoffer.

»Ich habe zwei neue Pistolen gekauft, die ich dir zeigen will, Klara. Zwei völlig identische für Desirée und mich. Sehr passend, findest du nicht?«

Ich weiß nicht, ob ich lachen soll, ich reibe mir statt dessen die Augen, es ist zu unwirklich. Indem er auf den Koffer klopft, ruft er durch den Saal: »Eine für dich, Liebling, und eine für mich! Stimmts?«

Desirée lacht und wirft ihm eine Kußhand zu, dann dem Mann, den sie verhext hat, und schließlich Carolina, die verwirrt lächelt.

»Ich habe das Gefühl, du hängst sehr an Desirée, ist doch so?« fragt Henrik.

Erst jetzt merke ich, daß er betrunken ist, was bei ihm selten der Fall ist, und daß ihn das gesprächig macht und irgendwie transparent.

»Ich nehme es an.«

»Deshalb will ich dir eine Geschichte erzählen. Ich habe es für selbstverständlich gehalten, daß du begriffen hast, aber Desirée sagt, du bist naiv, du bist jemand, den man beschützen muß. Ich finde, damit sollte jetzt Schluß sein.«

Ich sehe ihn verständnislos an.

»Weißt du, wie ich die Familie Cronenfelt kennengelernt habe?« fragt Henrik ungerührt. »Das war 1955 in Nairobi, also Kenia. Ich war dort ganz neu, aber die Cronenfelts hatten seit 1940 da gewohnt. Desirée war damals erst vier Jahre alt. Du kennst Gustavs Hintergrund?«

»Nur vage«, sage ich.

»Gustavs Vater, der Großvater von Desirée, war mit einer reichen Russin verheiratet, die dem Zar nahestand. Papa Cronenfelt, also der ältere, machte Anfang des Jahrhunderts große Geschäfte in Rußland, durch die Kontakte seiner Frau. Unser Gustav war noch ein Kind, als die Revolution ausbrach. Die Familie verlor beinahe alles und sah sich gezwungen, wie so viele andere aus dieser Gesellschaftsschicht, ihr Heil in der Flucht zu suchen. Leider wurde die Sache sofort entdeckt, sie hatten es besonders ungeschickt angestellt, weil sie viel zuviel mitnehmen wollten. Mitten in dem Tumult und der Gesetzlosigkeit mußte Gustav mit ansehen, wie seine Mutter hingerichtet wurde. Aus irgendeinem unklaren Grund ließ man den halbschwedischen Jungen zusammen mit seinem Vater entkommen. Völlig verarmt erreichten sie Schweden.«

»Daher der Haß.«

»Daher der Haß gegen den Kommunismus in allen seinen Formen, ja. Der Vater starb kurz darauf vor Kummer, wie es so schön heißt, aber wohl eher am Alkohol, doch ist das vielleicht dasselbe«, fuhr Henrik fort.

Das alles klang bei ihm, als wäre es aus der Wochenschau, und ich weiß nicht, was falsch ist und was die Wahrheit.

»Gustav wuchs heran und lernte Eleonora kennen, die aus einer viel vornehmeren Familie stammte als er, aber auch er hatte ja schließlich einen Namen – und was für eine abenteuerliche Vergangenheit –, und jetzt bekam er obendrein Geld in die Hände. Die Familie erhielt ein Startkapital, um sich nach Kenia zu begeben und dort ihr Glück zu finden. Anfangs gelang es Gustav tatsächlich, mit Kaffee ein bißchen Geld zu machen. Aber die Preise fielen, und seine große Kaffeeplantage verkam.«

»Und das Geld von Eleonora?«

»Das verschwand ebenfalls, irgendwie rann es ihr durch die flinken Finger. Ich weiß nicht genau, wo es geblieben ist. Aber als ich die Familie in Kenia kennenlernte – wir sind natürlich auf irgendeine entfernte Weise verwandt –, war sie ziemlich bankrott, ja, natürlich nicht nach außen hin.«

»Ich verstehe«, sage ich und denke an die Menschen, die ich bei der Beerdigung getroffen habe, an die Atmosphäre in Desirées Elternhaus: Stil ist wichtiger als alles andre.

»Also haben Gustav und ich unsere Zusammenarbeit begonnen, um, wie Gustav es ausdrückte, ›die Welt vor dem Kommunismus zu schützen‹. Wir wollten mit Afrika anfangen, wollten dafür sorgen, daß sich die Kolonialländer nicht befreien konnten. Als diese dann doch selbständig wurden, verfolgten wir natürlich das Ziel, sie ganz fest an die USA und den westlichen Kapitalismus zu binden.

Wir traten einer Menge Bruderschaften bei, die über die ganze westliche Welt und vor allem die USA verbreitet sind, wo Geld für derartige Tätigkeiten nie zu versiegen scheint. Das Ganze ist fast zu einer illegalen Geschäftsaktivität geworden, mit Zeitungen, Trainingslagern, Netzwerken und Waffendepots. Ich selbst war nur am Geld interessiert.«

»Und Gustav?« frage ich, und erst jetzt fange ich an zu begreifen, was er da erzählt, wovon die Familie gelebt hat, was alle anderen gesehen haben außer mir.

»Er war wirklich loyal. Als die sechziger und siebziger Jahre kamen, arbeiteten wir beide als Agenten für verschiedene amerikanische und europäische Waffenfabrikanten, die daran interessiert waren, Waffen an die Länder der dritten Welt zu verkaufen. Wir reisten von einem Land ins andere und knüpften Kontakte zu den Regierungen, während wir gleichzeitig dafür sorgten, daß die Bedrohung durch die Nachbarländer und durch die kommunistischen Staaten aufgebauscht wurde. Der Verkauf kam in Gang, die dritte Welt gab phantastische Beträge dafür aus. Zu unserer Arbeit gehörten Bestechung, Erpressung und, wenn es nötig war, auch Spionage. Schmuggeln brauchten wir nur selten, doch bei Bedarf taten wir selbst das, wie zum Beispiel nach Beirut, weil die westlichen Regierungen die moralische Verantwortung dafür übernommen haben, daß nicht in kriegführende Länder exportiert wird. Ich verstehe diese Art zu denken nicht, Waffen sind nun mal zum Töten da«, sagt er und zuckt mit den Schultern. »Für uns war das jedenfalls kein Problem, wir fälschten die Namen der Endbezieher und exportierten über dritte Länder. Aber Gustav war seinen Idealen treu und vor allem daran interessiert, Gruppierungen wie RENAMO in Mosambik mit Waffen zu versorgen für ihren Kampf gegen das, was wir kommunistische Regime nannten. Das war natürlich reiner Unsinn, das wußten die meisten von uns. Gustav aber nicht.«

Er hat jetzt Feuer gefangen, es ist fast, als würde er sich großtun, der Alkohol hat ihn fest im Griff, und außerdem irritiert ihn irgend etwas, das er zu vergessen sucht. Seine Hände, die sonst ruhig neben ihm liegen, fahren nervös durch die Luft. Da gibt es etwas, das er mir sagen will, aber sein Gehirn scheint nicht den kürzesten Weg dahin zu finden.

»Ich verstehe«, sage ich und denke, daß er nichts von meinem Engagement weiß, nichts über meine Verbindungen zum südlichen Afrika.

»Ich selber fand es unwesentlich, wer die Waffen bekommt und woher. Das mit dem Kommunismus kontra Kapitalismus war doch meist nur eine rein rhetorische Frage, wir, die wirklich Geld daran verdienten, wußten das natürlich. Den einen Tag konnte ich einer europäischen Regierung helfen, Waffen nach Südafrika zu exportieren, völlig gesetzlich, indem ich ihr die Schlupflöcher zeigte, und auf diese Weise konnte sie allzu große Proteste im eigenen Land vermeiden. Gab es trotzdem Proteste, sagten die Politiker immer: Die Waffenindustrie versorgt uns mit Arbeitsplätzen, wer will die Verantwortung übernehmen, die Leute arbeitslos zu machen? Was sie meinten, war: Wenn nicht wir die Waffen verkaufen, tut es ein anderer.«

»Henrik, natürlich wollen die Leute Arbeit. Aber doch nicht zu jedem Preis.«

»Und zu welchem Preis dann, wenn ich fragen darf? Wie setzt man Landminen im Süden ins Verhältnis zu Arbeitsplätzen im Norden? Wie soll man deiner Meinung nach rechnen? U-Boote an Diktaturen, aber nicht an Länder, die Krieg führen? Erklär mir das!«

Ich kann ihm darauf keine Antwort geben.

»Na also. Sieh mich nicht so an. Ich bin nur der Überbringer der Nachricht, die Mittelsperson.«

Er winkt uns erneut einen Drink heran. Ich wage nicht zu blinzeln, aus Angst, daß meine Augen überlaufen.

»Wie gesagt, den einen Tag nach Südafrika, aber schon eine Woche später konnte ich die andere Seite mit Waffen versorgen. Natürlich nicht auf direktem Wege, sondern über meine Kontakte. Mir machte das nichts aus, und Gustav wußte nichts davon. Er kämpfte gegen den Kommunismus wie gegen Windmühlenflügel und war froh, dabei ein nettes Sümmchen zu verdienen. Er verstand wohl nie, wieso wir so viel Geld machen konnten.«

»Du hast ihn betrogen.«

»Überhaupt nicht, er hat sich selber betrogen.«

Wir sitzen jetzt schweigend da. Er macht mir angst, doch noch mehr macht es mir angst, wie wenig ich selbst habe sehen wollen. Zugleich begreife ich, daß ich jetzt die Chance habe, wirklich etwas zu tun. Ich versuche mich zu konzentrieren, überlege, was man auf unseren Zusammenkünften gesagt hätte, wie ich handeln könnte. Das aber ist ungewohnt für mich, obwohl ich nur allzu oft die Folgen gesehen habe, die das Tun dieser Menschen hatte.

»Und der Betrieb läuft weiter?« frage ich und versuche, uninteressiert zu klingen, als redeten wir über irgendeine Kette mit Konfektionsartikeln.

»Nicht für Gustav, ich glaube, er hat einfach seine Illusionen verloren. 1975 sind die Cronenfelts hierhergezogen, und seitdem haben sie von den Zinsen auf großem Fuß gelebt.«

Er zuckt die Schultern.

»Ein Phantast weniger. Aber diese Utopien waren vielleicht nicht soviel wert, wenn man es genau nimmt.«

»Und du selbst?« versuche ich es noch einmal.

»Ich mache damit weiter, mal die eine, mal die andere

Seite mit Waffen auszurüsten. Es amüsiert mich zu sehen, wie sich das Spiel ein bißchen verschiebt. Das bringt vielleicht nicht genausoviel Geld, aber ich habe meinen Spaß daran.«

»Du tust es also nicht aus irgendwelchen moralischen Gründen?«

»Die kann man sich bei meiner Arbeit nicht leisten. Ich gelte als ein Mann von Ehre, und so soll es bleiben.«

»Von Ehre?«

»Ja, ich halte mein Wort. Gegenüber dem jeweiligen Auftraggeber. Und ich hinterlasse keine Spuren.«

Wider besseres Wissen rutscht mir raus: »Trotzdem sitzt du jetzt hier und redest mit mir.«

Er wird ein wenig nüchtern, stellt sein Glas ab, wischt sich mit der Serviette über den Mund und setzt sich ein bißchen gerader hin. Ich schüttle den Kopf und lache.

»Als ob ich mich um so was kümmern oder es überhaupt verstehen würde.«

Er schaut mich lange an und sagt nichts. Ich tue so, als suchte ich Desirée, und gähne dann. Er entspannt sich ein wenig, scheint in seine Erinnerung zurückzukehren. Er weiß nicht genau, wie er mich einordnen soll, doch wahrscheinlich nicht unter diejenigen, die solche Gespräche weitererzählen. Und wenn doch: An wen denn? Und mit welchen Beweisen? Er beschließt, mit seiner Rede fortzufahren.

»Willst du wissen, wie man die Dinge hier in der Welt ins Rollen bringt? Laß mich dir skizzieren, wie sich das verhält. Eine Gruppe Leute, die Macht und Verbindungen in der Industrie hat, fängt an, für einen Krieg zu agitieren, am besten ein Stück von zu Hause weg, damit man ihn nicht gleich vor Augen hat. Wenn die Bevölkerung lange genug aufgehetzt worden ist – glaub mir, das braucht nicht viel Zeit –, schickt man das Kanonenfutter raus. Das sind, entschuldige, solche wie du, deine Brüder. Ziemlich bald begreift das Volk, daß es hinters Licht geführt worden ist, aber dann ist es zu spät. Sie müssen sich rächen, einen Bruder rächen, eine vergewaltigte Schwester, eine in Fetzen gerissene Mutter, eine zerbombte Heimatstadt. Zum Schluß läuft der Krieg von ganz allein weiter, ist die einzige Art, wie man noch leben kann. Derweil wir, die die Macht haben und die richtigen Kanäle besitzen, unglaublich viel Geld verdienen.«

»Es ist nicht so, wie du es beschreibst«, flüstere ich.

»Dann erzähl mir doch, wie die Dinge liegen, Klara. Laß deine Erfahrungen hören!«

Aber ich habe keine. Keine anderen, als daß ich die Opfer gesehen habe, ich habe die Menschen hinter all dem gesehen. Saskia, ich habe solche wie dich und mich gesehen, die versuchen, ihr Leben so ehrlich wie möglich zu gestalten. Und wir alle brauchen uns solche Gespräche nicht anzuhören, ja nicht einmal zu wissen, daß es sie gibt. Dann durchfährt mich der Gedanke, und er bereitet mir Übelkeit: *Aber ich tue es.*

»Dann gibt's da eine Zivilbevölkerung, die alles mögliche braucht«, redet Henrik weiter, ohne sich um meine ausgebliebene Antwort zu kümmern. »Wir versorgen sie zu Wahnsinnspreisen. Danach müssen Städte und Industrien aufgebaut werden, und da sind wir wieder da, denn bei uns hat sich das Geld angesammelt. Wir bauen, wir reißen ab, alles wiederholt sich. Ich bin überzeugt, daß jemand wie ich eines Tages Räumgeräte zum Beispiel nach Mosambik liefern wird für genau dieselben Minen, bei deren Verkauf ins Land ich geholfen habe.«

Ich zucke unfreiwillig zusammen.

»Für dich bin ich ein Ungeheuer, Klara, das bin ich für euch alle. Doch sind es Leute wie ich, die für Arbeitsplätze sorgen.«

»Und das läuft«, ist das einzige, was ich sagen kann.

»Nicht nur das, es läuft glänzend. Und das Merkwürdige ist, daß keinerlei Veränderung zu kommen scheint. Ich bin ja jetzt schon eine Weile dabei und habe nicht eine Generation erlebt, die dem widerstehen konnte.«

Dann sieht er mich an.

»Aber komm mir jetzt nicht mit irgendwelchem entrüsteten Geschwafel, daß ihr Frauen keine Schuld daran habt, sondern nur Opfer bei dem Spiel seid. Laß es mich so ausdrücken: Wie könnt ihr, bei all eurer Entrüstung, es zulassen, daß es eine Rüstungsindustrie in eurem eigenen Land gibt? Ich weiß, was du denkst: Warum muß gerade ich diesem Menschen zuhören? Es ist dein Fehler, Klara, und der von vielen deinesgleichen, daß ihr nicht auf die Probe gestellt worden seid, so wie ich, so wie Desirée. Ihr habt mit euren Illusionen über die Welt in einem hermetisch abgeschlossenen Raum gelebt. Ich hätte nichts dagegen gehabt, selbst dort zu leben. Aber das Leben wollte es nicht so.«

Ich schließe die Augen.

»Es ist leicht, irgendwelche Ansichten zu haben«, sagt er und klingt ein wenig mitleidig. »Die habe ich auch, über alles andere. Doch nicht über Geschäfte. Und wenn das menschliche Bedürfnis nach Komfort wirklich *bedroht* ist, hören die meisten auf, soviel zu denken. Ich hatte unzählige Menschen um mich herum, und alle haben sie gewußt, woher das Geld kommt. Zunächst sind sie entrüstet, dann gewöhnen sie sich an die Annehmlichkeiten.«

»Und Desirée?« flüstere ich, obwohl ich es nicht sollte.

»Sie hat es immer gewußt. Sie ist eine kluge Frau, und wir haben ihr Geld gut angelegt. O ja, sie weiß Bescheid.«

»Aber nicht über das von Gustav.«

»Sie hat auch immer über seine Geschäfte Bescheid gewußt. Ich glaube, er tut ihr leid, weil er die Sache nie richtig durchschaut hat. Ja, sie wollte sich um ihn kümmern, ihn schützen, auch vor ihrer Mutter. Nun, jetzt hat sie ihn für sich allein. Das ist vielleicht genausogut.«

Das Licht im Saal ist angegangen. Ich schaue auf die Uhr, es ist halb acht Uhr morgens. Henrik reckt sich ein wenig, und ich sehe, daß er nach einem Fahrer für die Heimfahrt Ausschau hält. Er steht auf, ich tue das gleiche. Er betrachtet mich lange, denn er glaubt zu wissen, daß ich jetzt aus dem Spiel bin.

»Ich habe dir das Ganze aus einem einzigen Grund erzählt. Du sollst nie darüber im Zweifel sein, wer Desirée wirklich ist. Mach dir keine Illusionen dort in eurer kleinen Wohnung, damit du nicht dauernd hierhergerannt kommen mußt, um sie zu retten.«

»Ich verstehe.«

»Mach dir auch keine Illusionen darüber, die Heldin zu spielen. O ja, ich habe dich mit deinen Fackeln laufen sehen und habe Geld in deine Büchsen gesteckt. Du kannst nichts tun, um an jemanden wie mich ranzukommen. Wir beide haben Worte ausgetauscht, das ist alles. So wie ihr beide, Desirée und du, es immer tut.«

Er schließt den Aktenkoffer, in dem die Pistolen liegen. Während dieses ganzen Gesprächs, das mir ungeheuerlicher erschienen war als irgend etwas anderes in meinem Leben, hatte dieser zwischen uns gestanden. Ehe ich mich umdrehe, um, wie er glaubt, endgültig zu gehen, bitte ich um eine Sache.

»Ich möchte dich nur noch etwas fragen, Henrik. Warum bleibst du bei Desirée?«

»Sie amüsiert mich«, sagt der Mann von Ehre, wobei er ein bißchen zu rasch zusammenzuckt. »Sie amüsiert mich, das ist alles.«

Ich nicke, drehe mich um, spüre aber, wie sich seine Hand um mein Gelenk schließt.

»Noch eins«, sagt er, inzwischen völlig nüchtern. »Ich weiß genau, wer du bist und wer zu deiner Familie gehört. Mir sind Dinge bekannt, die Desirée nicht weiß. Begreifst du, was ich meine?«

Ich gehe geradewegs durch den erleuchteten Saal, in dem die Reste des Abends in Splittern und Haufen auf dem Boden liegen, gehe hinaus auf die Straße in ein Morgenlicht, das im Kontrast zu dem, was hinter mir liegt, unheimlich schön ist.

Ich weiß jetzt mehr, als ich wissen sollte. Das zerfrißt mich von innen heraus, es ist, als hätte ich kein Skelett mehr, als hätte Henrik mir das Mark ausgesaugt. Doch eigentlich hat er nur dort weitergemacht, wo Desirée schon das Ihre getan hatte. Ich habe von all dem profitiert. Davon komme ich nicht los. Saskia, auch wenn es das einzige Mal im Leben ist, jetzt werde ich wirklich nicht nur denken, sondern endlich *handeln*. Dazu habe ich Desirée kennengelernt. Nicht um einen Zwilling zu retten, viele Jahre zu spät. Nicht um mir selbst entkommen zu können, in der Euphorie, einen anderen Menschen gerettet zu haben. Ich werde Henrik das Handwerk legen. Das muß ich einfach tun, auch wenn ich nicht weiß, wie ich es anstellen soll. Doch eins weiß ich von ihm: Er lügt. *Sie amüsiert mich* – er ist zusammengezuckt, als er das gesagt hat, es war das einzige Mal. *Das ist alles.*

Es ist mehr als das.

Klara.

20

August 1984

Meine geliebte Schwester,
es ist Morgen, es ist Abend, die Dunkelheit bricht herein, die Nacht. Es ist der Morgen des ersten Tages, und nichts

kann von neuem beginnen, solange das hier nicht beendet ist. Der Gedanke daran, daß ich Henrik noch einmal begegnen muß, bereitet mir Übelkeit. Dennoch weiß ich, daß es notwendig ist. Das Schlimmste oder vielleicht das Beste ist, daß ich auch Desirée gegenüber Verachtung empfinde. Dennoch muß ich den Weg über sie nehmen, um an ihn heranzukommen. Alle meine Gefühle werde ich beiseite schieben, ich muß kalt und berechnend vorgehen und Dinge tun, zu denen ich mich bisher nicht imstande glaubte. Ich muß wie du werden, Saskia. Nicht mehr lange wird es dauern, dann komme ich.

Desirée muß es geahnt haben. So wie ich sie in- und auswendig kenne, kennt sie auch mich. Sie ist unter keinen Umständen bereit, mich entkommen zu lassen. Eines Samstagmorgens steht sie vor meiner Tür. Klas ist irgendwo anders, ich weiß nicht wo und will es auch nicht wissen. Sie blickt mich mit diesem Hundeblick an, ist völlig ungeschminkt. Sie sieht so schutzlos aus, wie jemand, den man unter seine Fittiche nehmen muß. Aber ich weiß es besser. Nicht deshalb lasse ich sie herein. Wir setzen uns an Klas' Küchentisch, wo wir, wie ich damals glaubte, einmal ein glückliches Trio gebildet haben, wo die Liebe der Kitt war, der Desirée endlich retten sollte. Mit ein bißchen Unterstützung von Magnus. Mit ein bißchen Unterstützung von mir. Wir sitzen uns gegenüber, und ich glaube, daß sie ausnahmsweise einmal nicht richtig weiß, woran sie bei mir ist. Jede von uns ist sich im klaren, daß sie die andere benötigt, aber nicht so, wie wir früher geglaubt haben. Wir haben keine Ahnung, wie wir das Gespräch in Gang bringen sollen, und schließlich sage ich aus reiner Nervosität: »Mir sind eure Geschäfte bekannt, Desirée. Ich weiß, wie das mit deiner Familie ist und womit ihr, du und Henrik, euch beschäftigt.«

Ich erwarte eine große Szene, daß sie um Gnade bettelt

und daß ich zum ersten Mal nicht für sie dasein werde, daß es – verzeih mir – ein Genuß sein wird, sie ratlos zu sehen.

»Das habe ich begriffen, Klara. Und ich bin froh, daß du es weißt. Deshalb bin ich auch hergekommen. Ich brauche deine Hilfe.«

Ich weiß nicht, was ich sagen soll, bin genauso durcheinander wie immer, was ist aus meinen Plänen geworden? Ich war es doch, die die Heldin spielen, die sie im Stich lassen und alles ins rechte Lot bringen sollte, die ...

»Wenn du wüßtest, was ich durchgemacht habe«, sagt sie und sieht mich an, ihre Augen blitzen vor Wut und Irritation. »Du hast es vielleicht nicht sehen und einfach nicht verstehen wollen. Vielleicht war so einer wie Henrik nötig, um dich wachzurütteln. Mein Gott, du bist naiver, als sogar er gedacht hat.«

»Desirée?«

»Wenn du wüßtest, womit ich mich in diesen Jahren tatsächlich beschäftigt habe, während ich gleichzeitig mitten in all dem hier leben mußte. Wenn du es gewußt hättest, vielleicht hättest du mich dann nicht verurteilt. Erinnerst du dich, daß ich gesagt habe, ich werde Geld für die Solidaritätsbewegung beschaffen, dann, wenn wir das hier hinter uns lassen würden?«

Ich nicke.

»Ich hätte das alles schon länger getan. Aber etwas kam dazwischen.«

»Was getan, Desirée?«

»Ich kann es jetzt nicht erklären. Heute abend wird Henrik ein Krebsessen geben. Ich weiß, daß ein paar seiner Kollegen kommen und daß sie ein großes Geschäft abschließen wollen. Ich will, daß du dabei bist.«

»Ich weiß nicht, was ich noch glauben soll«, sage ich nur und schüttle den Kopf.

»Du kannst glauben, was du willst. Aber ich brauche deine Hilfe. Dann ist es vorbei, und du brauchst mich nicht mehr zu sehen.«

Ich schaue aus dem Fenster.

»Klara? Früher bist du meine beste Freundin gewesen. Früher hast du mich geliebt. Komm nur deshalb! Du bist die einzige, die ich bitten kann«, sagt sie mit leiser Stimme. »Komm!«

Was kann ich sagen? Sie steht auf und streicht mir übers Haar. Ich flüstere: »Ich bin so durcheinander, Desirée.«

»Liebste Klara«, murmelt sie. »Liebste Freundin.«

»Ich weiß nicht, was ich tun soll.«

»Ich bin sicher, du kommst heute abend. Du kommst.«

Ich nicke. Ich beuge mich vor und atme dicht an ihrem Körper.

»Ja.«

Ich parke vor Henrik von Rensens Ferienhaus. Dort stehen schon etwa zwanzig Autos, alle von einer besseren Marke als meins. Klas ist zu Hause geblieben. Er sagt, wenn ich gehe, brauche ich nicht mehr wiederzukommen. Ich registriere es apathisch, wie eine Information, die ich vielleicht beachten müßte, doch bin ich unfähig, mich jetzt darum zu kümmern. Als ich gehe, ist sein Blick leer, ich lasse Klas ausgezehrt zurück. Es ist, als hätten Desirée und ich uns das genommen, was wir wollten, und stünden jetzt wie mit einer Pfandflasche da, die wir nicht einmal abzugeben vermochten, um unser Geld zurückzuerhalten. Schmal sieht er aus, wie er da in seinem hellblauen Pyjama mit dem Emblem auf der Brust im Flur steht. Ein kleiner Junge, den ich niemals geliebt habe. Er hätte etwas Besseres finden können, hätte nicht Desirées Empfehlung folgen sollen.

Ich betrete Henriks Haus und gehe auf die Veranda, die zum Meer weist. Aus der Ferne höre ich Pistolenschüsse. Ein Mädchen, das mir entgegenkommt, erzählt, Desirée und Henrik würden draußen um die Wette schießen, mit ihren kleinen praktischen, völlig identischen Pistolen. Sie sagt, den anderen würde es gefallen, denn beide träfen gleich gut. Sie lacht nach jedem Satz, als hätte man sie programmiert. Die Gesellschaft kommt zurück. Henrik sieht mich auf der Veranda stehen und verheimlicht nicht, wie sehr es ihn irritiert, daß ich so beharrlich auftauche. Auch Carolina, die wie ein Tuch an Desirées Arm hängt, kann ihren Ärger nicht verbergen. Desirée lächelt mir nur reserviert zu und nickt. Vielleicht habe ich einen Fehler gemacht. Ich presse Magnus' Stein in meiner Hand. In der Handtasche liegt seine Adresse. Falls. Aber nicht, bevor ich das hier beendet habe.

Wir setzen uns an den Tisch und essen Krebse, die Leute werden immer betrunkener. Einer von Henriks Angestellten kommt heraus und flüstert ihm etwas ins Ohr. Sie schauen beide zur Diele, ich tue es auch. Dort stehen vier Männer. Es ist derselbe Typ Männer, den ich bei Henrik in der Nachtbar gesehen habe. Schweigende, diskrete, gefährliche Männer. Also hatte Desirée vielleicht trotz allem recht. Henrik geht die Typen begrüßen, dann steigen sie die Treppe zum ersten Stock hinauf. Desirée sieht mich an und nickt. Ihre Lippen formen das Wort »Arbeitszimmer«. Ein Weilchen später geht sie ins Haus. Ich proste jemandem zu und singe dieses gräßliche Lied mit, das von dem so tiefen Grab handelt, dann gehe ich ihr nach. Sie sitzt im Arbeitszimmer hinter Henriks Schreibtisch. Mir fällt auf, wie ängstlich sie aussieht. Ohne ein Wort drückt sie auf einen Knopf an einem kleinen Lautsprecher auf dem Tisch. Zunächst bin ich ganz durcheinander, weiß nicht, wessen Stimmen ich höre und woher sie kommen. Aber dann begreife ich, daß es Henriks Stimme ist, es sind Henrik und die fremden Männer, die da sprechen. Vor dem Lautsprecher, mit ihm verbunden, liegt ein kleiner Kassettenrecorder. Das Band läuft, und Desirée sagt: »Sie sind direkt über uns. Henrik besitzt diesen Apparat hier, damit einer seiner Leute mithören kann, falls etwas schiefläuft. Er weiß nicht, daß ich ihn bedienen kann und daß ich hier gesessen habe, wenn seine Männer es nicht taten.«

Ich deute mit dem Kopf auf den Recorder.

»Und der da?«

»Von dem hat er keine Ahnung.«

Wir hören uns das Gespräch an. Für mich ist es fast unmöglich zu begreifen. Sie reden von Waffen, ohne direkt zu sagen, worum es geht. Sie reden von Summen und Frachten, vom Zweck und von Zieladressen, aber es ist eine codierte Sprache, und ich besitze den Schlüssel nicht. Es ist eine Art Englisch, das aus Abkürzungen und Termini für Eingeweihte besteht, und ich weiß nicht, wie irgend jemand das hier verstehen soll.

»Ich besitze jede Menge solcher Bänder. Nicht nur hier aus dem Haus, denn hierher lädt er seine Kontaktpersonen nur selten ein. Aber aus den Nachtbars, Restaurants und Hotelzimmern. Ich habe alles auf Band. Auch meine Gespräche mit ein paar Männern, die ich etwas genauer ausgefragt habe.«

Ich bin beeindruckt, beinahe gegen meinen Willen. Trotzdem muß ich jetzt klar denken. Was sagt sie da eigentlich?

»Du hast erzählt, daß eure Bewegung Geld braucht. Ist das immer noch so?« fährt sie fort.

»Ja, natürlich.«

»Dann werdet ihr es bekommen. Ich habe ja gesagt: Ich halte mein Versprechen.«

»Was willst du tun, Desirée?«

»Ich will alles, was ich habe, der Polizei übergeben, und das wird zur Folge haben, daß wenigstens ein paar dieser Männer nicht so weitermachen können wie bisher. Vielleicht öffnet das den Leuten die Augen darüber, wie alles zusammenhängt, wie viele tatsächlich beteiligt sind. Ich glaube, das wird einen Skandal geben«, sagt sie, und es klingt, als sei sie Mata Hari.

»Und du?«

»Als Sicherheit dafür, daß ich alles übergebe, außer einer bestimmten Geldsumme, will ich eine neue Identität und ein neues Leben haben. In Holland, Klara, in Amsterdam. Wir können von vorn anfangen, du kannst mitkommen.«

»Saskia«, flüstere ich, »Papa«.

»Wir werden genauso wie Saskia, Klara. Verstehst du? Aber ich glaube nicht, daß ich es allein schaffe.«

Ich greife mir an die Stirn, mir dreht sich der Kopf.

»Warte, Desirée. Das reicht nicht. Ein paar Kassetten mit Gerede. Ich glaube nicht, daß man jemanden damit identifizieren oder zu Fall bringen kann. Du hörst doch, wie sie sprechen, sie sagen ja eigentlich nichts. Henrik weiß, was er tut, er würde nie etwas riskieren.«

»Ich habe auch daran gedacht. Und deshalb habe ich dich auch gebeten herzukommen. Ich weiß, daß er heute abend Geld und Papiere entgegennehmen wird. So etwas hat er sonst nie hier, aber gestern hat er gesagt, das würde über Nacht im Tresor bleiben. Ich weiß, wie man ihn öffnet. Dort werden Papiere liegen, die unter anderem als Beweise für Bestechungen von Regierungsbeamten in Europa und auch in der dritten Welt dienen können. Über Waffen, die zum falschen Bestimmungsort gelangt sind, und über Beamte, die absichtlich Lieferungen durchgelassen haben. Über führende Persönlichkeiten, die von Waffenlieferanten bestochen worden sind, um dafür zu sorgen, daß ein bestimmtes Flugzeug eingekauft wird. Henrik hebt solche Angaben auf, um sie benutzen zu können, falls jemand später auf andere Gedanken kommt. Ich werde Kontonummern, Vermerke über Auszahlungen und Bestechungen, ich werde alles haben.«

»Warum erzählt er dir davon? Weshalb hat er dich soviel wissen lassen?«

»Er vertraut mir. Ihm ist schließlich bekannt, daß auch ich ein Teil von all dem bin, er glaubt, ich bin ungefährlich. Du weißt, wie er zu Frauen steht.«

Dennoch begreife ich, daß sie unruhig ist. Mir ist klar, daß er sich nicht einmal bei ihr hätte Blößen erlauben dürfen. Aber kann es sein, daß er sie liebt, daß sie ihn nicht nur *amüsiert*? Daß er sie geliebt hat, schon seit er sie das erste Mal gesehen hatte, damals als sie erst vier Jahre alt und in den Händen von zwei Leuten gewesen war, die nicht imstande waren, sie zu lieben. Vielleicht ist er der einzige, der zu ihr vorgedrungen ist.

Desirée nickt.

»Ich kenne ihn, seit ich denken kann. Mach dir keine Sorgen.«

»Desirée, ich bin nicht so sicher wie du.«

Ich strecke meine Hände nach ihr aus und merke, daß sie zittern. Sie nimmt sie in die ihren. Sie ist jetzt merkwürdig ruhig, ruhiger, als ich sie je gesehen habe.

»Ich habe dich falsch eingeschätzt, Desirée. Verzeih mir.«

»Das macht nichts.«

»Ich habe dich falsch eingeschätzt«, wiederhole ich.

Sie schüttelt den Kopf, sieht plötzlich verlegen aus.

»Vielleicht habe ich mich selber falsch eingeschätzt. Die Frage ist, ob ich damit werde leben können.«

»Ich verstehe nicht.«

Sie steht auf und nickt in Richtung Tür.

»Du mußt jetzt gehen, sie sind bald fertig da oben. Ich hatte mir vorgestellt, daß du schon jetzt Papiere mitnehmen könntest, das war mein Plan, aber es klappte nicht. Geh jetzt wieder nach draußen und iß weiter. Sag dann, du hast Kopfschmerzen, fahr nach Hause und packe, was du brauchst. Fahr zur Insel raus, zum Ferienhaus deiner Mutter. Henrik weiß davon nichts. Kauf Lebensmittel für ein paar Tage ein. Wir verstecken uns zu Anfang dort. Henrik wird glauben, daß wir schon geflohen sind. Dann nehmen wir das Flugzeug nach Amsterdam und gehen dort zur Polizei. Ich habe schon Verbindung aufgenommen. Geh jetzt.«

»Und du?«

»Ich muß heute nacht diese Papiere und das Geld hier rausholen. Ohne die haben wir nichts in der Hand. Wir treffen uns auf der Insel.«

»Aber warum kommst du nicht direkt zu mir nach Hause, oder ich kann dich heute nacht hier auch abholen, dann fahren wir sofort, ich traue dem nicht …«

»Tu, was ich sage, Klara.«

Ich nicke und öffne die Tür, drehe mich um und sehe sie lange an. Es ist eine andere Desirée, die jetzt dort steht. Sie hat keine Angst, bittet nicht, ist nicht am Boden zerstört. Sie weiß genau, was sie tut, und sie ist völlig ruhig in der Gewißheit, daß etwas, worauf sie so lange gewartet hat, jetzt Wirklichkeit wird.

»Leb wohl«, sagt sie merkwürdigerweise. »Leb wohl, Klara.«

»Bis später«, sage ich, »auf der Insel.«

Sie winkt mir, ich solle mich beeilen. Ich tue, was sie sagt. Gehe auf die Veranda, singe noch ein Lied, versuche einen Krebs auszusaugen, obwohl ich den Brauch nie richtig begriffen habe. Danach bekomme ich meine Kopfschmerzen, stehe vom Tisch auf und gehe. Desirée wirft mir nicht einen Blick zum Abschied zu. Carolina lächelt. Ich meine, ich kann es mir leisten zurückzulächeln. Meinen Händen fällt es schwer, den Schlüssel ins Zündschloß zu stecken. Ich lege aus Versehen den dritten Gang ein, und der Wagen macht einen Satz. Ich versuche tief durchzuatmen und fahre dann über die hohe Brücke in die stille Stadt zurück.

Zu Hause schläft Klas. Ich packe meine Sachen ein, meinen Paß, die Kreditkarte, Sparbücher, Tagebücher und Fotos. Mir fährt durch den Kopf, wie wenig ein Mensch doch braucht, um ein neues Leben anzufangen. Ich mache erst dann eine Pause, als ich meiner eigenen dunklen Silhouette im Schlafzimmerspiegel begegne. Mein Gott, was tue ich da? Aber dann denke ich an die zierliche, gefaßte Desirée hinter dem großen Schreibtisch mit dem Kassettenrecorder. Ich packe weiter, bis ich merke, daß sich Klas im Bett aufgesetzt hat.

»Was machst du da, Klara?«

»Du hast gesagt, wenn ich heute abend fahre, brauche ich nicht mehr wiederzukommen. Also, jetzt packe ich. Du bist mich los, Klas.«

»Doch nicht so, wir müssen reden. Das habe ich nicht so gemeint, nicht auf diese Weise. Liebling!«

»Ich fahre jetzt.«

»Und wohin?«

»Desirée und ich fahren weg. Ich weiß nicht, wie lange wir bleiben. Du kannst meiner Chefin im Verlag mitteilen, daß ich hiermit kündige. Vielleicht kannst du sagen, daß meinem Vater was passiert ist. Ich weiß nicht. Oder ich kann auch einen Brief schicken. Mama rufe ich selber an.«

»Wovon redest du, Klara? Du und Desirée?«

Ich gebe keine Antwort, schließe nur den Koffer und

gehe in den Flur. Es ist inzwischen hell geworden. Ich schaue auf die Uhr. Um acht fährt das Frühboot zur Insel. Einkaufen kann ich dort.

»Du und Desirée!« schreit Klas, seine Stimme ist gebrochen, er fühlt sich gedemütigt, und ich verstehe ihn.

»Es ist nicht so, wie du glaubst. Diesmal braucht sie mich wirklich.«

»Genau wie immer«, sagt er nur.

»Du verstehst das nicht«, ist alles, was ich sagen kann.

»Doch, ich verstehe. Die ganze Sache war für euch beide ein Spiel, ihr habt mich zum Narren gehalten. Aber weißt du auch, daß sie mich verführt hat? Das erste Mal, bevor wir beide uns kennengelernt haben, und dann noch einmal danach. Während wir, wie du es gesehen hast, unsere heilige Dreisamkeit hatten. Die ganze Zeit hat sie gesagt, du hättest sie dazu angestachelt, es würde dir Spaß machen.«

Ich erstarre.

»Ja, Klara. Dreh dich nur ja nicht um. Ich kann dir noch was erzählen, obwohl ich ein feiger und verlogener Kerl bin, so ist es doch wahr. Hör jetzt her: Es gibt keine Liebe in diesem Körper, das habe ich gemerkt, keine Begierde, keine Wärme, nicht einmal Leidenschaft. All das, was sie vorgibt, was sie zum Verkauf anbietet. Es ist ein Spiel. Ein Spiel, nur um diese unfaßbare Kälte und ihren Widerwillen zu verbergen. Und ein Mann nach dem anderen glaubt, er könne sie aufwecken, daß er es ist, der sie dazu bringen kann, Liebe zu empfinden und etwas zu fühlen. Genau wie du es glaubst. Es ist entsetzlich. Das habe ich nicht geahnt.«

»Ich will nichts hören, bitte«, sage ich und drehe mich zu ihm um.

»Sie ist ein Nichts. Daß du das nicht begreifst. Ich mag auch nicht viel wert sein, doch habe ich mich wenigstens nie für etwas anderes ausgegeben. Wirklich, Klara, sie hat darauf bestanden, mich allein zu treffen.«

Das gibt mir einen Stoß.

»Du lügst.«

Er steht steif an den Türpfosten gelehnt und streicht sich mit der Hand durchs Haar.

»Ihr habt mich zu dem gemacht, der ich bin. Ihr zwei habt mich dazu gemacht.«

Ich weiß nicht, was ich antworten soll; wie üblich waren es meine Handlungsunfähigkeit, mein Egoismus und meine Schwäche, die andere ins Verderben geführt haben.

»Verzeih mir, Klas«, flüstere ich, »verzeih.«

Er schüttelt den Kopf, seine Pyjamajacke ist zerknittert, und ich möchte ein letztes Mal seinen Arm streicheln und ihn auf die Stirn küssen, aber ich weiß, daß ich es nicht darf. Ich nehme meine Koffer und gehe. Die Schlüssel lege ich auf den Flurtisch. Ich komme nie wieder zurück. Nicht ein Laut ist zu hören, als sich die Tür hinter mir schließt.

Nicht ein Laut.

Jetzt warte ich. Ich bin hier auf der Insel, Saskia. Bald komme ich. Desirée und ich kommen. Wenn Desirée das, was sie versprochen hat, nicht zu Ende führen kann, muß ich es wohl tun. Ich muß erzählen, was ich weiß, darauf hoffen, daß es zu irgend etwas führt. Jetzt ist es jedenfalls vorbei. Mutter kann uns besuchen kommen, an Magnus kann ich vielleicht schreiben. Und nicht mehr getrennt, Saskia, keine ratlose Klara mehr. Ich warte auf dem Steg, und bei jedem Schiff, das kommt, rechne ich damit, ihre Stimme zu hören, sie auf dem Vordeck winken zu sehen. Niemand kommt. Es muß jetzt ein Ende haben, Saskia. Aber ich warte. Es ist das einzige, was ich tun kann.

Ich warte einfach.

21

Es ist mitten in der Nacht. Nein, ich schlafe nicht. Ich versuche jemanden zu begraben, der sich nicht begraben läßt. Falsch, ich habe es zehn Jahre lang versucht, jetzt ist es vorbei. Ich weiß nicht mehr, ob ich noch sicher sein kann, wie ich mich selbst nennen soll. Dieser Sommer nähert sich seinem Ende, und ich habe in meiner und der Vergangenheit anderer gelebt; nein, ich bin nicht mehr dieselbe. Nur eines ist da noch: Wie soll es jetzt mit mir weitergehen? Es gibt Momente im Leben, die scheinen wie Endhaltestellen zu sein, Orte, an denen der Bus nur wendet, um dieselbe Route von neuem zu befahren. Du kannst nicht aussteigen, obwohl du es mußt, weil das Leben sonst bloß aus einer Serie Wiederholungen besteht, bei der du wie eine Kasperpuppe immer dieselben voraussagbaren Sätze herunterbetest. Es gibt kein schlimmeres Gefühl, als daß sich alles wiederholt, du bist nicht Herr über dein Schicksal, du kannst niemals loskommen. Und dennoch: Wir können loskommen. Das ist das Mysteriöse, daß es Wendepunkte im Leben gibt, Brüche, Veränderungen der Paradigmen. Wenn du später zurückschaust, ist es sonnenklar, daß du tatsächlich eine Wahl getroffen hast, daß dein Leben danach in neuen Bahnen verlief.

Ich muß einen Entschluß fassen. Jetzt oder nie, ich weiß es. Was mir Schwierigkeiten macht, ist die Kraft, ich weiß nicht mehr, ob ich sie noch besitze. Jetzt, wo ich sie am meisten benötige, fühle ich mich schwach und schlapp. Dennoch muß es sein. Ich muß die Wahrheit sagen und daraus die Konsequenzen ziehen. Zehn Jahre zu spät. Bin ich reif dazu, habe ich genug Mut? Ich habe keine Wahl. Wegen Malin, wegen Magnus. Aber trotzdem weiß ich, daß ich mich sträuben werde. Vor mir liegt die letzte Seite von Klaras Tagebuch. Sie wartet auf eine Desirée, die niemals kommen wird, und ich will ihr entgegenschreien, sie soll sich ins nächste Flugzeug nach Holland setzen und nicht zurück zu Henriks Haus fahren: Du darfst nicht! Ich kann den Gang der Dinge nicht ändern, ich kann nicht ändern, was notwendigerweise geschehen mußte, was bereits geschehen ist. Klara wartet, so wie ich warte, genau zehn Jahre danach. Wir warten beide auf ein Unwetter, warten beide auf eine neue Identität, eine neue Lebensrichtung, und dieses Sich-Verändern schmerzt mehr, als ich in Erinnerung habe – ich habe vergessen, wie weh es getan hat.

Ich nehme das Tagebuch heraus, das zuunterst in dem grünen Karton liegt, jenem Karton, den meine Mutter direkt neben die Bodenklappe gestellt hatte, so daß ich ihn nicht übersehen konnte. Nein, Mama, ich übersehe nichts, ich habe alles gelesen, obwohl ich dich doch gebeten hatte, die Tagebücher zu verbrennen, diese Erinnerungen zu vernichten. Trotz aller Versprechungen, um die ich dich in jener Nacht gebeten hatte, hast du genau das Gegenteil getan. Ich nehme an, daß Mütter so etwas tun dürfen, daß sie als einzige sagen können: »Du bist meine Tochter, ich weiß besser als du, was für dich gut ist.«

Ich begreife jetzt, was zuunterst in dem Karton, noch unter der letzten Seite, liegen müßte: Desirées Pistole. Wie ein letztes Ausrufezeichen. Ordentlich eingepackt in eine durchsichtige Plastiktüte. Ich hatte sie Mutter damals gegeben und sie gebeten, diese in einen See zu werfen, an irgendeiner Stelle, die nur sie kannte. Doch ich befürchte, Mütter tun nur, was sie selbst wollen. Ich nehme das Tagebuch hoch, und auf dem Boden liegen, genau wie zu Anfang, ein paar weiße Seiten, die ich füllen soll. Liebe Mama, ich weiß nicht, ob ich noch eine Sprache habe, zwinge mich nicht. Ich nehme Blatt für Blatt heraus, bis ich den Boden des Kartons sehe. Dort ist nichts. Keine Pistole, kein Zettel, kein mütterlicher Rat. Sicherheitshalber hebe ich den Karton hoch. Das würde sie mir nicht antun. Das eine aufheben, aber das andere nicht. Oder doch? Ich fange an, zwischen Möbeln und Kartons zu suchen, durchwühle den ganzen Boden, bis ich völlig schweißgebadet bin. Nichts.

An einen Balken gelehnt, sitze ich da und halte den Kopf zwischen den Händen. ›Still ist es im Hause, in den Ecken Wichtel wohnen.‹ Doch ist jetzt nicht Mitternacht, die ist seit langem vorbei. Die Zeit hat mich hinter sich gelassen, ich muß versuchen sie einzuholen. Das Haus ist fast leer, nur Magnus und ich sind zurückgeblieben. Malin wohnt ein paar Tage bei Andrea in der Stadt. Andrea ist eine Frau, die instinktiv weiß, was man am besten zu tun hat. Vorgesehen ist, daß Magnus und ich uns aussprechen und dann gemeinsam zu Adolfsson gehen sollen. Um die Sache zu Ende zu bringen. Wie kann diese Frau mehr wissen als ich? Es ist, als sitze Mama auf meiner einen Schulter und Andrea auf der anderen. Sie flüstern mir zu: »Nun, Liebling, was wirst du machen? Wir warten. Wir rechnen damit, daß du das Richtige tust.« Ich schaue auf die Uhr. Es ist bald sechs, das Frühboot geht halb sieben von der Insel. Wenn ich rasch packe, kann ich gegen halb neun in der Stadt sein, und dann einfach weg, wenn ich nur ... Malin? Sie hat Magnus. Magnus? Er hat mich zehn Jahre lang gehabt. Ich? Ich werde zugrunde gehen. Da ist was mit der fehlenden Pistole, das mich zu Tode erschreckt. Nicht noch mehr Lügen. Genau das sagt es mir. Du entkommst nicht. Es ist jetzt zehn nach sechs. Nur ein bißchen Luft. Damit ich atmen, klar denken kann. Ich steige die Bodentreppe hinunter, packe lautlos ein paar Sachen zusammen und vermeide es sorgfältig, Magnus' schlafendes Gesicht anzusehen. Ich bemerke seine Hand, die auf meinem Kopfkissen liegt, wie um einen Menschen zu beschützen, der sich bereits entfernt. Bald wird er wach werden, spüren, daß das Kissen leer ist, daß ich ihn im Stich gelassen, belogen habe – wieder einmal. Ich will nicht denken, nicht sehen, nicht tüchtig sein. Es tut mir leid, Mama. Es tut mir leid, Andrea. Saskia ist nicht mehr die tüchtige Schwester. Welche Ironie. Und Saskia flieht. Ich schließe die Tür zum Ferienhaus meiner Mutter lautlos hinter mir. Ich wünschte, in mir wäre es genauso still. Die Fähre gibt das Abfahrtssignal, ich renne über die Anlegebrücke und den Landesteg hinauf. Am Horizont meine ich Adolfssons Boot schaukeln zu sehen, als er den morgendlichen Fisch heraufholt. Aber ich, ich bin entkommen.

Zwölf Stunden später stehe ich wieder im Haus. Magnus dreht sich um, als ich hereinkomme, sein Gesicht ist hochrot, das Telefon fällt ihm aus der Hand und wirbelt im Kreis. Sein Hemd steht offen, und dazu hat er Pyjamahosen und seine Lieblingsstiefel an. Er sieht so verloren aus, daß es mir einen Stich gibt. Er flüstert: »Du.«

Ich nicke. Jetzt völlig ruhig. Ich gehe zu ihm und greife nach dem Hörer, der sich wie eine Schlange durch die Luft windet, lege ihn zurück auf die Gabel. Dann nehme ich seine Hand und küsse sie.

»Ich bin hier, Magnus. Ich bin zurück.«

»Du verläßt uns nicht?«

»Ich bin hier. Ich verlasse euch nicht. Verzeih mir.«

Ich schlinge meine Arme um ihn, er hängt an meiner Schulter und zittert, während er mir zusammenhanglos ins Ohr flüstert: »Es spielt keine Rolle, was du getan hast, Schatz. Ich helfe dir. Ich werde nicht mehr fragen. Wir fahren zusammen von hier weg. Und wenn du sonstwas getan hast. Das macht mir nichts. Wir fliehen. Ich rufe deinen Vater an, er wird uns wieder helfen. Wir fangen von vorn an, wir ...«

Ich lege ihm die Hand auf den Mund und wispere ihm beruhigend zu, wie man es mit einem Kind tut, das voller Schrecken aus seinen Alpträumen aufwacht. Er hört auf zu zittern, ich halte ihn eine Armlänge von mir entfernt.

»Ich habe heute etwas Merkwürdiges erlebt, Magnus«, sage ich ruhig, mir ist bewußt, daß ich es schon früher gesagt habe.

Er nickt.

»Jemand hat mich Klara genannt.«

Er ist jetzt genauso ruhig, wie ich es bin.

»Dieser Jemand war Gustav.«

Es wird still. Ich weiß nicht, wie ich es erklären soll. Magnus befeuchtet seine Lippen und sagt, was er sagen muß, so als spreche ein Psychotherapeut mit seinem Patienten: »Und was hast du geantwortet?«

»Ich habe gesagt, ich bin es. Daß ich sie bin. Daß ich Klara bin. Daß ich jetzt hier bin.«

Zweites Buch

22

Amsterdam, Herbst 1984

Ich bin Klara Saskia Mårstedt van Ammer. Ich weiß nicht mehr, wer ich bin. Monate, eine Unzahl von Spaziergängen an namenlosen Kanälen auf der Jagd nach der Person, die ich bin. Endlich bin ich entkommen. Ich weiß nicht einmal, ob es eine Erleichterung ist, das einzige, was ich bei diesem Herumgelaufe spüre, ist ein Gefühl unermeßlicher Leere und Trauer. Es ist, als hätte ich mich diesen Herbst auf der Rückseite des Mondes befunden. Ich bin die Straßen dieser Stadt entlanggelaufen, sie ist die schönste der Welt, das Sinnbild meiner Sehnsucht. Diese schmalen Häuser, die sich dem Wasser zuneigen, die sich müde und schiefgewachsen aneinanderlehnen, gleich dem Lächeln eines Menschen mit etwas unregelmäßigem Gebiß. Nachts dieser glitzernde Schein unter den Brücken, von Lampen, die sie von unten her beleuchten. All die Menschen, die Amsterdam lautstark bevölkern, die durch die Dämmerung radeln, einen Freund auf dem Gepäckträger. Diese vielen Cafés und dieses beständige Miteinander, bei dem wir Fremden uns stets eingeladen fühlen. Hier bin ich immer wieder entlanggewandert, ausgenommen die wenigen Male, als ich meinen Vater in Arnhem besucht habe. Er sagt mir ab und zu, ich sähe besser aus, weniger verwirrt und apathisch, es scheine, als ob ich wieder Konturen bekäme. Manchmal ist seine Frau Susanne dort, manchmal auch nicht. Ich nehme an, ich müßte ihr dankbar sein, da sie diejenige ist, die mir diese neue Identität verschafft hat, weil ich ohne sie überhaupt ein Nichts wäre. Doch bin ich einfach nur müde. Mein Vater entschuldigt mich. Er ist so glücklich darüber, die Tochter zurückzuhaben, daß er jedes Verhalten verzeihen würde. Die Schuld, die er auf sich geladen hatte, scheint endlich gesühnt zu sein.

Langsam bekommen die Straßen Namen. Herengracht, Prinsengracht, Keizersgracht. Ein Kanal nach dem anderen, die wie zusammengerollte Schlangen um das Stadtzentrum liegen. Merkwürdigerweise kann man im Kreis gehen und dennoch durch irgendein kleines Manöver den Nachbarkanal erreichen und noch eine Runde laufen. Es gleicht den Labyrinthen, durch die man als Kind gerannt ist, und bei denen man nie den Mittelpunkt oder den Ausgang fand und ständig schummelte, um überhaupt irgendwohin zu gelangen. Ich bin wieder in der Zeit der Labyrinthe. Ich habe mir eine neue Identität beschafft, ich bin frei, verschwunden, und ich werde mich auf die verschiedenste Weise aus diesen Labyrinthen schummeln müssen, wenn ich entkommen will. Hinter mir habe ich ein Blutbad gelassen. Die Frage ist, ob ich jemals entkommen kann, auch wenn ich durch noch so viele Kreise und Labyrinthe wandere.

Manchmal frage ich Vater, wann Magnus komme, und er sagt: »Bald, bald.« Allein das zu wissen, beruhigt mich. Vater liebte Magnus vom ersten Augenblick an, jenen Mann, der in einer dunklen Augustnacht vor noch nicht langer Zeit hier angerufen und gefragt hat, ob er eine verlorene Tochter zurückbringen dürfe, allerdings brauche er etwas Hilfe dabei. Magnus schreibt auch an mich. Er sagt, er schaffe zu Hause Ordnung, beseitige die Spuren, um mir damit zu einem neuen Leben verhelfen zu können. Es scheint nicht, als schließe er sich selbst in dieses Leben ein. Noch nicht. Ich weiß nicht, ob ich es tue. Nur eines weiß ich: Außer Mama und Papa und Papas Susanne ist er der einzige, der weiß, wer ich bin, wo ich bin. Das weiß ich genau. Und auch, daß seine Anwesenheit mich ruhig macht und meine Gedanken völlig klar werden läßt. Hat er eine Zeitlang nichts von sich hören lassen, ist es, als wäre mein Kopf von einer dicken Schicht Zuckerwatte umgeben, und ich versuche beharrlich, in die Sonne zu blinzeln, um eine Richtung für meine Schritte zu finden. Heren, Prinsen, Keizers. Erneut nehme ich meine Wanderung auf. Magnus schreibt, die Tabletten, die er mir gegeben habe, seien schuld an dem Gefühl, wie durch Zuckerwatte zu laufen, daran, daß ich mich von der Welt ausgeschlossen fühle. Ich begreife, daß ich im Funkschatten lebe und daß es lange dauern kann, bis ich zurückkehre und wieder Kontakt aufnehmen kann. Anfangs, gleich nachdem ich mit Vater hier in Amsterdam angekommen war – ich hatte mich geweigert, in Arnhem zu bleiben –, begann Magnus seine Briefe immer mit »Liebe Klara«. Ich bat ihn, mich nicht mehr Klara zu nennen, er solle schreiben, wie es jetzt ist: an Saskia. Eine Zeitlang schrieb er versehentlich weiter an Klara, doch da habe ich ihm nicht geantwortet. Schließlich kamen Briefe an Saskia, »Liebe Saskia«, und etwas später, als er wußte, was ich immer geahnt hatte: »Liebste Saskia«. Klara durfte er nicht lieben, doch bei Saskia darf er es. Er weiß es, ich weiß es.

Ich bin Klara Saskia Mårstedt van Ammer. Langsam, aber sicher, als hätten die Spaziergänge geholfen, eine der Identitäten abzutragen, ist nur noch Saskia von Ammer übrig. Manchmal, wenn ich unsicher geworden bin, nehme ich meinen Paß heraus – was Susanne dafür hat bezahlen müssen! –, der in der kobaltblauen Kommodenschublade des Zimmers liegt, das ich ganz oben in einem Haus am Spuiplein gemietet habe. Wenn ich ihn aufschlage, sieht mich mein neues Gesicht an. Das Haar ist kurzgeschnitten, es hat eine andere Farbe – völlig unnötig, sagten Susanne und Vater, aber ich bestand darauf –, durch die Tabletten sind die Augen etwas weiter geöffnet, und unter dem Gesicht steht der Name der Person, die eigentlich immer diejenige hätte sein sollen, die überlebt hat: Saskia van Ammer. Wiedererstanden nach so vielen Jahren, endlich hier, um ein Leben zu leben, das ein Ziel, einen Sinn, eine Richtung hat – im Unterschied zu dem von Klara. Klara, die Tod um sich verbreitete. Klara, die nicht nein sagen konnte, Klara, die Menschen an sich zog, welche nie das Leben wollten und die sich dann unter Druck gesetzt fühlten, wenn sie beharrlich an ihnen festhielt. Eigenschaften, die Menschen letztendlich den Tod brachten.

Ich will nicht denken, also gehe ich spazieren. Eine Brücke, ein Kanal, ein Hausboot voller grölender Menschen, ein Hund, der in einen Kanal gesprungen ist und begeistert hin und her schwimmt, eine Ente, die zu singen scheint, ein Boot tuckert vorbei, ein Auto hupt, ein Fahrrad ohne Hinterreifen – was auch immer, doch nicht an das denken, was geschehen ist. Du *mußt* daran denken, schreibt Magnus. Er meint, wenn ich es nicht tue, werde ich die Alpträume nie los. Die Träume von Desirée, in denen ich, genau wie in der Wirklichkeit, draußen auf der Insel auf sie warte, am Ende aber vor Ungeduld aufgebe, meine Tasche packe und in die Stadt zurückfahre. Im Traum glaube ich, daß ich rechtzeitig hinkomme, jemand hat mir gesagt, es hätte keine Eile, denn ich sei es, die Katastrophen abwenden könne. Also statt auf direktem Wege zu Desirée zu fahren, halte ich an allen möglichen und unmöglichen Orten, fahre die ganze Zeit in diesem langsamen, zähen Tempo, in dem Alpträume ablaufen, und ohne jeden Laut. Doch als ich zu Henriks Haus komme, höre ich die Schüsse. Wäre ich nur zwei Minuten, nein, vielleicht nur eine Minute früher gekommen, hätte ich es verhindern können. Ich renne ins Haus, versuche zu schreien, aber natürlich bringe ich keinen Ton heraus, und ich bewege mich durch die Stille zu Henriks Arbeitszimmer, um das zu sehen, was ich schon weiß, was ich auch in Wirklichkeit erlebt habe. Nur eine Minute zu spät, und im Alptraum fange ich an zurückzurechnen: Wenn ich nur nicht dort gehalten hätte, wenn ich etwas schneller gefahren wäre, wenn ich nur …

Ich komme zu mir, als ich vor dem Waschbecken stehe und mir kaltes Wasser über Gesicht und Nacken laufen lasse, das Atmen fällt mir schwer, und ich wünsche mir eine Flasche reinen Sauerstoff. Dann vermag ich wieder Luft zu holen. Im Traum glaube ich, daß man rechtzeitig oder zu spät kommen kann, um Leute zu retten, und die Alpträume handeln immer davon, daß ich dieses Mal einfach Pech hatte. In Wirklichkeit weiß ich es besser. Wenigstens jetzt. Ich konnte nicht rechtzeitig kommen, denn alles war seit langem zu spät, genau wie Desirée es gewollt hat. Ich war diejenige, die ihr den Schlüssel gab, mit dem sie sich aus einem Leben verabschieden konnte, das sie nie hatte haben wollen. Ich war es, die ihr den Weg in den Untergang gezeigt, ihr ein Alibi gegeben hatte, und ironischerweise habe ich nicht einmal verstanden, daß ich es tat. Ich weiß nur, daß der Mensch, der einmal Klara war, nicht mehr existieren kann. Daß ein Mensch, der so viel Zerstörung anrichtet – und es immer getan hat –, untergehen muß. Ich ging unter, ich verschwand, ich bin frei. Wenn es nur so leicht wäre.

Magnus bittet, ich möge mich erinnern, nicht nur an die Träume, sondern an das, was wirklich geschehen ist. Immer wieder sagt er, es sei notwendig, daß ich mich erinnere. Ich sage, daß ich ihm und Vater alles erzählt habe, ich wolle nicht mehr daran denken. Wenn er noch mehr von mir verlange, werde ich nie aufhören, durch dieses Labyrinth zu laufen. Prinsen, Heren, Keizers. »Liebste Saskia«, schreibt er dann, und ich fühle mich eine Zeitlang ruhig. Schließlich teilt er mir mit, daß er komme, und ich antworte ihm, wie gut das sei, daß ich nicht wisse, wer ich bin, aber daß er trotzdem willkommen sei. Und er kommt. Der Herbst ist unter meiner Tür eingedrungen, und von dem Freitagabend an, als er bei mir anklopft, bis zu dem Sonntag, an dem er mich bei unserem Abschied unfaßbar lange umarmt hält, habe ich das Gefühl, als ob uns der Geruch nach verfaultem Laub und die Feuchtigkeit der Kanäle niemals freigeben wollen. Er kommt herein und versucht, mich sofort zu küssen, mit fahrigen Händen und eiskalten Lippen. Ich drehe mich weg, kremple mich förmlich um. Nicht das war es, was Saskia gewollt hätte. »Doch«, beteuert er, »genau das.« Er ist vor Schreck wie gelähmt, genau wie ich. Er versucht es zu verbergen, ich weiß nicht, wie man es macht. Ich setze mich aufs Bett. »Was haben wir getan?« flüstert er. »Sind entkommen«, antworte ich. Er läuft in meinem kleinen Zimmer umher, streicht über die Kommode, das Bücherregal, das Bett und schaut auf den Spuiplein hinunter. Nachdem er das dreimal getan hat, sagt er das, woran er als einziges gedacht hat, seit ich seine Sprechstunde betreten habe – daß er mit mir schlafen will. Das am meisten Verbotene ist es, was er am liebsten will. Es tue ihm leid, das sagen zu müssen, doch jetzt sei es gesagt. Ich bewege mich nicht, bleibe nur auf meinem Bett sitzen. Anscheinend ist nicht mehr nötig. Er schläft mit mir, ich bin da, es ist meine Hand, die er festhält. Er murmelt etwas von Verhütung, doch ich weise alles von mir. Immer wieder weise ich es von mir. Ich öffne mich für ihn. Nicht einmal ich wußte, daß es das war, was ich wollte.

Er kehrt nach Schweden zurück, um alles zu packen, was er braucht, nicht viel, wie er sagt, er habe ja mich. Ich weiß nicht, was man auf so was antwortet, also sage ich nichts. Er schreibt, er wolle mir helfen, damit ich es schaffe, wieder ein Ganzes zu werden, jetzt in dieser neuen Form, daß er das gut beherrsche. Er könne einfach zusehen, derweil ich es selbst zustande bringe. Das kann ich kaum glauben, jetzt wo ich hier in der Zuckerwatte herumlaufe und meinen neuen Namen wiederhole. Manchmal, wenn ich irgendwo anrufe, um etwas zu bestellen, oder wenn ich zur Bibliothek gehe, sage ich zuerst: »Guten Tag, mein Name ist Saskia van Ammer.« Obwohl mein Holländisch ein bißchen holperig, irgendwie kindlich klingt, will ich mich das sagen hören. Schon, daß der Name laut ausgesprochen wird, gibt mir das Gefühl zu existieren. Daß es tatsächlich Saskia war, die überlebt hat, daß es am Ende doch sie war.

23

Amsterdam, Frühjahr 1985

Auf meiner Netzhaut hat sich eine Szene eingegraben. Sie läßt sich nicht fortwischen, denn sie ist allzu wirklich. Ich bin spazieren gegangen, meine Füße haben festen Boden unter sich gespürt, mein Schlaf ist bleiern geworden, und ich habe mir eine Vergangenheit geschaffen, die so dünn und unbenutzt ist wie feinstes Papier. Dennoch verschwindet die Szene nicht. So sieht sie aus: Eine junge Frau, die Frau bin ich, steigt aus ihrem Auto vor einem Ferienhaus. Es ist viel zuviel Zeit vergangen, seit Desirée versprochen hat, mich zu treffen, bereit zur Flucht, die endlich ihren Anfang nehmen soll. Meine ureigenste Mata Hari mit Staatsgeheimnissen unter dem Arm. Habe ich jemals daran geglaubt? Mit Desirée konnte ich, konnte Klara an alles glauben. Saskia ist von Natur aus skeptischer, denkt klarer. Sie erwartet von den Leuten nicht nur Gutes. *Ich* erwarte von den Leuten nicht nur Gutes. Ich bin nicht bereit, ihnen noch länger zu vertrauen.

Die Person, die Klara ist, klopft an eine verschlossene Haustür. Ich gehe um das Gebäude herum und schaue durch die Fenster. Wie ein Dieb im Morgengrauen schleiche ich um das Haus, das Desirée zu dem ihren erklärt hat. Mit dem Mann, den sie zu dem ihren erklärt hat. Ein Mann, der mit seiner bloßen Erscheinung kleinen Kindern, Hunden und alten Frauen Angst einjagen müßte. Und mir. Er jagt mir Angst ein. Ich fange an zu schwitzen. Morgens ist es kalt in Schweden, trotzdem bin ich schweißnaß. Beide Autos stehen in der Garage. Sie müssen hier sein. Ich finde eine nicht abgeschlossene Tür, die Tür zur Veranda, wo nur zwei Tage zuvor das Krebsessen stattgefunden hat. Alles ist ordentlich aufgeräumt. Es ist erschreckend still im Haus. Es ist nicht so eine Stille, als schliefen Menschen in ihren Betten, auch nicht so eine Stille, als wäre jemand mit den Hunden unterwegs und könnte jeden Moment zurückkommen. Es ist einfach still wie vor einer Katastrophe oder vielleicht genau danach. Ich rufe nach Desirée, erst leise, dann immer lauter. Vor Henriks Arbeitszimmer bekomme ich Magenkrämpfe. Ich weiß, wenn ich die Tür öffne, wird sich mein Leben verändern. Etwas sagt mir, daß ich weglaufen, das Haus verlassen, mich in mein Auto setzen und nach Süden fahren sollte, bis ich in die Stadt käme, die Amsterdam heißt. Ich drücke die Türklinke nach unten. Es wird damit enden, daß ich zwei tote Menschen sehe, nie zuvor habe ich so etwas gesehen. Einer dieser Menschen wird jene Frau sein, die ich liebe. Gäbe es mich nicht, würde sie dort nicht liegen. Die Person, die Klara heißt, ist überzeugt davon, daß es so ist. Saskia weiß es besser. Ich werde noch etwas anderes sehen, Dinge, von denen ich nicht wollte, daß sie geschähen. Ich weiß, daß ich daran auch beteiligt bin, daß ich etwas dagegen tun muß. Daß es das Letzte ist, was ich tun kann. Ich öffne die Tür.

Die nächste Szene ist folgende: Ich stehe auf einer Brücke. Es sind die letzten Minuten, in denen Klara lebendig ist. Ich stehe auf der Brücke, es ist früher Morgen, und ich wünschte, daß ich weinen oder um Hilfe rufen könnte, doch bin ich völlig gelähmt. Ich habe Dinge getan, die sich nicht ungeschehen machen lassen. Meine Kleidung lege ich ins Auto – es ist, als müßte ich nackt sein –, auch meinen Schmuck und einen Brief an die andere, die bessere Hälfte von mir, meinen Zwilling, den ich viel zu früh an den Tod verloren habe. Er beginnt mit: »Liebste Saskia.« Wie es immer hätte sein sollen. Liebste Saskia, meine Schwester. Ich steige auf das Brückengeländer und werde von einer Schwere ergriffen, einer Lust, einer *Notwendigkeit* zu fallen, das Meer zieht mich an, mein Bauch zeigt nach unten, ich brauche es nur geschehen zu lassen. Doch aus der Tasche meines Kleides, das auf dem Vordersitz liegt, fällt etwas Schweres, Rundes, Kleines. Es rollt aus dem Auto auf die Erde, bis zu mir hin; es bittet mich, vom Geländer zu steigen und es aufzuheben. Es ist der Stein, den Magnus mir gegeben hat. Für den Fall, daß ich Hilfe benötige. Ich weiß, daß in der anderen Tasche meines Kleides seine Adresse liegt. Mir ist nicht klar, ob ich mich in diesem Moment entschließe oder ob ich es schon viel früher getan habe: daß es schon geschehen ist, als ich mit dem Tagebuchschreiben anfing, daß ich bereits damals wußte, wer ich eines Tages werden würde. Ich erinnere mich nicht mehr, wann diese Spaltung begann, weiß nicht mehr, wann ich gedacht habe, daß sie ihr Ende findet. Ich weiß nur, daß ich meinen Koffer vom hinteren Sitz nehme, andere Sachen anziehe, den Rest zurücklasse und langsam auf die Stadt zugehe. Ich lasse etwas dort beim Auto zurück. Es ist ein Mensch, von dem ich nichts wissen will. Es ist Klara.

Magnus hilft mir. Er denkt rasch und effektiv. Außerdem liebt er mich. Er weiß es nur noch nicht. Er ruft meinen Vater an und kauft mir eine Fahrkarte, auf der Kopenhagen steht. Als ich aus dem Zug steige, wartet dort ein Vater, der Joop heißt und den ich so viele Jahre nicht gesehen habe. Der Mann, von dem ich geglaubt hatte, daß er mich endgültig gespalten, in unbegreiflich viele Stücke und unzusammenhängende Teile zersplittert habe. Der Mann, der mich dazu gebracht hatte, mich selbst und Mutter nach Schweden zu verbannen. Der Mann, von dem ich all die Jahre geglaubt hatte, daß ich ihn hasse, während ich in Wirklichkeit mich selbst nicht ertrug. Ich war die Person, die krank war, und er bekam die Schuld dafür. Ich habe nie eine Hand ausgestreckt und gesagt: »Jetzt ist es gut. Du bist mein Vater, und du hast dein Bestes getan, und dafür liebe ich dich. Mehr kann ich nicht verlangen, die Schuld ist gesühnt, und diejenige, die den größten Anteil daran hatte – das war ich. Wenn jemand bestraft werden sollte, dann ich.«

Ich sehe einen Mann, der durch Sehnsucht, Schuld und Unruhe erheblich gealtert ist, und der mit hängenden Armen auf dem Bahnsteig steht, um eine Tochter in Empfang zu nehmen, die er so viele Jahre nicht gesehen hat. Jetzt ist ihm die Möglichkeit gegeben, sie aus den Klauen der Welt zu retten, sie ganz für sich zu behalten, ihr obendrein eine neue Identität zu besorgen. Er hat die Absicht, diese Chance zu nutzen. Er hat die Absicht, ihr den Rest seines Lebens zu widmen. Ich steige aus dem Zug und wünsche, daß ich mit ihm reden, ihm sagen könnte, daß es die unversöhnliche Klara, jene, die sich weigerte zu verzeihen, nicht mehr gibt, und daß als einzige seine Saskia übrig ist, die Tochter, die er am meisten geliebt hat. Er legt die Arme um mich, er zittert, aber alles, was ich sagen kann, ist: »Saskia ist nach Hause gekommen.«

Schweigend fahren wir durch Dänemark und Deutschland, und ich liege auf dem Rücksitz unter Decken und Körben voller Lebensmittel, und dann geht es weiter nach Holland, und keiner sieht die Frau, die bald einen neuen Namen bekommen wird. Vater hat alles geregelt. In Arnhem schleichen wir durch die Hintertür ins Haus, und dort wartet Susanne. Sie hat gegen alle denkbaren Gesetze verstoßen, hat ihren Job und ihre Zukunft aufs Spiel gesetzt. Sie hat ein paar Leute, die im Einwohnermeldeamt für sie tätig sind, gebeten, einmal wegzusehen, während sie nachts in deren Computern Dinge veränderte, Totenscheine verschwinden und Menschen wiederauferstehen ließ. Sie hat Saskia van Ammer, dreiundzwanzig Jahre später, zu einem neuen Leben verholfen, hat mir die Identität eines Menschen gegeben, den es nicht mehr gibt. Wir werden nie erfahren, wie es sich abgespielt hat, sie ist ganz blaß, als sie das sagt, atmet kurz und heftig. Ich kann es nur ahnen. Deinetwegen, sagen ihre Augen, die auf meinen Vater gerichtet sind. Für dich. Um das Vergehen zu sühnen, das sie selbst in Klaras Augen begangen hatte, als sie sich damals, vor einer ganzen Ewigkeit, in deren Vater verliebte. Wir begrüßen uns vorsichtig, ihre Hand liegt kühl in der meinen, und ich will erneut sagen, daß Klara die Schuld auf sich genommen und mit ihr ins Grab gegangen ist, daß wir jetzt frei sind, um von vorn anzufangen – doch ich habe keine Worte für das, was in mir geschieht. Ich habe keine Sprache dafür; ich bin hier, um mir eine neue zu erkämpfen.

Also hat Vater mir dieses Zimmer hier in Amsterdam besorgt. Amsterdam ist eine Stadt, in der man verschwinden kann, in Arnhem weiß man zuviel über allzu viele. Endlich frei und verschwunden. Dann zieht auch Magnus endgültig her. Er steht auf dem Flugplatz, und dort stehe auch ich; ich bin es, die ihn abholt, für mich verläßt er alles, und das einzige, was ich ihm bieten kann, ist diese Verwirrung. Er nimmt sie entgegen. Er ist jetzt ein Mann, den ich liebe. Ich tue es langsam und vorsichtig, nichts ist für mich selbstverständlich, denn nie wieder will ich jemanden lieben, wie ich Desirée geliebt habe. Keine Versprechen mehr. Magnus fordert sie nicht von mir. Doch, eins: daß ich überlebe. Nur dieses, daß ich überleben muß. Ich sage, daß ich es versuchen werde. Aber ich weiß nicht, was ich mit den Bildern tun soll, die sich auf meiner Netzhaut befinden. Sie sind mit Klara nicht einfach verschwunden. Sie verschwinden nie. Magnus sagt, daß wir die Bilder mit unserer Liebe vertreiben könnten. Er will es so gern glauben. Saskia ist stark. Er erinnert mich daran: daß ich stark bin.

Ich wünschte nur, daß Klara, um Saskias Stärke willen, nicht hätte sterben müssen. Ich wünschte, es wäre nicht so, daß einer immer zugrunde gehen muß, damit ein anderer überleben kann. Vielleicht trifft das nicht auf alle zu.

In meinem Leben aber ist es so gewesen.

24

Amsterdam, Winter 1985/86

Es ist etwas Verwirrendes mit diesem Glück. Ich hatte es nicht erwartet. Nachdem Klara verschwunden war, hatte ich mir ein Leben in Einsamkeit und Kälte vorgestellt, doch statt dessen bin ich von einer Wärme umgeben, von der ich nicht geglaubt habe, daß es sie gibt: Magnus. In mir wächst etwas Undefinierbares, Fötus genannt, das ganz neu für mich ist – ich weiß nicht, wie ich mich dazu verhalten soll. Die Leute sagen, man soll ihm etwas vorsingen, damit das Kind einen an der Stimme erkennt, wenn es geboren wird. Ich kann nicht singen, doch hoffe ich, sie erkennt mich trotzdem wieder. Etwas läßt mich sicher sein, daß es eine Sie ist. Ich habe sie schon im Traum gesehen, und wir wissen, daß sie Malin heißt, dafür hat sie sich entschieden. Ich halte den Atem an, wenn ich daran denke, so wie sie es tun wird vor ihrem ersten Schrei. Sie wird für mich schreien, für sich selbst, für uns, damit wir umgeformt werden – nicht mehr nur für uns selbst leben, sondern für uns drei. Ich bin sehr skeptisch, wie das wohl gehen wird. Magnus sagt, das einzige, was wir tun müßten, sei, zu lachen und uns zu lieben, sonst würden wir es nie schaffen.

Ich bin jetzt Saskia, ganz und gar. Ich lebe in diesem Körper, und meine holländische Sprache kehrt zurück. Ich werde einer Holländerin immer ähnlicher: Ich nehme mit meinem Vater einen *borrel* – einen Drink mit etwas zu knabbern. Wir haben eine Vorliebe für Genever mit Käsegebäck. Ich bin nicht mehr durchsichtig vor Angst, ich kann Fremden entgegentreten und mit Nachbarn plaudern. Solange sie genau das bleiben: Fremde und Nachbarn. Ich will niemanden dicht bei mir haben, ich will nicht, daß ein Außenstehender in unser Leben eindringt. Menschen soll man aus der Ferne betrachten, sie sollen sich in angenehmem, sicherem Abstand befinden, höchstens so nahe, daß man gemeinsam, wenn nötig, einen Drink nehmen kann. Doch sollen sie rechtzeitig wieder nach Hause gehen, damit man keine vertrauensvollen Gespräche und abgrundtiefen Bekenntnisse anhören muß, von Menschen, die erklären, sich verändern zu wollen, aber dann nichts dafür tun. Ich bin nicht an ihnen interessiert. Ich will in Ruhe gelassen werden.

Magnus ist klug. Er ist mir unglaublich nahe, weil er mir die Freiheit gibt, die ich haben will, und noch mehr als das, selbst wenn ich nicht geglaubt habe, daß ich das brauche. Er besitzt eine Eigenschaft, die ich bewundere, es ist die Fähigkeit, das Beste aus den Menschen herauszuholen. Unsichere Personen bekommen mehr Sicherheit, niedergeschlagene werden fröhlicher, ist jemand gereizt, wird er ruhiger. Ich weiß nicht, wie er das macht, ich kann es nicht. Auch bei mir gelingt ihm das. Ich will mich mehr konzentrieren, er hilft mir dabei. Ich will Literatur studieren, er rät mir, mich beim Skandinavischen Institut in Groningen zu bewerben. Dort nimmt man eine Frau auf, die in Rekordzeit – so als könnte sie bereits alles – sämtliche Prüfungen ablegen wird, zur großen Verwunderung aller, doch vielleicht nicht der von Magnus und mir. Magnus weist mich darauf hin, daß ich meinen Doktor machen könnte, daß ich die Person werden könnte, die ich sein will, die Frau, die Saskia hat werden sollen. Genau auf diesem Weg bin ich jetzt. Magnus zeigt ihn mir, doch immer bin ich es, die ihn beschreitet. Dafür liebe ich ihn.

Zusammen gebären wir Malin. In meinem Körper zerrt und reißt es, er wird in Stücke zerteilt, die aus Blut, Schmerz und Stummheit bestehen. Ich bin dort: Ich weiß, wovon ich rede. Es ist mein Körper, doch ist er ein Ort, an dem ich mich nie zuvor befunden habe. Ich schaue ihn an, er tut Dinge mit mir, die ich nicht für möglich gehalten habe, und der Körper fordert meine Anwesenheit, damit sie durchführbar sind. Dann ist Malin da, und genauso unbegreiflich, wie es vorher gewesen ist, genauso selbstverständlich ist es jetzt, nachdem sie erst auf der Welt ist. Sie macht sich bemerkbar, sie nimmt mehr Platz ein, als ich bei einem so kleinen Wesen für möglich gehalten habe. Ich bin verstummt, manchmal verloren, oft bezaubert – alles andere als unberührt. Diese unbegreifliche Liebe, diese Finger, die sich um die meinen schließen, dieser Körper, den ich, schwer vor Wärme, an meinem trage, der von mir lebt. Dann die Frustration darüber, daß ich nicht weiß, ob ich es richtig mache, bis ich begreife, daß es keine *gute Mutter* gibt: nur mich gibt es. Daß das gut genug ist. Sie fordert Aufmerksamkeit, ich verfüge nicht mehr über meine eigene Zeit – was ist das hier, einfach zu kommen und zu verlangen, ihre Bedürfnisse vor den meinen, ihre vor *meinen? – wegen all dem* liebe ich sie.

Magnus ist da. Er kümmert sich um sie, er kümmert sich um mich. Zeit, Liebe und Ruhe gibt er uns, und ich lebe auf zu einem Menschen, der am Morgen erstaunt seinem eigenen Blick im Spiegel begegnet und begreift, daß er glücklich ist. Inmitten dieser betäubenden Müdigkeit und Verwirrung – ich fliehe von zu Hause, nur um ein wenig Stille zu finden, doch kehre ich schon nach dreiundvierzig Minuten zurück und flüstere: »Mein Herzchen, schrei nicht mehr, ich tu, was ich kann, siehst du es nicht?« Mitten in all dem: ein glücklicher Mensch. Ich hatte geglaubt, daß es solche Menschen nicht gibt. Manchmal in der Nacht, wenn Malin zwischen uns liegt und es in ihren kleinen Beinen zuckt, wenn sie träumt, streckt Magnus seine Hand aus und berührt erst ihren Kopf und dann meinen. Nur um zu sagen, er weiß, daß es uns gibt, daß nichts ihn glücklicher gemacht hat und daß nicht viel gefehlt hätte, es war so schwindelerregend nahe, nur ein Brückengeländer entfernt, und all das hier würde nicht existieren. Ich blicke zu der dunklen Decke auf, und er hört, daß ich weine. Ich muß es tun, sonst würden all die neuen Gefühle nicht gleichzeitig Platz finden. Dieses Unbegreifliche nimmt einen solchen Platz ein, daß es alles andere verdrängt. Sogar die Bilder, sie fangen langsam an zu verblassen und scheinen schließlich die Erinnerungen einer anderen zu sein. Ich denke, daß ich tausend Jahre so leben könnte, mit Malin und Magnus in unserem Haus am Rande von Amsterdam. Ich will nichts anderes.

Abends, in der Dunkelheit, bete ich. Es ist so lange her. Ich bitte Gott, er möge das, was jetzt da ist, bewahren. Ich bitte nie um etwas Neues, nur daß ich das, was ich besitze, behalten darf. Laß mich einfach in Ruhe, Gott, bitte ich, und ich werde mein Bestes tun, um das zu hegen und zu pflegen, was ich zusammen mit dem Mann geschaffen habe, der diese seltene Begabung hat. Ich bitte darum, das eigene Zimmer behalten zu dürfen, wo ich eine Arbeit tue, die mich stolz macht. Bitte darum, daß ich Magnus, daß ich Malin behalten darf. Lieber Gott, bitte ich, laß mich in diese Ecke der Welt entkommen sein, in der ich nicht vorhabe, Aufruhr, Intrigen oder Leidenschaften zu verursachen. Ganz ruhig und sanft werde ich leben, und jene, die Klara war, wird verblassen wie ein altes Polaroidfoto im Küchenfenster. Übrig sind nur wir: Saskia, Malin und Magnus. Und im Hintergrund Joop und Susanne, die uns sonntags voller Liebe und mit schlecht verborgenem Entzücken in ihrem neuen Zuhause in Utrecht empfangen. Zwei Menschen darüber hinaus gibt es, die einen Platz in meinem Leben haben, nur zwei. Mama, der ich schreibe und die uns jeden dritten Monat regelmäßig eine Woche besucht, und eine Kollegin aus dem Stockholmer Institut: Andrea Sjögren. Aus irgendeinem Grund macht es mir Spaß, ihr zu schreiben, sie sogar manchmal als Gast bei mir zu haben. Doch wissen wir beide, wo die Grenze für unsere kollegiale Freundschaft verläuft. Diese Grenze behalten wir genau im Auge.

Magnus bittet mich ständig, von meinem Leben zu erzählen, von meinen Erinnerungen, wer ich einmal war, und wer ich heute bin, wie die zwei zusammengehören. Ich finde nicht, daß es noch mehr hinzuzufügen gibt. Alles ist schon erzählt. Frei und verschwunden sein, das war es, was ich wollte, und die ich heute bin, Saskia van Ammer, ist mehr, als Klara je zu träumen gewagt hatte. Alles ist vorbei, und wenn ich mich nur fernhalte, wird mich keiner jemals bloßstellen. Da ist nur eine Sache, die mich beunruhigt. Eine Sache, die ich in meine nächtlichen Gebete einschließe. Eine Sache, die ich aus meinem Leben *wegwünsche*. Das sind die Briefe, Briefe und zuweilen Telefongespräche am späten Abend, wenn Magnus glaubt, daß ich schlafe. Es ist ein Kriminalinspektor Adolfsson, der beharrlich an ihn schreibt und immer wieder anruft. Einmal gehe ich an den Apparat, bevor Magnus es kann – ich lese keine fremden Briefe, nur den Absender –, und dieser John Adolfsson fragt, ob meine Zwillingsschwester Klara irgendwann Kontakt mit mir aufgenommen habe. Ich sage, wie es ist, daß sie tot sei für mich, verschwunden, und fange an zu weinen. Magnus nimmt mir den Hörer aus der Hand und bittet Adolfsson, sich doch an ihn zu halten, wenn er noch weitere Fragen habe. Er habe es ihm ja schon gesagt. Seine Frau Saskia ertrage es nicht. Würde er bitte so freundlich sein, sie in Ruhe zu lassen?

Nur das, wünschte ich, sollte verschwinden. Diese Gespräche und dann die Art, wie Magnus mich manchmal von der Seite her anblickt, wenn ich über einem Buch sitze und er glaubt, ich bemerke es nicht. Doch ich spüre diese Blicke. In ihnen liegt nicht nur Liebe, auch Unruhe ist darin. Unruhe und vielleicht ein bißchen Angst. In diesen Momenten bin ich es, die das Buch weglegt, die Brille absetzt, seinen Kopf in meine Hände nimmt und flüstert: »Wir wollten die Bilder weglieben, war es nicht so?«

»Und überleben«, flüstert Magnus zurück. »Erinnerst du dich? Wir wollten das hier überleben.«

»Und überleben«, antworte ich.

25

Die Dämmerung senkt sich über die Insel. Bald bricht die Dunkelheit herein, und Andrea und ich sitzen mit je einem Glas Kognak in der Hand und lassen es zwischen den Fingern hin- und herrollen. Ich glaube, ich trinke mehr als sie, es ist wohl die Voraussetzung dafür, daß wir dieses Gespräch jetzt führen können. Ich bin es, die erzählen muß:

»1954 wurden in einem Haus in Arnhem Zwillingsmädchen geboren. Die Mutter hieß Elisabeth Mårstedt und war Schwedin. Der Vater, Joop van Ammer, war aus Amsterdam. Die Mädchen hießen Saskia und Klara. Saskia war die Ältere, sie wurde ganze acht Minuten vor Klara geboren. Man hat mir erzählt, daß Saskia schon als Kind die Ruhigere von beiden gewesen ist. Sie war zurückhaltender und sparte ihr Lächeln für denjenigen auf, der es am meisten brauchte, schenkte es nicht jenen, die Künste von ihr erwarteten. Klara hingegen war überschwenglich. Sie suchte Anschluß bei allen, die ihren Weg kreuzten, sie war äußerst lebhaft, und man hörte sie ständig. Man sagte, es sei ein Glück für die Eltern, daß die Mädchen so unterschiedlich seien, obwohl sie dem Aussehen nach zum Verwechseln ähnlich waren. Ich glaube nicht, daß sich meine Eltern noch weitere Kinder wünschten, sondern sie glaubten wohl, dieses Viereck, das wir geschaffen hatten, wäre alles, was wir brauchten. Man sagt, meine Eltern seien zu jener Zeit glücklich gewesen, daß sie in einer Art friedlicher Symbiose lebten. Saskia war, wie man so sagt, Vaters Tochter und Klara Mamas.

Aus der Dunkelheit flüstert Andrea: »Und du warst Klara, nicht wahr?«

»Ich war Klara«, antworte ich, und wieder verspüre ich dieses Gefühl von Erleichterung und Reinigung, wie an dem Tag, als ich Desirées Vater Gustav begegnet bin und Magnus davon erzählt habe. Endlich diejenige sein dürfen, die ich bin.

»All das änderte sich. Im Sommer 1961 beschloß die Familie, Urlaub auf einer der Sandinseln vor Hollands Westküste zu machen, ich glaube, es war auf Terschelling. Jedenfalls konnten wir nicht hierher ins Haus kommen, weil meine Großeltern Gäste hatten. Ich habe eine vage Erinnerung an niedrige Kiefern, an Fahrradtouren über eine flache Insel und Robben, die sich auf den Sandbänken draußen im Meer sonnten. Ich weiß noch, daß wir uns die meiste Zeit am Strand aufhielten. An einem dieser Sommertage, es war spät am Nachmittag, und der Strand hatte sich geleert, spielten Saskia und ich am Wasser. Mama war ins Haus zurückgegangen, das wir gemietet hatten, und Papa war unten sitzen geblieben, um auf uns aufzupassen. Aber der Tag war heiß gewesen, und Papa döste in seinem Liegestuhl. Eine von uns, ich nehme an, ich war es, kam auf die Idee, mit unserem kleinen aufblasbaren roten Boot ins tiefere Wasser zu fahren. Papa war jetzt eingeschlafen. Er wachte von unserem fürchterlichem Gebrüll auf und begriff, daß wir mindestens hundert Meter vom Strand entfernt waren und daß unser Boot ein Loch hatte. Ich nehme an, daß wir einigermaßen schwimmen konnten, aber es herrschte starke Strömung, und die Flut kam. Er schwamm zu uns raus, und es gelang ihm, mich zu retten, aber Saskia ertrank. Die Familie war danach nicht mehr intakt. Von dem Tag an war auch ich nicht mehr intakt. Es schien nicht mehr möglich, weiterzuleben.«

»Ich glaube, jetzt verstehe ich«, sagt Andrea, den Blick auf die Lichter eines Frachtschiffs weit draußen auf dem Meer gerichtet.

»Ich nahm die Gewohnheit an – ich weiß nicht, wie man das bei einem so kleinen Kind nennen soll –, eine Phobie, eine Eigenart oder Verrücktheit, mich ständig in zwei aufzuspalten: in eine Saskia und eine Klara. Wenn meine Mutter in mein Kinderzimmer in Arnhem kam, fragte sie immer, ich habe sie dazu gezwungen, wer ich an dem entsprechenden Tag, in dieser Stunde gerade wäre. Mal antwortete ich dann, daß ich Klara sei, die Tochter, die herumtobte, die es liebte, viel Spielzeug zu bekommen, sich aber eigentlich für kein einziges entscheiden konnte. Ein andermal war ich Saskia, und dann war ich verläßlich, wußte, was ich wollte, und blieb meist für mich. Klara war das Kind, das nur Unfug anstellte, und Saskia brachte alles wieder in Ordnung.«

»Saskia war diejenige, die überlebt hat.«

»Genau. Meine Eltern akzeptierten das Spiel, sie haben wohl geglaubt, ich brauchte das, um mit dem Verlust der Zwillingsschwester fertig zu werden. Ein Verlust, über den man wahrscheinlich nie hinwegkommt.«

»Was ja auch der Fall war.«

»Ja«, antworte ich. »Aber auf diese Weise haben wir weitergelebt, so gut es möglich war. Mein Vater fühlte sich entsetzlich schuldig, und er verschloß sich vor meiner Mutter. Sie liefen beide mit nicht ausgesprochenen Fragen herum und haben nie über das reden können, was geschehen ist. Obwohl sie sich immer noch geliebt haben. Doch was tut man, wenn man keine Worte hat? Sie kamen einfach nicht weiter.«

»Bis?«

»Bis Vater diese neue Frau kennenlernte: Susanne. Arnhem war keine Großstadt, alle anderen und auch Mutter und ich erfuhren es fast sofort und genau in dieser Reihenfolge. Ich war damals dreizehn und sagte wohl manchmal, ich sei Saskia, doch war das keine Sache, die jemand außerhalb der Familie bemerkt hätte. Ich trug Saskia in mir, das war alles. Ich war es, die sie am Leben erhielt. Aber als Vater dann untreu geworden war, und meine Eltern anfingen, sich heftig zu streiten – sechs Jahre verdrängte Trauer –, da veränderte ich mich. Es schien, als würde ich auseinanderbrechen. Saskia war diejenige, die Vater verteidigte, die ihm verzeihen wollte und auch wollte, daß wir als ganze Familie noch einmal von vorn anfangen. Klara aber verurteilte und verabscheute ihn, weil er Mutter und mich einer solchen Schande ausgesetzt hatte. Ich erinnere mich an die Nacht, in der ich mich verändert habe, in der ich die Spaltung nicht mehr kontrollieren konnte. So viele Jahre hatte ich schon mit ihr gelebt, war sie für mich die Rettung gewesen. Meine Eltern stritten sich im Schlafzimmer. Sie glaubten, ich würde bei einer Freundin übernachten, aber die war krank geworden, und ich mußte heimgehen. Als ich ins Haus kam, hörte ich, daß sie über das Unglück sprachen. Daß sie endlich darüber sprachen. Ich hörte meine Mutter weinen und wie mein Vater immer wieder schrie, ich glaube, er war völlig hysterisch, daß nicht nur er selbst schuld daran gewesen wäre. Auch noch jemand anders.«

»Meinte er deine Mutter?« fragt Andrea.

»Nein, mich.«

»Du, schuld?« fragt sie bestürzt und dreht sich mir im Dunkeln zu, ihre Augen glitzern im Licht des Infrarotstrahlers über uns.

»Vater schrie, er hätte versucht, mit uns beiden an Land

zu schwimmen, und wenn ich nicht so gebrüllt und mich nicht so an ihn geklammert hätte, daß selbst er unter Wasser gezogen wurde, hätte Saskia nicht ertrinken müssen.«

Es herrscht Schweigen. Wir verstecken uns beide in der Stille. All die alte Schuld, der Zorn und die Trauer wallen erneut auf, all das, was mich hatte glauben lassen, daß die Schuld endlich bezahlt wäre, wenn ich es in den Jahren, als ich Klara war, bloß geschafft hätte, Desirée zu retten.

»Was ist das nur für eine Geschichte«, sagt Andrea schließlich.

»Ja. Aber heute verstehe ich, daß Vater gezwungen war, Mutter zu erzählen, wie es gewesen ist, auch wenn er es auf diese furchtbare Weise ausgedrückt hat.«

»Er wußte ja auch nicht, daß du hörtest, was er sagte.«

»Nein. Aber Mutter war enttäuscht. Es schien irgendwie, als wollte er sich durch diese Enthüllung freikaufen, während er uns gleichzeitig mit der anderen Frau im Stich ließ.«

»Was ist mit dir passiert?«

»Ich wurde, ja, ich wurde krank. Ich weiß nicht, wie man das nannte, Psychologen und Kinderärzte stellten eine Menge Diagnosen, und mir ist heute noch nicht bekannt, was sie eigentlich dabei herausfanden. Vielleicht hätte ich das meine Mutter fragen sollen, als sie noch lebte. Ich weiß nicht, es hat mir einfach angst gemacht. Aber ich fing an zu reden, als gäbe es sowohl Klara als auch Saskia. In der Schule, als Klara, erzählte ich manchmal, daß meine Zwillingsschwester Saskia mit Papa und Susanne zusammenziehen würde, derweil ich und Mama nach Schweden gingen. Es gab Tage, an denen ich mich im Klassenzimmer wie eine Wilde aufführte und vor die Tür gestellt wurde, und wenn ich nach Hause kam, schrie ich Papa an, daß ich ihn hasse. An anderen Tagen behauptete ich, Saskia zu sein, und dann war ich ruhig und beherrscht und sagte, ich würde meinen Vater lieben, und alles würde sich schon regeln, Klara brauche nur ein bißchen Zeit, um sich daran zu gewöhnen. Wer uns gut kannte, wußte natürlich, daß Saskia tot war. Es gab auch Perioden, die ich in einer privaten Klinik zubrachte. Ich wußte nicht mehr, wer ich wirklich war.«

»Und deine Mutter?«

»Ich glaube, sie hätte ihre Ehe in Ordnung bringen können; daß der Seitensprung ihnen schließlich eine Chance gegeben hatte, wieder miteinander zu reden. Aber als ich dann krank wurde, sah sie keinen anderen Ausweg, als mich von dort wegzubringen. Wir sind nach Schweden gefahren, weg von meinem Vater, den ich nie wiedersehen wollte.«

»Aber du hast doch nicht etwa die Schuld für all das auf dich genommen?«

Ich lächele ihr zu.

»Klara hat die Schuld für all das auf sich genommen. Ich nehme die Schuld für all das auf mich. Ich ließ eine Saskia zurück, die meinen Vater in Holland lieben konnte, und mit Mutter fuhr eine Klara nach Schweden, die sich weigerte, ihm zu verzeihen.«

»Haben sie jemals begriffen, daß du gehört hast, was sie an jenem Abend gesagt haben?«

»Ich glaube, mein Vater hat es gewußt. Er hat das Schuldgefühl in meinen Augen gesehen und verstanden, daß eben das der Grund war, weshalb wir uns nicht einmal im selben Zimmer aufhalten konnten. Mutter wußte nur, daß ich nicht in Holland bleiben konnte, wo ich schließlich so jemand geworden wäre, den sie nur abends und an den Wochenenden hätte besuchen können. Sie kannte eine Kinderpsychologin in Schweden, und diese Frau hat mir geholfen, eine einigermaßen normale Vierzehnjährige zu werden, hat mir geholfen zu begreifen, was passiert ist, und daß ich es nicht ändern kann.«

»Einigermaßen normal?«

»Ich beschloß, Saskia als eine Person zu behalten, an die ich schreiben konnte, eine Schwester, die in einem Land weit weg von hier lebte, doch die mir raten und mir aus meinen Schwierigkeiten helfen konnte. Also habe ich während all der Jahre ein Tagebuch geschrieben, das an sie gerichtet war, und nachdem ich Desirée kennengelernt hatte, schrieb ich immer häufiger.«

»Eine Saskia, die etwas aus ihrem Leben gemacht hatte, und eine Klara, die nicht zurechtkam.«

Ich nicke.

»Danach wurde ich Desirées Freundin und in eine Welt voller Lügen und Intrigen hineingezogen, und ich weigerte mich, diese zu verlassen, wenn Desirée nicht mitkäme. Es zeigte sich, daß sie lieber zugrunde ging, als meinem Rat, meinen dauernden Vorhaltungen zu folgen.«

»Oder vielleicht, weil sie nie etwas anderes gewollt hatte.«

»Vielleicht auch das. Aber ich hatte beschlossen weiterzuleben, wenn auch nie mehr als Klara. Also wurde ich Saskia, die hätte überlebt haben sollen, und verließ Klara an einem warmen Augustmorgen auf einer Brücke vor Stockholm. Dann bin ich verschwunden.«

»Zu Magnus, nehme ich an.«

»Ja, anfangs zu ihm. Aber dann zu Vater, der mir half, zurück nach Holland zu kommen, wo Susanne durch ihre Arbeit in der Stadtverwaltung mit den Papieren jonglieren konnte, so daß Saskia van Ammer niemals gestorben war, sondern eine echte Identität bekam, die ich übernehmen konnte. Sie kümmerte sich darum, daß ich einen Paß und eine Personenkennzahl erhielt, ohne die Holländer zu Hause keine Arbeit bekommen. Frage mich nicht, wie sie das alles gemacht hat, oder zu welchem Preis. Ich glaube, sie muß meinen Vater unglaublich lieben.«

»Was wolltest du mit Klara machen?«

»Meine Absicht war, daß sie dort sterben sollte, damit ich von vorn anfangen konnte, als Saskia. Ich sagte zu Magnus, das sei die einzige Möglichkeit. Ich glaube, ich war total in Panik, sonst wäre er wohl nie darauf eingegangen. Außerdem war er in mich verliebt. Was weder ich noch er, auch Vater und Susanne nicht, ahnen konnten, war, daß Klara des Mordes an Desirée und Henrik verdächtigt werden würde. Daß sie nicht einfach verschwinden konnte, wie ich geglaubt hatte.«

»*Du* bist verdächtigt worden«, sagt Andrea.

»Ich bin verdächtigt worden«, antworte ich.

»Und bist immer noch verdächtig«, fährt sie ruhig fort. »Ich glaube außerdem, daß Adolfsson genau das vermutet, was ich schon eine Weile begriffen habe.«

»Was?« frage ich und merke, daß ich zusammenzucke.

»Daß du Klara bist. Daß Klara und Saskia ein und dieselbe Person sind.«

»Ja«, antworte ich leise.

Andrea holt tief Luft in der Dunkelheit und zündet sich ein Zigarillo an.

»Ich bin froh, daß du es erzählt hast. Ich glaube, du mußtest es tun.«

Ich weiß, daß sie recht hat. Da ist noch etwas, was ich ihr sagen muß: daß ich nicht weiß, wie ich diesen Sommer ohne sie überlebt hätte.

»Habe ich dir von einer Frau erzählt, die ich kenne?« frage ich.

»Nein«, sagt sie verwundert.

»Diese Frau hat eine Freundin. Die Freundin steht neben ihr, aber sie mischt sich nicht ein. Die Frau hat begriffen, daß sie ohne sie nicht zurechtgekommen wäre. Das ist überraschend, aber es ist so.«

Andrea lächelt.

»Richte ihr aus, daß die Freundin dasselbe fühlt, aber daß sie sich auch fragt, wie sich die Frau jetzt nennen will.«

»Laß uns bei Saskia bleiben«, sage ich und erröte, »es ist trotz allem die beste Seite von mir.«

»Ich glaube, daß ich beide gemocht hätte.«

Sie streckt ihre Hand aus. Ich nehme sie, und wir stehen beide auf, um den Tisch abzuräumen. Drinnen im Haus schlafen Magnus und Malin. Malin auf jeden Fall. Magnus ist in den letzten Nächten draußen herumgelaufen, wenn er geglaubt hat, ich schliefe. Es scheint, als könnte er keine Ruhe finden. Er versucht, mir etwas über das Geschehene zu entlocken, aber ich gebe keine Antwort. Jahre des Schweigens lassen sich nicht so leicht durchbrechen, genauso wie es mit dem Schweigen meiner Eltern war.

Andrea, die unsere Gläser in der einen Hand hält und den Aschenbecher mit den Kippen des Tages in der anderen, sagt unerwartet: »Weißt du, als ich neulich in der Stadt war, kam ich auf die Idee, zur Bibliothek zu gehen. Ich setzte mich an den Computer und las die ganzen alten Artikel über diesen Fall. Ich habe etwas gefunden, das mich erstaunt hat.«

Ich halte den Atem an.

»Warum hast du nicht erzählt, daß Desirée einen Großteil ihres Vermögens dem ANC vermacht hat? Und vermutlich auch einen Teil von Henrik von Rensens Geld, da sie ja ein paar gemeinsame Konten hatten. Hast du damals nicht für den ANC gearbeitet?«

»Warum ich nicht ...?«

»Ich meine, so wie du Desirée beschrieben hast, wirkte

sie so, ja, einseitig, als wüßte man genau, was sie tun würde. Irgendwie geht das alles nicht zusammen.«

Ich zucke die Schultern, um zu verbergen, daß ich zittere. Andrea wartet, dreht sich dann um und geht in die Küche, um unsere Gläser abzuwaschen. Ich halte mich beschäftigt, indem ich systematisch alle Lampen ausschalte. Ich sehe ihren Schatten in der Dunkelheit, sie steht reglos da, wie jemand, der zögernd auf die günstigste Gelegenheit für eine Überraschung, einen Angriff wartet. Als ich an ihr vorbeigehe, berührt sie rasch meine Schulter, ihr Gesicht kann ich nicht sehen.

»Aber wer hat sie ermordet? Wer hat dann Desirée und Henrik ermordet?«

Es gibt eine Antwort, es gibt viele, es gibt tausend Möglichkeiten für einen Ausweg, doch eigentlich gibt es nur eine einzige. Aus Loyalität, wegen meiner eigenen Verwicklung antworte ich so, wie ich es so viele Nächte bei Magnus getan habe: »Ich weiß nicht. Ich weiß es wirklich nicht, Andrea.«

26

Ich habe jetzt so lange die Existenz von zwei Personen geführt, daß ich nicht weiß, wie es wäre, ohne diese Spaltung zu leben. Und ich konnte doch nicht einfach allein zurückbleiben – an jenem Tag, als Saskia gestorben war, mußte ich zu beiden werden. Zu einer resoluten Saskia und einer gebrochenen Klara. Zu einer, die überlebt hat, und einer, die untergegangen ist. Seite an Seite haben wir existiert, und zehn Jahre lang bin ich nur Saskia gewesen, und diejenige, die früher einmal Klara war, ist mir aus den Händen geglitten, und an ihre Persönlichkeit, ihre ganze

Art, sich zur Welt zu verhalten, habe ich fast keine Erinnerung mehr. Klara war diejenige, die mit dreißig Jahren gestorben ist, denn eine solche Frau kann das mittlere Alter nicht erreichen. Nicht mit ihrer Art, alles ständig in Frage zu stellen und fast hysterisch intensiv zu lieben. Die Jahre als Saskia waren meine beste Zeit. Das Leben hatte eine Richtung, ich hatte mich im Griff und war intakt – nicht hypersensibel und bloß. Ich hatte meine Arbeit, hatte Magnus, Malin und unser Haus in Amsterdam. Das war mehr, als sich ein Mensch wünschen kann. Bis jetzt. Den Sommer habe ich genutzt, um meine Tagebücher zu lesen, die an eine Schwester gerichtet sind, die ich immer sein wollte. In den Tagebüchern ist mir eine Person begegnet, die ich lange Zeit verdrängt, die ich verleugnet habe. So lange, daß ich am Ende selbst daran glaubte.

»Klara? Nein, sie ist seit vielen Jahren verschwunden. Sie ist tot.«

Jetzt war ich frei, und als Preis dafür hatte ich mich selbst verloren. Ich konnte nicht so einfach entkommen, mich nicht einfach teilen. Es fing in der Prinsengracht an, wo mich ein Radfahrer umfuhr, und das Merkwürdige war, daß ich einfach nicht aufstehen konnte, auch Saskia kam also nicht zurecht. Dieser ganze Sommer voller Fragen: sanfte Fragen von Andrea, drohende von Adolfsson und immer verzweifeltere von Magnus. Langsam weiß ich nicht mehr, ob es überhaupt Antworten darauf gibt, und wenn es sie gibt, ob wirklich ich diese Antworten habe. Zurückgeblieben bin nur ich: Klara Saskia Mårstedt van Ammer. Eine Frau, die versuchen muß, als starker und schwacher Mensch zu leben, resolut und verletzlich zugleich. Ohne Schwäche überlebe ich nicht, auch nicht ohne Stärke. Die Schwäche hat mir Vorteile gebracht, doch ist sie daran schuld, daß ich mich bloßgestellt habe, daß Adolfsson mit aller Macht in unser Zuhause eindringen konnte. Saskia hätte so etwas nie geduldet, sie hätte ihn nicht einmal zur Tür hereingelassen. Sie hätte die Koffer der Familie gepackt, hätte das Haus ihrer Mutter verriegelt, die Tagebücher verbrannt und wäre in die Stadt zurückgeflohen, in der sie lebte. Doch wäre sie wirklich entkommen?

Ich liege in unserem Schlafzimmer, die Jalousien sind heruntergezogen, und ich habe die Augen geschlossen. In der Küche höre ich Adolfsson den zweiten Tag hintereinander fragen, ob ich daheim bin. Einmal ist es Magnus, der die Frage verneint, dann Andrea. Mir ist, als sei ich eine Gefangene im eigenen Haus. Ich weiß, daß es so nicht weitergeht. Nur ist mir nicht klar, wie ich aus dem Ganzen herauskommen kann. Wie ich Adolfsson gegenübertreten soll, jetzt, wo Saskia langsam zerbröckelt und Klara immer deutlicher Kontur annimmt. Er wird schnell begreifen, daß der Gegner, an den er gewöhnt war, verschwunden ist. Ich werde wie ein offenes Buch für ihn sein, und das ist lebensgefährlich. Dann schon besser hier ruhen, mit geschlossenen Augen und hinter heruntergezogenen Jalousien.

Jemand ist im Zimmer. Ich öffne die Augen und sehe, daß Magnus einen Koffer genommen hat und seine Sachen packt.

»Magnus?«

»Ich bin es.«

»Was machst du da?«

»Ich packe. So etwas tut man, wenn man einen Ort verlassen will. Bald werde ich auch Malins Sachen packen, werde sie bei Desirée abholen, und dann fahren wir zu meinen Eltern in die Stadt. Ich habe nicht die Absicht, weiter zu lügen, weder die beiden anzulügen noch Adolfsson oder meine Freunde.«

»Ich verstehe«, sage ich, und meine Stimme ist klar und kalt, jetzt bin ich wieder ganz und gar Saskia.

»Ich weiß nicht, ob du es tust«, antwortet er überraschend hart. »Du glaubst, du kannst ohne mich klarkommen, daß du wirklich weiterleben kannst, daß du aus dem richtigen Holz bist. Du glaubst, du kannst dich mit deinen Lügen und Halbwahrheiten zurechtfinden und Klara tief in dir begraben, daß niemand davon wissen muß. Aber diese Zeit ist jetzt vorbei, verstehst du das nicht? Du kommst nicht allein zurecht. Ich bin der einzige lebende Mensch, außer Joop und Susanne und jetzt auch Andrea, der hundertprozentig weiß, wer du bist. Ich kenne dich genau, kenne all deine Rollen, deine Spiele. Wenn du mich verlierst, wirst du kaputtgehen. Du wirst niemand mehr sein, genau wie ich.«

Er verstummt. Sein Atem geht heftig.

»Uns war etwas ganz Besonderes gelungen, nämlich dicht nebeneinander zu leben, ohne uns kaputtzumachen, ohne uns selbst zu verlieren. Ich hatte geglaubt, daß wir entkommen sind, daß wir beide klüger sind als alle anderen, daß wir in unserer kleinen Welt leben könnten und uns keiner zu fassen bekäme. Ich habe mich geirrt. Ich muß all die Jahre sehr vermessen gewesen sein, das ist es vielleicht, was die Liebe mit einem macht. Ich hatte eine Frau kennengelernt, hatte mich in sie verliebt und heiratete dann eine, die jemand anders sein wollte. Die sagte, diejenige, in die ich mich zuerst verliebt hatte, dürfe nicht mehr existieren. Ich bin auf all das eingegangen, der Himmel möge mir verzeihen. Unser Leben hat mit einer Lüge begonnen, mit Verwicklungen, vor denen wir geflohen sind. Wie ich es sehe, leben wir immer noch mittendrin. Und die größte Lüge von allen ist die, welche du mit dir herumträgst.«

Ich sage nichts. Ich sehe zu, wie die beiden Menschen,

die ich am meisten liebe, langsam aus meinem Leben verschwinden, und sage nichts. Es ist, als wäre ich wieder Klara, wäre unfähig, mich zu entschließen, unfähig, Verantwortung zu übernehmen.

»Saskia?« flüstert Magnus bittend, bevor er seinen Koffer schließt.

Er seufzt und geht aus dem Zimmer. Ich weiß, wohin er unterwegs ist. Zuerst wird er zum Steg hinunterlaufen und sich von Andrea verabschieden. Dann wird er bei Adolfsson vorbeischauen und ihm berichten, wo Klara wiedergefunden werden kann, und danach wird Malin alles erfahren. Und ich? Ich liege hier. Es ist, als könnte ich mich nicht von der Stelle rühren. Immer wieder öffnet sich dieselbe Tür in meinem Inneren. Es ist die Tür zu Henrik von Rensens Arbeitszimmer. Ich will sie nicht öffnen, aber ich muß. Meine Hand greift nach der Klinke, und ich drücke sie langsam nach unten.

Auf einmal kann ich mich wieder bewegen. Ich schlage die Decke zurück, ziehe mich an und renne Magnus zum Steg hinterher. Ich sehe ihn und Andrea dicht nebeneinander sitzen und reden. Außer Atem setze ich mich neben sie. Ich blinzle in die Sonne und bin so müde, wie ich es nie zuvor gewesen bin. Wenn ich bloß wüßte, wo ich anfangen soll. Wir sitzen alle drei schweigend da. Könnte mir nur jemand helfen. Magnus blickt starr auf das Meer hinaus.

»Du mußt sicher etwas erzählen«, versucht Andrea endlich.

»Ja«, flüstere ich. »Ich muß etwas erzählen.«

27

Die Sonne hat diesen Sommer unbarmherzig gebrannt. Es ist, als lasse sie keine Entschuldigungen gelten, als toleriere sie Schatten nicht. Nichts darf man verbergen, alles muß ans Licht und von diesen Strahlen gebraten werden, bis die Haut verbrannt und empfindlich ist und alles sichtbar wird.

Vor mir sitzt der Mann, der mir geholfen hat zu entkommen. Er wies mich auf eigene Talente hin, von denen ich nichts ahnte, ließ mich eine Kraft beweisen, die ich nicht zu haben glaubte. Er liebte mich, egal, ob wir uns im Himmel befanden oder in der Hölle, nichts konnte ihn anfechten, nichts ihn erschrecken. Ich spielte all meine Karten aus, ließ meine schlimmsten Seiten sehen, doch er hat mich nicht verlassen. Wie soll ich Magnus erklären, daß ich einmal eine Frau geliebt habe, die der absolute Gegensatz zu ihm gewesen ist? Daß ich Desirée noch immer liebe, wie rätselhaft das auch erscheinen mag. Daß ich eine Frau liebe, die all das war, was ich heute verachte. Daß sie eine Person war, mit der zusammen man ein schlechterer Mensch wurde, *aber daß selbst das ein Genuß sein konnte*. Wie soll ich das Andrea erklären, die mir den Glauben an die Freundschaft zurückgegeben hat? Sie hat mich diesen Sommer über begleitet, hat an meiner Seite gewacht, ohne daß ich es auch nur begriffen hätte. Sie ist mein Schutzengel gewesen, hat keine Gegenleistung erwartet. Wie soll ich diese Liebe erklären, diese unfaßbare Loyalität, die mich so viele Jahre schweigen ließ? Eine Loyalität, die viel zu große Opfer gefordert und viel zu viele regelmäßige Besuche von einem Mann zur Folge hatte, der nicht aufgeben wird.

»Ich kann es nicht erklären«, sage ich schließlich.

Magnus sieht verzweifelt aus. Zum hundertsten Mal an

diesem Nachmittag fährt er sich mit den Fingern durchs Haar, steht auf und wandert auf dem Steg hin und her. Andrea nimmt meine Hand und sagt: »Du brauchst es nicht zu erklären. Erzähl einfach.«

»Von Anfang an?«

»Von Anfang an.«

Ich beginne zu reden, aber erkenne meine eigene Stimme nicht wieder. Jahre des Verleugnens müssen überwunden werden, und als ich endlich eine Stimme finde, klingt sie, als gehöre sie jemand anderem, einer Sekretärin, die aus einem Protokoll vorliest und nur das herunterbetet, was andere diskutiert haben. Die Sache berührt sie nicht; sie berührt mich nicht. Sie berührt mich viel zu sehr.

»Desirée hatte mich gedrängt, an diesem letzten Abend Ende August 1984 dort vorbeizukommen. Sie sagte, sie besäße Dokumente, die Henriks Aktivitäten aufdecken würden. Sie brauche meine Hilfe, und danach würden wir zusammen aus dem Land fliehen. Die Papiere, die wir benötigten, lägen im Tresor des Hauses eingeschlossen, und wenn Desirée sie erst in Händen hielte, käme sie mir nach, hierher auf die Insel. Ich habe eine Ewigkeit gewartet, das wißt ihr ja schon. Als ich dann schließlich bei Henriks Sommerhaus ankam, begriff ich, daß ich, zum letzten Mal vielleicht, zu spät gekommen war.«

Magnus hat mit seinem ewigen Herumgelaufe aufgehört. Die Sonne brennt, und während ich rede, halte ich meine Hand als Schutz über die Augen. Ich schließe sie, um klarer sehen zu können, ich schließe die Augen und bin wieder dort.

»Diesen Gedanken hatte ich, als ich durchs Haus ging. Am Ende stand ich vor Henriks Arbeitszimmer, vor derselben Tür, an der ich gut zwei Tage zuvor gestanden hatte, als ich Desirée dorthin gefolgt war. Ich öffnete sie, und als ich ins Zimmer trat, sah ich etwas, wodurch auch Klara sterben mußte. Ich habe geglaubt, damit nicht leben zu können.«

Ich schweige, sie warten, und ich begreife, daß ich selbst alle Lücken füllen muß, all die Stunden voller Fragen.

»Sie hatten beide kaum etwas an, er nur seine Pyjamahose und sie ein kurzes Nachthemd. Ich weiß noch, daß ich dachte, ich müßte Henriks Pyjamajacke irgendwo finden, daß ich sogar mit den Augen danach suchte, weil er ohne sie so nackt war. Es muß wohl eine Zeitlang gedauert haben, bevor ich wirklich begriff, was ich dort sah, das muß es wohl?«

Niemand sagt etwas, und ich wische den Schweiß weg, der mir von der Nase tropft.

»Sie lagen auf dem Boden, in einem Abstand von vielleicht fünf Metern, und zwischen ihnen floß ein Rinnsal Blut, das sie auf merkwürdige Weise miteinander zu verbinden schien.«

Andrea wirft mir einen entsetzten Blick zu, und Magnus hat sich auf den Rand des Stegs gesetzt, hält den Kopf zwischen den Händen, als ducke er sich in Erwartung eines Schlages.

»Was hast du noch gesehen?« fragt er. »Was hast du *gemacht*?«

»Ich sackte an der Wand zusammen und blickte auf die Frau, die ich liebte, und den Mann, den ich verabscheute, und ich begriff, daß ich es war, die das verursacht hatte.«

»Was verursacht?« fragt Magnus mit monotoner Stimme.

»Versteht ihr, sie hatte ihn erschossen. Desirée war es, die ihn und sich getötet hatte. Sie hatte ihn ins Herz geschossen und danach sich selbst in den Kopf. In ihrer rechten Hand lag die Pistole, die ihr Henrik gegeben hatte. Ich saß da und dachte, daß sie wegen mir zur Mörderin und zur Selbstmörderin geworden war, ich hatte dafür gesorgt, daß sie keinen Ausweg mehr wußte. Ich war die eigentlich Schuldige. Schon wieder ich.«

Magnus schüttelt den Kopf.

»Was hast du gemacht?« beharrt er.

»Ich konnte an dem Morgen so merkwürdig präzis denken, mein Kopf war völlig klar, und ich saß mitten in dieser Szene, mitten in dem Blut und konnte trotzdem außerordentlich genau denken. Das erschreckte mich. Ich ging zu Desirée, schloß ihr die Augen und strich ihr über die Wange. Das klingt sicher schrecklich, aber ich mußte es einfach tun. Dann nahm ich ihr die Pistole aus der Hand und steckte sie in die Tasche. Ich wußte, daß Henrik die gleiche Pistole besaß und daß sie irgendwo im Haus sein mußte. Ich durchsuchte beide Stockwerke, bis ich die Waffe im Schlafzimmer fand. Die ganze Zeit über diese Ruhe. Als wäre ich mehr denn je in der Wirklichkeit angekommen, völlig konzentriert, jetzt wo ich wußte, daß ich ebenfalls würde sterben müssen. Nur diese Sache mußte ich noch beenden. Ich zog ein Paar Handschuhe an, die ich in einer Schublade fand, und trug die Pistole ins Arbeitszimmer, nachdem ich kontrolliert hatte, daß nicht alle Kugeln im Magazin steckten. Das war nicht der Fall, weil es sich um dieselbe Pistole handelte, die er beim Wettschießen mit Desirée benutzt hatte. Ich drückte Henrik die Waffe in die Hand, und ich erinnerte mich an die Nacht, als er Desirée zugerufen hatte: »Eine für dich, Liebling, und eine für mich.« Ich wußte, es würde nicht schwer werden, den Verdacht auf ihn zu lenken.«

»Und danach, Saskia?«

»Ich setzte mich ins Auto und fuhr zur Brücke. Es dämmerte schon, als ich auf das Brückengeländer stieg. Dann stand ich einfach nur da. Ich fühlte mich erleichtert. Aber dann fand ich deinen Stein, Magnus, ich habe ihn in die Hand genommen, so wie du es mir geraten hattest. Ich dachte an alles, was du gesagt hattest, und daran, daß Klara jetzt vielleicht sterben, Saskia aber endlich leben könnte. Daß es nicht mehr als recht wäre.«

»Du bist zu mir gekommen.«

»Ja, ich bin zu dir gekommen.«

Zum ersten Mal seit Ewigkeiten schauen wir uns direkt in die Augen, meine fließen über, aber die seinen sind völlig klar. Sie weichen nicht aus, er weicht nicht aus. Aber ich sehe auch etwas anderes. Ich sehe, daß er erleichtert ist, daß ihn das, was ich erzählt habe, von seinem nächtlichen Herumgelaufe und einer furchtbaren Angst befreit hat.

»Warum hast du das gemacht, Saskia?« fragt er schließlich.

»Sie war keine Mörderin.«

»Doch.«

»Ich wollte es nicht.«

»Ich weiß.«

»Es war das einzige, das Letzte, was ich für sie tun konnte, verstehst du? Es war irgendwie Ehrensache. Er hätte es ebensogut sein können. Er hätte es sein *sollen*.«

»Warum hast du das nicht schon früher erzählt?«

»Sie war keine Mörderin«, wiederhole ich.

»Warum diese Loyalität?« beharrt er.

Er ist aufgebracht. Jetzt, so viele Jahre später, erhält er jene Antwort, die er in all diesen Nächten, diesen Gesprächen gebraucht hätte.

»Ich weiß nicht«, antworte ich nur.

Er schüttelt wieder den Kopf, ist sich nicht im klaren, in welche Richtung er sich drehen soll. Verzweifelt schaut er Andrea an, die auch keine Antwort weiß, denn es gibt keine.

»Was ist danach passiert?« fragt sie statt dessen.

»Du, Magnus, hast mir gesagt, daß ich nach Holland fahren soll, von all dem hier weg. Vater hat mich nach den vielen Jahren der Verbannung abgeholt, endlich bekam er seine geliebte Tochter zurück. Du bist mir dann nach Holland hinterhergereist, Magnus. Du wolltest mich haben. Aber ich war eine andere geworden, es gab keine Klara mehr. Ich wollte mich nicht daran erinnern, wie sie ihr Leben gelebt hatte. Aber Saskia hat überlebt, denn sie war eine Frau, die mit allem zurechtkam. Ich bin es, die überlebte. Du hast es mir möglich gemacht, Magnus.«

Ich schließe meine Hände, ich weiß nicht, wie es für uns weitergehen soll.

»Was machen wir jetzt?« fragt Andrea, die schon verstanden hat, warum ich diesen Sommer so unnötig still gewesen bin.

»Es gibt natürlich keine Beweise, daß es sich so verhalten hat. Überhaupt keine Beweise. Als ich schließlich begriff, daß Adolfsson dachte, daß ich es getan hätte, blieb mir nichts anderes übrig, als mich weiter fernzuhalten. Ich habe einfach verstanden, daß ich ohne Beweise gezwungen war, die Sache in mir zu begraben – Klara in mir zu begraben –, was hätte ich sonst tun sollen?«

»Und Desirées Pistole?« fragt Andrea.

»Ich habe sie Mutter gegeben, bevor ich gefahren bin. Sie hat versprochen, sie wegzuwerfen. Also gibt es nur noch mein Wort. Wie hätte ich Adolfsson damit gegenübertreten sollen? Als Klara? Das ging nicht. Den ganzen Sommer habe ich gegrübelt, wie ich da herauskommen soll.«

Magnus blickt zur Sonne hoch, er weicht meinem Blick aus.

»Magnus«, bitte ich, »ich brauche deine Hilfe.«

»Klara Saskia«, sagt er nur.

»Das bin ich.«

»Ich liebe euch beide. Ich habe dich immer ganz geliebt.«

»Das habe ich mir gewünscht«, flüstere ich, und erst jetzt weiß ich, daß es die Wahrheit ist.

Er kommt zu mir, endlich, und kniet sich neben mich auf den Steg. Er zieht meinen Kopf an sich, streicht mir übers Haar und wird völlig naß von meinen Tränen. Ich bin überhaupt niemand mehr, und er ist es, der mich wieder zusammensetzen muß, jetzt wo er alle Teile von mir gesehen hat.

Als ich die Augen öffne, bemerke ich, daß Andrea gegangen ist. Sie ist eine Frau, die genau weiß, wann sie stört und wann sie am meisten gebraucht wird. Andrea, denke ich, als ich die Augen wieder schließe, die einsame Andrea.

28

Vor mir sitzt ein Mann. Ein Mann, der mich damals vor Entsetzen hatte erstarren lassen. Ein Mann, der erklärt hatte, er habe sein Leben dem Kampf gegen ein Ungeheuer geweiht, das er nicht zu packen bekommen konnte. Ein Mann, der allem, was sich mit Kommunismus bezeichnen ließ, den Garaus machen wollte, und zuweilen erforderte diese Jagd auf den irritierend abstrakten Feind Opfer, mit denen er vielleicht nicht gerechnet hatte. Er und ein paar Auserwählte waren es, die den unangenehmen Job erledigen mußten, bevor sich das gräßliche Monster weiter über die Welt ausbreiten würde. Dieses Monster hatte einst seine Mutter ermordet, und so viele andere nach ihr, bei einem Blutbad, wo erklärt wurde, daß manche auf der richtigen Seite der Wahrheit und andere auf der falschen gestanden hätten, und bei dem ein Fehltritt das Leben kosten konnte.

Gustav ist heute ein alter Mann. Desirées Vater ist alt, und er hat seinen überzeugenden Blick verloren. Er scheint den Feind seines Lebens verloren zu haben, und jetzt auf seine alten Tage ist er statt dessen nur betroffen von Schuld und ein bißchen Einsicht. Doch läßt ihn das nur müde und gehetzt reagieren, er wünschte, er hätte dem allen entgehen können. Er hat das Gefühl, die ganze Welt sei gegen ihn, so viele sind da, die man umstimmen müßte, und obwohl er meint, er habe recht gehabt – der Kommunismus sei schließlich untergegangen –, so hatte er irgendwie auch unrecht. Er fragt sich, ob all diese Menschen, die geopfert werden mußten, einmal aufhören würden, ihn zu verfolgen, obwohl sie doch, wie er es sieht, aus gutem Grund umgekommen waren. Er wünschte so sehr, daß die Welt jetzt gereinigt wäre, ohne jede Düsternis und wahnwitzige Systeme, aber er begreift, daß sich alles nur einmal gedreht hat und unter neuem Namen von vorn beginnt.

»Du bist es, Klara«, sagt er nur, und seine müden Augen leuchten ein wenig auf, wie sie es bei alten Menschen manchmal tun, die nur zu selten die Möglichkeit haben, jemanden wiederzuerkennen.

»Ja, ich bin es. Klara«, antworte ich, und die Erleichterung ist genauso groß wie vor einiger Zeit, als er mir auf der Straße begegnete und mich bei meinem richtigen Namen nannte.

Wir sitzen in einem Restaurant, das Henrik und Desirée auch gewählt hätten, wenn sie mittags essen gegangen wären. Das Personal bewegt sich diskret und unauffällig, Gläser werden gefüllt und abgeräumt, kleine Pyramiden aus Speisen werden auf überdimensionalen Tellern serviert. All das erzeugt ein so dösiges und angenehmes Gefühl, genau wie damals, als Desirée mich in diese Welt einführte, eine

Welt, die ich zuvor nur flüchtig aus Teenagermagazinen kannte, die ich in Arnhem unter der Bettdecke gelesen hatte. Geblendet nahm ich an Desirées Leben teil, genoß es, das kann ich niemals abstreiten.

Jetzt erzähle ich Gustav, wo ich all die Jahre gewesen bin. Ich erzähle ihm, wie Klara verschwunden ist, und wie sie in diesem Sommer langsam wieder an die Oberfläche kam. Es fällt mir erstaunlich leicht, mit ihm zu reden, es ist, als hätte man seine Vergangenheit quicklebendig vor sich und bekäme endlich die Chance, von dem zu sprechen, was man nicht geschafft hat. Ich rede und rede, und am Ende wende ich mich zu ihm hin, als würde ich erst jetzt begreifen, daß er tatsächlich dort sitzt: »Gustav. Wie ist es Gustav ergangen?«

Ich bemerke, daß ich es noch immer nicht wage, du zu sagen. Aber ich bemerke auch, daß es eigentlich so klingt, als spräche ich zu einem Kind und nicht zu einem Erwachsenen. Will Gustav einen Keks haben? Hat Gustav in die Hosen gemacht? Gustav blickt in sein Glas. Es fällt ihm lange Zeit schwer, mich anzusehen. Er ist unangenehm berührt, ich zwinge ihn, an Zeiten zu denken, die er nur in guter Erinnerung behalten will.

»Als Desirée starb, war nichts mehr da, für das es sich zu leben lohnte. So habe ich es jedenfalls gesehen. Wäre ich kein Gentleman gewesen, hätte ich meinem Leben ein Ende bereitet. Du verstehst, man kann nicht damit zurechtkommen, daß das eigene Kind vor einem stirbt. Aber ich mußte es, etwas anderes tut man einfach nicht.«

»Man tut es nicht.«

»Nein, man soll nicht versuchen zu entkommen. Man muß das Leben nehmen, wie es ist, man kann sich ihm nicht entziehen. Man stellt sich ein Ziel, etwas, für das man kämpfen muß, und dann tut man es. Das habe ich immer gesagt.«

»Sicher«, erwidere ich und überlege, warum er mich eigentlich zum Essen eingeladen hat.

»Desirée gab es nicht mehr, und sie war das einzige, was ich besessen hatte, nicht einmal der Kampf spielte noch eine Rolle. Es war ja doch Henrik gewesen, der die Fäden in der Hand gehalten hatte, und da auch er gestorben war, wußte ich nicht, wie ich weitermachen sollte. Es stellte sich heraus, daß Henriks Kollegen ganz andere Träume hegten als ich, und man betrachtete mich als hoffnungslos rückschrittlich. Niemand wollte mehr meine flammenden Reden hören, außer ein paar wenigen Gleichgesinnten in meinem Alter. Die anderen, diese jungen Männer, wollten nur Geld scheffeln, und Waffen wurden an jeden geliefert, der bezahlen konnte. Das war es nicht, was ich mir vorgestellt hatte.«

»Ich verstehe«, sage ich, obwohl ich es überhaupt nicht verstehen konnte.

»Hier zu Hause war mir nichts mehr geblieben. Keine Familie und keine Vision. Ich habe alles verkauft und bin zurück nach Kenia gezogen. Nach Kenia, wo Geld und das Alter dafür sorgen, daß man von den Menschen mit Respekt und Ergebenheit behandelt wird, wie es früher auch hier einmal gewesen ist. Zurück nach Kenia, wo die Leute einen guten *bwana* achten und ihm gehorchen.«

»Und das ist Gustav gewesen?«

»Das bin ich immer gewesen. Ich habe für die Afrikaner immer nur das Beste gewünscht.«

»Aber das Beste für diese Menschen, wie Gustav es sieht, ist vielleicht nicht immer das, was die Afrikaner dafür halten?«

»So kann man es ausdrücken. Genau so. Eigentlich sehr bedauerlich. Deshalb ist es mit Afrika dahin gekommen, wo es heute ist. Sie haben nicht gehört, nicht zugehört, was wir gesagt haben. Sie wollten ihren eigenen Weg gehen, und der hat sie direkt zurück zu Armut und Elend geführt.«

Er schüttelt den Kopf, ruft den Kellner heran und putzt ihn kurz herunter, weil der Wein nicht richtig gekühlt ist.

»Alles muß man selbst tun«, sagt er verärgert.

»Gustav ist noch immer ein altes Ungeheuer«, sage ich.

»Du verurteilst mich.«

»Entschuldigung.«

Wir sitzen ein paar Minuten schweigend da. Er blickt auf seine Hände. Es ist, als wisse er nicht recht, in welcher Zeit er sich befindet. Einerseits ist er ein Mann in seinen besten Jahren, der eine jüngere Frau zurechtweist, die glaubt, mehr zu wissen als er, andererseits ist er ein alter Mann, den das Leben illusionslos und einsam, ja vielleicht sogar ein bißchen religiös gemacht hat und der sich nach Zärtlichkeit sehnt. Er hebt den Kopf und wirkt müde.

»Vielleicht hast du recht, mich zu verurteilen. Ich habe zwei Frauen in den Tod getrieben und habe mein Leben einer Sache geweiht, von der ich nicht mehr weiß, wofür sie steht. Es gibt bessere Möglichkeiten, alt zu werden.«

Er sieht selbst überrascht aus. Als wäre es lange her, daß er aufrichtig gewesen ist, und daß es, wenn man es erst einmal tat, sich gar nicht als so gefährlich erweist.

»Man ändert sich nicht sehr. Doch mitten in all meiner Enttäuschung gibt es auch Momente der Erkenntnis. Von Desirée habe ich Tradition und Stil erwartet statt Originalität, wozu deine Eltern dich erzogen haben müssen. Hätte ich das früher begriffen, sähe mein Leben vielleicht anders aus.«

Er räuspert sich ein bißchen beschämt und nimmt einen zu raschen Schluck aus seinem Glas.

»Du erinnerst mich an Desirée«, entschuldigt er sich, noch immer genauso verwundert über das, was er mir erzählt hat, davon, wie das Leben sich für ihn gestaltet hat. »Du erinnerst mich so sehr an sie.«

»Ich weiß«, sage ich und kann sie eine Sekunde lang vor mir sehen, stelle mir vor, wie dieses Essen mit ihr verlaufen wäre, wo es geendet hätte, welche Wirkung sie auf ihre Umgebung, auf mich gehabt hätte, wie hingerissen ich gewesen wäre, wie völlig hingerissen – wieder einmal. »Ich weiß«, sage ich nur und nicke, »das tust du auch.«

»Und du, Klara? Was ist mit dir danach passiert? Was ist aus dir geworden?«

»Ich bin verheiratet, habe eine Tochter und einen Job.«

»Das habe ich nicht gemeint.«

»Ich verstehe. Du meinst, wer ich als Saskia geworden bin?«

»Ja. Wo du die zehn Jahre gewesen bist. Ob es die Sache wert war.«

Ich räuspere mich, und die Worte strömen mir aus dem Mund, und zum ersten Mal seit langem nehme ich mich nicht in acht.

»Ich bin Feministin und halte Vorlesungen über Ungerechtigkeit und die Möglichkeiten der Emanzipation. Ich versuche Vorbild zu sein und will – verzeih mir – all das sein, was Desirée nicht war.«

»Ich glaube, ich verstehe.«

»All das, was Klara und Desirée nicht waren. Ich versuche, in der Welt Stellung zu beziehen, an der Macht teilzuhaben und die Dinge wirklich zu verändern.«

»Gelingt es dir?«

Ich schweige. Man stellt mir einen weiteren Teller hin. Ich nehme eine Gabel, stochere ein bißchen darauf herum, schaue auf die Straße.

»Nach außen hin bin ich ein Ganzes, im Inneren nicht. Ich habe mir neue Eigenschaften zulegen müssen, um weiterzukommen. Eigenschaften, auf die ich nicht immer stolz bin. Aber das wird von einem verlangt. Man muß nicht nur genauso gut wie ein Mann sein, sondern besser.«

Ich falte die Hände und stütze mein Kinn darauf, so als müßte ich mich sammeln.

»Ich fühlte mich gezwungen, so zu werden, wenn Gustav versteht. Heute rede ich wie die Akademiker, ich teile die Welt in winzige Stücke ein, analysiere sie und erfasse sie statistisch. Dann präsentiere ich Tabellen, werde akzeptiert und war bisher damit zufrieden. Ich trage ein gutgeschnittenes Kostüm mit Schulterpolstern, organisiere Kongresse und literarische Abende und werde als bedeutende Frau angesehen.«

»Bist du das nicht?«

»Doch, das bin ich«, erwidere ich und zupfe nervös am Tischtuch, als säße Klara hier und wisse keine Antwort.

»Was ist es dann?«

Ich denke an die Kongreßteilnehmerin mit dem Block und daran, wie ich automatisch jene Frauen verurteilt habe, die sich gegen den Beruf und für das Leben daheim bei ihren Kindern entschieden, und daß Leute, die anders dachten als ich, es sofort von mir zu hören bekommen haben.

»Der Preis dafür war, daß ich mit dieser Überzeugung, genau zu wissen, was richtig und was falsch ist, zuweilen Leute ausgegrenzt habe«, höre ich mich selbst sagen. »Und manchmal frage ich mich, wohin Klara verschwunden ist. Die mit den Menschen gefühlt hat und nicht um jeden Preis Macht wollte. So wie ich es will.«

»Daran ist nichts Falsches. Auf die Weise sorgt man dafür, daß auf der Welt etwas zustande kommt.«

»Vielleicht. Ich weiß nicht mehr, für wen ich eigentlich noch meine Vorträge halte. Bin ich nur ein Teil einer kleinen Elite, die eine Sprache spricht, für die uns andere verachten, oder noch schlimmer, durch die sie sich minderwertig fühlen? Ich schreibe über Frauen, kämpfe für ihre Rechte, aber auf welche Weise, wem gehört die Arena? Bin ich in Wirklichkeit – trotz meines Kampfes, meiner Überzeugung und meiner Analysen – überhaupt keine Bedrohung, jemand, der keinerlei Veränderung bewirken kann?« frage ich verzweifelt.

Auch ich habe offener gesprochen, als ich es seit langem getan habe. Ich bin erstaunt über das, was ich mich sagen höre, es ist, als spreche Klara aus meinem Mund.

»Jede Macht hat ihren Preis«, erwidert Gustav nur, als sei das hier eine Sache, die jeder schließlich einsieht. »Aber wenn du das begriffen hast, mußt du dich selbst fragen: *Was werde ich jetzt weiter tun?*«

Ich kann ihm darauf nicht antworten. Mein Lebenswerk, das Buch von Andrea und mir, ist nur eine Armeslänge entfernt, und dennoch glaube ich, keine zufriedenstellende Antwort zu wissen. Darum sage ich: »Gustav, plötzlich habe ich eine Heidenangst vor all diesen Ismen.«

»Und doch ist es das, womit du dich beschäftigst.«

»Ja. Es macht mir Sorgen, wie ich die Welt aufteile, nur um selbst ruhig zu bleiben. Dieses hier hängt von dem und jenem ab, das dort begründe ich so und so mit statistischen Zahlen. Versteht Gustav mich? *Alles, was ich gesagt habe, war richtig.* Ich weiß nur nicht, ob ich in der Lage bin, es immer wieder zu unterstreichen, so, wie ich es bisher getan habe. Ich fühle mich alt und habe vergessen, was es heißt, von etwas hundertprozentig überzeugt zu sein.«

»Etwa so wie ich.«

»Vielleicht«, sage ich und verkneife mir ein Lächeln.

»Lach mich nicht aus. Du hast selbst gesagt, daß du mit deiner Selbstsicherheit vernichtend sein kannst.«

Ich beiße mir auf die Lippe.

»Gibt es eigentlich eine Antwort auf Gustavs Frage?« erwidere ich.

»Ist dir das Ziel noch immer genauso wichtig wie früher?«

Ich denke lange nach.

»Noch wichtiger.«

»Na dann. Du wirst ganz sicher eine Antwort finden.«

Ich hätte nie geglaubt, daß ich jemals in bestem Einvernehmen mit diesem Mann lächeln könnte. Er auch nicht.

»Es gibt noch einen Grund, weshalb ich dich gebeten hatte, dich heute mit mir zu treffen«, sagt Gustav, ein bißchen verlegen wegen der Vertraulichkeit. »Ich wollte über die Schuldfrage mit dir sprechen.«

Ich sehe ihn erstaunt an.

»Als Desirée starb und Henrik zuerst als Schuldiger galt, konnte ich damit leben. Doch als dann dieser Polizist ... wie heißt er gleich?«

»Adolfsson.«

»Als sich dann herausstellte, daß Adolfsson glaubte, du hättest sie ermordet, fühlte ich mich unwohl. Aber ich konnte auch damit leben. Du warst – verzeih mir – nicht eben die sympathischste Frau, die mir begegnet ist. Außerdem warst du verschwunden, vermutlich tot. Ich fand, es war kein Unglück geschehen. Aber als ich dich dann hier in Stockholm gesehen habe, quicklebendig auf der Straße ...«

Ich verstehe nicht, was er meint. Er sieht mich ruhig an.

»Ich weiß, was du für Desirée getan haben mußt. Ich glaube zu wissen, was passiert ist. Daß du sie schützen wolltest, sie retten, so wie ich auch.«

Ich zögere, versuche etwas zu sagen, doch er fährt fort: »Ich weiß, daß sie ihn ermordet hat. Und sich danach selbst umgebracht hat. Seit zehn Jahren habe ich mit diesem Wissen gelebt. Mit der Erkenntnis, daß ich meinem Kind nicht mehr Lebenslust habe geben können.«

Er sieht meine Verwirrung.

»Ich weiß. Ich hätte sie schicken, ihren Inhalt aufdecken sollen. Aber *wohin* sollte ich sie schicken? An diesen Adolfsson? Damit er sie dann der Presse geben würde und es zu einem Skandal käme, über den sich jeder das Maul zerrissen hätte? Mein Name, mein Familienname in den Gazetten? Das ging nicht. Hätte ich sie an dich schicken sollen? Und wohin? Aber glaub mir, es war alles andere als angenehm. Außerdem vielleicht ungerecht.«

»*Was* hätte Gustav schicken sollen?« bringe ich endlich heraus.

»Die Briefe, die Desirée geschrieben hat, kurz bevor sie gestorben ist. Es war ein Brief an mich adressiert und einer an dich, zur Insel, der jedoch nie angekommen ist und statt dessen an mich zurückgesandt wurde. Im Brief an mich schreibt sie klar und deutlich, was sie tun wird. Sie schreibt, sie sei erleichtert, nie zuvor sei sie sich ihrer Sache so sicher gewesen.«

»Und im Brief an mich?«

»Ich mag ein ›altes Ungeheuer‹ sein, aber so viel Ehre habe ich im Leib, daß ich fremde Briefe nicht lese.«

Ich werde rot.

»Ich muß sagen, was du für sie getan hast, hat mich verwundert. Ich hatte dich unterschätzt. Henrik war natürlich der gegebene Mörder, er hätte es sein sollen, das haben wir ja alle gesehen«, sagt Gustav.

»Außer Adolfsson.«

»Außer Adolfsson. Er muß immer noch glauben, daß du sie ermordet hast. Und es kann nicht mehr lange dauern, bis er begreift, daß Klara und Saskia ein und dieselbe Person sind.«

»Oh, er weiß es längst.«

»Aber?«

»Er hat keine Beweise. Er könnte wohl beweisen, daß ich Klara bin, aber nicht, daß ich etwas Ungesetzliches getan habe. Also wartet er darauf, daß ich mich verplappere, daß ich mich verrate, damit er etwas in der Hand hat, um weiterzumachen. In diesem Sommer hat er unser Haus wie eine Sturmmöwe umkreist. Er hat mit meinem Mann gesprochen, mit meiner Freundin und ich glaube sogar mit meiner Tochter. ›Begreifen Sie, daß Sie vielleicht eine Mörderin schützen? Daß keiner, auch sie selbst nicht, so weiterleben kann?‹ Aber ich habe ihm die Wahrheit nicht sagen können, weil ich nichts hatte, was meine Worte belegen konnte.«

»Bis jetzt. Die Briefe.«

»Bis jetzt. Wenn das reicht.«

»Ich kann bezeugen, daß es ihre Handschrift ist.«

Ich nicke. Ich weiß nicht, ob ich erleichtert oder beunruhigt sein soll, ob ich vor Adolfsson weiter das Gesicht wahren oder ob ich ihm eine Hand entgegenstrecken soll. Es ist nur schwer zu entscheiden, ob er ein Mann ist, der eine ausgestreckte Hand annimmt.

»Ich habe mein Leben ständig in der Nachbarschaft des Todes verbracht«, sagt Gustav aus seinen Gedanken heraus und schaut aus dem Fenster. »Der Tod war vielleicht nicht immer die rein physische Vernichtung, sondern eher die Abwesenheit des Lebens. Ich habe all die Jahrzehnte mit jemandem verbracht, der seine Nächsten im Stich gelassen hat, indem er starb, und zwar in dem Sinne, daß er frühzeitig seine Lebensfreude aufgab.«

»Von wem spricht Gustav?«

»Von Eleonora, Desirées Mutter. Nicht, als ich sie kennenlernte, nein, damals nicht. Auch wenn sie viele Jahre lang gezügelt worden war, so hatte das bis dahin keine wirklichen Spuren hinterlassen. Aber als wir dann eine

Familie gründeten, und es an uns war, erwachsen zu werden, da wurde sie all das, was ein Mädchen aus äußerst feinem Hause zu sein hatte.«

»Und was?«

»Ein gestutzter Mensch. Das habe ich erst viel später begriffen. Das ist es, was eine solche Ehe aus einer Frau machen kann.«

»Und Gustav?«

»Ich habe natürlich auch schuld daran. Ich habe meinen Haß gepflegt. Habe ihn tagsüber in meinem Kopf gewälzt, und in den Nächten hat er mich wachgehalten. Durch meine Geschäfte habe ich uns mit diesem Haß ein kleineres Vermögen erworben. All das habe ich getan, nur Liebe habe ich meiner Familie nicht gegeben. Gleichzeitig machte Eleonora das, was so viele angeblich nervenkranke Frauen, eigentlich fühlen sie sich doch nur überflüssig, tun: sie betäubte sich.«

»Ich verstehe nicht.«

»Mit Beruhigungsmitteln, mit narkotischen Präparaten, mit Schlaftabletten. Oft hat sie zuviel genommen.«

»Wie damals, als ich zu Besuch war«, sage ich und erinnere mich.

»Ja, wie damals. Sie hatte zu viele Tabletten genommen, und Desirée und ich versuchten, sie wieder zu sich zu bringen, ohne Außenstehende heranziehen zu müssen, was Desirée ablehnte.«

Er verzieht das Gesicht.

»Nicht immer sind die Dinge so, wie sie zu sein scheinen. Das hatte ich gesagt.«

»Ich verstehe es jetzt.«

»Desirée hat die Schwäche ihrer Mutter verabscheut, diese ständige Abwesenheit. Desirée sagte immer, ihr wäre es lieber, Eleonora würde statt dessen richtig sterben. Dann könnte sie in aller Ruhe um sie trauern.«

»Aber dennoch?«

»Dennoch tat Desirée genau dasselbe. Auch sie hat sich betäubt. Aber sie hat wohl eher ihre Gefühle betäubt. Sie wurde ein sehr kalter Mensch, meine Desirée, so war sie nicht geboren. Eleonora und ich waren es, die sie verdorben haben. Dafür gibt es keine Entschuldigung.«

Jetzt sehe ich, daß er lautlos weint. Wie ein alter Elefant, der in der Savanne steht und beschlossen hat, zum Sterben zurückzubleiben, während die Herde weiterzieht. Ihm stehen Tränen in den Augen, doch sein Gesichtsausdruck ist nahezu unverändert.

»Gustav, ich ...«

»Hier ist der Brief von Desirée an dich«, sagt er, zieht ihn aus der Innentasche seines Jacketts und schiebt ihn über den Tisch. »Tue damit, was du willst. Ich werde zu deinen Gunsten aussagen, diesem Adolfsson meinen Brief zeigen, falls es nötig ist. Deshalb hatte ich dich gebeten, heute herzukommen. Nur deshalb. Um wenigstens dich von dieser ganzen Geschichte zu befreien.«

»Gustav?«

»Geh jetzt. Das war alles.«

Er sieht mich nicht an. Die Tränen sind weg, es ist, als hätte es sie nie gegeben. Mir zuliebe hat er von diesen Dingen gesprochen, aber auch sich selbst zuliebe. Er wünschte, man könnte alles ungeschehen machen, doch weiß er, daß es im Leben keine Rückspultaste gibt. Jetzt bittet er mich nur darum, daß ich etwas aus dem machen soll, was von meinem Leben übrig ist.

»Danke.«

Er nickt und winkt abwehrend mit der Hand. Ich gehe auf die Straße, und der Sommer hat sich langsam in einen immer dunkleren Herbst verwandelt, es riecht nach beginnender Fäulnis. Ich blicke noch einmal ins Restaurant zurück. Gustav ist verschwunden. Bald wird man wohl

Handschuhe brauchen, denke ich, als sei das eine lebenswichtige Erkenntnis. Ob das Schiff heute Verspätung hat, überlege ich dann. Desirées Brief schneidet mir in den Schenkel, direkt durch den Stoff des Kleides, durch Haut, Sehnen und Knochen. Ich vermag ihn nicht zu lesen.

Ich habe keine Wahl.

29

Das Schiff verläßt die Stadt, und wir sind auf dem Weg zu den Schären. Ich betrachte die grauen Felsen und sandigen Gegenden, an denen wir vorbeifahren, und es ist, als würden auf die Dinge, die ich sehe, Bilder aus meinem Leben projiziert. Jedesmal, wenn ich blinzle, erscheint ein neues Bild, wie in dem roten Plastikfotoapparat, den ich als Kind besaß und aus dem ich mit einem Knopf eine ganze Flut von Ansichten hervorzaubern konnte. Klick. Ich sehe Saskia und mich, noch klein, beim Spielen, sie schaut auf den Kasten, den ich vor mein Gesicht halte. Danach eine Klara, die mit einer nicht existierenden Saskia spielt, eine Klara, die beabsichtigt, Saskias Rolle zu übernehmen – wenn das die einzige Möglichkeit für sie ist, nicht zugrunde zu gehen. Klick. Eine entschlossene Frau in meinem Alter flieht aus Holland mit einer Tochter, welche die Wirklichkeit und ihr eigenes Bild von derselben nicht mehr zusammenbringt. Die Frau ist meine Mutter. Das nächste Bild zeigt meine Begegnung mit Desirée, die sofortige Verliebtheit, die Freundschaft, das hoch und heilig Versprochene: nie mehr allein. Ich sehe die Szenen, die Beteuerungen, die Lügen. Dann meine eigene Ohnmacht, Unbeholfenheit und Passivität. Klick. Klas, der in seinem hellblauen Pyjama ratlos die Arme hängen läßt: ein Mann, der sich in zwei Frauen verliebt hat, die scheinbar gute und die schlechte. Beide haben ihn im Stich gelassen, keine von ihnen hat ihn geliebt. Er ist nur das Sprungbrett für die Träume gewesen, die wir nicht zu verwirklichen wagten. Dort, ja dort ist Henrik, und ich sehe, wie er den Haß anderer Menschen und ihre Machtgelüste ausgenutzt hat, um des eigenen Vorteils willen. Aber ich sehe auch einen Henrik, der Desirée mehr liebte, als ihm recht war, ich sehe, wie sie ihm Schaden zufügt und daß er nichts dagegen tun kann. Daß auch ein solcher Mann zuweilen machtlos ist. Danach Desirée, zierlich und betörend schön hinter Henriks Schreibtisch, Kassetten in der Hand und in Mata-Hari-Verkleidung.

Jetzt sehe ich Vater, wie er seine verlorene Zwillingstochter in die Arme schließt, mit dem Versprechen, sie nie mehr gehen zu lassen. Darauf Susanne, die sich aller möglichen Dienstvergehen schuldig gemacht hat, um ihr Verbrechen zu sühnen, das darin bestand, einen Mann zu lieben, der einer anderen gehörte. Dann Magnus. Er wendet mir seinen Blick zu, die Hand hält er geschlossen, und als er sie öffnet, liegt dort der Stein aus Afrika. Er reicht ihn mir, hinweg über Zeit und Raum, und ich presse ihn erneut mit meinen Fingern. Ich blinzle, öffne die Hand noch einmal und sehe Malin als winziges Baby. Dann sehe ich sie, wie sie heute ist, sie geht über das Wasser zwischen Schiff und Land, entfernt sich langsam von mir, und ich weiß, es ist notwendig. Sie ruft mir etwas zu, ich beuge mich vor und begreife, sie will die Wahrheit von mir hören. Erst wenn sie die erfahren hat, werden wir beide einer des anderen Sprache verstehen. Ich weiß nicht mehr, was dieses Wort bedeutet. Ich habe versucht, einleuchtende Erklärungen für das Geschehene abzugeben, habe die Last der Schuld verteilt und zu überleben versucht. Ich weiß nicht, ob es mir gelungen ist, ob das, was ich an Wahrheit besitze, ausreicht, um Adolfsson umzustimmen, ob ich jetzt frei bin. Verschwunden, wiedergefunden und frei? Klara Saskia. Ich weiß nicht, ob ich noch einmal als Klara beginnen kann, auch nicht, ob Magnus mit einer solchen Frau zu leben vermag. Ob sie nach all dem wirklich weiterleben kann.

Desirée. Dort beginnt alles, und dort endet es auch. Die Liebe zu ihr, die Andrea und Magnus – zu einem gewissen Teil auch Gustav – so unbegreiflich finden. Die Loyalität, die mich so viele Jahre in die Flucht getrieben hat. Ich ziehe den Brief aus meiner Tasche. Das Kuvert ist vergilbt wie die Aufzeichnungen der Tagebücher, durch die ich mich diesen langen Sommer hindurchgekämpft habe. Auf der Vorderseite steht in deutlichen Druckbuchstaben mein Name und darunter die Adresse des Hauses und die Insel. Er ist nie angekommen, oder richtiger: Ich bin ein Mensch gewesen, der nicht die Geduld hatte zu warten. Ich bin losgestürzt und habe ihr nicht die Chance gegeben, irgend etwas zu erklären. Direkt in alles hinein bin ich gelaufen und habe die Bühne verändert, die ihre letzte gewesen ist. Nicht einmal dort durfte sie sein, wie sie wirklich war.

Ich öffne den Brief, bin wieder dreißig Jahre alt, warte auf der Insel, und dieses ist die Nachricht, die ich gelesen haben sollte. Wäre das geschehen, hätte Klara vielleicht nie verschwinden müssen. Gott weiß, was ich dann aus meinem Leben gemacht hätte. Zehn Jahre sind vergangen, und dennoch scheint ihre Stimme noch immer genauso eindringlich. Ihre grünen Augen glänzen, der rote Pagenschnitt fällt ihr ins Gesicht, und sie schiebt das Haar hinter die Ohren, während ich meine, sie reden zu hören – genau wie damals.

»Liebste Klara«, schreibt sie. So fängt sie an. Das zumindest ist die Wahrheit. Daß ich ihre liebste Klara war.

»Ich werde Dir jetzt Dinge erzählen, die Dich nicht

glücklich machen werden, auch mich machen sie nicht glücklich, aber ich glaube, ich kann sie leichter ertragen. Du bist der naivste Mensch, der mir je begegnet ist, und dafür habe ich Dich verabscheut, aber auch geliebt, soweit ich dazu überhaupt imstande bin. In Deinen Augen war ich etwas anderes als das, was sonst alle sofort bemerken. Alle wußten, daß ich ein Mensch bin, dem man nicht vertrauen kann, nur Du wußtest es nicht. In Deinen Augen besaß ich die Möglichkeit, mich zu ändern, sie sagten mir: Du seist in diese Welt gesetzt, um die Veränderung zu bewirken, und dadurch sollte alles ins rechte Lot gebracht werden.

Es ist lebensgefährlich, einen anderen ändern zu wollen, das läßt die betroffene Person begreifen, wer sie wirklich ist. Indem Du mir gezeigt hast, was ich werden könnte, hast Du diejenige verurteilt, die ich tatsächlich war. So einfach ist das. Du hast mich dazu gebracht, daß ich mich schäme, die zu sein, die ich bin. Bei allen anderen Menschen war mir klar, daß ich keine sympathische Person bin, das wurde mein Signum, und ich lebte danach. Wer mir über den Weg lief und nicht aufpaßte, war selbst schuld, denn ich habe es nicht verborgen. Ich mag gelogen, mag lang und breit über Gleichberechtigung und Solidarität geredet haben, doch ein normaler Mensch hätte mich sofort durchschaut. Du hättest sehen müssen, daß ich vor den Dingen, die ich am häufigsten im Munde geführt habe, die größte Angst hatte. Ich habe zwei Dinge von zu Hause mitbekommen: den Haß meines Vaters und die Gleichgültigkeit meiner Mutter. Ich weiß nicht, was für Dich das Schlimmere ist. Aber ich weiß, daß genau das der Grund war, weshalb ich beschlossen habe, mit Henrik zu leben.

Du also wolltest mich retten, Klara. Manchmal habe ich wirklich an die Veränderung geglaubt, Du hast mich dazu verleitet, daß ich glaubte, eine andere werden zu können. Ich weiß nicht, ob Du begreifst, was es für ein Gefühl ist, immer wieder zu versagen, in Deinen Augen erneut lesen zu müssen, daß ich Dich hintergangen habe. Jedesmal, wenn es mir mißlungen ist, wurde ich noch ein bißchen schlechter, Du hast mich an diese Tatsache erinnert. Immer und immer wieder. Henrik versteht nicht, daß ich Dir erlauben konnte, so weiterzumachen. Und ich verstehe es auch nicht.

Du hast gesagt, Du wolltest, daß ich diejenige für Dich werde, die Saskia gewesen ist. Daß wir beide freie, starke Frauen werden sollten, so wie Saskia. Ich weiß, Du verurteilst mich wegen meiner Lügen. Welche Ironie, dann jetzt eben von Henrik zu erfahren – wir haben uns gerade gestritten, er wirft Pfeile über meinen Kopf, und ich lehne es ab, mich zu bücken –, daß es keine Saskia gibt. Daß Du nie eine Zwillingsschwester gehabt hast. Er findet es sehr komisch, daß ich erkläre, mit Dir fliehen und ein neues Leben beginnen zu wollen, bei jemandem, den es überhaupt nicht gibt, einem Vorbild, das nie existiert hat. Ich finde es auch ein bißchen komisch, aber da ich nun fast zwei Tage hintereinander nicht geschlafen habe, bin ich nicht imstande zu lachen. Klara, welche die besten Absichten hatte, ist die größte Lügnerin von allen. Ich hatte es bereits irgendwie geahnt und Dich ja auch gefragt. Wer andere retten will, sollte vielleicht zuerst sich selber helfen. Oder besser gesagt: das nächste Mal *fragen*, ob das Opfer überhaupt gerettet werden will. Ich hätte es schon vor langer Zeit klar und deutlich sagen sollen: Laß mich in Frieden. So ein Mensch bin ich nun mal. Nimm mir das alles nicht weg, so wie Du es versucht hast. Dann bleibt überhaupt nichts mehr übrig. Ich bin nicht wie Du. Mein Herz blutet nicht für andere Menschen: Sie sind mir scheißegal, aber ich scheine ihnen nicht egal zu sein.

Du verstehst, Klara, ich bin nie eine lebenstüchtige Person gewesen. So wie meine Mutter will ich mich betäuben. Meine Eltern haben mir ein sehr merkwürdiges Bild davon gegeben, was es heißt, zu leben, zu lieben und ein Mensch zu sein. Daran kannst Du nichts ändern. Ich nehme an, daß dieser Brief hier ein Lebewohl ist, Klara. Es gibt natürlich keine geheimen Dokumente, die böse Männer zu Fall bringen könnten. Alles, was ich gesagt habe, ist wahr, aber ich habe keine Beweise dafür. Ich – und auch Du – haben von diesem Handel gut gelebt, wie andere Männer und Frauen vor uns. Ich denke oft an den Roman, den wir in der Universität gelesen haben, *Herz der Finsternis*, wo der weiße Mann immer tiefer in den afrikanischen Dschungel vordringt, bis er das Lager von Mr. Kurtz mit all seinen Schrecken erreicht – der Preis, Klara –, während dieser Mann Briefe an seine unschuldige, viktorianische Geliebte zu Hause in England verfaßt. An die Frau, die nichts davon erfahren soll, wie die Welt wirklich ist. Die Kehrseite des Imperiums. Haben wir nicht auch so gelebt? Es spielt keine Rolle mehr, ich weiß natürlich, was Du sagen würdest, und diesmal brauche ich es nicht zu hören. In meiner Welt ist es immer so gewesen, das habe ich schon frühzeitig in Kenia gesehen, bei Frauen wie mir. Ich bin leider nicht imstande, Stolz über mein eigenes Geschlecht und solche wie mich zu empfinden. Trotz allem, was wir gesagt haben. Ich habe viel zu viele Frauen dieser Sorte gesehen. Zu meiner Verteidigung kann ich nur sagen, daß ich jedenfalls nicht so naiv gewesen bin. Eine Zeitlang habe ich geglaubt, das würde reichen, leider ist es nicht so. Wenn Du jemals eine Tochter bekommen solltest, achte darauf, daß sie nicht wie die viktorianische Frau in dem genannten Roman wird, aber auch nicht so wie ich. Vielleicht kann für sie wirklich alles anders werden.

Das Letzte, was ich tue, wird Dich erstaunen, Klara. Ich werde zurückzahlen an den Kontinent, der mich geboren hat – ich ziehe die Konsequenzen aus meinem Tun. Das würde auch Henrik verwundern, doch er wird nicht dabeisein und sehen können, daß die Finanzen des ANC bedeutend gewachsen sind. Ich habe Dir ja gesagt, daß ich mich einmal sehr nützlich machen werde. Ich habe mein Versprechen gehalten, wenn auch nicht so, wie Du es vorgeschlagen hast. Dieses Geschenk ist meine Art zu sagen: ›Ich bin nicht so, wie Du denkst. Trotz allem war ich etwas sehr viel Besseres.‹

Ich weiß, daß Henrik für Dich nur Abschaum ist – ich will keine Proteste hören, die Entrüstung solcher Leute wie Du ist allzu leicht zu durchschauen –, doch solch ein Mann ist es nun einmal, mit dem ich beschlossen habe, mein Leben zu beenden. Mit ihm sehr viel lieber als mit Dir. Ich glaube nicht, daß es ihn sehr treffen wird. Verstehst Du, er liebt mich wirklich. Das ist merkwürdig, wo ich doch für niemanden etwas empfinden will. Und nun scheine ich zwei Menschen an mich gebunden zu haben. Am Anfang habe ich ›Liebste Klara‹ geschrieben, doch bin ich nicht sicher, daß ich weiß, was das bedeutet. Mir ist nicht klar, wie Du nach dem hier weiterleben kannst. Aber das geht mich nichts mehr an. Heute werde ich Henriks und mein gemeinsames Leben beenden. Genau dafür habe ich so fleißig auf unserem Schießstand trainiert. Hast Du mich gesehen? Wir kommen gerade von dort: Ich weiß, daß ich nicht danebenschießen werde. Du hast großen Anteil an dieser Sache. Du hast dafür gesorgt, daß ich mich schäme, die zu sein, die ich bin. Dafür verurteile ich Dich. Doch noch mehr verurteile ich mich selbst.

Deine Desirée«

Als ich die Gangway zur Landungsbrücke der Insel hinuntergehe, scheint es irgendwie neblig zu sein. Ich stolpere, trete daneben und reibe mir die Augen. Was für ein merkwürdig dunstiger Tag – obwohl die Sonne wieder unbarmherzig vom Himmel brennt. Jemand fällt hin, und dieser Jemand bin ich. Die Person, die mich auffängt, ist Adolfsson, und er weiß, wie man Frauen in Bedrängnis stützt, wie man sie zum Reden bringt.

»Liebe Klara«, sagt er nur.

Ich schließe die Augen, murmele vor mich hin und weiß nicht, was ich sage, wie ich einen Satz anfangen oder ihn beenden soll. Doch Adolfsson reagiert schnell, genauso schnell wie Andrea, und er flüstert mir ins Ohr: »Sie wollten mir etwas sagen.«

Ich schüttle den Kopf, er hält meinen Körper aufrecht, meine Füße schweben ein Stück über dem Boden, der Kopf hängt schräg nach hinten. Meine Augen sind geschlossen, doch etwas Klebriges ist in ihnen, das ich nicht wegreiben kann.

Adolfsson flüstert: »Sie brauchen nur zu antworten: Ja, ich, Klara, habe etwas zu erzählen.«

Ich öffne die Augen, und jetzt sehe ich, daß er mich irgendwie an meinen Vater erinnert. Wie konnte mir das bisher entgangen sein? Ich meine, keinen Satz anfangen oder beenden zu können, doch ich muß einen Versuch machen: »Ja. Ich habe etwas zu erzählen.«

30

Rechts von mir habe ich Magnus und links Andrea. Malin ist zu Desirée geschickt worden, weil Adolfsson uns am Eßtisch gegenübersitzt. Ich finde nicht, daß sie an diesem

Gespräch teilnehmen sollte. Mit trotzigem Blick geht sie aus dem Haus. Diesen Sommer habe ich sie vernachlässigt, stelle ich leicht apathisch fest. Es ist, als seien meine Gefühle tief in mir eingefroren, damit sie nicht allzu sehr schmerzen. Langsam, aber sicher werden sie wieder auftauen, doch nicht jetzt. Jetzt sitzt Adolfsson hier vor mir, und ich fühle mich merkwürdig stumpf, als hätte ich Isoliermaterial im Kopf und als sei der Abstand zu Erinnerungen, Details und klaren Formulierungen ungeheuer groß. Es ist, als hätte ich eine Gehirnblutung erlitten und brauchte nun Hilfe, um essen, reden und mich erinnern zu können, wer ich bin. Andrea hält meine eine Hand, Magnus die andere. Beide drücken rhythmisch meine Finger, es ist, als ströme warmes Wasser in einen kalten Heizkörper. Sie versuchen mich langsam aufzutauen. Ich blicke sie an, als wollte ich sagen: Sollte ich keine Worte finden, müßt ihr für mich reden. Sollte sich zeigen, daß ich nicht mehr gehen kann, müßt ihr mich tragen. Sollte sich herausstellen, daß ich niemand mehr bin, müßt ihr versuchen, mich dennoch zu lieben.

Ich glaube, ich habe Adolfsson alles erzählt. Die ganze Wahrheit, die er so verzweifelt gesucht hat. Doch meine Wahrheit war nicht jene, nach der es ihn verlangt hat, er hatte sich ein anderes Szenario vorgestellt. Adolfsson ist enttäuscht. Zehn Jahre hat er auf ein Geständnis von einer Klara gewartet, die er nicht finden konnte. Dann fand er ihre Schwester. Danach begriff er, daß die Schwester und Klara ein und dieselbe Person sind, und als er endlich dachte, dem Geständnis nahe zu sein – ja, Vater, verzeih mir, denn ich habe gesündigt –, stellte sich nur heraus, daß diese Person erneut nicht das war, was sie zu sein schien, erneut war sie entkommen. Ihm wird am Ende seiner Karriere die Goldmedaille vorenthalten, was ihn verärgert.

»Ich verstehe nicht, wie ein normaler Mensch einen Tatort umkrempeln kann, nur damit die Freundin nicht als Mörderin dasteht. Nein, ich verstehe Sie nicht, und ich glaube Ihnen auch nicht.«

Mein Blick ist auf den Horizont gerichtet, und erst nach langem Schweigen begreife ich, daß alle warten, daß sie offenbar eine Reaktion von mir erwarten. Also sage ich: »Nein.«

Das scheint keine gute Antwort gewesen zu sein, denn Adolfsson wirkt noch verärgerter. Ich verstehe, daß ich mich zusammenreißen muß, daß es hier um meine, Magnus' und Malins Zukunft geht, daß meine Anwesenheit einfach verlangt wird. Wenn doch dieses Isoliermaterial in meinem Kopf ein bißchen Luft durchließe. Ich blicke verzweifelt zu Andrea, weil Magnus genauso gelähmt zu sein scheint wie ich.

»Wann ist Ihnen klar geworden, daß Klara und Saskia ein und dieselbe Person sind?« wandte sich Andrea nun an Adolfsson, um das Schweigen zu brechen und mir etwas Zeit zu verschaffen.

»Ein Fischer von der Insel hat mir erzählt, daß er sich an die Familie erinnert und daß es bei Ihnen, Klara, nie eine Zwillingsschwester gegeben hat. Daß nur Sie und Ihre Eltern manchmal im Sommer hier gewohnt haben, zusammen mit Ihren Großeltern. Schon möglich, daß Saskia einen Sommer mal woanders verbracht hätte, doch das nicht Jahr für Jahr.«

Ich versuche, den Mund aufzumachen.

»Aber es hat eine Zwillingsschwester gegeben«, sagt statt dessen Andrea. »Es gab eine Saskia, die ertrunken ist, als sie und Klara sieben Jahre alt waren.«

»Es war also Saskias alte Identität, die aufgefrischt und von Ihnen übernommen worden ist?«

Ich nicke.

»Jetzt begreife ich. Ihr Vater und seine neue Frau haben gründliche Arbeit geleistet.«

Ich nicke noch einmal. Es wird still. Adolfsson steht auf und beginnt um den Tisch zu laufen, immer dichter zieht er seine Kreise um uns drei, die wir dort wie Angeklagte in einer Reihe sitzen.

»Ich begreife nicht, Klara, wie Sie glauben konnten, daß Sie auf einem Tatort herumtrampeln und dann entkommen können?«

Ich schüttle den Kopf.

»Wie Sie glauben konnten, wir würden uns mit der Feststellung zufriedengeben, daß Henrik Desirée und sich selbst erschossen hat.«

Ich schüttle erneut den Kopf. Andrea mischt sich ein: »Das ist vielleicht nicht unbedingt eine Gelegenheit, bei der man sich hinsetzt und klar analysiert, welche Kugeln aus welcher Richtung gekommen sind und welche Pistole benutzt worden ist. Besonders nicht, wenn man unter Schock steht und so etwas noch nie zuvor erlebt hat. Oder was glauben Sie?« fragt sie trocken.

Er zuckt verärgert die Schultern.

»Ich war von Anfang an überzeugt, daß Sie geschossen hatten, wenn schon nicht auf beide, dann zumindest auf Henrik. Sie befanden sich ja alle drei in einer festgefahrenen Situation, und für Sie verkörperte Henrik alles, was Sie verabscheut haben, oder nicht?«

Ich nicke, und ich frage mich, ob ich überhaupt zu etwas anderem imstande bin, als zu nicken oder den Kopf zu schütteln.

»Zunächst haben wir über die Presse verbreitet, daß Henrik der Mörder ist, in der Hoffnung, daß Klara – Sie – auftauchen würde, entschuldigen Sie die Formulierung. Ich habe nicht einen Moment daran geglaubt, daß Sie ertrunken sind.«

Zustimmend verziehe ich ein bißchen den Mund. So fühle ich mich besser.

»Wir haben gedacht, wenn Sie sich sicher fühlen, würden Sie wieder auftauchen. Das ist nicht passiert, weshalb ich schon fast geglaubt habe, daß Sie doch tot sind. Aber wenn es nun so gewesen ist, wie Sie sagen, wenn Sie unschuldig sind und nur Henriks Pistole gegen Desirées ausgetauscht haben, warum haben Sie dann nie Kontakt zu uns aufgenommen und davon berichtet? Warum diese Flucht nach Holland?«

Magnus preßt meine Hand. Sein Gesicht ist bleich. Es macht mich irgendwie ruhig, zu sehen, wie aufgewühlt er ist. Ich öffne den Mund, und endlich bin ich es, die redet.

»Ich weiß nicht, ob das hier für jemand anderen verständlich sein kann. Aber ich hatte mich für einen Menschen gehalten, der andere retten will, und statt dessen war ich die Ursache dafür, daß sie zugrunde gingen. Jahre vorher war ich daran schuld gewesen – so sah ich es jedenfalls –, daß meine Zwillingsschwester ertrunken war. Daraufhin spaltete ich mich in zwei Personen. Als ich dann Desirée kennenlernte, war mir, als hätte ich erneut eine Zwillingsschwester gefunden und bekäme die Chance, alles wiedergutzumachen. Wenn es mir gelingen würde, sie aus dem Ganzen herauszuholen, wäre ich schließlich frei von Schuld. So war die Vereinbarung. Aber daraus wurde nichts. Alles fing einfach nur von vorn an.«

»Sie haben noch immer nicht auf die Frage geantwortet.«

»Ich sah es nicht als Flucht! Ich sah es so, als würde Klara verschwinden, damit diejenige, die immer hätte überleben sollen, endlich ihr Leben beginnen konnte. Saskia. Ich sah es so, daß sie jetzt ihre Chance bekam und daß Klara dort gestorben war, wenn auch nicht wirklich.«

»Aber warum?«

»Wie hätte ich mit diesem Tod leben sollen? Mit dem Wissen, daß meine Person andere nur kaputtmachte? Mein Versuch, Desirée zu ändern, brachte sie ums Leben. Ich bin gestorben, als sie gestorben ist. Wie hätte ich sonst weiterleben sollen?«

Er schaut mich an. Ich weiß nicht, ob er begreift, was ich sage, aber mir bleibt keine andere Wahl als der Versuch, ihn zu überzeugen.

»Sie müssen verstehen, daß ich niemals auf die Idee gekommen bin, daß man mich wegen irgend etwas verdächtigen könnte. Ich hatte geglaubt, verschwinden zu können, ohne daß es etwas bedeuten würde. Ich habe wirklich gedacht, daß ich die Sache in Ordnung gebracht hätte, daß Henrik der rechtmäßige Mörder war und daß ich die Karten nur ein bißchen anders gemischt, sie richtig gelegt hatte.«

»Die Karten anders gemischt?«

»Ich war furchtbar naiv. Bin furchtbar naiv«, füge ich verwundert hinzu.

»Und als Sie verstanden haben, daß wir Sie suchen? Als ich Ihren Mann angerufen habe bei meiner Jagd nach Klara?«

»Ich wußte, daß Susanne etwas Ungesetzliches getan hatte, damit ich zu meinem Vater zurückkehren konnte. Ich begriff, daß sie, mein Vater und auch Magnus in Schwierigkeiten geraten würden.«

Adolf betrachtet mich zweifelnd.

»Bester Herr Inspektor! Ich hatte ein Kind, ein neues Leben, eine Familie. Was hätten Sie getan?«

»Sie haben das niemandem erzählt?«

»Nein. Keinem einzigen. In meinen Augen hatte Klara die Schuld mit in den Tod genommen. Ich habe es verdrängt, vergessen, ich lebte. Außerdem wollte ich niemanden belasten.«

»Unsinn! Sie wollten sich zu dieser Desirée weiter loyal verhalten, wollten dafür sorgen, daß deren Unschuld erhalten blieb.«

»Vielleicht auch das.«

»Vielleicht auch das! Es ist ein großes Opfer, so etwas für einen anderen Menschen zu tun. Was haben Sie eigentlich geglaubt, was Ihr Mann denkt, als ich angerufen habe?« fragt Adolfsson. Er ist immer noch verärgert und zeigt auf Magnus, der wie unter einem Schlag zusammenzuckt.

»Ich habe versucht, überhaupt nicht zu denken. Wenn ich so lange gelogen hatte, konnte ich ebensogut damit fortfahren. Ich war eine andere geworden. Eine, die nichts mehr mit Klara und derem Handeln zu tun hatte.«

»Und das soll ich Ihnen glauben?«

»So ist es gewesen«, sage ich matt.

»Wie wollen Sie das beweisen?«

»Ich habe den Brief, den Desirée an mich geschrieben hat«, sage ich und ziehe ihn aus der Tasche. »Gustav Cronenfelt hat gesagt, Sie könnten auch seinen Brief einsehen. Er sagt, er könnte bezeugen, daß beide Briefe echt sind.«

»Er hat also in all den Jahren auch nichts sagen wollen?«

»Er hat geglaubt, daß ich tot bin. Und er wollte nicht, daß der Name seiner Tochter wieder in der Presse auftaucht.«

Adolfsson seufzt. Er richtet seine blauen Augen an die Decke, und dann sieht er der Reihe nach mich, Andrea und Magnus an. Alle seine Bewegungen zeugen von Irritation, er bewegt sich viel zu schnell, ruckartig, ist aus dem Gleichgewicht. Es scheint, als nähere sich sein Körper vorsichtig einem unsichtbaren Ziel und als müsse er seine Sinne sehr anspannen, um dieses zu erreichen.

»Und all diese Loyalität für eine intrigante Frau – wenn ich die Sache richtig verstanden habe –, eine Frau, die äußerst teure Gewohnheiten hatte. Für einen durchschaubaren, uninteressanten Menschen, mit einer Ausnahme: daß sie dem ANC eine Menge Geld vermacht hat. Ironischerweise hat sie durch ihren und Henriks Tod vermutlich mehr Nutzen gestiftet als sonst in ihrem Leben. Das wundert mich wirklich. Sie aber vielleicht nicht, Klara? Hing das mit dem Tod der beiden zusammen?«

Magnus hat meine Hand losgelassen und ist aufgestanden, um zum Fenster zu gehen. Es wird still. Ich schließe die Augen und sehe, wie ich mich langsam von hier fortbewege, vom Tisch hebe und auf die Terrasse hinausschwebe. Ich will nicht in diesem Zimmer bleiben. Ich will überhaupt nirgendwo sein.

»Herr Adolfsson, ich dachte, wir hätten das geklärt«, sagt Magnus mit bittender Stimme.

»Nein, das haben wir nicht. Denn das hier reicht nicht«, antwortet er.

»Was reicht nicht?« fragt Andrea.

»Die Briefe. Sie können sie selbst geschrieben haben, Klara. Sie haben Desirées Sprache und ihre Gedanken gekannt, konnten ihre Handschrift sicher kopieren, vielleicht haben Sie das als Freundinnen sogar geübt. Ohne technische Beweisführung – nur mit Ihrer Version – läßt sich die Sache nicht zu den Akten legen.«

»Nicht einmal für einen pensionierten Kriminalinspektor?« fragt Andrea.

»Nein. Nicht einmal für den.«

Magnus dreht sich zu uns um und sagt nur: »Ich muß etwas holen.«

Er geht aus dem Zimmer, und wir anderen bleiben sitzen. Ich höre ihn in den Koffern wühlen, die er schon gepackt hatte. Durch die Wand meine ich seine Atemzüge zu vernehmen, aber ich weiß nichts über seine Gedanken. Vor dem Haus ist das Meer zu hören, das langsam ruhiger wird. Der Wind hat aufgehört, die Wasserfläche aufzubrechen, und die Schiffe haben einen Schutz für die Nacht gefunden. Es ist so still, daß ich denke, wenn ich nur wollte, könnte ich wirklich durch den Raum schweben, direkt hinaus über das Meer. Wenn ich nur nicht an den Widerstand glauben würde, dann gäbe es auch keinen.

Magnus kommt zurück. Seine Augen blicken unergründlich traurig. Er sieht aus wie ein Mensch, der um Verzeihung bitten will und doch weiß, das wird nie genug sein. Er tritt an den Tisch und legt eine Pistole vor uns hin, die in dieselbe Plastiktüte eingewickelt ist, in der ich sie in jener dunklen Augustnacht vor langer Zeit Mutter übergeben hatte. Jetzt liegt sie auf dem Eßtisch.

»Vielleicht ist es das, was Sie suchen«, sagt er ausdruckslos zu Adolfsson.

Es ist Desirées Pistole.

Ich weiß nicht, was ich tun soll, was ich sagen soll. All die Jahre voller Leere und Angst, all die Blicke. Als ich geglaubt habe, die größte Lügnerin von allen zu sein. Ich habe es wirklich geglaubt. Niemand von uns kann den Blick von der Pistole wenden. Sie ist so klein. So klein und so unbekümmert über ihre tödlichen Eigenschaften.

»Wie lange haben Sie die gehabt?« fragt Adolfsson nur.

»Viel zu lange«, flüstert Magnus und wagt mich nicht anzusehen.

»Also hat Klaras Mutter sie nie weggeworfen. Ja, das war wohl Glück für Sie«, sagt er trocken zu mir.

Adolfsson steckt die Pistole in seine Tasche. Plötzlich sieht er aus wie der Beamte, der er die ganze Zeit gewesen ist. All das Gerede über die Sonne und das Fischen, all die Heiterkeit und vorsichtige Vertraulichkeit sind verschwunden. Er sieht beinahe aus wie jemand, der sein Ziel erreicht hat, aber dann, als er dort angekommen ist, nicht weiß, was er damit anfangen soll. Er steht auf und stellt sich an die Tür, es ist, als brauchte er den Abstand, um das sagen zu können, was nötig ist, mit genau der Stimme, die die Sache erfordert.

»Wenn das hier die richtige Pistole ist und Fingerabdrücke und Kugeln auch stimmen, wird hoffentlich alles klar sein. Wir müssen natürlich auch eine ordentliche Ermittlung vornehmen und Sie zum Verhör bestellen.«

»Was passiert dann?« fragt Andrea.

»Ja, wir müssen wohl untersuchen, welcher Verfehlung sich Klara schuldig gemacht hat und ...«

»Ich glaube zu wissen, wie man es nennt. Sie verstehen, ich habe angerufen und nachgefragt, bei Ihrer ehemaligen Arbeitsstelle gibt es eine nette Informationsabteilung. Sie haben es ungefähr ›Schutz eines Kriminellen‹ genannt. Sie haben auch gesagt, daß dieses Verbrechen jetzt verjährt sein dürfte.«

»Ja, aber die Wahrheit muß trotzdem ans Licht«, sagt Adolfsson, nachdem er sich erholt hat. »Ich habe die Verantwortung, hierüber Bericht zu erstatten, und außerdem müssen Klaras Vater und seine Frau verhört werden.«

Andrea geht zu ihm hin. Ich weiß nicht, woher sie den Mut nimmt. Sie greift nach seiner Hand und legt sie in die ihre. Dort hält Andrea sie ganz ruhig fest. Adolfsson weiß nicht, was er machen soll. Magnus versucht meinen Blick einzufangen, doch alles, was ich tun kann, ist, geradeaus zu starren, auf Andrea und Adolfsson, die so unbegreiflich dicht nebeneinander stehen.

»Sie sollen überhaupt nichts tun«, sagt Andrea langsam und deutlich, als spreche sie zu einem Kind, das zum ersten Mal etwas Lebenswichtiges verstehen muß. »Sie sollen kontrollieren, ob das die richtige Pistole ist, und werden feststellen, daß sie die Wahrheit gesagt hat. Nur das.

Dann werden Sie weiter ein pensionierter Inspektor bleiben, mit der Gewißheit, daß die Schuldige bereits bestraft ist.«

»Was soll ich tun, wie Sie sagen?«

»Nichts. Die Sache ist schon viel zu weit gegangen, und ich möchte, daß Sie Rücksicht auf diese Menschen nehmen, die genug gelitten haben und die meine guten Freunde sind. Ich möchte, daß Sie Rücksicht auf ihre Tochter nehmen, die den Namen ihrer Mutter nicht in der Presse lesen muß. Das ist eine Sache, die Sie ihr ersparen können. Ich möchte auch, daß Sie auf Saskias Vater und seine Frau Rücksicht nehmen, die getan haben, was sie konnten, um einer verwirrten und kranken Frau zu helfen. Ich möchte, daß Sie daran denken, daß zehn Jahre vergangen sind und daß es genügt, wenn Sie selbst jetzt die Wahrheit wissen. Daß es ausreicht und Sie das Ihre getan haben.«

Adolfsson scheint aus der Fassung gebracht. Er schüttelt den Kopf und versucht etwas zu sagen, doch Andrea legt ihm die Hand auf den Mund. Seine Bewegungen, als er diese langsam wegschiebt, wirken konfus und beinahe zärtlich. Sie nimmt ihren Koffer, der die ganze Zeit gepackt hinter dem Sofa gestanden hat. Dann sagt sie: »Jetzt gehen wir.«

31

Es liegt eine Ewigkeit zwischen unausgesprochenen Fragen und nicht möglichen Antworten. Ich weiß nicht, wie und ob wir sie überbrücken können. Die Fragen wirbeln in meinem Kopf herum, und ich nehme an, daß es Magnus ähnlich ergeht, denn auch er scheint wie gelähmt. Ich denke: Was glaubt er, mit wem er all die Jahre gelebt hat, wie krank ich gewesen bin? Hat er mir jemals vertraut? Und plötzlich, mit demselben Schmerz, den er in diesen Jahren des Schweigens gefühlt haben muß, plagt mich der Gedanke: *Warum habe ich ihm nur nicht vertraut?*

Es gibt keine Antworten, nur unsägliche Trauer darüber, daß auch wir, trotz unseres phantastischen Glücks, von der Sprachverwirrung gepackt worden sind. Wie unglaublich banal. Auch wir haben gelogen und den anderen hintergangen, wenn auch nicht mit den Körpern anderer Personen. Wir haben zehn Jahre zusammengelebt, und ich bin nie glücklicher gewesen, doch auch wir sind nicht entkommen. Ich wurde in der Prinsengracht umgefahren und kam nicht mehr zurecht. Magnus wurde geholt, und um unsere Liebe bestätigen zu lassen, sagte ich: »Erzähl von uns.« Er bat mich, zuerst alles über mich selbst herauszufinden, danach würde er seinen Teil hinzufügen. Das machte mich wütend, nervös und gefühllos. Aber er hatte recht. Diesen Sommer habe ich mich wiedergefunden. Noch einmal bin ich Klara, oder vielleicht richtiger: Klara Saskia. Ich habe in alle Winkel meiner Seele geblickt, habe alte Tagebücher gelesen und unglaublich gelitten wegen der Person, die ich gewesen, die ich auch heute bin. Ich habe nicht einsehen wollen, daß sie immer noch lebt, daß alle Zeitabschnitte in uns gleichzeitig existieren, und daß, wenn wir die Vergangenheit nicht bewältigen, die Gegenwart und Zukunft für uns unmögliche Aufenthaltsorte sind.

Dieser ganze Sommer und jetzt das hier. Magnus. Dem ich am meisten vertraut habe.

»Du hast mir mißtraut!«

Ich schreie ihn an, und meine Stimme zittert.

»Du hast *mir* mißtraut! Auch du, Saskia, weiß Gott.«

»Du hast mich hintergangen!«

»Und du mich! Du hast unser Zusammenleben geopfert, um dich zu Desirée loyal zu verhalten.«

»Wenn du es so siehst.«

»Aber dann sag mir doch, *wie* ich es sehen soll! Erzähl es mir.«

Ich bin wütend. Er ist wütend. Wir blicken uns an, und ich möchte ihn furchtbar gern schlagen – ich gehe direkt auf ihn zu und knalle ihm meine geballte Faust auf die Brust. Er packt meine Hand, dann die andere und hält sie fest umklammert.

»Was willst du?« fragt er mit gespannter Stimme. »Daß sich alles wiederholt? Daß du mich verläßt und Malin mitnimmst? Daß wir uns abwechselnd, unter eiskaltem Schweigen, Koffer mit Malins Sachen übergeben? Ist das die Zukunft, die du dir wünschst? Daß der Mann wieder, so wie Joop, allein zurückgelassen wird?«

»Wie lange hast du die Pistole gehabt?« ist alles, was ich sagen kann. »*Wie lange*, Magnus?«

»Seit Anfang des Sommers. Ich war vor dir oben auf dem Boden. Erst seitdem.«

Ich schüttle den Kopf, versuche mich aus seinem Griff zu winden. Ich hasse ihn so entsetzlich. Er muß es sehen. Daß ich ihn so liebe.

»Zehn Jahre, Saskia, ohne daß du mir erzählt hast, was tatsächlich passiert ist. Zehn Jahre mit Adolfssons Anrufen voller versteckter Andeutungen. Zehn Jahre, in denen ich versucht habe, die Lücken zu füllen, Abgründe zu überbrücken. Zehn Jahre lang habe ich versucht, dich zu beschützen, ohne das Allereinfachste zu erfahren: die Wahrheit.«

»Es gibt keine einfache Wahrheit, Magnus.«

»Aber irgend etwas! Du hättest doch wenigstens etwas von dem erzählen können, was du damals gemacht hast«, fordert er bittend. »Warum diese sture Loyalität?«

Ich beiße mir auf die Zunge, es ist zu spät, ist es nicht so? Ich kann ihm auch jetzt nicht antworten.

Er läßt meine Hände los, dreht sich um und geht auf die Terrasse, die vom Vollmond beschienen wird, der am Himmel zu schweben scheint, so als hänge er an einer Ballonschnur, die am Horizont festgeknotet ist. Magnus lehnt sich über das Geländer, das auf die Felsen hinunterweist. Ich höre die Wellen dort unten langsam an die Klippen schlagen. Ich gehe ihm nach, stelle mich neben ihn, und ich bin nicht mehr wütend, nur noch müde nach einer langen Reise, die, wie es sich zeigte, in einer Sackgasse endete.

»Wir kommen hier nicht raus, oder?« frage ich verwundert, als begriffe ich erst jetzt, daß Menschen so etwas tatsächlich passieren kann.

»Nein«, antwortet er nur.

Ich bin nicht imstande, ihn zu berühren, denn dann müßte ich aufhören zu atmen, und ich weiß, daß man Luft holen muß, um leben zu können, daß Malin es von mir verlangt. Krampfhaft umklammern meine Finger das Geländer, und nur eins wirbelt mir durch den Kopf: Wir kommen hier nicht raus.

»Ich hatte versucht, dich zu retten«, sagt Magnus. »Welche Ironie.«

»Ja. Du hast mich unterschätzt.«

»Wie unglaublich lächerlich. Ich hätte begreifen müssen, daß mir so etwas nicht gelingen konnte. Hätten wir das nicht von Desirée lernen sollen?«

»Hätten wir wohl.«

»Wir sind auf Zehenspitzen herumgeschlichen, um uns keinen Schmerz zuzufügen, und statt dessen haben wir den Grund für eine Sache gelegt, aus der wir uns nicht mehr befreien können.«

»Versuch zu verstehen, Magnus«, sage ich verzweifelt.

»Ich habe wirklich geglaubt, daß ich Klara hinter mir gelassen habe. Daß es unmöglich war, zu erzählen, was sie an diesem Morgen in Henriks Haus getan hatte. Ich wollte nicht, *konnte* Klara nicht wieder vorholen, denn ich dachte, daß ich dann erneut zerbreche. Daß dadurch all das vernichtet würde, was wir besaßen. Ich habe geglaubt, wir seien uns einig, daß Klara tot ist und daß Saskia, Magnus und Malin ein anderes Leben führen. Ein phantastisches Leben, wie ich fand.«

»Doch man konnte so nicht leben.«

»Nein, aber ich habe daran geglaubt. Ich hatte sie tief in mir begraben. Bis jetzt. Bis zu Adolfssons Fragen. Wir hätten weiterleben können. Ich *glaubte* daran«, wiederhole ich.

»Und Desirée?«

»Auch sie hatte ich hinter mir gelassen.«

»Wirklich?«

»Nein.«

»Wir kommen hier nicht raus, sagtest du nicht so?«

»Ja.«

»Auch wenn ich dich bitte? Wenn wir uns gegenseitig bitten?«

Ich weiß nicht, was ich antworten soll. Was kann man antworten?

»Ich nehme an, wir wagen es nicht mehr, uns zu vertrauen. Ich glaube nicht, daß jemand, der Angst hat, lieben kann.«

»Hast du Angst?« fragt Magnus.

»Nein«, flüstere ich kaum hörbar.

»Ich auch nicht. Ich auch nicht.«

Er weint lautlos auf die Wellen hinunter, und es ist merkwürdig, daß es kaum zu hören ist, obwohl seine Schultern heftig beben. Man vernimmt nur das ewige Klatschen der Wellen gegen die Felsen, und ich wünschte, ich hätte noch Tränen in meinem Körper, aber ich bin völlig ausgedörrt. Er flüstert etwas, und ich muß mich vorbeugen, um zu verstehen, was er sagt: »Meine beste Freundin. Meine geliebte Freundin.«

Ich atme. Atme ein und aus. Bloß nicht denken. Malin kommt morgen. Einer muß intakt sein. Ein und aus. Einer muß noch dasein. Ich bleibe am Geländer stehen, als Magnus sein Gesicht mit dem Hemdsärmel abwischt. Aus dem Augenwinkel sehe ich seinen Blick; das ist mehr, als ich ertragen kann. Äußerst vorsichtig, wie ein Schuljunge bei seiner ersten Liebe, streicht er mir über die Wange, einmal, noch einmal und wieder. Dreimal hat er mich gestreichelt. Als wollte er sagen, daß er mich nicht verleugnet, mich eigentlich nie im Stich gelassen hat, weil er mich die ganze Zeit liebte. Er hat meine Wange gestreichelt, endlose Nächte lang meine Hand gehalten, und ein einziges Mal hat er mich hintergangen, so wie ich ihn, ein einziges Mal. Müssen wir uns jetzt trennen?

Er geht ins Haus, und ich höre ihn seine Sachen packen. Atme, meine Liebe. Er kommt auf die Terrasse zurück. Sein Mantel sieht zerknittert und traurig aus, nach einem heißen Sommer zuunterst im Koffer. Er steht einfach nur da, und ich will so gern meine Hand ausstrecken, aber ich kann es nicht, denn ich glaube, daß ich dann nie wieder loslassen werde – ein solches Leben will keiner von uns.

»Ich weiß nicht, was ich dich noch fragen soll, Saskia.«

Es gibt natürlich nur noch eine Sache zu sagen. Ich tue es für ihn, ich tue es für mich. Denn ohne Geschichte, die gemeinsame, sind wir niemand. Ohne sie gibt es keine Hoffnung mehr.

»Du sollst sagen: Erzähl von uns.«

»Erzähl von uns, Klara Saskia.«

»Ich werde die schönste Liebesgeschichte erzählen. Ich werde von einem Mann erzählen, der sich in eine Frau verliebt hat, die besessen war von einer anderen Frau. Ein Mann, der sie reden ließ, ohne zu urteilen. Ein Mann, der ihr Steine gab, damit sie nicht fiel. Ich werde von einem Mann erzählen, der eine Frau geheiratet hat, die gezwungen war, ihre eigene Schwester zu sein, denn nur so wagte sie zu überleben. Ein Mann, der für diese zweigeteilte Frau ein ganzes Leben hinter sich ließ. Ein Mann, der zwei Schwestern in einer liebte.«

»Und du? Hast du mich geliebt, oder habe ich nur geholfen, dich zu retten? Liebst du mich mehr als sie?«

Ich weiß, was ich antworten muß.

»Ich habe dich geliebt, Magnus. Ich liebe dich noch mehr. Das wird nie anders werden.«

Seine Gestalt in meinen Armen ist so schmal, daß es scheint, als verschmelze er mit mir. Ein so großer Mann, ein Nichts in meinen Armen, und ich lasse ihn atmen durch meinen Mund, es ist künstliche Beatmung, aber sie reicht lange, reicht aus. Die Nacht senkt sich über uns, wie wir da stehen, hüllt uns ein in ihre fahle Decke, hier und da blinkt ein Stern. Am Ende legen wir uns auf die Terrasse, Magnus deckt uns mit seinem zerknitterten Mantel zu und sagt: »Glaubst du daran?«

»Woran, Magnus?«

»Daß man *trotzdem* weiterleben kann. Daß wir beschließen können, die besten Freunde füreinander zu sein, und daß es keinen anderen gibt, der die Sprache, die wir gemeinsam geschaffen haben, auch nur annähernd erlernen wird. Daß wir beschließen können, daß es so ist – wir zwei es sind – und wir jetzt als einziges noch Zeit brauchen. Zeit, damit wir an der Seite des anderen gehen können, derweil das Leben uns langsam einholt, und wir uns eines Tages wieder einander zuwenden und das sagen können, was wir schon immer gewußt haben: Aber ich liebe dich doch. Glaubst du daran?«

Was kann ich sagen? Daß ich ihm so gern glauben möchte, daß es der Traum eines jeden Menschen ist, an dieses Ewige zu glauben. Ich kann nicht antworten. Ich kann nur seine Wange streicheln, während es langsam hell wird. In weiter Ferne höre ich das Schärenschiff über das morgenstille Wasser gleiten.

»Das Schiff kommt«, flüstere ich.

Er steht auf, klopft den Mantel ab, nimmt seinen Koffer und geht langsam zur Landebrücke hinunter. Der Himmel fällt auf mein Gesicht.

Aber dann springe ich auf und laufe ihm wider besseres Wissen hinterher, um Antwort auf eine Frage zu erhalten, die man demjenigen niemals stellen sollte, den man liebt.

»Magnus!« rufe ich.

Er dreht sich um.

»Hast du jemals an meiner Unschuld gezweifelt? Es ist wichtig. *Warst du jemals unsicher?*«

Was soll er antworten?

»Nein«, sagt er leise, dann etwas lauter: »Nein.«

Ich nicke, er ebenso, gleichsam eine Bestätigung, daß wir uns wiedersehen werden. Er dreht sich wieder um und geht zur Anlegestelle hinunter. Er wird kleiner und kleiner, und ich frage mich so sehr, ob es einen Tag geben wird, an dem er größer und größer wird, während er auf dem Weg zurück zu unserem Haus ist.

Ich frage es mich so sehr.

32

Ich gehe über die Insel, die in der Frühe verlassen daliegt. Es ist ein phantastischer Spätsommertag, und es scheint, als werde die angestaute Wärme des ganzen Sommers langsam über eben diese Schäreninsel ausgebreitet, am letzten Tag vor Dunkelheit und Kälte, die nur einen Monat entfernt lauern. Man spürt es bereits, die Hitze hat kühle Ränder, hin und wieder kommt ein Windstoß, der scharf nach Herbst riecht. Während ich durch das sich verfärbende Grün gehe, begreife ich, daß ich mich lange genug in mir selbst versteckt habe. Jetzt habe ich keinen Schutz mehr. Ich bin wie eine russische Holzpuppe gewesen: Öffnet man eine, befindet sich stets eine neue darin. Ich weiß, tief in mir ist jemand, von dem ich nichts wissen will. Sie ist es, die all die Schuld für dieses Schweigen trägt. Sie, von der Magnus – gegen seinen Willen – die ganze Zeit gewußt hat. Sonst hätte er nie versucht, mich zu retten.

Ich muß Malin nach Hause holen. Wie soll ich ihr mein Leben erklären? Wie soll sie selbst ein starker Mensch werden mit einer Mutter, die sich gezwungen sah, ihre Identität zu wechseln, weil sie sonst nicht gewagt hätte zu überleben? Ich weiß, daß sich eigentlich nichts erklären oder entschuldigen läßt. Trotzdem gibt es so vieles, was ich ihr sagen, Ratschläge, die ich ihr erteilen möchte, und doch weiß ich, daß ich es nicht darf. Malin, würde ich gern sagen, das hier war mein Leben, es gibt Dinge darin, von denen ich wünschte – wenn ich es nur bestimmen könnte –, daß sie dir erspart bleiben. Laß dich nicht schrecken, würde ich sagen, egal, was du auch zu sehen bekommst, glaube von den Menschen *trotzdem* das Beste, wie ich es als Klara einmal getan habe. Versuch einen Platz in der Welt einzunehmen, aber sieh es nicht als selbstverständlich an, daß die Menschen dir schaden wollen, wie ich und Saskia es geglaubt haben. Denk auch daran, daß alle anderen genauso unsicher sind wie du. Lern es, mit deiner Unsicherheit umzugehen, sie soll nicht in Kälte umschlagen, so wie es bei mir einmal war.

Lüge nicht, um zu entkommen, denn die Lüge schleicht durch die Hintertür zurück und findet dich, wenn du am verwundbarsten bist. Ergründe, was du tun mußt, aber dieses Wissen darf dich nicht anmaßend machen, wie es bei mir der Fall war. Finde einen Mann, der die Verantwortung für die Kinder mit dir teilt, strebe danach, daß ihr beide gleich viel Platz im öffentlichen wie im privaten Leben einnehmt, sonst werdet ihr eines Tages entdecken, daß ihr in verschiedenen Welten lebt – beide habt ihr dann gleich viel verloren. Strebe nach Emanzipation, aber sieh es nicht als selbstverständlich an, daß deine Art zu leben die beste und einzige ist, versuch nicht sofort, andere auf deine Seite zu ziehen. Teile auch das Leben nicht immer in Termini ein, bei denen Weibliches kontra Männliches steht. Achte auf die Nuancen bei jedem Menschen, ich habe es versäumt zu tun. Sei von dir nicht absolut überzeugt, das sind nur diejenigen, die noch nicht begriffen haben, wie schwer es ist, sich hier in der Welt einer Sache sicher zu sein. Und, Malin: Versuch das Leben mit Humor zu nehmen, das ist mehr, als ich vermocht habe.

Es ist ein ungewöhnlicher Sommer gewesen. Ich bin zu Saskia und Klara geworden, aber habe vielleicht meinen Liebsten verloren. Ich habe eine Freundin gefunden, aber eine Zeitlang schien es, als würde meine Arbeit mir entgleiten. Ich meine, so viel im Leben erreicht zu haben, und dennoch weiß ich keine zufriedenstellende Antwort auf die Frage, die ich einmal meiner Mutter gestellt hatte. Wo bleiben all die Frauen? Wenn Malin mich eines Tages nun dasselbe fragt? Habe ich ihr den Weg gebahnt, habe ich es ihr leichter gemacht? Ich will es hoffen. Ich habe auch vor, an dem Buch weiterzuarbeiten – doch mit mehr Weitsicht, so daß ich mein Leserpublikum vergrößere statt es zu begrenzen; ich will ihr zeigen, wo zumindest einige der Frauen geblieben sind. Eine Zeitlang schien mir, als ob die Frauen in unserem Buch erneut nur als *Sonderfall* gelten. Hier habt ihr Nachschlagewerke über die richtigen Schriftsteller, und dort habt ihr die Frauen für sich. Die Frage stellt sich natürlich: Hätten die Autorinnen, über die Andrea und ich schreiben, ihren Platz in der Weltliteratur erhalten, wenn da nicht ihr Geschlecht wäre? Geht es vor allem darum, sie sichtbar zu machen? Die Antwort ist unbedingt ja. Jeder braucht seine eigenen Vorbilder. Danach habe ich in jungen Jahren verzweifelt gesucht. In einer Welt, die Männern und Frauen immer die gleichen Chancen geboten hätte, wäre so etwas nicht nötig gewesen. Doch eine solche Welt haben weder Malin noch ich vorgefunden. Im Sport sagt man, wenn ein Athlet in einem Jahr das Unmögliche schafft, können es im Jahr darauf mehrere wiederholen. Wenn jemand das Unerwartete tut, kann also auch ich es tun. Ich glaube, das ist es, was wir pflegen müssen, nicht unser Mißlingen.

Ich bin bei Desirées Haus angekommen, und auf der Vortreppe sitzt Malin mit gepacktem Koffer. Als sie mich sieht, ruft sie ihre Freundin, die gleich neben dem Eingang ihr Schlafzimmerfenster öffnet. Sie steckt den Kopf heraus und läßt ihre Hände herunterhängen, so daß Malin sie erreichen kann. Es klingt, als sagten sie: »Ich werde dich immer lieben«, aber natürlich habe ich mich verhört.

Malin dreht sich zu mir um, winkt Desirée dann zum Abschied zu und ruft als Bestätigung des Paktes, den beide schon unterschrieben haben: »Immer Freundinnen bleiben?«

»Immer«, antwortet Desirée, und sie glauben daran, vielleicht ist es auch wahr, daß sie ohne Intrigen groß werden, vielleicht ist jetzt alles wirklich vorbei.

Sie schmiegt sich in meine Arme. Ich drücke Malin an

mein Herz, es schlägt wie wild, und ich bin froh, daß ich beschlossen habe weiterzuatmen. Ihretwegen bin ich froh. Auch meinetwegen, begreife ich verwundert. Auf dem Weg zurück über die Insel, mit Malins Hand in der meinen, spüre ich eine seltsame Euphorie. Ein Gefühl, das sagt, alles kann tatsächlich von vorn beginnen, daß es möglich sein wird, jetzt wo dieser Abschnitt beendet ist. Ich fühle mich merkwürdig leicht, fast schwerelos und frei. Nur eine Sache ist noch zu tun.

»Malin? Du weißt, ich habe dir von meiner Schwester Klara erzählt, die vor zehn Jahren verschwunden ist.«

»Ja sicher.«

Ich weiß nicht, wie ich weiterreden soll. Malin sieht zu mir hoch.

»Du brauchst nichts zu erzählen. Ich weiß alles. Du bist Klara, aber auch Saskia. Das macht einen ganz irre. Aber ich weiß also alles.«

»Wer?«

»Opa.«

»Joop?«

»Er hat gesagt, daß jetzt genug Zeit vergangen ist. Daß ihr, Papa und du, mir das hättet erzählen sollen.«

»Warum hast du nichts gesagt?« ist alles, was ich herausbringe.

»Warum habt *ihr* nichts gesagt?«

Ich schäme mich furchtbar, ich wage sie nicht anzusehen.

»Adolfsson?« flüstere ich.

»Den habe ich an der Nase herumgeführt. Einmal habe ich gesagt, wir hätten einen Brief von Klara aus Brasilien gekriegt und daß sie dann dort an Malaria gestorben ist.«

»Du hast was gesagt?«

»Das habe ich in einem Buch gelesen.«

»Und warum hast du das gemacht?«

»Natürlich, um dich zu beschützen. Ich konnte doch nicht sagen, wie es wirklich ist.«

»Was sagen, Malin?«

»Daß du Klara bist, natürlich. Übrigens habe ich auch mit Papa über das alles gesprochen. Ich habe mich nicht getraut, dich zu fragen. Er hat mir erzählt, daß deine Freundin Desirée erst Henrik und dann sich selber erschossen hat. Er hat auch gesagt, was du für sie gemacht hast. Ihr müßt wirklich richtig dicke Freundinnen gewesen sein.«

»Ja«, sage ich überrascht. »Das waren wir.«

Ich habe mich nicht getraut, dich zu fragen.

»Dann war es ja klar«, sagt sie und zuckt mit den Schultern. »Aber es muß schon schrecklich gewesen sein, die beiden dort zu finden. Ihn und sie«, sagt sie weiter und schielt zu mir hoch.

»Das war es.«

Wir gehen jetzt durch den Wald. Kinder zu haben, heißt, nie etwas zu begreifen, keine Ahnung zu haben, was kommen wird. Ich verstehe es jetzt; ich habe es die ganze Zeit gespürt.

»Ich bin diesen Sommer nicht immer ganz dagewesen«, ist alles, was ich herausbringe.

»Nein, aber du kannst ja mal das machen, was *ich* sonst immer soll. Sag: Verzeih mir, Malin.«

»Verzeih mir, Malin.«

»Das ist nicht genug.«

»Ich weiß.«

Wir lächeln. Die Sonne steht jetzt höher am Himmel und schickt ihre Strahlen durch die Tannendecke des Waldes. Es wird ein phantastischer Tag werden. Ich weiß es bereits. Endlich vorbei.

»Du hast mich also beschützt?« frage ich.

»Na klar.«

Ich wünschte, daß noch mehrere es so ausgedrückt hätten, andere Menschen, die ich liebe. Ich will nicht daran denken. Wir sind jetzt beim Haus angelangt. Malin zieht ihre Badesachen an. Ich lege mich aufs Sofa, die Arme über dem Gesicht, und warte auf die unausbleibliche Frage.

»Wo ist Papa?«

»Er ist bei Oma und Opa.«

»Wann kommt er zurück?«

»Bald«, sage ich unbestimmt.

»Bald?«

Ich senke den Blick.

»Ich weiß es nicht«, antworte ich. »Ich weiß es wirklich nicht.«

»Wann oder ob, Mama?«

Sie sieht mich wieder an. Ihre Augen sind ängstlich, und sie ist den Tränen nahe. Ich weiß, was ich sagen muß.

»O Malin, *wann*, natürlich. Es wird alles gut. Es wird gut.«

»Wird?« flüstert sie.

»Es ist gut. Keine Gefahr, meine Kleine. Keine Gefahr.«

Ich ziehe sie zu mir aufs Sofa, sie begräbt ihren Kopf an meiner Brust. Ich denke an meine Mutter, die zwei kleine Mädchen hatte. Meine Mutter, die sich um sie gekümmert hat, bis sie sieben Jahre alt waren – die beide noch lange danach liebte –, bis eine von ihnen nicht mehr bei ihr gewesen ist. Jedesmal wenn sie auf ihre Brust geschaut hat, muß sie gedacht haben: Dort lagen einmal zwei Kinder. Ich war dafür gemacht, mich um zwei zu kümmern. Ich streichle Malins Kopf immer wieder. Zwei. Ich bin dafür gemacht, mich um zwei zu kümmern.

Magnus. Es tut weh, es schneidet mir durch den Leib, und ich will nicht daran denken, doch ich kann nicht entkommen. Ich wünschte, die Gedanken könnten aufhören, sich im Kreise zu drehen. »Hast du jemals an meiner Unschuld gezweifelt?« Das war es, was ich ihn fragte. Malins Kopf bewegt sich unter meinen Händen. Schwester, du, hilf mir! *Warst du jemals unsicher?* Meine Hände fahren über Malins Haar. Was ist mir geblieben? Was ist mir jetzt noch geblieben? Mein Gott, was habe ich getan? Wenn ich die Augen schließe, kann ich Adolfsson mit seinen Kollegen sehen, sie beugen sich über die Pistole, die Mutter vor langer Zeit hätte wegwerfen sollen. Die Magnus dort hätte liegenlassen sollen, wo er sie gefunden hat. Wenn wir uns doch gegenseitig in Ruhe lassen könnten. So viel Liebe. Wofür? Keine Flucht mehr jetzt. Das ist alles, was ich weiß. Nie wieder fliehen. Das habe ich in diesem Sommer gelernt – daß man niemals entkommt. Bald wird das Telefon klingeln. Es kann Adolfsson sein. Oder Magnus. Was werde ich sagen? Was werde ich …

Nur noch eine Lüge. Nur eine noch.

ISBN 3-378-00630-7

1. Auflage 2000

Published by agreement with Bengt Nordin Agency, Värmdö, Sweden,
and Agentur Literatur, Germany
Einbandgestaltung atelier : [doppelpunkt], Berlin
Druck und Binden Graphischer Großbetrieb Pößneck
Ein Mohndruckbetrieb
Printed in Germany

www.gustav-kiepenheuer-verlag.de